绿地文学丛书

乡村书记传奇

李玉梅 著

黄河出版传媒集团
阳光出版社

图书在版编目（ＣＩＰ）数据

乡村书记传奇 / 李玉梅著. -- 银川 ：阳光出版社，
2013.8
　　（绿地文学丛书 / 高耀山主编）
　　ISBN 978-7-5525-1007-2

　　Ⅰ．①乡… Ⅱ．①李… Ⅲ．①长篇小说－中国－当代
Ⅳ．①I247.5

中国版本图书馆CIP数据核字(2013)第203266号

绿地文学丛书　　　　　　　　　　　　　　　　高耀山　主编
乡村书记传奇　　　　　　　　　　　　　　　　李玉梅　　著

责任编辑　冯中鹏
封面设计　邱雁华
责任印制　郭迅生

黄河出版传媒集团
阳 光 出 版 社　　出版发行

地　　址　银川市北京东路139号出版大厦　（750001）
网　　址　http://www.yrpubm.com
网上书店　http://www.hh-book.com
电子信箱　yangguang@yrpubm.com
邮购电话　0951-5044614
经　　销　全国新华书店
印刷装订　银川市开创广告印刷有限公司
印刷委托书号　（宁)0015449
开　　本　880mm×1230mm　1/32
印　　张　15
字　　数　320千
版　　次　2013年8月第1版
印　　次　2013年8月第1次印刷
书　　号　ISBN 978-7-5525-1007-2/I·356
定　　价　298.00元（全十册）

引　言

传奇，就是指情节离奇或人物行为不同寻常的、出人意料的故事。

尽管那些不同寻常的人和事时过境迁，但凡亲身经历过的有心人，至死都不会忘记和红旗大队父老乡亲们一起度过艰难岁月的那些人和事。

如今，依然耸立于望远镇的那座古老的清真寺，之所以能以耄耋之姿展现她古朴端庄的风貌，是因为"红旗大队部"的红旗使她免遭了历史战火的焚烧。

之所以旧貌依然，是因为当年的红旗大队书记哈明堂和那位有名的马阿訇一夜之间铺谋定计搞出来的名堂。

位于宁夏银川市正南横跨 109 国道的第三座桥叫"望远桥"。望远桥向南行约五百米处，有一条横穿 109 国道东西走向的支渠叫"红旗渠"。

沿红旗渠坝的那条小路向东约三百米处有一座坐西朝东，古色古香，古朴典雅，青砖青瓦，起脊屋顶，勾连搭式连在一起，起伏灵活的大殿式建筑的清真寺，就是当年的红旗大队部所在地。

那面"红旗大队部"的红旗，在这座清真寺上空飘扬了多年。

"红旗大队部"几个字是红旗大队成立后，大队书记兼文

书的哈明堂亲笔书写的，一年写一次从未间断过，到红旗大队改号为"红旗村村民委员会"后搬迁新址，哈书记卸任为止。

那座清真寺距今已有160年的历史，但清真寺上空红旗飘的故事在全国143个回族乡、镇是独一无二的。现在依然环抱清真寺的柳、槐树是红旗大队成立后在哈书记的带领下党支部栽种的。

现在的永宁县望远镇、望远开发区就是当年红旗村的地盘。

古朴典雅、古色古香的清真寺像一位世纪老人的活化石，以厚重的历史底蕴诉说着红旗村饱经风霜的历史，在槐柳相抱中展示着红旗村回汉民族大团结的文化底蕴。虽然清真寺四周是现代化建设的高楼大厦，清真寺却像在一处沉积的盆地中默默地守护着她的圣洁和庄严。面东的大殿门面贴上了瓷砖，廊檐处是仿琉璃瓦的装饰物，衬托出现代气息。南、北青砖墙上镶嵌的圆形、锥形木窗还是当年的那个样子，起脊屋顶，勾连搭式的旧物依然。

之所以渠还在，路依旧，是因为当年的那座清真寺依然的缘故。

当年，清真寺院内的红旗大队部，现在挪了窝。但清真寺院内依然竖立着高耸入云的旗杆，鲜红的五星红旗高高飘扬，诉说着民族大团结的历史和现状。

院内竖立的石碑上写着"望远清真大寺"。

石碑后面的简介，写着修建的年号，证实清真寺已有160年的历史。

红旗大队部（红旗村）现搬迁到穿越"望远人家"住宅区的"红旗路"一角。红旗路应该是为了纪念红旗大队而得名，与109国道平行，南北贯通望远镇和望远开发区。两侧是"望远人家"住宅区，望远人民公社的社员们几乎都聚集在"望远人家"的住宅区里，开始了由农民向城镇市民的过度。

红旗渠上游已无踪迹可寻，现代化的高楼大厦鳞次栉比，看得见的红旗渠，是109国道以东的红旗渠中段，大约三百米，因为渠坝就是通往清真寺的小路，小路的末端就是清真寺，清真寺北墙根处就是红旗渠，红旗渠的末端也是高楼林立。"望远清真寺"以不变应万变之姿，证实她是《乡村书记传奇》的渊源，是回汉人民和睦相处、团结友善的历史见证。

触天杵地的高楼大厦，凸显不出历史的积淀和民族文化的厚重。古老的清真寺诉说着华夏民族发展的历史，凸显的是民族团结的精神力量，沉淀的是民族文化的厚重，展示的人文关怀的源远流长……

红旗渠被现代化潮流掩埋了，但那涓涓细流滋润出的民族团结之花，将会由无字丰碑转化为不朽的传奇。

就让我们用心用情来解读乡村书记哈明堂和那些小人物不同寻常的故事。

目　录

清真寺上空红旗飘…………………………1

丑丫梅雨………………………………………18

马奶奶………………………………………32

黑色纪年……………………………………40

油　坊………………………………………46

救济粮………………………………………53

金队长………………………………………60

过　年………………………………………67

冯书记………………………………………83

布衣之交……………………………………98

吹　风………………………………………105

秦书记………………………………………119

焚　书………………………………………138

割尾巴………………………………………147

积肥队………………………………………170

知识青年……………………………………192

问题窝………………………………………222

绿地文学丛书

1

哈书记的名堂⋯⋯⋯⋯⋯⋯⋯⋯252

马主任的高招儿⋯⋯⋯⋯⋯⋯268

善有善报⋯⋯⋯⋯⋯⋯⋯⋯⋯288

得饶人处且饶人⋯⋯⋯⋯⋯⋯331

中秋月儿圆⋯⋯⋯⋯⋯⋯⋯⋯354

一石激起千层浪⋯⋯⋯⋯⋯⋯380

为了乡亲们的托付⋯⋯⋯⋯⋯403

口　　碑⋯⋯⋯⋯⋯⋯⋯⋯⋯419

路在脚下⋯⋯⋯⋯⋯⋯⋯⋯⋯439

依然如故⋯⋯⋯⋯⋯⋯⋯⋯⋯454

永不褪色的记忆⋯⋯⋯⋯⋯⋯461

乡村书记传奇

清真寺上空红旗飘

红旗飘扬的地方，必定是政治、文化、经济的聚集地。

清真寺本是回回民族宗教信仰的标志和举行各种活动的场所。

红旗大队是二十世纪五十年代末倡导的三面红旗即"总路线、大跃进、人民公社"的历史产物，先有红旗渠还是先有红旗大队，无从考证，但是东西走向贯穿红旗大队的红旗渠，不仅引流灌溉红旗大队的农业生产，兴旺发达了红旗村的农牧业生产，也积淀下红旗村诸多不为人知的故事。

红旗大队（现红旗村），原本属于望远大队，为彰显三面红旗的功绩，望远大队就一分为二，以红旗渠为界，渠北是望远大队的辖区，渠南是红旗大队的辖区，原为望远大队文书的哈明堂，就成为红旗大队的书记。

分久必合，合久必分是历史发展的必然规律，家庭如此，自然村落如此，行政建制的国家机关亦如此。合也好分也好，都是奔着三个有利于而去的，这就是有利于国家建设，有利于地方政府管理，有利于人民群众生活和民族团结。

哈书记走马上任后的燃眉之急就是大队部的地址和建设，相当于现在的新农村建设工程。今非昔比的是，那时的干部，啥事都得先干一步，在自力更生，艰苦奋斗，鼓足干劲，力争

上游，多快好省地建设美好家园的精神鼓舞下，一不等二不靠三想办法把该做的事办好。

为官一时，造福一方的哈书记，几次进出马奶奶家后，不知咋把那位德高望重的马阿訇忽悠了，竟然达成了暗度陈仓的君子之约。

几天工夫，清真寺的青砖墙变成了黄泥墙，泥墙中间抹了约一米宽的白灰，白灰墙上用红色油漆写着毛主席语录，面东大殿门口两侧写着："领导我们事业的核心力量的中国共产党，指导我们思想的理论基础是马克思列宁主义"。

大门两侧的南北配殿退后大殿一米左右，低于大殿，平顶挂瓦，木格圆窗。北侧殿后墙连接院墙五米处便是坐北朝南的一排土木结构的平房10间，前墙抹了一层石灰泥，在窗与门的空当处，哈书记用红色油漆写着"虚心使人进步，骄傲使人落后"，"下定决心，不怕牺牲，排除万难，去争取胜利"的毛主席语录。

中间是三间搭梁无墙的大通房为大队部会议室，两侧各一套间，一间是哈书记办公室，一间是文书、接待室。

另外的房子里墙都抹了一层石灰泥，吊了兰花纸的屋顶，正面墙中央贴着毛主席的标准像，两侧是红底黑字的对联：听毛主席的话，跟着共产党走。

经此粉刷装点，旧貌换了新颜。

红旗大队从此有了自己的地盘，安营扎寨多年没挪过窝。

就这样，开始了清真寺上红旗飘的历史，她向红旗大队三千回汉群众宣告：这里是红旗大队的政治、文化、经济中心。

史无前例的"文化大革命"开始后，最响亮的口号就是"破四旧、立四新"，四旧指的是破除旧思想、旧文化、旧风俗、旧习惯。虽然没有具体范畴，但在"横扫一切牛鬼蛇神"的舆论精神诱导下，但凡是历史遗留下来的东西都成了旧思想、旧文化，古建筑、古董、亭台楼阁、庙宇、清真寺等都属于四旧。

曾经有一群高举"破旧立新战斗队"旗帜的红卫兵小将扛着铁镐铁锤冲进红旗大队部，他们是向"四旧"宣战的，这之前，他们已砸烂、火烧掉数十多处楼阁庙宇，焚烧高庙桥处那座庙宇的火焰还没有完全熄灭，他们就风风火火赶到红旗清真寺。

意气风发的革命小将们，看到了毛主席语录，面面相觑，目光投向他们的头儿，那头儿无奈地摇摇头，但又不甘心地说：看看里面是不是藏着牛鬼蛇神！

哈书记横在清真寺大殿门口，微笑着说："革命小将们，我是大队书记，我向毛主席保证，我们这里绝对没有牛鬼蛇神，这是我们大队的油坊重地，不能随便进入的，不信，可以让你们队长进去看看"。

那队长看罢后，有些失落。在院子里转悠着看，看见坐南朝北的几间土木平房，墙面泥土掉渣，窗是旧式的万不断小木格，窗框门框四角处雕刻的花纹模模糊糊，是人是兽是花还是虫草已经辨不清楚，那位队长指着那些木雕花纹说："破四旧不能放过任何蛛丝马迹，只要发现了，就要像秋风扫落叶一样毫不留情"。话音一落，就响起了砰砰梆梆的撬砸声，一会工夫，那些木雕花格就被撬下堆在地上，很快有人找来干柴做火引子，干柴遇烈火一触即燃，黑烟不多，蓝色火焰熊熊燃烧，不知经历过多少年的木雕装饰，一会工夫就化成灰烬。

哈书记在烟硝火尽时，对"破旧立新战斗队"队长说：谢谢革命小将的革命行动，这些旧房子我们正准备拆了重新盖大对医疗站的。

乡村书记传奇

"那你们就赶快行动起来，我们还要到别处去破旧立新"。队长一呼百应，小将们得胜而去。

围观的群众，向哈书记竖起了大拇指："哈书记，你真是在世诸葛，要不是你，我们这座清真寺就会被烧成灰了"。

说话的老者，是马阿訇的老伴马奶奶。

马阿訇已过世，红旗村的人尊称马奶奶"阿訇奶奶"。

红旗大队建制之初，管辖着九个生产队（现在的村民小组）。七队是纯回回队，六十余户人家近三百余口人，自然村落西面紧靠109过道，马奶奶家的西院墙和109过道路基相隔不过两米，北墙根就是红旗渠坝，春夏秋之季，晚上睡觉还能听见红旗渠的潺潺流水声。

那些年，别看一年四季脸朝黄土背朝天的农村人，天天向土地要粮食，一年到头收获的粮食基本是按照"先国家，后集体，再个人"的方针进行四个层次方面的分配。

首先是无偿交国家的公粮，按现在的理论当算国家土地租赁费，以土地再册面积计算公粮。这是国计民生的硬指标硬任务，有条件的必须完成，条件差的想办法完成。如何想办法，就看村书记大人如何通盘考虑和操作了，这方面，哈书记大有名堂，后面会讲到的。

有人不解地说："我们农民辛辛苦苦从地里刨出来的粮食，还没吃上一口呢，就把最上等的白白地交上去了，凭啥？"

"凭土地是国家集体的，凭国防建设强大了，国家才能安稳，国家安稳了，我们农民才能耕者有其田。公粮是用于国防建设、备战备荒、军队所需的储备粮，这是义不容辞的义务"。复杂的问题，哈书记几句话就解释的清清楚楚明明白白。

其次是卖购粮，就是公粮外，国家按土地比例定价有偿收

4

购的粮食任务。这也是硬指标硬任务，国家定价收购的叫"平价粮"，高出国家定价的叫"议价粮，高价粮"。议价粮相对于吃供应粮一族在国家供应部分外从粮站买的粮，大约比平价粮高五分到一毛钱。

卖购粮是生产队的主要经济收入，这部分应该是供应城市人、国家公务员、工人、大学生等非农业人口按月购买的口粮，每人月平均 27 至 36 斤不等。还是有人牢骚满腹："凭啥城里人靠我们农民养活？"

"说的是你们家的话，我们不织布不铸锅不造拖拉机，凭啥穿衣服用锅使拖拉机？我们年年吃救济粮、返销粮，是哪里来的？"哈书记的反诘，使牢骚满腹者频频点头。

哈书记拍拍那人的肩笑着说："明白了工农商学兵谁也离不开谁罢？交公粮也好，卖购粮也罢，都是取之于民用之于民，是我们天经地义的义务。"那人一个劲地点头。

农民都很直爽直接直白，搞不清楚的事敢于不耻下问，问清楚了就会上面咋说就咋干，不打折扣。

再次是公社、大队、生产队按比例无偿提留的公积金储备粮。这部分用途广泛，大概是用于公益方面，主要是那些为公家做事但不吃皇粮的编外人员。（大队领导、拖拉机手、赤脚医生、榨油师傅等等）还有农村没有劳动能力的孤儿、失去劳动能力的残疾人，无劳动能力无儿无女的孤寡老人，军烈属补助、困难户救济、还有修路挖渠、平田整地义务工的伙食补助外，还有集体养殖的那些不会说话的动物，如牛、马、毛驴、羊、猪的饲料，牛马毛驴是比强壮劳动力强十倍必不可少的极品劳动力，口粮除了杂草外必须有粮食一类的精饲料，否则就不上膘没有力气。羊和猪是在完成国家统购任务后，剩余的用于逢

年过节宰杀后按人定量分给农民打牙祭的。还有各级领导检查生产、开现场会、观摩会、表彰会、总结会等消费的部分。

再再次就是农民兄弟自己的消费了，年人均标准360斤。这是相对土地面积而言，土地多人口少的生产队能达到这个标准。七队人均达不到这个标准，八队凑凑合合，九队在红旗渠的末梢，有芦苇湖蒲草洼荒滩盐碱地，土地改革时没有入册，哈书记当时跟着工作组作记录。

红旗大队从望远大队独立出来，另起炉灶前，哈书记花言巧语地将本归属望远大队的九队弄到他的麾下，搞出了个在望远大队的地盘上耕种红旗大队田地的犄角旮旯儿来。

那犄角旮旯儿是百十余亩白茫茫、水汪汪、草萋萋、蛙叫蝉鸣野鸭藏身之地。

土改工作组很不待见，就成为土地改革时的漏册之地。

哈书记好像有先见之明，预感到他将是红旗大队的擎旗手，不动声色地盯着那块漏册之地，下定了势在必得之心，待时而发。

按时下的调侃话，有贼心亦有贼胆就是没有贼权，一旦有了贼权，啥事都能玩得转。

哈书记是胸有成竹，心有灵犀。

红旗高高飘扬在红旗清真寺上空后，哈书记和九队老队长来了个湖边之约，约定那块漏册之地三七开，三成归九队，七成归大队，由九队管理，白纸黑字按手印为证。

大队有地就有粮，有粮心中就不慌。

与农民有地就有粮，有粮心中就不慌是一样的理儿。

农民追求的是丰衣足食，与名利无关。

七十年代的农村，油比眼泪金贵，粮食比人金贵。

不像现在，啥都比粮食金贵。

满桌的美味佳肴不见大米白面，地沟油冒着泡泡煮着菜，吃得人满头大汗，嘴角流油，揉着肠胃帮助蠕动。

酒水中，蠢蠢欲动的大虾弯着腰护着腹中的小虾，品尝者看着一半清醒一半醉的弓形生物，三个手指一动两根筷子一夹，说出三个字："鲜，真鲜"，那虾便泥牛入海无消息了。

中午泥牛入海无消息，日落时便摩拳擦掌地嚷嚷："鸡鸭鱼肉滚下桌，乌龟王八爬上来。宁吃天上四两，不吃地上一斤，地上的驴肉天上的龙肉，有者拣鲜得端上来"。

嚷嚷者大腹便便为多，且是不掏要包的主儿。

这种现象，餐厅服务员就是白内障也看得出端倪。

天生人吃的粮食，白生生的大米饭、面食垃圾桶里、泔水池里比比皆是。

不是人吃的东西城里人吃得津津有味，难以节制，结果是肌肉萎缩了，脂肪耀武扬威起来，把个血肉之躯弄得跟泡沫产品似的，年纪尚轻，就成为高血压、高血糖、高血脂"三高大军"里的少壮派。

少壮努力吃，没老即悲伤。

为了减轻悲伤，"饥饿疗法"就推广开来。

所谓的"饥饿疗法"，其实就是给瓜菜带系列安了个现代的、时尚的名字。

经历过瓜菜带坐庄的人啊，才是真正的"饥饿疗法"的创造者。

这些创造者，在琳琅满目的餐桌上，是不顾及其他食客的眼神目光表情，大胆地向服务员要一盘土豆丝、一碗米饭或酸汤面以果腹，对掉在桌上的一粒米都会珍惜地放进嘴里边精嚼

细咽的。

这是一种对粮食的情怀，对农民的尊重。

土豆，红旗村的乡亲们习惯称山芋蛋，爱称救命蛋，学名马铃薯，山里人称洋芋，城里人称土豆，风雅之士称金蛋蛋，吃出病的人称肉不换。

红旗村七队的金队长，为了他的乡亲们能过上一个吃饱肚子的年，数九寒天坐着大队拖拉机去山区拉土豆，冒雪回家时，车祸人亡，给红旗村留下了永远的痛，是哈书记一生的纠结。（后面详述）

瓜菜带坐庄的年代，瓜是面瓜、荬瓜、南瓜、菜瓜、丝瓜、黄瓜。

菜是土豆、大白菜、莲花菜、胡萝卜、青萝卜、白萝卜、糖萝卜及萝卜叶子、韭菜、茄子、辣子、西红柿，都是农民亲手种植的。

野生的苦苦菜、鸡爪灰草、面灰草、毛扫草、羊角草、喇叭花根，蒲草根、芦草根、猪耳朵草（猫耳朵草、车前子）、苜蓿草、榆树叶子、槐树花……

都是《本草纲目》里的东西，李时珍老爷子亲口尝试过的。

红旗村的农民父兄们大多不知道《本草纲目》是何物，不知道李时珍老爷子何许人也。但时代造就了食百草以果腹的农民父兄们，不经意间成为开采健康食品的先驱者。

上述瓜菜带配方，被时尚的现代人冠名为：绿色食品，健康食物绿色通道。城里有人专门找着买萝卜叶子作配料熬"延年益寿排毒养颜强身健体百病消汤"。

那个年代的红旗村，家家户户几乎每天都要熬一锅"百病消汤"，不过没有桂圆、红枣等提气补虚之类的高档营养品，最好的就是出锅前呛一勺葱花辣子油。那是逢年过节时家庭主妇们的优惠政策。

三大海碗瓜菜带汤下肚后，腹胀隔响，待收割打碾舒展两下筋骨吆喝三声骡子解一泡尿，胃就空空如洗，肠鸣声伴着蛐蛐叫。不到下顿饭口，胃里寡淡的连酸水也吐不出。

现代医学论证：百分之八十的疾病都是吃出来的，屡屡告诫：病从口入。

因此，就有的"饥饿疗法"的问世。

饱汉不知饿汉饥的现代人，肠子被大鱼大肉填塞的像储存的地沟油库，不清淤就渠道不畅。在看着饭菜就想吐，挨到吃饭时间就准备溜号的精神折磨中，终于知道了清水煮萝卜熬白菜是洗涤肠胃的神丹妙药，理解了大清朝的乾隆皇帝为何颁发谕旨寻找能做"羊脂白玉翡翠汤"的名厨。

红旗村凡摸过锅沿的人，都能做出乾隆皇帝老儿百年只喝过一次的那种汤，因为红旗村的家庭主妇们，天天都做味道不同的"羊脂白玉翡翠汤"和"排毒养颜强身健体百病消汤"。

假如乾隆皇帝老儿当年在红旗村溜达一圈，比他喝的那种汤美味不知多少倍。他老先生绝对没有喝过红旗村那种能治病救命、延年益寿的"苦苦菜汤"。

红旗九队老队长得了一种呕吐病，吃啥吐啥，吐得翻江倒海，不省人事。哈书记去家看望，实在没什么可带的，听了老伴的话，带了一碗发酵腌制的苦苦菜和汤。

瘦骨嶙峋的老队长拉着哈书记的手，颤巍巍地向哈书记诀别："哈书记呀，我就要给阎王爷当差去了，我前半辈子稀里糊涂地混光阴，后半辈子成了共产党的人，沾了共产党的光，三个儿子一个当了工人，一个参了军，小三儿就在家守业，我

思谋着光守自己的小家业是不成的，还要守好我们这三百来人口的大家业，这个大家业是党交给我的，我不能一走了之，我想求你把小三儿培养成党的人，我看小三儿和我一样，是个土命"。

哈书记点头应允："老叔，你是我的入党介绍人，这些年你对我的支持有多大我心里清楚，我们都是党的人，为党培养人是义不容辞的义务。你先不要急着向阎王爷报道，先把我的这碗菜吃了喝了再说。"

老队长捶捶胸："吃了也是糟蹋掉"。眼含泪花吃完了苦苦菜喝干了菜汤，双手捂着胸口，乏力地靠着炕角的被闭上眼睛。

五分钟、十分钟、二十分钟、一个钟头过去了，身乏力竭的老队长一个小迷糊睁开眼睛，就觉得身上有劲了，挪着下地向太阳处走去。

人是铁饭是钢，一顿不吃饿得慌。

老队长三个多月吃啥吐啥，全靠输葡萄糖液维持生命。

儿女、媳妇、老伴多次劝说去医院检查治疗，老队长拒绝说："去那里干啥呢，是福不是祸，是祸躲不过。我这是先人传下来的噎食病根，怕是神仙也救不了命，你们就不要瞎折腾我了，阎王爷哪天招手我就哪天走。"

家人们拗不过头脑清醒的老队长，老伴换着花样给老队长做吃的，逼着老队长吃下去，看着老队长呕出来。

呕吐的老队长越来越厌弃自己糟蹋粮食的行为了，看见老伴给他做饭，就骂就埋怨。拒绝吃饭，儿子就给弄来葡萄糖液，住老队长家后面的赤脚医生，每天晚上去给老队长输液。

老队长在太阳下晒得浑身发热，多日的冷却症消失了，头脑一贯清醒的老队长高声叫老伴："快去把哈书记给我找来，他爷爷是个老中医师，那碗苦苦菜汤里肯定有祖传的秘方，我还想吃那个苦苦菜喝那个汤"。

哈书记去了许家弯许会计家，许会计是个腿有残疾的人，算账可与计算机有一拼。

乡上给红旗大队分配了十辆永久牌加重自行车指标，大队平均分配到九个生产队，余下一辆，哈书记就耍了一次特权，买给自己用。

原来的那一辆，乡亲们有说辞："哈书记当着官，骑得车子特烂杆，烂里胎破飞轮，链子像个拴狗绳；鞍子像个乔木楞，骑上硌得勾子（屁股）疼；脚踏子像马蹬，三蹬五蹬没有劲；骑上晃荡推着响，只有铃铛摇不响"。

瞧瞧，农民的语言多形象多生动。

哈书记耍了一次特权，来了个矛枪换大炮。

红旗村的乡亲看见了哈书记的新行头说："这才像我们的书记，早就该换成这样的了"。

理解万岁，就是这样练出来的。

哈书记的自行车红旗村的人几乎都认识，车轮压遍了红旗村的田间小路，在红旗村的地盘上车锁从未发挥过作用，锁心锈迹斑斑，车轮轴条铮铮亮亮的。

因为车放到那里，都有人主动擦。

与套近乎无关，红旗村的哈书记和谁都不疏远。

与讨好也无关，擦车的人擦完就走，就是在现场，也没人主动承认。

这就是人格魅力！

哈书记的自行车，只要忘记在红旗大队的地盘上，总有人

送到大队部的。那个年代的自行车相当于今天的汽车，姑娘谈对象的物质条件是"三转一响"，即自行车、缝纫机、手表、收音机。

永久牌自行车相当于今日汽车里的"宝马"。如果有待字闺中的姑娘骑着崭新的"永久牌"自行车招摇过市，不用问，一定是名花有主了。

哈书记的自行车从来没有防人之心，走哪扔哪，从未发生过一去不复返的事儿。常有为儿相亲的乡亲们为了装装面子借用哈书记的新车，哈书记总是成人之美。

哈书记有了新自行车，看着那辆除了铃铛不响其他都响的自行车，想起了许家弯的许会计，看过老队长就去了许会计家。

跟许会计说："你这多面手能不能把自行车改成轮椅？"

许会计不假思索地说："我想差不多吧，给谁弄呢？"

"给你呗，我这不是换了辆新车子嘛，那辆旧车就给你，你要是能鼓捣着自己用就好了，以后就方便多了"。

许会计泪花涌动。

哈书记返回老队长家，听了老队长的话，开心地大笑起来："我的老叔，我哪里有祖传密方，我家里的那位腌得一手好菜，年年夏天都用面汤发苦苦吃，那个菜汤即解暑又解渴，老伴知道我爱喝那个汤，就弄了几坛子。听我说了你的病，知道我来你这里，就让我带了一碗。我还说拿不出手呢，老伴不知听谁说苦苦菜汤能止吐"。

"哈书记呀，我这一个多月吐得没心思活了，今儿向你挑明了心事，再没啥牵肠挂肚的事了，想着吃喝了你的东西，不枉和你共事一场，眼睛一闭两腿一蹬算了，谁知又有了精神，怕是阎王爷嫌弃我了吧"。

"这就对了，老叔，阎王爷知道你还没有把九队的事安排好，就是小三儿接你的班，你也得把他扶上马走一程。我这就让小三儿跟我去家里，给你先抱一坛子苦苦菜来，吃完了再抱一坛子"。

老队长吃了哈书记的两坛子苦苦菜，死神羞答答地走了。

奇迹就发生在不经意间。

哈书记老伴丁姨妈将发苦苦菜的手艺毫无保留地传授给老队长的老伴。

花甲之年的老队长在鬼门关上溜达了一趟，被不曾显山露水的苦苦菜精灵唤回了魂魄，从此与苦苦菜结下不解之缘。

红旗村的田间地头荒滩湖埂渠坝，是苦苦菜自生自长的温床，那东西的生命力极强，生存能力也是一顶一的棒。

这是大自然赋予野生植物的秉性，告诉人类：适者生存，万物万事皆有各自的用途和生存方式，苦苦菜的秉性最是不嫌贫爱富攀高枝，追名逐利的。

荒滩盐碱地、沙丘劣质土，只要风将种子播撒，稍微有天水滋润就能生根发芽自由生长，回报大自然，造福人类。自力更生的生存方式，是红旗村父老兄弟的写照。

苦苦菜有个姊妹叫甜苦菜，应该是同族同根同科的大自然厚爱植物。

甜苦菜比苦上加苦的姊妹讲究一些排场，要求高一些，不喜欢贫瘠的土壤和贫穷的地方，最爱锦上添花，缺少苦苦菜那种雪中送炭的高风亮节。她最爱在万物竞争的场合抛头露面，就少不了乔装打扮，在叶面上弄些深红、浅红、铁锈红的斑斑点点。就像那些逃离农村进城后就学城里人涂脂抹粉，不待见

家乡父老兄弟的人一样。

不管甜苦菜如何涂脂抹粉，红旗村的父兄姐妹们一眼就能认识她，把她当成一盘好菜，加盐调醋后上桌下饭待客之用。

红旗村那些不长粮食的田地上，就长苦苦菜系列。

那是上天的厚爱，大自然待见农村人的天赐食物。

那时的城里人很不待见苦苦菜，单是听那名字就摇头。

现如今大不一样了，名不见经传的苦苦菜登上了城市高档餐厅的大雅之堂，犹如当今受到国家高度重视的中国农民一样，近年来，党中央每年的一号文件，都是关于农村、农民、农业的三农问题。

不信可去文史馆查查，时间从一千九百八十二年开始。

假如时光倒流三百年，乾隆皇帝得知红旗村出过"延年益寿排毒养颜强身健体百病消汤"的事儿，定会下圣旨曰：

"奉天承运，皇帝诏曰，闻红旗村良臣哈明堂之妻丁氏精延年益寿之妙方，速领旨即日赴京，太医院供职，任首辅御医，主司朕延年益寿、长生不老之术，为朝廷分忧，为国尽忠。钦此"。

那可就苦了我们的哈书记，害了我们的丁姨妈。

不过，那是不可能的事。

红旗村从古至今没有在国、省、市区的地图上露过面。

永宁县、望远乡的区域规划图上那是少不了的。

红旗大队的土地面积人均不到两亩地，其他生产队或多或少还有一些荒滩野地湖埂渠边不在册，开荒种粮生产队还能有些灰色收入，青黄不接的二三四月份还能救个急，七队、八队靠近公路、学校、大队部、乡卫生院、乡政府，一分一厘的土地都是有主家的，有的地段还是一个萝卜几个坑，就如乡医院的那十亩地，谁下种子早就归谁，成果是二一添作五，耕种家一半，医院一半，就这样，七八队年年抢着种瓜种菜种粮食。

八队是回汉杂居的自然村落，四十余户人家二百余口人，只有一户黄姓人家是汉族兄弟，这位汉族兄弟一家和大队哈书记前后院居住二十余年，连续干八队的政治队长二十余年，年年民主选举队长，生产队长是三年换个马队长，五年换个哈队长，政治队长老黄年年都是五十人选举一百只手举起。

村民有言：回回窝里一蛮子，（当地回民对汉人的称谓）年年都是满盘子，（豆类当选票）政治队长一辈子，没人和他抢位子。

红旗村传奇，第一位闪亮登场者，当数哈书记。

哈书记，姓哈，字明堂，回回民族。

没有地下工作过的历史，共和国成立前上过私塾，算是当地的秀才。

他爷爷是江湖郎中，行走乡村民间。

共和国成立后，曾经干过地下工作的李大叔证实，他和马书记的父亲是同一天被马家军绑上战车的，一个月后同一天从马家军营逃跑，跑到黄河岸边，马书记的父亲被追上来的马匪兵乱枪打死扔进黄河，他腿上挨了一枪，被抓回去打了个半死，后遇解放军相救活下来，一条腿成了残疾。

大难不死必有后福的李大叔，宁夏解放后回到了家乡，赶上了"土地改革运动"，想不到的是土改工作组组长竟然是几年前给他找放羊差事的那位解放军。

原来那家羊主人就是工作组组长的父亲，让他去送羊其实是送信，信就在羊的数量和羊身上，羊的秘密他不知道，信得秘密他不知道，他是中共地下党的秘密交通员的秘密他也不知道。

听了工作组组长的讲述，李大叔不解地问："咋给党干事这么简单？"

"不简单，那个时候可是提着脑袋冒着生命危险的。你现在知道了，后怕不？后悔不？"

李大叔摇摇头："头割掉是个碗大的疤，活蹦乱跳的一个人现跑着就被揭了天灵盖，婊子养的，杀人连个眼也不眨，还把有一口气的人扔进黄河！"

工作组组长听说了将人扔进黄河的事，义愤填膺，一拳砸在桌子上："狗娘养的，我非把那几个王八羔子找出来千刀万剐！"

"善有善报，恶有恶报，那几个人做了那个没屁眼子的事后，听说就吃了解放军的火药弹。我要不是解放军救，早就成了孤魂野鬼"。

黄河岸边的那一幕在李大叔的眼前挥之不去。

"你愿意加入中国共产党吗？"

"我，能行吗？"李大叔指自己问。

"你已经为党做了许多事了，党是不会忘记的。"

"我咋就一点也不察觉呢？"

"那是特殊环境下的特殊方式。"

"哦……"

工作组组长介绍李大叔入党了。

从此，李大叔用简单的思维方式和简单的方法为党做着简单的事情。

他把哈明堂介绍给工作组组长，后又介绍哈明堂入了党。

哈明堂用他的方式在红旗村搞了几十年名堂。

当有人质问他搞得啥名堂时，他回答：哈明堂！

任红旗大队书记多年的哈明堂，除了上级领导和户籍警察能叫上他的名字，红头文件上写他的名字时，还有过笔误，写成哈名堂。

他自己没有忘记他的名字叫哈明堂，从未笔误过。

在红旗村，大凡有辨认能力的大人和孩子，见面都称他哈书记。

望远清真寺，始建于清朝同治年间，距今已有160年的历史，光绪二十八年（1902年）进行修缮，民国六年（1917年）再次维修，是全区仅存的三座清真古寺之一，虽因年代久远，历经沧桑，文革期间又有部分损坏，但其主体建筑风貌依然保存，作为回族清真寺的古建筑物，不仅具有文物价值，而且又是回族群众信仰宗教的主要场所，经二〇〇二年六月二十一日永宁县人民政府十四届七十八次会议研究决定，将望远清真寺定为县级文物保护单位。

丑丫梅雨

不能不让乳名叫丑丫的农民女儿梅雨亮相了。

因为她是本传奇故事的见证人。

三十余年来，梅雨摆脱不了红旗渠的潺潺流水声和那座清真寺上空红旗飘的吸引力，总是对马奶奶、马主任、丁姨妈的"百病消汤"回味无穷，甚至夜不成寐。

当看见高楼林立的钢筋混凝土建筑物将红旗大队的千亩良田踏在脚下时，红旗村已经成为"望远经济开发区"的政治经济文化中心时，她嗅出了现代化的气息中缺少了厚重的文化底蕴，便向着被荒草虚掩的红旗渠坝那条小路和杨柳环抱的青砖古物走去，这就看见了永宁县县委冯书记、老王师傅、望远公社老王书记、秦副书记、老雷叔、红旗大队哈书记、马主任、丁姨妈、马奶奶的身影…

这些前辈们，有的踏上了天国的阶梯，成为天国的子民，在天国里时不时地穿越时光隧道注视着他们曾经逗留过那片热土，那片热土上仍然有他们当年战天斗地洒下的汗水，春种秋收留下的足迹。

梅雨再也不想让记忆长廊里的无字丰碑被淹没在历史的长河里。

为此，开始挑灯夜战地追忆曾经遇到过那些人的那些事，驾驭着思维的马车，沿着红旗渠两岸的马路蹒跚而行，随着红旗渠涓涓细流去追寻几十年前那些久违的红尘影事……

那些红尘影事，原于共和国缔造者毛泽东主席的一句话："农村是一个广阔的天地，在那里是大有作为的"。大有作为的直观展现，诸位大都从反映那个年代那些事的影视剧《血色浪漫》《我们生活的年代》《北大荒》《年轮》《知青》《孽债》《北风那个吹》《雪花那个飘》等反映知识青年上山下乡的影视剧中直观过，的的确确是那个年代那些事的再现。

源于生活高于生活是文学作品的基本要求，完全原汁原味，是登不上大雅之堂的，因为有些事能做不能说不能写出来，有些事能写能说不能做的。

经历过就是最熟悉的，真实的就是原始的，原始的需要提炼，经过提炼的就是美丽的，美丽的就要大力宣传。

梅雨开始用奋笔疾书来治疗夜不成寐，食不甘味的顽症了。

一千九百七十五年五月的一天，也许是天上的司官神仙吃醉了酒，将一顶"望远公社党委委员、革命委员会副主任"的乌纱失落在回乡知识青年梅雨的头上。不经意间，丑丫梅雨坐上望远公社革命委员会的第四把交椅。

那把交椅没有捂热过，梅雨就被任命为"红旗大队副书记"，到红旗大队挂职锻炼。和哈书记同台为官5年，名义上是哈书记的上级，实际是哈书记的副手加助手，更实际得是哈书记对她进行言传身教的传、帮、带。

更更实际得的红旗村的经历，成就了她的德性，培养了她的理性，升华了她得人格，厉练了她的意志，铸就了她忘却仇恨记住恩人恩情恩德的感恩之心。

今非昔比的红旗村村委会，现在搬迁到窗明几净的楼房里

做事。

红旗渠还是那条渠，路还是那条路，但再也听不到潺潺流水声，看不到儿童光着屁股摸鱼戏水打闹的童趣妙景。

当年，哈书记领着梅雨走进寺内参观时说：按习俗清真寺是不能让女人进入的。这坐清真寺的建筑风格最能反映出明清时代的建筑特色。能与哪位达官贵人、文臣武将扯上关系无有考证，也没有考证的必要。就像"万里长城今犹在，不见当年秦始皇"是一个理儿。

一个人有天大能耐天大本事，没有文化的渗透，就没有痕迹可循。

古物旧人往事没有文化的传承，都是过眼云烟，烟消云便散尽。

文化，才是历史长卷上永不消失的电波。

迄今为止，没有任何东西能超越文化这种传承方式而名传千古，万古流芳。

红旗村传奇，是魁星点斗了梅雨，司天下文章的魁星没有赐予梅雨秀才、状元的名号让她声名鹊起。而是和那位司官的天神串通一气，将笔墨文章藏在乡官的乌纱帽里，看着梅雨苦苦寻找一生而处处留文却不露真迹不动声色不卑不亢不闻不问却又适时提醒：

人生如朝露，文章传千秋，莫忘旧交，莫忘感恩！

身体力行过红旗村的那些事儿，就是大有文章。

那些小人物做的大事儿，当今的大人物仍然在做。

梅雨本是农民的女儿小人物，喜欢浓墨重彩乡村小人物做的大事情，惺惺相惜，无可非议。

乡村人的故事历来被历史淹没，多亏上世纪七十年代的知识青年"上山下乡"运动，让城市人普遍地了解了农村，知道了大米白面、瓜果蔬菜、鸡鸭鱼肉等等吃食是怎么炼成的，牛马毛驴除了肉能以吃以外的其他用途，还有土豆、花生不是树上结的等农村农民农业一系列农字辈的农耕文化的内涵。

从而对"锄禾日当午，汗滴禾下土，谁知盘中餐，粒粒皆辛苦"有了感性的认识，对每年中央发的一号文件总是关于"三农"问题的寓意有了理性的理解。

生在农村长在农村工作在农村和城里居住在城里的梅雨，一辈子忘不了乡村的那些不是大事的小事儿，不是小事的大事儿，算得上是乡村人的传奇事儿。

那些事儿梅雨不说无人知晓，不知怎地，本不想饶舌的那小事儿，就像是无字的丰碑总是在梅雨的眼前闪现，一个个熟悉的面孔和那些久违的故事总是在梦中萦绕，梦醒后又不失时机地跳出记忆的闸门，多年来挥之不去。

冥冥之中好像他们仍然和当年一样，向贫穷不消停地宣战，不消停地继续着造福一方的历史使命，关注着一方村民的生老病死。

上山下乡运动是华夏民族历史上经历过的大事件，牵动了亿万个家庭亿万人的心，造就了数以万计优秀人才的，这数以万计的优秀人才历史是不能忘记的，尤其是经历过那件大事的小人物。

就让梅雨以感恩之心，拙笔浓墨素描那些小人物的传奇故事罢。

回乡知识青年相对那个年代"下乡知识青年"而言的。城市里的高中、初中毕业生赶上了"知识青年上山下乡运动"的时代列车，高唱着"到农村去，到边疆去，到祖国最需要的地

方去"的歌，成为知识青年上山下乡的主力军，奔赴祖国的大江南北，山区农村。

农村生农村长，祖上三代都是以修理地球为谋生手段的农民女儿梅雨别无选择，戴上"回乡知识青年"的桂冠，那里来那里去。

知识这东西能量大无边，回乡知识青年的桂冠上还有一道"永久牌"的特殊的光环。"永久牌"是相对"飞鸽牌"的下乡知识青年而言的。

那是自行车的两个牌子，乡村人顾名思义，就给安装在出处不同的知识青年桂冠上。

梅雨实实在在沾了永久牌知识青年的光。

国家历来注重培养青年干部，历史上推行过"河北经验"，就是培养"有知识的亦工亦农青年干部"，顾名思义，就是培养即是干部又是农民，即是工人又是农民的方略，通俗地说，就是履行公务，为公家做事，不吃皇粮，由户口所在地的生产队按照同等劳动力记工分分口粮，（最好劳动力最高工分）按月领取国家支付的 18.5 元的生活补助费和国家公务员享受的一切福利待遇。

这等特殊身份双重待遇的好事，但凡年满 18 岁的知识青年们，一个听到十个抢，十个听到百个抢。

梅雨没有抢，因为她没有听到。

她的心思和成千上万的知识青年一样，报一颗红心接受贫下中农再教育三年，磨两手老茧弄个上大学的资格，即便不能被推荐上大学当个工农兵学员，也要奔着一军二干三工人，死也不当老农民的欲望而去。

回乡 3 个月，就赶上了国家第一次在农村征女兵的机遇，征兵条例明确规定，在农村征女兵的首要条件必须是农村户口的贫下中农出身（根正苗红），祖上三代没有政治历史问题（历史清白），高中毕业生（学历标准），年龄在18至22岁（青春阳光），身体健康、五官端正（基本条件）。

梅雨听到了，积极报名，整装待发，做好了势在必得的准备。

她是家乡那个大队的唯一的女高中毕业生，所有的条件都符合她。

乡试闯关顺利过关的只有3个人。

等到县上闯关时，梅雨在面试关上卡了壳。都怨她的名字叫丑丫。

另一位在关系网上败下阵。

心想事成的那位没有裙带关系，能唱会说多才多艺不在话下，就那羞花闭月的相貌，就是上了前线和敌人拼刺刀，对手看一眼就会举手投降。

梅雨知道了关系网是靠不住的，德艺双馨才能心想事成。

她曾在心里埋怨父母把她生得太粗糙，一点儿也不精致。

埋怨也是白埋怨，那是个无能为力的事。要是现在，韩国走一趟，猪八戒他二姨也能沉鱼落雁，倾国倾城。

她没有成为钢铁长城里一员，纠结了一阵子就歇过气来了。

那天，生产队召开社员开大会，老会计得了眼病，就让梅雨代他读报纸，梅雨照本宣科，不认识的字就认半个字一字不落读完了报纸，从此，梅雨成为老会计委托的读报员。

机遇就是这么悄悄降临的。

识文断字给梅雨带来了好运，读报员没几天，大队会计的账目出了问题，老会计被抽借到大队查账，兼职的记工员工作又委托给梅雨，梅雨在老会计的指导下，一回生二回熟三回就

上了路，一星期后，在老会计的极力推荐下，经队委会研究决定，让梅雨当生产队的记工员，记工员相当于现在的效能监督员，生产队一百多个劳动力，每天的出工情况都要用"工分"来衡量。

老会计对梅雨说："丫头，工分工分，社员的命根，记工分一定要公正无私，你要把每个人扣分点的来龙去脉说清楚，别看大老粗们不识字，每个人心里都有一本账。特别是你家里人的工分，宁可少记不能多记，好事不出门，坏事传千里，人的名声很重要，我们两家都是外来户，多少双眼睛盯着我们呢，干好了将来对你好处大得很。"

老会计说得很对。

三个月后，赶上了，培养选拔"红四员"的机遇。

物以稀为贵，矮子里面拔将军，文盲群里选秀才，梅雨过了记工员的考验关，就成了乡亲们信任的人，就有了生产队"红四员"的头衔，就归属到大队"理论辅导员"之列，到了这个级别，就有了更上一层楼的机会，有没有理论水平且放一边去，主要看大小会上敢不敢讲紧跟革命形式的话，那阶段是学习"无产阶级专政理论"的高峰期，梅雨有幸参加了两个月的全县"无产阶级专政理论培训班"，学习班上，听到诸多有关无产阶级专政高深理论和通俗理论，高深理论是"以阶级斗争为纲，阶级斗争是纲，纲举目张"，纲是渔网上的绳子，目就是网眼，捕鱼时紧紧抓住纲用力撒目就张开了。

"阶级斗争是一个阶级推翻一个阶级的暴力行动"等等。通俗的如"阶级敌人就像十冬腊月的大葱，根枯叶烂心不死"，"阶级敌人就像水里的鸭子，身子稳稳当当下面的爪子乱刨乱动"等等，梅雨对高深的理论似懂非懂，但却背得滚瓜烂熟记在心里。

学习班结业时，梅雨作为学员代表发言，因为有过社员大会上读报纸念文件的经历，发言流畅不怯场，还把老师讲的那些书本上没有的通俗理论糅合在发言中。县委冯书记讲话时，对梅雨的发言给予了表扬。

那是梅雨第一次面见县太爷，因为头天晚上学习班放映了一部名演员赵子岳主演的电影，县委冯书记很像赵子岳，因这个缘故，只要是赵子岳主演的电影，梅雨就爱看，那时没有追星族之说，一年半载能看场电影就是最好的享受了。

大概是贵人相助吧，学习班结束后回到家乡，县科委提倡科学种田，大力推广"科学种植试验田"，一个大队搞一个课题，大队江书记的家就在梅雨家后面，近水楼台先得月，培养"新杂52号育种高粱种"的课题就给知识青年的丑丫梅雨带来了好运。

一切按照农科站的要求操作，收获的季节，梅雨培育的"新杂52号高粱种"以一斤换三斤的收获迎来了全县"科学种植试验田"现场观摩会，观摩会的主帅就是冯书记，梅雨当仁不让地作经验介绍，实话实说的好处妙不可言，说得好做得不好，在农村不仅自个招人骂还要让先人背骂名受到阎王爷的审判。

做得好说的不好，不过落个"嘴笨得像棉裤裆"，"茶壶煮饺子有货倒不出来"会干不会说"的褒奖评语，啥都不受影响，还有好人缘。

自古以来，农业生产方面的现场观摩会是最不适宜乔装打扮的，谁要是在这上面做表面文章，玩花拳绣腿，那是要吃大苦头的。

梅雨介绍经验咋干就咋说，如何整地、施肥、下种、间苗、捉虫、受粉、轰麻雀等，地地道道的农民情怀、农民精神、农

民语言，全是实践中的理论，全是腹稿外泄，信口开河。

那是实践出真知的结果。

梅雨一生中就当过那么一次脱口秀，秀出来了一个鲤鱼跳龙门的美好前程。虽然没有繁花似锦，不是锦绣前程，但梅雨以一颗感恩的心坚守一生，无怨无悔。

梅雨在观摩会上信口开河，博得一片掌声。

掌声的发起人就是观摩会的主帅，那个越看越像著名演员赵子岳的县委冯书记。掌声中，冯书记伸手与梅雨握手，农民女儿梅雨受宠若惊，下意识地在衣襟上擦擦手，才伸出去。那一刻，心如脱兔，啥样表情梅雨不知道。

冯书记与梅雨握手后，站的观摩会场中央说："这就是实践出真知，这个不过二十岁的小姑娘给我们上了一堂生动的科学种田课……"

冯书记讲得很多，没见过世面的梅雨脱离不了农家女儿的小家子气，那么多人面前介绍经验口若悬河，听到表扬却脸红心跳，鼻尖上冒汗，不好意思地两手互相搓揉着。

要去下一个观摩点时，冯书记的司机小金师傅和大队书记嘀咕了什么，江书记点着头就让梅雨跟小金师傅去。

梅雨第一次坐进了小汽车，县委冯书记的北京吉普车里，坐着公社的老王书记和秘书，空着一个座位，梅雨就补了缺。

吉普车在乡村便道上颠簸，两辆大轿车跟随在后，一路风尘一车灰尘，那灰尘一个劲地往人的鼻孔里钻。

梅雨第一次坐小汽车，刚开始有些不适应，但心情非常好，就觉得那些灰尘有股泥土的香味。

心情好看啥啥好，吃啥啥香，想啥啥美。

观摩会后，梅雨成了江家庄子人们茶余饭后的闲话资料，县太爷夸奖了，和县委书记握手了，坐了县委书记的小汽车等等。

那时的小汽车是个稀罕玩意儿，行政官员最低档次的坐小车者是县级领导。不像现在连收破烂的都坐小汽车，养鸡养羊养猪养牛的没有不坐自己家小汽车的。时代不同了，汽车成为人们出行时的代步工具，高档名牌车、别墅小洋楼成为有钱人的标志，车子、房子、票子、位子象征着个人的成功。

今非昔比，那个年代有多高位子的人，都是由政府统一配车，那车一律姓"公"。县委就一辆北京吉普车，冯书记坐着它跑遍了全县八个公社二百六十个生产队的田边地角。

那车是军绿色的，第一次坐军绿色小汽车的梅雨，从此爱上了军绿色，那是那个年代的流行色，也是梅雨一辈子不能忘怀的颜色。

梅雨坐着冯书记的小车去"甜菜试验点"溜达了一圈，傍晚时小金师傅将梅雨送回家，路上，随和的小金师傅有一搭没一搭地和梅雨拉家常，问梅雨上学时文科好还是理科好。梅雨说她喜欢文科。就这样，梅雨认识了小金师傅。

时隔不久，大队组织民兵训练，县武装部的高干事坐着小金师傅开的北京吉普车来现场指导。高干事一下车，一个立正，给民兵排长敬了个标准的军礼，民兵排长慌忙还礼，高干事边纠正民兵排长的礼姿边说："你都这样不标准，咋给其他人做示范。"培训就这样开始了，多余的一句话也没有。

稍息、立正、起步走，向左、向右转……一系列基本动作，一个下午梅雨没有出现错误，休息时，高干事跟民兵排长要花名册看，梅雨跟小金师傅打招呼，小金师傅透露说："县上要组建女民兵训练营，脱产集中训练一个月，小高干事一是来指

导训练，二是来挑选人的，你要好好发挥"。

一面之交的小金师傅，说话中透着对梅雨的关心。后来梅雨才领悟出跟着好人学好人，跟着神汉学跳大神的含义。

民兵基本功训练，梅雨在学校时参加过多次。不光上体育课时练习，学校组织野营拉练，参加过防空演习，在县武装部小高干事的指导下拆卸过"三八式""五九式""六四式"的真家伙不说，还搞过实枪实弹的射击训练呢，虽然九发子弹三发上了靶，六发打那指那找不见踪影，但知道了啥叫站姿、立姿、跪姿卧姿和"三点一线"的射击要领。

那是为了"备战备荒为人民"的需要，更是遵照毛主席"教育要全面发展，学生要兼学别样，不仅要学农，还要学工、学军"的指示办学。

回头想想，其实就是现在提倡的培养"复合型人才"的最初实践。这样的实践，对那个年代的年轻人都是好处大大的有，绝对没有坏处。就像现的中学教育，开学的第一堂课就是"军训"，别看那十天半月的集中训练，对培养孩子的生活自理能力有着积极作用和难以忘怀的影响力。

知识多了不压人，书到用时方知少，真正的至理名言。

一个月的半天脱产训练，梅雨的综合成绩名列前茅。是参加县上组织的"女民兵训练营"的不二人选。

听到这个消息，民兵排长尚德有心抬举他对象，说梅雨回乡来接受贫下中农再教育没有几天，手上连个老茧也没磨上，啥好事都摊到她头上。枪打得好，不过是瞎麻雀碰上了秕谷子。她还是生产队的记工员，一走那么长时间，耽误事呢嘛。

尚德是江书记的准女婿，江书记对准女婿说："独木桥是要一个人一个人地过，一起挤着过谁也过不去，桥还容易断。

那个丑丫头和县太爷握过手，有贵人相助，再说，谁叫你们连个初中也没念完"。

在江书记的筹划下，梅雨扛着铺盖和生活用品坐着小金师傅开的小车去参加"全县女民兵营"脱产训练班。

百十号人的女民兵培训营，每天都迎着初升的太阳唱着："飒爽英姿五尺枪，曙光初照练兵场，中华儿女多奇志，不爱红装爱武装"的歌走向训练场，唱着："日落西山红霞飞，战士打靶把营归，胸前的红花映彩霞，愉快的歌声满天飞"的歌返回营部。

那是梅雨一生中最快乐、最得意、最开心、最爱唱歌的日子，这样的日子只有二十三天。

上天厚爱梅雨的同时，总是不忘给她以小小的惩罚。也就奇了怪，六个人住的宿舍，人家五个人好好的，偏偏就梅雨煤烟中毒了，半夜起来小解，刚出门一头栽倒在地，不省人事。这就错过了训练选拔赛的三天机遇，最终以没有参赛成绩而灰溜溜地打道回府，落下了一辈子闻到煤烟味就呕吐的毛病不说，还在那次千人大会上丢人现眼，要不是腿脚利落跑下台呕吐，就现场直播了。此事后面讲。

梅雨打道回府后，才知江书记的女儿秀秀当了大队医疗站的"赤脚医生"，尚德当了小学代课老师。"红四员"由四名下乡知识青年分别担任。

下乡知识青年个个出手不凡，黑板报、墙报办得耳目一新，醒目的粉笔配图工农兵形象、红灯笼、梅花欢喜满天雪等活灵活现，字写得横平竖直，看着很是养眼。不识字的乡亲们看着那些图案赞不绝口：眊眊人家识文断字的城里人，这一刷子比梅家那个丑丫头的强多了。

梅雨听到了乡亲们的议论，想起毕业典礼上校长的讲话："山外青山楼外楼，英雄好汉争上游，争了上游别骄傲，还有英雄在前头"有了感性的理解。

记得第一次办完黑板报后，觉得自己很了不起，看着苍蝇爪子般的字爬满了一黑板，还觉得自己好有文才，孤芳自赏，洋洋得意。看到人家知识青年墙上写得画得，才知山外有山，天外有天，人外有人。便拿起笔记本信马由缰地写起来，随心所欲地写，老会计的故事，江秀秀学文化，父亲的枣红马，奶奶的歌、苦苦菜等等，虽然写的不成体统，但却养成了不写点什么就不能入睡的习惯。

这个好习惯伴随梅雨一生。

正当梅雨在二次失落的漩涡中游曳时，腾格里沙漠边缘那个叫江家庄子的农田便道上，来了一辆军绿色的吉普车，稻田里插秧的人几乎全部站起身看吉普车作各种猜想，汽车停在插秧田的路边，下来三个人，司机小金师傅叫着梅雨的名字，梅雨便放下手里的秧苗，在稻田里洗洗手走向汽车。

身后一片唏嘘。

梅雨在渠水里洗干净两脚泥，穿好自己做的布鞋走到吉普车前，生就笑脸相的小金师傅指着两位四五十岁的中年人说：这是县委组织部曹部长，这是组织部的陈干事。

曹部长说，车上说吧，跟我们去公社。

接着就是写入党申请书，填写"干部资格审查表"。

半年后，丑丫梅雨就接到县委任命的红头文件，看着"望远公社党委委员、革委会副主任"第四把交椅发呆的梅雨，还没想明白是咋回事，又接到了乡党委的任命书：梅雨同志任红旗大队副书记。

相当于现在的挂职锻炼。

有人查过梅雨的家谱，祖上三代连个当科长的舅舅也没有过，很是疑惑。

疑惑归疑惑，当官是多少人梦寐以求的事，费九牛二虎的劲弄乌纱帽的人弄不上，丑丫梅雨守株待兔却抓了个正着。

有人骂天。

梅雨感谢上天的厚爱。

公社党委安排梅雨到红旗大队挂职锻炼时，老王书记语重心长地说："你太年轻了，需要在实践中锻炼、在工作中打磨。红旗大队的哈书记、妇女主任马桂珍是个老运动员，从解放初的土改运动到现在，啥运动都有他们的份，历史上的'三反五反'运动、'四清运动'，多少干部都栽了跟头，哈书记是稳坐钓鱼台的不倒翁。在那里一定要好好跟哈书记他们学习……"

挂职锻炼就是学习学习再学习。

说实话，多大的官多高的职务，在红旗大队的地盘上，没有哈书记运筹帷幄，你就是诸葛亮再世，关云长第二，也别想统领三军。

红旗大队，是梅雨参加工作后的第一站，在那里她度过了培养理性成就德行的黄金期。

马奶奶

马奶奶是马阿訇的老伴，据说红旗清真寺是马阿訇的爷爷创建的。所以，马阿訇在当地很有威望，以致去世多年，老伴被尊称"阿訇奶奶"。

红旗大队部能设在清真寺里，是哈明堂书记搞得名堂。

没有马阿訇的同意，那是不可能的。

马阿訇同意清真寺上空红旗飘，一定与红卫兵的行动有关。

文化大革命，破旧立新，的的确确割了历史文化的命，郊庙文化的命，打破了源远流长历史文化的链条，旧是破了，立新拖延到如今的寻踪古文化遗迹，仿造古建筑物，欣赏古貌，收藏古物，复古的热潮沸沸扬扬，讲古论今成为文化传播的新时尚。

红旗清真寺是一处古老的建筑物，古物新韵不是她的古色古香，而是民族团结历史渊源的见证和无言的诉说。

这个见证有心的朋友们可去实地考察。

诉说就交给丑丫梅雨了。

哈书记将梅雨安排在清真寺西面的七队，那是清一色的回回队，与大队部中间相隔一块墓地，也就三百米左右。

那墓地现在依然，墓地中间的小岔路如今依稀可见。那小岔路是哈书记领梅雨和赤脚医生肖云（下乡青年）抄近路去七队时走过的。

哈书记送梅雨到马奶奶家时说："小梅主任，你刚刚走上社会，就来我们这里工作，我们这里的情况比较复杂，特别是涉及民族政策方面，一定要慎重，千万不能说风就是雨，要三思而行。马奶奶在这里很有威信，有些难办的事只要马奶奶出面，就能迎刃而解。不管啥事，都是以心换心的……"

梅雨牢牢记在心里。

哈书记安排梅雨在马奶奶家吃饭，马奶奶一开始不同意。

不知哈书记咋给马奶奶说了，马奶奶就不嫌弃梅雨是个外族人了，高高兴兴地接纳了梅雨。

马奶奶家的后墙根就是红旗渠的渠坝，与大队部相距约三百米左右。马奶奶是站在她家院门口迎接哈书记和梅雨走向她家的，到她家院门口，马奶奶拉起梅雨的手说着"欢迎小梅雨主任"走进屋子的。

一进马奶奶家，所有的家什摆设都亮锃锃的能照着人影，土房土墙土炕收拾的一尘不染，炕上的被褥叠得有棱有角，炕桌下面的针线筐里放着绣了一半的"弯不断"袜垫，上面放着三个盖碗茶盅。马奶奶让梅雨和哈书记炕上坐，哈书记脱鞋上炕两腿一盘就似老君坐禅。

梅雨说：我不会盘着腿坐。

哈书记说："不要拘束，年轻人大多数不会这样坐，咋舒服咋坐，随意些。"

梅雨坐在哈书记旁边，两腿伸展双脚搭在炕沿上。

马奶奶拎来精制的小铜壶，揭起盖碗冲茶，芝麻、沙枣、苹果干、茶叶在茶盅里旋转，茶香四溢。

马奶奶放下小铜壶，端来沙枣和葵花籽顺手给了梅雨一把

说："不要嫌弃，就像到家一样。在我这里虽然没啥好吃的，但顿顿都能吃上热乎的。哈书记你就放心，我不会亏待小梅雨主任的。"

哈书记点点头："安排小梅主任在你这里，就是这个意思。"

马奶奶心地善良，待人和气，家里几乎来人不断。

古稀之年的马奶奶，一身黑布衣裤，衣服是大襟盘扣式，裤子是宽裆宽脚，脚腕处扎着绑腿，脚穿白色袜子黑色圆口布鞋，袜子掖在裤脚的绑腿里，一双小脚是名副其实的三寸金莲。头戴白色披肩盖头，虽然满脸的五线谱，但皮肤白里透红，皱纹里蕴藏着善良的微笑。

马奶奶耳不聋眼不花，走起路来刚刚的，精气神十足，家里收拾的一尘不染。古旧的连柜上摆放的几个大葫芦，擦得锃亮，铜镜一般能照见人影。

哈书记端起茶盅，用盅盖刮茶，边刮边说："一刮甜，二刮香，三刮茶水变清汤。梅主任，以前喝过盖碗茶没有？"

梅雨摇着头说："没有"。

"盖碗茶是养生茶、功夫茶，能驱寒健胃，明目清心，对增强记忆力，提高思维能力有好处。喝盖碗茶是有讲究的，要这样喝……

哈书记把碗盖子盖得有点斜度，一手端茶碗，一手压在碗盖上，一口一口慢慢地吸着喝。

"喝茶是回回人的待客之道，主人倒的茶，客人一般不要客气，如果一口不喝，主人就以为是客人嫌弃，是对主人的不礼貌。如果还想喝，就不要把茶喝干，主人就会给你继续加水，如果不想喝了，就把茶盅里的茶全部喝干，用手捂一下茶盅，主人就不再加水了"。

梅雨看在眼里记在心里，默默点头，她领悟到哈书记是从饮食习惯上对她言传身教。

梅雨学着喝盖碗茶，一学不中，茶盖翻了底朝天，茶水溢出，溅在她的手上。

马奶奶笑着说："喝盖碗茶也有学问呢，熟能生巧，打今儿以后，在我这里天天喝盖碗茶。"

"马奶奶，今年你又熬了多少糖？我家里的那位也跟你学着用糖萝卜熬了一坛子糖，隔天我给你拿一些来。"哈书记品着茶拉家常。

马奶奶家与哈书记家，世交颇深，哈书记是多年的大队干部，谁家的锅大碗小没有不知道的。

马奶奶的老伴是有名的阿訇，虽然过世多年，大人小孩将对过世人的敬重转化到马奶奶身上，以"阿訇奶奶"称呼马奶奶。

马奶奶家的生活条件比其他人家好，一是"阿訇奶奶"的特殊身份，总有世交故友带着茶、糖、大枣、果干、油香一类的礼物来看望，乡亲们也爱到马奶奶家串门送吃喝；二是大队部对马奶奶予以特殊照顾，马奶奶独生儿子早年夭折，马奶奶列为大队的"五保户"之一，由生产队和大队共同赡养。

按理说，应该先让梅雨到最困难的人家去看去体验去调查，哈书记却将她安排在生活条件最好的马奶奶家。

地少人多的红旗七队，每到青黄不接的三、四月份，断粮户在一半以上。哈书记安排梅雨在马奶奶家吃饭，是有意让她了解被称为"老大难"的七队为啥有这么多断粮户、靠国家救济粮渡难关的真实情况。

哈书记还另有他意。

村里的那些小娃娃们，经常有事没事地绕着弯儿到马奶奶

家的小院玩躲猫猫，马奶奶总是笑呵呵地用仁瓜俩枣、糖果打发。吃惯了嘴跑惯了腿的小娃娃们，一不留神就窜到马奶奶家寻觅小零食打个牙祭，童言无忌的孩子们看见啥说啥，听见啥传啥，谁家吃得米饭面条菜糊糊，邻居家里来了什么亲戚，老两口吵架小两口打架等鸡毛蒜皮、家长里短的事儿，都能一一道来，马奶奶也喜欢和孩子们逗乐，瓜子干果给孩子就当是散乜贴，马奶奶的四合小院成了村里孩子们的"聊吧"。

马奶奶不仅饭菜做的香，还会剪鞋样、鞋垫、裁衣服、绣花、剪窗花。

村里的大姑娘小媳妇常到马奶奶家讨鞋样、花样，马奶奶看一眼来人脚上的鞋，就知道多大的脚，照脚剪鞋样比尺子量的还准，看体裁衣，女人的衣服腰身随体，男人的衣服肥瘦适中，鞋垫、袜垫、荷包上绣的鸳鸯戏水、喜鹊闹梅，莲花出水、鲤鱼跳龙门等花样栩栩如生，村里的大姑娘小媳妇几乎都跟马奶奶学过女红针线。

梅雨当时对民族习俗的了解仅限于日常生活中与汉族不同的饮食习惯，其他方面一无所知。盖碗茶是第一次喝，鼻子被碗盖碰了一下，手被茶水烫了一下，算是丢了个小脸，哈书记、马奶奶两位长者并未笑话，而是手把手地教，不仅教会了沏茶、刮茶、喝茶，做饭做菜过日子，也教会了做人做事。

第一次跟哈书记、马奶奶学喝茶，又香又甜的盖碗茶令梅雨回味一生。

糖萝卜糖的甜味没有梅雨奶奶熬的那个苦涩味。梅雨奶奶熬糖时梅雨给搅拌过，熬出来的是黑褐色的糖稀，一半苦涩一半甜，奶奶还给梅雨拌米饭吃呢。

马奶奶熬的糖是黄褐色的结晶体，跟古巴红糖差不多。

在马奶奶家吃的第一顿饭梅雨终生难忘，一盘绿莹莹的凉拌菜酸香脆嫩，一盘清炒土豆丝细如银线，一碗清炖鲫鱼汤里漂着葱花，一盘杂拌的小咸菜红绿黄黑相间。马奶奶说："也没有啥好吃的招待小梅主任的，这盘凉拌是糖萝卜叶子，不知小梅主任吃惯吃不惯，鱼是小娃娃们在房后的渠里摸的，咸菜是我自家腌的，土豆是我们这里人一年四季的吃食"。

糖萝卜（甜菜）叶子当菜梅雨不是第一次吃，马奶奶是掺着油渣和醋拌的，油渣是哈书记从大队油坊拿去的，醋是马奶奶自己酿造的，那种菜只有那个年代为数不多的农村人能吃到，因为萝卜是靠叶子的光合作用吸收营养生长的，折了萝卜叶子就等于断了萝卜的营养。那东西属于经济作物，需要好田好地好土壤不说，还费时、费工、费劳动力、费粪土（农家炕土粪最好），也容易惹病虫害，惹人偷叶子吃，要专人看管侍候，不受农民的欢迎，生产队大多不愿意种植。因为是制糖的原料，就成为"必须种植的计划内经济作物"，糖厂还派出"甜菜技术员"驻各公社和大队，从落实种植面积、精耕细作到收缴成品（直接交糖厂）一路监控，大概是最早的政企挂钩。

梅雨的父亲是生产队技术队长，凡是土地里种植的东西都是行家里手，对生产队经济作物（甜菜、胡麻、瓜菜）种植比种粮食操的心多，甜菜苗出土长出三至五个叶子，就要按照一尺见方一株苗进行留壮拔弱地间苗，拔掉的苗就分给各家各户当菜吃。

马奶奶凉拌的甜菜叶，可不是间苗拔掉的，是马奶奶经队长特批后从甜菜地里择来专门招待梅雨的，那可是诸多城里人吃不到的时令菜，当今城里人、乡下人见不着的绿色菜。

马奶奶的良苦用心一切尽在不言中。留给梅雨的是翡翠般

永不褪色的记忆。还有那隔三岔五的清水煮鱼汤，只要红旗渠有水，小娃娃们就会光着屁股在马奶奶家后面的红旗渠涵洞里摸鱼，摸到的鱼就送给马奶奶。不过寸半的小鱼，马奶奶能将鱼汤熬的如牛奶般香鲜入口。时至今日，清炖鲫鱼汤是孕妇、产妇、病人、体虚者、老弱者的最佳营养补给品。

第二次喝马奶奶的茶，就是供应的白砂糖了。好多天后，梅雨无意中发现马奶奶抓茶时（配茶），她的茶碗里放的是白砂糖，马奶奶给自己放的是糖萝卜糖。

梅雨问马奶奶为啥那样？

马奶奶说："我喝惯了自己熬的糖，再说白砂糖是个稀罕东西，专门给你们这些贵人供应的"。

那时，一切凭票供应。梅雨当时属以农代干，就是为公家做事挣家乡生产队同等劳动力的工分，分粮分钱。每月由国家发 18.5 元的生活补助费外，享受 27 斤粮食 2 斤肉 3 两糖 3 两油的待遇。虽然不是正式的国家干部，但和正式国家干部一样，此外，还有一天 3 毛钱的下乡补助费。

吃住在马奶奶家后，因副食店营业员是梅雨的同学，一张糖票能买两张票的糖，梅雨一半留给自己奶奶，一半送给马奶奶，下乡补助费和粮、油、肉票供应证交由大队会计按月送到蹲点干部吃饭点。

看到马奶奶的"内外有别"，梅雨什么也没说，拿起马奶奶盛白砂糖的罐子，将白砂糖全部倒进糖萝卜糖罐里搅拌起来。

马奶奶拉着梅雨的手："闺女……"

一声闺女后，初涉官场的梅雨，得到了马奶奶全身心的呵护和支持。

那年头，"大同化"政策搞的沸沸扬扬，有位与梅雨年龄相仿的回族姑娘，以"敢想敢干的回族养猪模范"在历史舞台上巡回演讲后，梅雨就接受了"向养猪模范学习搞试点"的任务，以公社、大队领导的双重任务调查缺粮原因和搞试点。

初涉官场的梅雨，工作热情就像沸腾的开水还在大火烧着，只想搞出成绩、搞出名堂来。

哈书记对"大同化"政策坚决反对。但人在官场身不由己。

将梅雨安排在马奶奶家，意在由马奶奶对她"潜移默化"。

闺女，何等的亲切。

"闺女，这些日子你忙的那些事在我们这里是使不得的，我们的先知穆罕默德创立伊斯兰教时就把那个东西列为禁物，让我们养那个东西是违反教规的，是对真主的不敬，是坏了伊玛尼的。"马奶奶拉着梅雨的手说。

"那个东西"指的是猪，伊斯兰民族从思想意识和感情上反感和见不得猪，甚至把猪叫作'狠宰惹'，属猪的人自称属黑，姓猪的人改为姓黑。"这是哈书记给梅雨讲的。

没费多少时间，梅雨就把红旗大队"缺粮原因"的调查报告就写好了。

是在哈书记的指导下写的，那是梅雨第一次走向社会、深入社会调查，写出脱离学生腔，涉及民生大事的文章，是第一次例行公事，圆满完成"公差"的开始。

老王书记看了调查报告后说："看来，是经过那个老笔杆子点化过的，有骨头有肉，不是花架子。不错，孺子可教也。可以上报给县委农村工作队了。"

黑色纪年

1976 年，那是个黑色的纪年。

对中国人民来说是悲伤之年，大灾大难的一年。

1 月 8 日，有线广播传出了低沉的声音：现在播送"告全国人民书：中国人民最崇敬、最热爱的周恩来总理，于 1976 年 1 月 8 日上午 9 点 57 分逝世。一颗伟大的心脏永远停止了跳动，山河恸哭，人民悲痛……"

7 月 6 日，中国人民爱戴的朱德委员长逝世。

7 月，半个月的连阴雨下个不停，成熟的麦子无法抢收，天地哭泣。

7 月 28 日，唐山大地震，二十万余人丧生。

9 月 9 日，中华人民共和国的缔造者毛泽东主席逝世。

那一年，清真寺上空红旗飘的红旗大队部，哭声不断。

梅雨延着红旗渠坝从公社往大队部去的路上，听到这条消息时，周总理已经逝世 24 个小时以后。

那一刻，行驶的汽车停止不前，路上的行人围在高音喇叭下，田间地头干农活的农民，扛着铁锹、锄头往家跑，住大队部附近的人往大队部跑，梅雨夹在他们中间，泪流满面……

大雾中的乡间道路有一种神秘的阴冷，梅雨打着冷颤加快自行车的速度，一进大队部大门，扔下自行车，跑进会议室。

一台 12 英寸的黑白电视机前，哈书记抹着眼泪。他习惯看早间新闻，好长时间没有听到周总理的声音和消息，电视里也看不到周总理的身影，各种猜测传入耳中，地处边塞，消息却不闭塞，有线广播传出的声音，电视屏上出现的身影，就会有人揣测政治风向并猜测性地谈古论今。

屏幕上出现了身着黑色服装的播音员，颤抖着声音播道："一颗伟大的心脏永远停止了跳动，我们敬爱的周恩来总理与世长辞，山河恸哭，人民悲痛……

从田间地头跑来的回汉群众，有人筛糠似的颤抖起来，泪水似决堤般的流淌。

刹那间，天旋地转，天昏地暗。

红旗大队数千亩土地上，各生产队在田间地头新垒的"野炕"刚点着火，四野浓烟滚滚，如浓雾弥漫。109 过道上没有了往日的车水马龙，行驶的汽车成了哑巴，走路的行人愁眉不展，心慌意乱。

那是怎样的悲伤啊，无心吃饭，无意睡觉，工人无心上班，干部无心工作，农民无心下地。成群结伙围在小小的电视机前两眼红肿，悲声凄凄。

一星期后，电视屏幕上，一辆白色蓝道的小救护车，载着一口简单的黑色棺材开出医院，穿过长安街，后面跟着几辆小汽车，里面坐着邓大姐和其他一些同志，没有仪仗队，没有哀乐，大街两旁是悲痛万分的送行队伍，每个人的脸上都挂着泪水……

灵车挂着黑色和黄色的饰带，满载着花圈，在天安门广场绕行一周后，沿着长安街向落日下的西山方向开去，一星期后，周总理的骨灰被送往人民大会堂，追悼会后总理的骨灰撒向祖

国的江河湖海。

大队会议室里，哈书记摘下棉帽，示意来人不要说话。到场的人主动摘下帽子默哀。

"我们要化悲痛为力量，不准设灵堂，不准开追悼会，不准组织各种纪念活动……"

群众离去，哈书记拍案："总理前一天逝世，第二天才发讣告，还这不准那不准，到底搞的啥名堂嘛！"

梅雨不知所措地看着哈书记，哈书记从墙柜里拿出砚台和毛笔，铺开白纸写道："一代英豪创天下，亿万人民共敬仰。"

哈书记挥毫梅雨顿悟，拿起哈书记写的挽联准备往会议室正面墙上贴，其他人搬桌子挪椅子，找蜡烛。哈书记说"等一会"。在他墙柜里找出报纸包裹的一卷旧画，展开一看，是马克思、恩格斯、列宁、斯大林的标准像，毛主席的像挂会议室墙中央，还有周总理、朱总司令的画像。那时，梅雨知道了马书记收藏着好多伟人、名人的肖像和书法。

哈书记将周总理画像给梅雨，梅雨站在椅子上，将周总理画像贴在挽联中间。很快布置好一个简单的灵堂。

哈书记和梅雨一块去马奶奶家吃晚饭。笑容总是挂在脸上的马奶奶，那晚愁容满面。一见哈书记就说："安拉呼，胡大呀，周总理那么好的人，咋就能无常了呢嘛？"年逾古稀的老人，说着话已经泪流满面，声音哽咽。

"听广播里说，心里泼烦死了。好好的个大善人，大功臣，说走就走了，国家大事也不知又交给谁了……"马奶奶撩起衣襟擦眼泪。

"周总理去了，是我们国家的一大损失，将来的事，谁也不好说。"

"奇怪的是，周总理这么重要的国家领导人，这么伟大的人物，不让开追悼会，这里面不知有啥猫腻。我们不能亏了人心和自己的良心，不张不扬地按良心办事，纪念党和国家领导人，说到哪里也没有错。马奶奶，周总理最喜欢梅花了，你老把你的蜡梅绝活教给梅雨主任好吗……"

"好好好，现在的年轻人都没有这份耐心，东西是现成的。"

那晚，马奶奶将蜡烛烤化后加上些颜色，拿着鸡蛋沾蜡烛溶液后再沾冷水冷却，就形成了半个椭圆形的花瓣，将六个花瓣一端用手捏在一起，中间配上红颜色的花心，粘在事先准备好的沙枣树枝上，就做成了栩栩如生的 78 朵蜡梅，周总理逝世时 78 岁。

梅雨学得很用心很专心，和马奶奶连夜做好了两束蜡梅。

第二天，梅雨和一双小脚的马奶奶端着蜡梅向大队部走去。

马奶奶一身黑色衣裤，戴着雪白的盖头，盖头披在肩头，只露出饱经沧桑的脸，虽然满脸皱纹，却是精神矍铄，走路刚劲。

从村子穿过，好多人都围上前看蜡梅。不用别人问，马奶奶主动说："送给周总理的。"那些人就跟在马奶奶身后走到大队部。

马奶奶将蜡梅放在周总理灵堂前，泪流满面地说："周总理呀，你老人家一路走好。"

马奶奶的蜡梅，无言地表达着回回群众对周总理的无限深情和崇高敬仰。

哈书记摘下棉帽露出白色无檐小帽，跟着马奶奶的那些人，都摘下棉帽露出白色无檐小帽，向周总理的遗像默哀。

男人们泪花涌动，女人们泣数行下。

白色无檐小帽，白色盖头，低头抬头间，白光闪烁，将泪

花衬的晶莹剔透。满脸无线谱的大伯大娘大叔大婶们，心香一瓣，冰心一片。他们对蜡梅前那个人的哀思超过本民族祭奠亡灵的极限。

马奶奶教梅雨做蜡梅时给梅雨讲："我们回回人忌讳向亡人行鞠躬礼，反对拍胸跺脚的大哭大喊。"在周总理灵堂前，哈书记的无言行为感染了所有的人。

那是雕刻在梅雨脑海里的一幕，那是能将石头人化作水的场面，几十年后的今天，梅雨仍记忆犹新，那处不能忘怀的热土，有着太多的美丽故事。

那天后的一星期里，其他生产队群众，自发地将白纸用黑、红、蓝染料染色晾干后，做了78个花圈，送到大队部周总理的灵堂前，每个人胸前戴着小白花。小白花是马奶奶教梅雨做的，梅雨和大队干部一块儿做了好多，送给所有向周总理致哀的群众，还挂满了大队部院子里的四棵果树，犹如梨花满枝头。

四棵果树粗大的两个人才能环抱过来，对称地长在"清真寺"大门通道两侧，何人何年栽种，无从考证。但与"清真寺"近相呼应，被当地穆斯林群众当成镇寺之宝，被其他群众当成"圣物、神树"，常有人跪拜祈祷，将红、黄"灵符"挂在树上。但前脚刚走，就被两位"油户大伯"摘下，他们口念清真言，将"灵符"抛向空中。

一挂一摘历时多年，挂的人不避讳有人在场，叩头许愿后匆匆离去，摘的人多是在晚上无人时行动。

"油户大伯"常年驻守大队油坊，看油坊也看护"清真寺"，一年四季还主动打扫大队部的院落。之所以"秘密行动"，是为了不引起民族纠纷和矛盾。大队干部心知肚明，默认摘者的行为，毕竟是大队部所在地。

但是，果子成熟时，"油户大伯"就会摘下果子给前来"领油"的人吃，好多人还专门求"圣果、神果"消灾避难。

犹如梨花满枝头的日子，几乎一年之久。"油户大伯"扫院子时，还将掉在地上的小白花拣起拴在树上。那一年，有人跪拜神树，没有人往树上挂"灵符"。

一树白花祭英灵，伟人逝世万民痛，

华夏三位擎天柱，同年归去天地哭。

油　坊

清真寺上空红旗飘，

清真寺内油香飘。

红旗大队油坊就在清真寺大殿内。

周总理的灵堂前，蜡烛燃尽时，哈书记用棉花搓成捻子，用香油浸泡后放在一个小碗里点燃"油灯"，嘱咐民兵排长好好为周总理"坐夜守灵"。

哈书记又从油坊要了几个榨油用过的油皮子和梅雨一起到马奶奶家。

油皮子是用植物麻匹绾节做成的，长约五十厘米，有点像没把柄的拖布样子。从绾节处拿起成扇面状地铺在圆形的木质物件里，五个连在一起，将磨好的胡麻油沫放在上面，铺到一定厚度时，折回油皮子包扎起来，放在油模子里进行敲打挤压，油就顺着油槽流进油缸。油榨干后，油皮包的油沫子就成了用榔头才能敲碎的"油饼"，油饼是大牲口牛、马、毛驴饲料的上好添加料。

几年前，梅雨跟着父亲去家乡大队部的油坊拉"油饼"，进了油坊，就看见"油户大叔"穿着短裤，光着脚丫站在一个木盆里踩踏黑呼呼的油沫子，油从脚丫子渗出时，"油户大叔"就将踩踏过的油沫子放进圆形油模子里，油模子里铺着油皮子，用油皮子将油沫子包好，放进轧油槽里，插上下薄上厚的油楔子，轮起铁榔头挥臂360度打油楔子，用力打砸一下，油就往油缸里流一些。

梅雨惊奇地看着"油户大叔"所做的一切，口无忌言地说："吃的油咋能用脚丫子踏呢？"

油户大叔笑着说："小娃娃不知道吧，不用脚丫子踏，香油就不香了。"

父亲戳着梅雨的脑门说："这个丫头，是非的很。"说着，拿起另一个铁榔头，配合油户大叔一上一下地打砸油楔子。

第一次到红旗大队，大老远就闻到胡麻油香，油户大叔的那一幕就出现在梅雨的脑海里。就想进油坊再看看，是不是也用脚踩踏。

红旗大队的油坊，是大队部的保护重点，民兵排长的重头戏。九个生产队三十名民兵积极分子，昼夜轮流执勤。"油坊重地，闲人免进"的禁令写在门框上，让人望而止步。

油坊就在"清真寺"大殿内。

坐西向东的"清真寺"大门通道，向南、北、东展开形成四合院。通道两侧的四颗果树，枝繁叶茂，果实个大肉多。每年春暖花开时，四颗果树各领风骚，由着性情迎春，挑着颜色开花，选着日子结果。有的先开花后结果，有的先结果后开花，有的绿叶满枝头红花才露脸，有的花开满枝头绿叶才显形。春三月起，红旗大队部是满园春色关不住，百鸟朝凤在枝头。

坐北朝南十间土木平房的大队部，正面对着四棵果树。树伞张开，也不影响室内采光，树伞边缘高于地面一米以上，好像被修剪过似的。春夏秋季节，大队部经常在树下开会，果子成熟的时候，参会人员可直接从树上摘果子吃。会后自摘自带

一些回去分给没有参加会议的生产队干部和"五保户"，再由大队部送一些给学校的孩子们。大队部的财产由大队分配处理，只要干部们没有独享私吞，多点少点群众都能理解，并不计较。

坐东向西的五间平房是大队部库房，与此相对的是坐西向东的一排平房，是大对医疗站用房。

墙与房连接形成四合院，院外四周柳树、槐树并排生长，槐树粗壮高大，生命力很旺盛，五、六月份，槐花香的醉人，闻香难入睡的家庭主妇们，早早就准备好了采摘槐花的工具，一年一度的槐花吃食，半个月时间的花期，错过时节就要再等一年了。

低于小于槐树的柳树，不卑不亢不显摆，春消息她最早，悄悄发芽悄悄长，别的植物争春时，她已将花絮抛向大地，由着婆婆、妈妈、奶奶们捡拾，给儿孙填充在枕头里驱火养神。

春、夏、秋季，红旗大队，油香、花香搅和在一起，香的让人喘不过气来。

哈书记告诉梅雨："清真寺现在虽然是大队油坊，两位打油人除了打油就是护寺，回回人把民族信仰看的比生命还重要，思想保守得很，按习俗不让女人进清真寺。"

哈书记拿上油皮子和梅雨去马奶奶家的路上，梅雨问：拿这个干啥用？

哈书记说："熬油，一个能熬出一、二两油来呢"。

心不设防的梅雨，直肠子一根，张口就说："香油是油户用脚丫子踩踏油渣后打出来的。"

"哎，这可是不能随便说的，我们折回去进油坊看看。"

哈书记跟油户大叔附耳说话后，就带梅雨走进油坊。

此油坊与彼油坊大不一样，这里的油具归整的很整齐，榨油楔子高出地面约一米左右，用胳膊粗的半截空心木头与低约一尺多的漏油槽相接，漏油槽是一棵大树干凿出来的半圆形凹槽，凹槽出油口也是半截空心木头与低于其的油缸相接，油缸是木板箍的，盖着木头盖子。油路基本上是三叠走向，封闭式的，只闻油香看不见油。

长约三米直径超过一尺的大木头悬空吊在房梁上，油户大伯一手抓着悬吊木头的一头粗绳，一手扶着木头，用力一推，悬木的另一头就撞在油楔子上，油就在油槽里流趟。

黄褐色的榨油楔子、漏油槽黄亮黄亮的，能照见人影。油楔子旁边是一个木案子，一面与墙连接，墙壁处有一个拳头大小的窟窿，木案上面放着油渣。油户大伯拿起约两米长拳头粗的木杠，一头放进墙壁的那个小窟窿里，一条腿搭在木杠的拿手处，双手压在木棍上，金鸡独立般的一压一跳，木杠一下一上地压在油沫子上，一会工夫，油沫子就被压成饼状，油户大伯将油饼放进油模子里包好油皮子，放进油楔之里。

哈书记说：这是杠杆原理和几何原理。别看这个老油户斗大的字识不了半升，不仅会两下子木匠活，还捣鼓出了这么一套打油的玩意来，大概是祖传吧，听说他爷爷的爷爷过去在京城是个开油坊的，清朝政府排挤杀戮回回人，他的祖上逃到我们这里来的。他算是继承祖业，为我们所用。

我看着油户大伯，和我父亲年龄差不多，但比我父亲精神的多，红光满面，大概是八宝茶养的。炉子上，小铜壶欻欻地冒着热气，大号的盖碗茶具放在一旁。

油案另一头挂着厚厚的棉门帘，门帘后面还有一扇圆形的门，挂着铜锁。油户大伯开锁后，看见的是一个石磨和两口大铁锅。锅台、油磨磨台是用木头包着的，黑紫黑紫的泛着光，

像铜镜。

这个房子是在"清真寺"墙外另盖的，里外两间，里间是油料库房，有一扇圆形的窗子，用石灰泥糊着，上面写着红色的毛主席语录："抓革命，促生产，斗私批修。"

"这个清真寺之所以保护的这么好，是'文革'期间，七、八队的群众一夜之间，用泥将清真寺的墙和窗子糊上后，写上毛主席语录，才免遭红卫兵破旧立新的大火焚烧。现在的这些房子是在以前的房基上后建的，以前的房子和清真寺是一样的古代建筑，可惜，没来得及保护，就让一把大火烧成灰烬"哈书记说。

外间是炒锅和磨盘，向外有个门，进油料和出入拉磨的毛驴。

油坊干净整洁，油具一尘不染，地面方砖也油亮油亮的。能拿动的用具该挂的挂起来，该吊的吊起来。至此，梅雨粗略地了解了"清真"二字的字面意思。

油坊就在"清真寺"内，占地大概有两间房子大小。

"清真寺"是四方形的，从外形上看，有油坊占地面积的三倍以上大。油坊占用的是进门处的一块地方，向里五、六米处用苇席泥墙隔离开，上接房顶下连地，一道木门上挂着铁锁，隔离墙上的毛主席语录斑驳可见："我们的共产党和共产党人所领导的八路军、新四军是革命的队伍，我们这个队伍完全是为人民服务的，所以，我们如果有缺点，就不拍别人批评指出……"

梅雨摸摸那把锁看着哈书记，哈书记一旁的"油户大伯"眉头紧蹙。

哈书记说：这里就不要看了，我们去马奶奶家吧。

梅雨跟着哈书记走出油坊。

"油户大伯"笑着目送。

那以后，"油户大伯"见着梅雨就有了笑容。

年关将进，大队部几乎天天有会开，都是围绕"断粮户如何过年"的燃眉之急事宜，梅雨是上窜着叫嚷断粮户的困难，下跳着通报国家"救济粮"啥时能发放的消息。

周总理灵堂前，天天有人祭奠，一位中年妇女，怀里抱着不会走路的，手里拉着走路不稳的，后面跟着擦着鼻涕的，看着周总理遗像大声哭泣："敬爱的周总理啊，你老人家这一走，谁来管我们的死活呢，谁能给我们发救命粮呢……"

梅雨有些束手无策，看着哈书记。

哈书记说："他们家是个老大难，家里娃娃多劳动力少，男人是个病秧子药罐子，三天两头生病，全家人一年的口粮半年就吃光了，半年靠国家救济。往年的救济粮这个时候已经拨下来了，今年到现在光响雷不下雨。他们是忧国忧民忧自己，农民的朴素感情是直观的。唉，家中无粮，哭爹叫娘，老百姓心里的爹娘就是党。救济粮现在没有拨下来，他们就以为是周总理走了的原因。"

油户大伯拎着用葡萄糖玻璃瓶装的油和淘汰的两个油皮子说：哈书记，东西准备好了。

哈书记点点头，示意给哭泣的中年妇女。

中年妇女看着哈书记：哈书记呀，前些日子你家里给我送去的面和阿訇奶奶给的土豆和白菜还能将就几天。我今天是来给娃娃他爹抓点汤药的，听说周总理走了，这几天心里难受的很，就把娃娃们都领来，给周总理他老人家叩个头，我不是来给你们找麻烦的……

"这个我知道，油是给你们的过年补助，等救济粮下来，

就给你们送去，光阴日子再穷也要过个饱年。这次给娃娃爹多抓上一些药，药费由大队出。"

中年妇女泪流满面……

马奶奶将油皮子放在锅里不知熬了多长时间，油皮子由黄变白。

马奶奶剪断麻匹，折成约一寸长的段，绑在筷子一头做成油抹子，和油一起分送给各家各户擦锅。

看着马奶奶每天早晚擦油锅子，梅雨不懂啥意思，问马奶奶，马奶奶说："我们回回人以为'无常'的人在四十天内，亡人的灵魂还在，家人每天要点香、烙油香，做'杜娃'向真主祈祷，请阿訇和满拉以及有威望的老人到家里念经、吃油香，求真主开天堂之门，还要给念经的人和亲朋好友、邻里乡亲散油香散乜贴，我们反对对亡灵哭天叫地……"

原来如此。

救济粮

　　周总理逝世后的纪念活动，官方宣布举行六天，还不到六天，周总理的遗体就被火化。1月15日周总理的追悼会在人民大会堂举行。各大队干部全部集中在公社会议室看黑白电视，追悼会的规模小的只有官员代表参加，时间也很短。会后，根据周总理的遗嘱，把骨灰撒在祖国的江河湖海里。没过几天，收音机里就传出"周恩来是最大的走资派"的消息，接着，"批林批孔批周公"的舆论沸沸扬扬。

　　那天，为欢迎县委工作组到公社蹲点，公社党委召开了党委扩大会议，扩大到乡党委委员以外的大队副职以下带长子的，加上妇女主任、文书、会计、生产队政治队长。要求大队书记带队竖行排序就座。

　　工作组是带着救济粮指标下乡的，那年头，粮食比钱值钱多了，手里有粮，心中不慌。离不惑之年还有几年距离的工作组负责人端做主席台正中央，喝着热茶，吞云吐雾，翘起的二郎腿打着节拍，财大气粗，没有困惑。

　　台下百十号人的座位就哈书记的空着，哈书记的副手解释：哈书记在路上被拦截的人抱着腿子要救济粮，让我们先来开会，他解决好了就来。

　　工作组组长是从世袭的吃皇粮家族中走向官场的，在各级

领导班子"老中青"结合的风向走势当儿，被结合到县委常委领导班子里，年轻气亦盛，学识高见识一般，知道白米白面是粮店供应，油盐酱醋是商店买来，讨吃喝的叫花子被人唾弃，拦截官车的被阻拦隔离，没听过抱着父母官的腿要救济粮的事。

"搞的啥名堂嘛！几千号人的堂堂书记，不早不迟，偏偏在参加这么重要会议的路上被劫道！"

"哈明堂！"工作组长话音没落，哈书记走进会场。

显然，工作组组长的话他是声声入耳，会场里的扬声器对着窗外吹喇叭——声音在外。

工作组组长、老王书记、秦副书记、老雷叔、梅雨、党委委员们都坐在主席台上。台下议论纷纷，梅雨听的最清楚的一句话："还是个学生娃娃呢，咋就能当公社的……"

哈书记落座，会场鸦雀无声。

主持会的老王书记宣布"参会人员全部到齐，现在开会。首先，介绍县委领导并热烈欢迎县委工作组到我们这里蹲点；第二，请县委常委，县革命委员会副主任、县委工作组组长讲话。"

工作组组长讲话的重点是所有人关心的重点——救济粮。

救济粮就是天王老子。

工作组组长口若悬河由救济粮的重要性讲起，先国际形势又国家形势再区情区况市情概况县情概述到乡情介绍，没有漏掉一级组织，可见多有组织性。

与会人员着急得最想知道救济粮如何发放，恨不得先扛上几袋送到等米下锅的那些人家里。

急惊风者偏偏遇到了慢郎中。

哈明堂书记最后一个到会，还急火攻心，最先一个发言。

"救济粮是救命粮、救急粮，分配要有重点，不能撒胡椒面。我们大队人均土地不到 3 亩，七、八队凑合着人均一亩地，现在就有几户人家锅里没有米，靠面糊糊、瓜菜带充饥。我来开会的路上，几家断粮户的婆姨娃娃就在路口处将我拦截要粮，他们家已经好多天没有米面了，要不是七队的金队长去山里弄回来一车土豆，锅就吊起来了，这是我们大队现在断粮户的名单……"

哈明堂，果真有名堂。

工作组组长半信半疑：种粮食的农民还能没有粮吃？我家里还用粮票换鸡蛋，到农村用一斤三两黑面换一斤大米呢。

这个开会不积极思想有问题的马书记，是不是在搞啥名堂？

工作组组长把已拟好的救济粮分配方案暂且放下，工作组兵分几路走家串村进行暗访。

暗访从红旗大队为抓手，他们佯装找人，下午四时左右找到马明堂书记家。三、四个孩子端着比脸盘子还大的碗喝着金银粥，就是玉米渣、碎米掺和熬的粥。孩子们"哧溜哧溜"地喝得好香，每个人手里还拿着包子。

包子皮是不白不黑的二混子面皮，正在包包子的马书记老伴，听说找哈书记，放下正在做的事，洗手让客准备泡茶。

工作队员看着包子馅闻了闻，有豆腐疙瘩，黄褐色看着像泡沫一类的东西和黑呼呼的渣子，酸菜、咸菜味外还有胡麻油的香味。随口说："这个也能包包子吃？。"

哈书记老伴正在包的另一盆馅子，豆腐、白菜、胡萝卜、黑渣渣，香味入鼻。工作队员问："咋还是两种馅子？"

精干的哈书记老伴，麻利地泡好盖碗茶，放在八仙桌上，微笑地招呼客人："先坐这里喝会儿茶，今天是金队长无常周

年的日子，马书记从大队油坊要了一些油渣、一斤香油，给金队长家里送去热个锅子。金队长是去年为了全队的人坐拖拉机到山里拉土豆，回来时下雪，拖拉机在路上翻了，金队长撇下婆姨娃娃走了。唉，男人无常后，千斤重担压给婆姨，家里少了个主事的人，孤儿寡母怪可怜的。今儿个，金队长的婆姨又病倒了，几个娃娃饿的无巴里的（可怜的），哈书记看着可怜，就让来我家吃点饭，没有油烙不成油香，就以菜包子代替。"

工作队员看到的是麸子菜饼、炒面糊糊、糖萝卜渣饼、土豆搅团、菜汤糊糊。哈书记老伴说着话，就接开了笼屉，将蒸好的包子放在盘子里，端到八仙桌上笑呵呵地说：

"来得好不如赶的巧，这是散乜贴的包子，才刚出锅，好吃的很，你们不嫌弃就尝尝。"

到底是书记的老伴，会说话也会做事。几句家常话把一切说得清清楚楚明明白白。

说的两位工作队员也不客气，一人拿起一个包子吃起来。

"好吃，真香！"

"肯定香嘛，馅子里掺了油渣和豆腐锅巴。一般是过年过节大队部才给各家各户分点油渣调个味的。有福之人不用忙，无福之人愁断肠，看面相你们就是有福之人，大坐一会，哈书记一会儿就回来了。"

两位工作队员各吃了一个包子后，又拿起酸菜包子尝，一口咬开，包子皮薄如麻纸，酸咸菜味也很入口。他们家里的饭桌上几乎天天有这样的调味小菜，就是没有这里的香。一日三餐按时果腹，他们是用过午餐后受命"微服私访"的，听说庄户人家三餐并作两餐吃，下午四、五点钟是庄户人家的午餐时间，他们踩的就是这个点儿。

其实，他们的肚子里也没有多大油水，国家干部一月供应27斤粮食一斤豆腐2斤肉三两油三两糖一盒香烟，逢年过节，副食品多加一倍，再会精打细算过日子，肚子里也是寡寡的，不到午饭时间，肚子就咕咕叫，不到晚餐时间，肠鸣声搅的人心烦意乱。哪像现在，看见饭菜就想吐，咽喉要道让油堵的细米白面难以通过，只好让酒精老英雄来开疆扩土；肠油与肠子比赛着长度，严重制约了肠功能的自行蠕动，不得不用"清肠宝"来鸣锣开道，疏通人体内的上下水管道；腹腔内的板油见缝插针，与五脏六腑强占地盘，把个肚子填充的像气球，不得不使用"脂肪燃烧弹"来打击侵略者，进行自卫反击战。

那个年代，所有人都思考着如何取得"虎口夺食"战的胜利，如何解决肠道"饿狼"的呐喊。酒精老英雄根本无用武之地，"清肠宝""脂肪燃烧弹"还没有出世，人的里里外外都是透明体，体内尚无垃圾。

国家干部、工人阶级不靠天不靠地全力以赴靠国库，国库全仗农民种地来支持。农民兄弟靠天也靠地，天不下雨地不争气时，即使收成减半，填充国库的公购粮任务也得减量完成。家中无粮，心里发慌的青黄不接时节，才向政府要救济，解决肚皮问题。

口说不如身逢，耳闻不如目睹。

传闻不如亲见，耳听是虚，眼见为实。

两位工作组成员洞察一切后，耳目一新。

原来美味佳肴并非出自上好的酒宴，他们对"巧妇难为无米之炊"产生了怀疑，但对种粮食的人没有粮食吃不再怀疑了。

哈书记老伴话音刚落，哈书记就进了院子。

他不知家里来了客人，自行车没放稳当，话已出口："包

绿地文学丛书

子蒸好没有？赶快给阿訇奶奶和金队长家送去，你再劝说劝说老金家的……"

"咦——，看你，着急忙慌的，有话不能进屋再说嘛，有人等着你呢。"哈书记老伴迎出门亲和地说。

"哎呀呀，可是把你们盼来了，这两天急得我就跟火上房似的"。哈书记喜出望外，笑的跟给儿子娶媳妇一样。

工作组组长听了汇报，不得不佩服哈明堂书记处处有"名堂"。发放救济粮按哈书记的建议，救命救急救必须救济的特困户。

红旗大队的救济粮集体运送到大队部，大队部张灯结彩，敲锣打鼓。

县委工作组在组长的带领下参加了救济粮发放大会。

各生产队的车上装满了救济粮，粮袋子上写着鲜红的字：感谢政府感谢党，感谢救济粮！吃水不忘挖井人，吃救济粮不忘共产党！

字是哈书记亲自写的，工作组组长问哈书记是那个学校毕业的？

哈书记笑着说：家里蹲大学屋里系，专业是锅碗瓢盆交响曲、柴米油盐酱醋茶。

工作组的任务，一是为发放救济粮而来，二是为"挖出党内走资本主义道路的当权派和消灭社会主义土壤上滋生的资产阶级。"

第一项任务完成后，本是准备打道回府过年，年后再来完成第二项任务。工作组组长发现了周总理人已去，灵堂还在。

质问的口气看着梅雨：这是咋回事嘛？

"梅雨主任这段时间回公社去了，这里的事她不了解，我这就叫人拆掉。"哈书记为梅雨打马虎眼。

"你是组织上培养的苗子，政治上一定要敏感，要注意洞察政治动向，在风云变幻的政治斗争中要敢说敢干敢闯敢于斗争！"工作组长说。

梅雨点头。

工作组组长看着满树的白花，想说什么，哈书记先入为主：周围群众把这几棵树当成宝贝，栓一朵花就是一个心愿，等着栓花的地方开出了真花，就认为这一年风调雨顺，心想事成。"

"纯粹的迷信思想，这就是社会主义土壤上滋生的资产阶级毒瘤，一定要连根铲除！"

工作组组长着手准备铲除资产阶级毒瘤的议事日程，下定了必须挖出党内的资产阶级代表人物，目标初拟，但还没有锁定，望远公社是县委冯书记的点，红旗大队是公社的点，点点相扣，顺藤摸瓜，不难找出下线来，关键在于有人敢于揭发。

大年三十，工作组组长以县常委的名义与梅雨谈话，梅雨由此知道了县委班子有了"保守派""顽固派""革命派""少壮派"的划分，公社、大队也是如此，不言而喻，她是"革命派""少壮派"的范畴无疑。

政治派别两股风，跟着哪股风向走，就看你的人品人格人德了。

金 队 长

金队长，红旗七队的政治队长，中共党员。

政治队长的首要政治就是坚定不移地贯彻执行"先国家，后集体，再个人"的粮食政策，在完成国家公购粮任务的前提下，千方百计让乡亲们过不饿肚子的日子，想方设法让乡亲们有米饭、包子、肉腥、油香吃的年，必须解决好二、三、四月份青黄不接断粮户的吃饭问题。

现在叫"民生工程"。

时代不同了，社会在进步，生活在提高。

现在的"民生工程"早已跨越了吃饱穿暖的最低界限。满足人民群众不断增长的物质文化、精神要求是追求的目标，带领全国人民奔小康，建设富裕、和谐的美丽家园也不是终极目标。

前面有言：那个年代粮食比人金贵，土豆比大米、白面抢手。

金蛋蛋、救命粮就是那个时候叫出来的，并非现在的附庸风雅，高谈阔论。

人多地少的红旗七队，人均 1.5 亩左右，这还是红旗大队成立时的统计数，不包括逐年增加的人口。劳动力多土地少的生产队，最大的困难就是缺粮户多，多到啥程度，多到大年三十过不了年关的人拖儿带女到大队部要救济粮，这样的人家有三至七家，家家都有七狼八虎的壮劳力，吃饱喝足后一个人赶着马车交公粮，二百余斤的十多个麻袋，扛着过称上粮跺，只擦汗不喘气。

也许有人不解，怎么壮劳动力的人家是缺粮户？困难户？

因为强壮劳动力干的是重体力活，出的是大力气，吃的是大碗饭，也只能吃个八成饱饭。不是为了健康饮食，而是受到节约粮食细水长流的限制，即便是按照忙时三餐两稀一干，闲时三餐并作两餐，瓜菜带搭配稀为主的餐饮要求，许多人家仍然是年年缺粮，青黄不接。

当政治队长十余年的金队长，都是围绕"千方百计——想方设法——必须解决"的简单模式亲力亲为。

十个回回九个马，一个不姓马就姓哈。

红旗七、八队百分之八十的人家都姓马，金队长一家是外姓人。在天下回回一家人的民族亲和力的凝聚下，金队长很快融入到民族团结的大家庭里。

金队长有个在南部山区的亲戚，还没当队长前，就通过亲戚捣鼓来成麻袋的土豆给家里人当饭菜吃，也救济那些青黄不接的人家。

红旗大队成立后，哈书记抓住老金的生粮之道做文章："老金兄弟，不当家不知道柴米贵，我这走马上任后面临最难的事就是锅里没有米下锅。你有门路，一家吃饱快乐逍遥，家里有粮心中不慌，锅里有饭，大人娃娃吃得肚儿圆圆。能不能把你那路子往大铺铺，把山里的土豆多闹一些来，帮我解决燃眉之急？"

"哈书记，这个好办，听我山里的亲戚说，山里只要雨水好，种一年吃三年不成问题。我那亲戚是个队长，上千亩

山地呢。赶上大年成（丰收年），山芋蛋没办法运出去卖，好多都糟蹋了。那里成麻袋的山芋蛋一斤一二三分钱就能买上，就是不好往外走"。

找到了生粮之道，哈书记当即派老金坐着大队最现代化的"东方红牌"拖拉机去打通路子。给老金交了底线：一斤土豆最多不能超过二分五厘钱。

那时的钱值钱得很，一分钱能买一个水果糖两根针三个纽扣一斤土豆。

据说北京、上海等一些大城市，还有一分、二分钱的公共汽车票呢。有些出差的公务人员上了公共汽车，眼睛看着脚下找有人丢失的车票回去在单位报销。有位上海人在公共汽车上不小心掉了一分钱的钢镚，说着我的"钞票"从车前挤到车后找，到了终点站才找到。

真有此事还是调侃无关紧要，这里主要说明那时的钱很值钱。

越是值钱的东西越难得到。

钱这东西对农村人来说，太难挣太难得了，一分一厘都是从地里刨出来的，都是从牙缝里抠出来的。

"吃饭穿衣量家当"是哈书记的口头禅，他知道红旗大队的家底，知道谁家的锅大碗小，不得不精打细算，一分钱掰成两半花。

老金没有让哈书记失望，以1分钱一斤的价格拉回来了一拖拉机土豆。

能干事、会干事，干成事的人，就应该积极提拔，委以重任。

哈书记自告奋勇地当老金的入党介绍人，老金自从在党旗下宣誓后，就担任了七队的政治队长。

哈书记说土豆业务也是金队长的政治任务，不仅给七队搞，还要给其他队搞，要顾全大局。

土豆——救命粮，金蛋蛋，名副其实。

时至今日，地球人好像都吃土豆。

哪里有灾情粮荒，土豆就像粮食大军中的敢死队，当仁不让地冲锋陷阵，义无反顾地勇往直前。

如今，红旗大队的乡亲们都搬迁到"望远人家"的高楼大厦里居住。

土豆依然是他们居家过日子的当庄菜，尽管土豆价格和苹果价格旗鼓相当，但家家有土豆，不一定有苹果。

时代在变革，土豆以不变应万变的永恒形象默默地普度众生，众生以自己的喜好对待土豆，土豆系列在人类食物的排行榜上毫无疑问地名列榜首，花样翻新的食用法亦是名登三甲。

原生态的粗粮绿色健康食品系列，土豆就是先锋官。

调味品、点心类、配料菜等等等等，土豆占尽了颜色。

就连当今最挑剔、最难侍候的小屁孩，对土豆也是情有独钟。

土豆——粗粮——救命粮——绿色食品——无公害食品——健康食品，是历史赋予农民的写照，人类是最朴实、最默默无闻的奉献者。

红旗七队的共产党员金队长，为了给乡亲们拉运土豆，献出了宝贵的生命。

一九七五年的春节，不是回回人的节日。

金队长之前受哈书记委托，已经从一个叫"固原"的大山里拉运用回来一带挂（两个车厢）拖拉机土豆，分配给了一至六队，七、八、九队翘首以待。

再有三天就是大年三十，金队长对哈书记说："今年是年

里打春，过了年就忙活起春种来，乘年前有时间，我再去弄一车土豆回来，七、八、九队的青黄不接问题就解决了"。

"来回四五天时间就到了初二、初三？"

"过年是老蛮子（汉族）的事，对我们无关紧要。年后我就走不开了，换别人去还摸不清路子，价格也涨上来了"。

金队长是七队的队长，按说八、九队的青黄不接问题不关金队长的事。

八队只有政治队长老黄一家是汉族，九队没有回族。

金队长不会忘记七队那些缺粮户锅里开水冒泡，不见米面只见菜根菜叶跳的情景。每到这个时节，八队黄队长、九队长老队和其他队队长就会悄悄将米、面、大白菜、土豆等吃食送到大队部，那是生产队库房里的储备粮。他们队里也有缺粮户，不过还能坚持十天半月，一年半载，还能等到国家救济粮。悄悄送，就是不张扬。

这就是雪中送炭。

自古以来雪中送炭君子少，锦上添花小人多。

金队长知道君子是啥道行，小人是啥德行。

更知道红旗大队掌门人哈书记心中牵挂着啥。

大队书记的班底就是生产队的政治队长，只有步调一致才踏出和谐的曲子。

所谓大河有水小河满，大河无水小河干。

假如不是哈书记通盘考虑用大队的公积金解决拉土豆的一切费用和窝子钱（买土豆钱），七队是拿不出那些钱的。

假如不是操盘手哈书记合理调配，就不会有雪中送炭和及时雨的故事了。

假如不是哈书记给他金队长讲《党章》，让他成为党的人，他哪里懂得这么多道理。

一个篱笆三个桩，一个好汉三个帮。

人帮人，事竟成；邻帮邻，贼难侵。

璞玉浑金的金队长，没有任何豪言壮语，怀着感恩之心，为红旗村的乡亲们不饿肚子，不畏严寒，十冬腊月天坐着没有任何取暖设施的拖拉机去拉土豆。

土豆怕冻，铺着麦草，盖着毛毡。

金队长也怕冻，睡在土豆里。

土豆吸纳着他的体温。

漫天大雪覆盖了盘旋的山路，再有几里路就出山了，前不着村后不着店的山路两旁，白雪皑皑，没有鸟飞过，也无野兔跑。

金队长摸摸土豆，冰凉冰凉的，好似听见土豆的求救声：快点到家吧，我们怕冻，怕夜风吹，我们一旦被冻，就成了冰蛋蛋，就失去了价值，就成了废物。

必须赶黑到家。

风雪像饥饿的野兽，死命地抢食土豆，恶毒地把拖拉机往路基下拉，疲惫不堪的拖拉机驾驶员抗不住风雪恶魔的袭击，拖拉机翻倒在路基下面。

金队长就这样走了。

留下四个未成年的孩子和哭干眼泪的妻子。

那是红旗村回汉乡亲们难以忘记的日子。

那是哈书记心如刀绞的日子，纠结半生。

如今，金队长就躺在那座清真寺旁边的墓地里。

没有烈士的碑文，只有因公殉职的祭文在红旗飘扬的清真寺上空久久回旋，融合在那面红旗里，时常化作一图祥云，在风里，在雨里飘飘洒洒，在红旗村乡亲们的心里泛起记忆

的浪花。

那浪花将那无字的丰碑演绎为有字的传奇。

金队长，哈书记心中永远的痛，永远的牵挂。

土豆，红旗村乡亲们的救命粮，永远不能忘怀的情结。

要不然，哈书记咋能在工作组组长面前迫不及待地要救济粮呢。

工作组微服私访看到哈书记家吃饱包子的几个孩子，就是金队长的遗孤，那天是金队长的周年忌日。

金队长用生命诠释着"民以食为天"的亘古道理。

金队长的民生工程，就是想方设法使在他管辖下的乡亲们吃饱穿暖不饿肚子，他做到了，而且做得完美无缺，美轮美奂。

过　　年

年好过，日子难过。

一年到头就过一次年，得想办法让乡亲过个油汤辣水的年。

年年盼着年年富，过好新年衣食足。

工作组暗访哈书记家是过年前的事。

工作组的任务一是发放救济粮，发救济粮是个诱头。摸底调查"隐藏在党内走资本主义道路的代表人物"跟在后头。

跟在后头的这事，是要由"头上长角，身上长刺，敢顶敢扎，敢舍得一身剐、敢把走资派拉下马"的革命小将摇旗呐喊，冲锋陷阵的。

黑色纪年的大年三十，公社副书记，党委委员、革委会副主任秦冠银书记找梅雨谈话说：你是县上重点培养的苗子，一定要有政治敏锐性，在政治风云变幻的风口浪尖上一定要立场坚定地站在革命派一边，千万不能站错队跟错人。

梅雨瞪着不大的眼睛疑惑地看着秦书记。

秦书记问梅雨：你最近注意听广播、收音机了没有？

梅雨摇摇头。

秦书记知道梅雨啥都不懂，便循循善诱，步步开导：广播、收音机是党的喉舌，说的每句话都是政治信号。《红旗杂志》上梁校的文章说党内的"保守派""顽固派"就是资产阶级的

代表人物，要彻底挖出"隐藏在党内走资本主义道路的当权派，这就是政治风向。"保守派""顽固派"我们县上有，各公社有，大队有，上面正在顺藤摸瓜，一旦锁定目标，就来个"利剑出鞘"，轰轰烈烈地开展起……

秦书记说得眉飞色舞，梅雨听得一头雾水。

秦书记讲的高深莫测云山雾罩。

梅雨雾里看花两眼模糊，云里看人眉目不清。

啥叫政治风向？

政治风云还有风口浪尖？

顽固派、保守派、走资派在哪里？

"我是先给你吹个风，你要有个思想准备，关键时刻要充分发挥青年人敢想敢干的作用，充分发挥你的特长，拿起笔做刀枪，积极勇敢地揭发那些保守派、顽固派、走资派的真面目"。

当了几天官的梅雨，官道还没有搞清，就听到了这么多高深莫测的新理论新名词，还要头上长角，身上长刺，那不就变成牛和刺猬了？

当官真的不容易啊。

梅雨满脑子问题，一头浆糊地回家去过年。

第一次尝到了失眠的滋味，大年三十想了一夜秦书记的话，啥也没想明白。

大年初一，想起哈书记为她打马虎眼的事，知道哈书记、马奶奶他们不过年，就去哈书记家。

半道上看见哈书记和大队一班人在七、八队交界处的地头筹划着什么，就顺路过去。哈书记看见梅雨笑着说："大年初一头一天，过了初二是初三，不好好在家陪爹妈过三天年，一上班可就没有闲时间了。"

"我心里乱得很，是向你请教来的"梅雨说。

"心里乱啥呢，是不是家里给你找的婆家不如意？"哈书记开玩笑。

梅雨摇摇头"到大队部我给你说，这里搞啥呢？"

"让你搞试点总的有个地方，让回民养猪，是对我们民族自尊心的伤害。打心里我是不能接受的，但作为党支部书记，我不能不执行组织的决定。你起草的那个试点报告就作为应付上面的东西吧。你看这样行不行，把七、八、九队的猪圈、羊圈建在一起，七、八队养羊、九队养猪，到年底，七、八队的养猪征购任务由九队完成，九队的养羊任务由七队完成，两全其美多好？"

梅雨无话可说。

那年，不知何人出了个让回回人养猪的馊主意，还把一位海原县的十八岁回回少女树立成养猪模范，在各地巡回介绍经验。

梅雨参加过那个经验介绍会，听得热血沸腾。

舆论是一切行动的前奏曲。

经验介绍会后，梅雨受命搞养猪试点，推广经验交流会的经验。

她没养过猪，但见过猪走，吃过猪肉。

哈书记完全不同意，他跟梅雨说："小梅主任，你知不知道让回民养猪对我们民族自尊心有多大的伤害，对我们回族群众是多么的不敬重。这事不能说风就是雨，得想个妥善的办法"。

哈书记的妥善办法，令梅雨茅塞顿开。

梅雨感到太难办、太复杂的事，哈书记用简单的办法就解

决了。

能把难办的事、复杂的事用简单的方法解决了，这就叫领导艺术。

这样的领导艺术，梅雨一辈子也没有学会，估计许多领导也学不会。

农民的贴心人，红旗大队党支部书记哈明堂，没有任何文凭，却有着高超的领导艺术，不拿国家一分钱的俸禄，却全身心地为红旗村的乡亲们尽心尽力、尽职尽责，将朴素的民族情结和为人民服务的宗旨完美地结合起来。

大队部很有过年的味道，"中国共产党万岁，民族大团结万岁。"的楹联贴在大门两侧的青砖墩上。

清真寺大殿门框上的对联是：回汉人民心连心，民族团结万事兴。

四棵大树上各有一联：迎春花开、枝繁叶茂、硕果累累、造福人类。

会议室里，为周总理设灵堂的地方，蜡梅依然。

周总理的遗像换成了毛主席的标准像，白纸黑字的挽联换成了红纸黑字的对联："听毛主席的话，跟共产党走。"

会议室套间是哈书记的办公室，门口的对联是："为人民服务，要斗私批修。"

浓浓的节日气氛，厚厚的民族情结，赤子之心，大局意识。

红纸黑字诉说着一位农民带头人的心声，彰显着一个村官的虚怀若谷之德。

办公室里，一张办公桌一个立柜两个木条长椅，窗明几净。

铁炉子黑亮，炉子上的水壶冒着热气，屋里暖洋洋的。

"不在家里过年，就在这里过年罢，我让我家里的炸些油香杀只鸡炒几个菜，大队干部们辛苦了一年，我这当书记的也该慰劳慰劳大家了"。

大队有线广播里传出了大队会计的声音："大队党支部通知，各队正副队长请到大队部参加支部扩大会议"。

梅雨看着哈书记：噢，开会呢？

哈书记笑着说：找个由头犒劳犒劳我们大队一班人和队长们，顺便落实一下各队的春播春运情况，我以为你过完年才来，就没和你商量，你可别多心。

梅雨摇摇头，我还没来得及感激你的大力支持呢，多的哪门子心。

哈书记沏了两盅盖碗茶，梅雨不客气地端起来就喝。

她学会了喝盖碗茶。

"哈书记，那天你咋想出那样给工作组组长说周总理灵堂的事和树上白花的事？"梅雨没有忘记哈书记在工作组组长面前为他遮拦的事。

"你还没有我女儿大，还是个娃娃，没有经过啥事，鼻子里没有钻过烟火。尤其是官场上的事，这里面的名堂多得很。那天，我要是不那样说，麻烦就找你头上了。工作组组长说要批林批孔批周公，周公指向的谁？你想过没有？"

梅雨摇摇头："莫非是……"

马书记点点头。"那个人怕是有来头的，搞的名堂比我这个明堂大多了。我是个修理地球的，啥名堂也不影响我。你就不同了，公家的饭好吃，碗可不好端。战场是明枪明刀好躲好防，官场是暗箭伤人，防不胜防。"

梅雨将秦书记的谈话告诉了哈书记。

哈书记听后说："小梅主任，不管啥时候，都不能让别人

当枪使，说违背良心说话。什么保守派、顽固派、走资派，纯粹是别有用心，醉翁之意不在酒。不管刮什么风，都不能跟着疯子扬土，出头的椽子先烂，要稳稳当当的。以我看，怕是那些造反起家的家伙又要兴风作浪了。"

听哈书记一席话，梅雨胜读十年书。

妇女主任马桂珍请示哈书记：给五保户们的油香和羊杂汤弄好了，现在送去还是让队长们带回去？

现在送去正好赶上中午饭，有粉我们就擦到脸上。你让小马开上拖拉机，那样快一些。

"我和马主任一起去"，梅雨自告奋勇。

"我也有这个意思"。哈书记顺水推舟。

拖拉机跑了一个多小时，二十一户五保老人，每人都有了三个油饼一碗羊杂汤的年饭。老人们接过油饼又看又闻，嘴角翕动，泪花滚动，拉着马主任的手，不知说啥好。

说啥都不重要，重要的是红旗大队党支部在特殊情况下给予孤寡老人的特殊关爱实实在在，感天动地。

羊杂（羊内脏，头、蹄）是马主任拿介绍信跟供销社主任软磨硬缠弄来了两只羊，羊肉给了七、八队，羊下水(羊杂)留在大队部专门犒劳大队干部和队长以及各队的孤寡老人。

油饼是大队油坊榨的，哈书记给马主任交代：一斤面三个油饼，孤寡老人、军烈属一家三个，金队长家、马奶奶家多给几个。

油香扑鼻，菜香诱人。

哈书记老伴丁姨妈，饭菜手艺在红旗村是有名的。

有米有面有油有肉的饭菜，色香味敢与当今冠名一级、二级大厨媲美。

大厨们做不出农家饭的滋味来，丁姨妈做得比当今标榜的天下第一碗，天下第一鸡、天下第一菜等招揽食客的炫耀招牌要绿色的多，健康的多。葱、蒜、姜、辣、盐当庄调味，酱、醋、油星星点点外，没有任何所谓的食品添加剂。

没有米面的瓜菜带熬的汤也是有滋有味，胜过乾隆皇帝当年喝过的"羊脂白玉翡翠汤"。

每当大队部需要开灶时，丁姨妈就奉哈书记之邀做义务工。

这次不是做义务工了，是以炊事员的名义进驻大队部灶房，占据锅台。

过罢年，县委、公社都有干部来红旗大队蹲点，打"春季战役"，抓春运、春耕、春种。

蹲点，就是和点上的农民同吃同住同劳动。

深入到田间地头，农家畜圈，查看农家肥料的储存起运送往情况，到田间地头查看精耕细作情况，掌握农作物的调味品"化肥"的需用量（计划品）。

一年之计在于春，一天之计在于晨。

农民父兄对此最理解，最深信不疑，最不失时机。

农村干部必须深入实际了解，不了解连夸夸其谈都会闹出笑话来的。

兵马未到，粮草先行。

哈书记没有带过兵打过仗，但知道民以食为天，不管什么人在红旗大队的地盘上歇脚，都要有吃饭的地方，他这个书记必须尽地主之谊，不敢保证吃好，起码保证不饿肚子。

因为蹲点干部都自带口粮和铺盖，人家是做着红旗大队的事，为农民兄弟们着想，吃着国家的粮。

党支部会上，哈书记讲了蹲点干部的事，支部委员黄队长

首先提出：我们大队情况特殊，灶房只能是清真的，做饭的人必须是回民。就让丁姨妈到大队做饭，我们队上按照同等劳动力给记工分，不让大队负担。丁姨妈干净利索，做得饭菜保证蹲点干部们吃得合口。

平日不多言语的黄队长，说出的话是那么善解人意，无可挑剔。

难怪他一家汉民独居八队几十年，连续当了十多年政治队长，没有任何人挑刺找毛病。就这一席话，足以证实他的民族情怀有多大。

黄队长，一位沉默寡言的回汉农民带头人，他的故事后面再说。

工分工分，农民的命根。工分是农民年底分红（钱）的依据。相当于国家干部、工人的工资。不同的是，农民只能一年分一次红，说是年薪也对。平时家里急需钱用，就写借条借钱用。现在叫透支，透支生产队的钱。待秋后算账一笔清，有的人家借支比收支多，就挂在账上，叫往来账。

红旗村的村民们，有三分之二的家庭都有往来账。

丁姨妈也有往来账，不过，哈书记年底在大队领了年薪就给还上了。

丁姨妈大年初一入驻红旗大队灶房，投资了两只大公鸡和家中的酸菜、酱黄瓜、大白菜、土豆。

是没有回报的投资，丁姨妈说开新灶就要用肉食、油香来"热锅"，为的是以后锅不上锈。

大队买了羊肉，但给了七、八队的回回乡亲们打牙祭去了。

两个队原本养着羊，完成公购羊任务后，就剩下几只怀着羊羔的母羊和小母羊羔子，就像粮食的种子，千万不能毁掉的。

乡亲们有言：种子种子，粮食的根子，吃了种子，养个腊子（害虫）。

农民父兄们视种子如生命，就是锅里没有米，看着种子咽唾沫，也不吃种子。生蛋的母鸡，下羔的母羊在农民心中就是银行，就是发家致富的希望。

几个汉民队各杀了一头猪，家家户户过年都能吃上油汤辣水。

回回人虽然不把春节当年过，但生产队放假三天，没有油汤辣水安慰肠胃的闲日子比忙忙碌碌的日子还难过。

年年盼着年年富，不只是汉家人的盼头，也是回回人的想头。

哈书记最懂农民的心。

最知民族团结国家兴旺的理儿。

这个理儿延续到今天，华夏大地上盛开的民族团结之花更加光辉灿烂。

红旗村民族团结之花的历史渊源从清真寺上空红旗飘那一颗就绽放着。

过了半个世纪年的梅雨，一年比一年过得丰衣足食，花样翻新，却总是回味在红旗大队部过得那个年，那个非同寻常的年。

山珍海味比不上粗茶淡饭分外香。

美味佳肴比不上丁姨妈地道的农家菜。

哈书记用简单的方法解决了红旗村父老乡亲们过年容易过日子难的大问题。红旗村的乡亲们知道他们过年有肉吃，大队党支部一班人有汤喝，很是过意不去，马奶奶将乡亲们送给她的各种菜包子和她自己包的羊肉饺子送到大队部。

感慨地说：哈书记呀，以往都是当官的吃肉老百姓喝汤，有的连汤也喝不上。你们倒好，反了个过，当官的喝汤老百姓吃肉，这种事怕也就我们这里有。

一双三寸金莲的马奶奶，走过了两个朝代，见识过人间万像。赶上了共和国时代，痛失爱子老伴离去，寡而不孤，德高望重。身居陋室情系乡亲，小处见大处处留心。

老百姓是很知足的，不图名利，不求当官，只求天下太平，凡事公平。

马奶奶送的饺子不多，赴宴的一人一个，包子也不多，酸菜、土豆、豆腐馅里拌着油渣提味，油渣是大队油坊没有榨干油的胡麻油渣，那是哈书记专门嘱咐油户大叔手下留油的，为过年时让红旗村的乡亲们省下每人一月二两油放在青黄不接时滴在瓜菜带汤里调味。一人二两油渣是额外补助，油渣存放时间不宜过长，吃多了闹胃还大便干燥，掺在菜里吃起来的口感油香油香的。

这是丁姨妈摸索出来的经验，被哈书记采纳并在红旗村推广。

红旗大队的"热锅"年宴很是丰富，有辣子鸡块、羊头炒酸菜、羊肝羊蹄羊心小凉拌，羊肠羊肚羊肺一锅烩，红白萝卜丝，白菜熬豆腐，拔丝土豆，土豆擦擦，土豆搅团，土豆系列花样多多。

一大盆油汤辣水端上桌，哈书记笑逐颜开地说：这就是乾隆皇帝当年喝的"羊脂白玉翡翠汤"，他老儿只喝过一次。我们这些土皇帝比他有口福多了。

队长们嚷嚷着要哈书记说说乾隆皇帝喝汤的事，哈书记便讲了起来。

汤是豆腐疙瘩熬白的汤，菠菜根红似玛瑙，叶绿如翡翠，葱花辣子油冒金星。

这汤比那汤有滋有味多了，有鸡汤调味加葱花辣子油。

传说乾隆皇帝游江南遇歹人追杀，便拼力逃跑，一天没吃没喝，天黑时逃到一穷乡僻壤的农民家时，饿得头晕眼花，浑身无力，随从便向那家农民买吃的。农民夫妇是磨豆腐的，便熬了一锅上好的豆腐汤。乾隆一口气喝了一碗，才问是什么汤。农妇说"羊脂白玉翡翠汤"。

乾隆喝了个肚儿圆，乘夜回宫。回到皇宫，第一件事就要喝"羊脂白玉翡翠汤"。御膳房做了上百种，乾隆老儿都不满。便下旨昭告天下，却无人应昭。

"要是我们丁姨妈赶上了，就揭了那个皇榜，保证乾隆老儿满意地跳起来，说不上还能封丁姨妈个娘娘呢"。一队生产队长周大选调侃。

"你个'周大喧'，要是我封了娘娘，非叫人把你骗了，叫你再也不敢胡喧乱侃了"。丁姨妈接话题开玩笑。

大笑，哄堂大笑，几个人笑出了眼泪。

周大选，名如其人，能周会喧会调侃。乡亲们称他大喧、大侃。

要是那时有人发现得早，加以培养，说不上就是有名的小品、相声演员了。哈书记的自行车段子就是他编排的，那是红旗村家喻户晓的旧段子，稍后请看"周大喧"的现场彩排。

哈书记看大家吃饱喝足，说说笑笑兴趣正浓。便拍手叫停有话要说："各位，今天的饭是不能白吃的，上面要让小梅主任在我们这里搞养猪试点，既然是试点，就要搞的像模像样。俗话说：众人拾柴火焰高，经过研究，我们就在九队的盐湖滩上盖猪圈、盖羊圈。当务之急是需要好多垡垃（土坯）。这个任务就交给你们各位队长了。明天，你们各队最少往盐湖滩上送一大胶车，再派两个壮劳力整地砌墙，中午在大队吃饭。我可有言在先，垡垃和劳力都是无偿摊派的。这叫取之于民用之

于民。"

好个哈书记，犒劳队长是个诱头，老鼠拉秤砣——大头在后头。

后头的事，才是真正的事儿，为民办事，小事也是大事。

哈书记，醉翁之意不在酒。

哈明堂，名堂多多。

"没有垡垃咋办？"一队长问。

"好办得很，把你们家的院墙拆了不就有了嘛。庄户人家，枕着土坷垃，睡在土炕上，还愁没有土货"。

哈书记的办法总是很简单，很实用、很行得通。

"过完年，县上、公社的蹲点工作组就来了，各队可能都有蹲点干部，我们在座的队长们不要以为你们是行家里手，对人家不冷不热的。不管蹲点干部是老是小，你们都要有个好态度，你敬人一尺，人会敬你一丈的。蹲点干部的吃饭、住宿就在大队部"。

哈书记真是个机会主义者，不仅会创造机会，抓住机会，还会利用机会。

这顿年饭吃得很是有滋有味，非同寻常。

非同寻常对周大选来说，花样百出。

农民盼过年，也盼瑞雪兆丰年。

数九天下雪为瑞雪，大年初一早上瑞雪纷纷，喜气洋洋。

哈书记说完了事，队长们也不着急回家。一年到头难得有吃有喝，有说有笑，有闲有乐，便有了乐不思家之心，主要是想跟周大喧逗乐子。

"大喧，好不容易遇到一起，你就给闹两段，让大家伙开开心。"

"今儿不行，天亮时，我小舅子一大早就来家里，说银子湖坝倒了，一尺长的鱼就像赶集一样从冰里往外窜，好多人都打开冰眼闹鱼呢。要不是大队通知开会，我一大早就闹鱼去了。哈书记，我的车子坏了，就把你的车子借我，我这就去银子湖弄几条鱼来，让婆姨娃娃美美气气地吃个够"。

　　周大喧说着话已推上了哈书记的自行车，一迈腿骑上自行车，使出吃奶的劲蹬自行车，向银子湖方向驶去。

　　没脚的雪地里，两行歪歪扭扭的自行车印扭着麻花。

　　队长们都知道银子湖，那是唐来渠湾处一个天然湖泊，湖中央芦苇簇簇，湖周边蒲苇蔓延，芦苇与蒲苇之间是一处深水带，曾经有人探过水，有去无回。就有人说那溺水者是被龙王爷招了女婿。溺水者的家人千呼万唤无声息，每到溺水者的祭日，就在湖畔焚香烧纸。

　　周围人传说，湖里有银马驹子，经常听见银马驹子吃草的"咔嚓咔嚓"声，水面上漂浮着许多被剥光叶子断成节的芦苇秆。

　　有人看见银马驹跃出水面，银光闪闪，在波光粼粼水面的反射下，像闪电一闪即逝。

　　周大选的小舅子（妻弟）就住在银子湖畔，一天中午站在自家房顶上放眼世界，意外看见了银子湖里的鱼跃龙门，此起彼伏。

　　年轻人不信传说不信邪，拆下自家一扇门，邦在充足气的大胶车内胎上，拿两股叉就在银子湖的水面上游荡，意外地叉到了一条跳龙门的大草鱼。

　　银马驹子的传说到此为止。

　　银子湖成了聚宝盆，与三个大队为邻，三足鼎立。

　　红旗五、六队的地角与银子湖相连，每年冰封湖面后，指

冰为界，三个大队的人都去抢割芦苇、蒲苇。先下手为强的多割多收，后来遭殃的只能骂自己懒。

鱼是没有界定的，谁捞着归谁。

周大喧的现场彩排精彩的完美无缺。

假如忽悠大腕赵本山听说了这件事，想必会搞个小品搬上春晚获得大奖。

资深的"被忽悠专家"范伟，即便吃三堑长一智，对周大选的这个忽悠也会再上一当，不觉得丢人。

在场的几位队长，深信不疑周大选的急事在身，都想弄几条鱼来，让婆姨娃娃美美气气地吃个够。不约而同冒雪追周大选而去。

哈书记从完美无缺的彩排现场看出了破绽，却不说破。

看着风雪中追周大选而去的几位笑呵呵地说：谁叫你们让周大选露一手，周大选露的这一手够你们笑个肚子疼。

没有追周大选去的，是几位党支部委员。

吃饭前，哈书记就告诉几位饭后开支部会。

他们听哈书记笑呵呵地说话，不解其意地看着哈书记。

"看我干啥，看周大选的自行车不就明白了嘛"。

周大选的自行车就放在院子的大树下，完好无损。

真是个周贼逼，哄人哄得路断人稀的。

吃饱喝足，笑中有乐。

有了好心情，开会很轻松，啥问题都不成问题。

猪圈、羊圈、劳动力的问题已不是问题。

喂猪、放羊的人选是个小问题。

大家共同出力盖起的猪圈、羊圈，就不能只归七、八、九队所以，要有大队统一安排统一计划统一分配。

在哈书记的"三统一"主张下，红旗大队有了猪场羊圈。

支部约法三章：七、八队各派一人放羊看羊，九队出了地盘不出人，其他六个队派三个养猪人，不派人的三个队出车出力，负责拉土垫猪圈起猪圈、羊圈的粪，往各队田地里送。

年底根据猪、羊的实际存栏数，由大队统一完成国家公购羊、公购猪任务。完不成国家任务指标的，再由各生产队完成。总之，必须先国家，再集体。

计划经济年代，国家的粮食任务是铁板上钉钉的硬任务。

公购羊、公购猪也是硬任务，也是各级农村干部的硬任务。

县委领导、干部每年都在忙着参加五大战役：春季的"春运春播战役"；夏季的"抢收抢种战役"；秋季的"秋收秋耕战役"；冬季的"平田整地农田基本建设战役"；年底的"督促完成公购粮任务战役"。

凡是战役，都要派工作组深入基层蹲点。

抓先进、树典型，促中间、争上游，帮后进，解难题。

红旗大队是个老大难，难就难在人口年年增长，土地纹丝不动，没有长进。

救济粮、返销粮年年增加，断粮户也不减少。

哈书记亲眼见土改时的小娃娃转眼间就长城了"半大小子吃死老子"壮劳力，娶妻三年娃娃三个，娶进来的没有土地，养下的娃娃们没有土地。

哈书记跺着脚说：要是土地也能下崽多好。要是少养点娃娃多好。

少养娃娃的愿望真得就实现了。

国家出台了计划生育政策。

这项政策实行起来难到家了。

哈书记把工作就做到家了。这是后话，暂且放下。

支部会刚结束，周大选回到大队部，说还哈书记的自行车。

哈书记说："你弄得鱼呢？"

周大选嬉皮笑脸地说："那是给他们闹个喜欢景耍笑耍笑，谁叫他们满嘴跑火车的给我起绰号呢，是他们让我给闹个段子乐呵的。"

"你这个日鬼怂，还利用我的车子为你扯皮遛谎当挡箭牌"。

"他们信你的嘛，要不然他们才不会跟我去呢。哈书记，你放心，玩笑归玩笑，干工作一是一，二是二，明天我保证第一个把堡拉送到盐湖滩。"

哈书记笑着点点头，他了解周大选的。

周大选跨上自行车，又下来："哈书记，我刚回来的路上，看见公社老王书记好像和县上的冯书记往我们这里来。我就在县上三干会上见过冯书记一面，不敢肯定"。

"你这个日鬼怂，又转着弯子日鬼我来了"。

"哈书记，你要不相信，我就和你到门口的路上看"。

红旗渠坝的小路上果真有两个人往红旗大队部走来。

冯 书 记

冯书记，当年的永宁县县委书记。

姓冯，单名一个茂字。

红旗村传奇是以故事说人物，以人物说历史，以历史说文化，以文化说人格，以人格说魅力，用人格和魅力感染读者。

"人格"就是人的性格、气质、能力等的组合。

"魅力"就是很能吸引人的力量。

冯书记是红旗村传奇故事里最高的官最大的人物，最大的官在红旗村做的是最小的事，最大的人物做的是小人物做的事。

且看大官做的是何等小事。

红旗村因缺粮户多，就成为县上挂了号的后进村。

树先进，促后进，书记带头下基层，是县委提出的要求，几位县常委身体力行，带头下基层蹲点，各抓一方。

基层，根本的，起始的。

建筑物的基石，基础，奠基，设在面层以下的结构层。

社会意识形态领域中各级组织中的最低的一层，它跟群众的联系最直接。

党章规定：党的基层组织是指在企业、农村、机关、学校、科研院所、街道社区、社会中介组织、人民解放军连队和其他基层单位设立的党的基层委员会、总支委员会、支部委员会……

时至今日，抓好基层工作始终是各级领导的工作前提，说是群众路线应该是没错的。通俗地讲：基层工作就是群众工作，群众工作就是了解、解决人民群众吃喝拉撒、衣食住行、生老病死、喜怒哀乐、需求爱恨等等一系列问题。

就是现在的社情民意，民生工程。

冯书记是以蹲点的方式下基层的。

蹲点就是守候，守着一个点，候着这个点由后进变成先进。

时间跨度大约是三年，至少一年。

一年初见成效两年大见成效三年摘掉落后帽子。是冯书记在县委扩大会上讲的。

望远公社是冯书记蹲的点，书记的点就是县委的点。

地理位置关系，土地面积关系，银川市南大门的望远公社，粮食总产量在全县排第八位，全县共有八个公社，再往后排是不可能了。

这样的排行榜当然是落后的典型。

红旗大队的粮食总产量在望远公社八个大队的排行也是第八位。

是落后中的落后。

冯书记是两个落后点同时抓，红旗大队是重中之重。

红旗大队与公社相距不到五百米，冯书记蹲点的时住在公社，饭后散步就走在红旗七队的田埂上，一不留神就走进了红旗大队部。

前面介绍过，梅雨被冯书记表扬过，坐过冯书记的小汽车。

时隔半年，农民女儿梅雨就堂而皇之地坐上了公社的第四把交椅。

梅雨自己都莫名其妙。

有人说冯书记是她家的亲戚，她问父亲是哪门子亲戚，怎样的亲戚，父亲说啥亲戚都不是，是我们家祖上积了大德，贵人相助呢。

农民父亲说得最流畅的段子就是二十四个字：善有善报，恶有恶报，不是不报，时候未到，时候若到，必定要报。

听父亲这样说后，梅雨窃喜。

相信命中有贵人相助的，一辈子风调雨顺，心想事成。

她以为冯书记就是那位贵人。

因为与她一样情况的人，全县只有三人，一个是某公社的广播员，一个是下乡知识青年，另一个就是回乡青年梅雨。任命书是一份县委任命的红头文件。人家两位都有很大进步，后来官至市上、省上领导。

梅雨是羊头上的毛——没长进。

乡科级的乌纱帽戴了一辈子，两千年人事制度改革的"三定方案"审查时，组织部那位年轻的领导疑惑地问梅雨：你一不是大中专毕业分配到行政单位的，二不是国家招干到行政机关的，咋能是国家行政干部呢？还弄了个副科级？你要把这个问题讲清楚，要不然，就影响你们单位的"三定"工作的整体效果。

几位好友开玩笑说：老实交代，你是咋混进革命队伍里来的。

为了搞清楚自己的来龙去脉，梅雨在永宁县档案馆查了三天，才查到当年的县常委会纪要，上面记载的是：按自然减员名额解决梅雨的干部待遇。

县常委会的主持人是冯书记。

原来如此。

这段小插曲是很美妙的，美妙之处在于激发了梅雨对红旗

村传奇的奇思妙想，使她记忆深处的陈年旧事浮出了水面。

梅雨记得，当年，就在红头文件下发前，小金师傅开着冯书记的小汽车把梅雨接到冯书记的办公室，那两位先梅雨之前面见冯书记，也是小金师傅接的。

冯书记办公室就是县常委会议室，三间大通房中间是乒乓球案子一样的会议桌，上面铺着军绿色毛毯，木条长椅子围了一圈。

那天算是冯书记对县委培养的青年干部面授机宜。

冯书记对一个毛头小伙子，一个城里姑娘，一个农民女儿说："你们是县委培养的青年干部苗子，虽然会写文章，但你们是出了家门进校门，出了校门进机关门的三门干部，没有多少社会经验。涉足官场，是偶然不是必然，以后在工作中要好好向老同志学习，在实践中尽快提高自己的领导水平。当官可是个苦差事，干部，就是先干一步，吃苦在前，享受在后，吕玉兰，郭凤莲都是干出来的，你们要以她们为榜样"。

面授机宜过后，冯书记让县委通讯员领他们到县委会议室，参加县委扩大会议。落座后，就听主席台正中央的冯书记说："十年树木，百年树人，在座的要注意培养年轻干部，为我们党不断输送新鲜血液。老同志要做好"传、帮、带"，当好青年干部的引路人。否则，到马克思那里报到时就过不了关……"

"三门干部"是个新名词。梅雨第一次听到，想想也是，祖上几代都是修理地球的，她怎么摇身一变就成了九品官。

父亲说是她家积德行善修行好，她窃喜贵人相助，天上掉馅饼给她。

胡猜乱想的人说她家朝里有人好做官。

几天没回家，父母还不习惯未出嫁的女儿多日离家，父亲借找包师傅（公社炊事员）见了梅雨的面。

梅雨说她去县上开会了，冯书记谈了话，说她是个三门干部，父亲说啥叫三门干部，她给父亲解释后，父亲说："到底是县太爷，说啥都是一套一套的在理。人家冯书记说得对，当官就是个苦差事，俗话说：当官不为民做主，不如回家卖红薯，你要像花木兰那样，学一身真本事，在人前走动才能服人，就像我当这个技术队长一样，要不是有两下子，怕早就下台了。"

父亲是在识字班扫的盲，能写几个人名，体会到识文断字的好处，没有重男轻女，才供养梅雨上了高中。

从这个角度讲，父亲还是有眼光的。

梅雨搞的那个"科学育种试验"，就是父亲指导的，结果让梅雨一举成名，抢了头功中了举，应该说，父亲是梅雨走向社会的第一位尊师。

《七品芝麻官》里有个唱段：当官难，难当官，人人都想把官来当。徐九斤当了个七品官，当官不为民做主，不如回家卖红薯……

梅雨当了个九品官，咋就那么容量。不用跑不用送不用找关系不用托人情，就那么点文化，种一次实验田，给农民父兄念了几次报纸，在理论学习班敢说话，就有了九品官的头衔。

其实不容易，只不过是赶上了机遇撞上了运气。

机遇——能写会算的青年——知识青年——培养年轻干部。

运气———根正苗红，有知识有文化的农村青年。

那个年代知识匮乏，初中生是替代品，高中毕业生是急需品，大学生是贵重品，研究生是稀有品，博士硕士是储存品。

现在的初中生是扫盲生，高中生是次品，大学生是实用品，研究生是时尚品。听人说三个老妈妈上街赶上天下雨，站在大

树下避雨，相互打听儿女之事，一个说女儿大学毕业参加工作了，一个说女儿研究生毕业好几年了，没有适合的工作只好在家里等着，一个说女儿研究生毕业后去了国外读博士，为了将来能找个好工作。

其实，不是没有合适的工作，而是好高骛远，心高眼界高，用人单位不敢用。

这样就是学而无用了。

虽然那时的高中生没有现在同类文品者的学问大，见识广，物以稀为贵，在选拔培养年轻干部时梅雨就榜上有名了。

时代不同了，知识结构的框架越来越高，文化层次越来越高。

从古至今，物以稀为贵嘛。

知识匮乏的年代，高中生就是调整干部文化结构的有生力量。

总之，知识是把万能钥匙，无所不能。

之前讲过那个年代县委工作的重点是"五大战役"，第一战役就是"春运春播"战役，每年在"督促检查完成国家公购粮任务"的第五战役结束时，就部署好了参加第一战役的准备工作，参战人员整装待发，过罢年打起背包就出发。

一千九百七十六年，冯书记大年初一怎么就打起背包出发了？

哈书记认出红旗渠坝的路上走的两个人的确是冯书记和老王书记。

周大选没有胡喧乱说，胡吹冒聊。

冯书记的冬天，总是着那件二毛皮大衣，戴着无沿呢冒。

老王书记的冬天，总是穿二老皮大衣，戴着鸭舌帽。

二毛皮大衣，是那时最高级的衣料。

哈书记也穿着，生产队长开会露脸时也有穿的。

时至今日，那东西在皮草行里仍有一席之地，多是毛朝外穿戴，图的是时尚。

几位书记们是毛朝里穿着，图的是暖和抗寒。

三位书记互相握手打招呼。

哈书记先说话："哎呀呀，两位领导大过年的怎么就……"

"你不是也在这里布兵摆阵嘛。"老王书记笑说。

"困难户都领到救济粮了吧，年后的断粮户还有多少？那个金队长家里怎么样？"冯书记开门见山。

"金队长的老伴身体一直不好，娃娃多，一家人的口粮差不多，就是经济方面困难大，娃娃上学，大人看病用钱有些困难。救济粮也就是救个急，断粮户七、八队多一些"。哈书记一五一十地回答。

"听王书记讲，金队长是因公殉职，你们大队已做出决定，把四个娃娃抚养到十八岁，这样做很好。你们再写个报告，公社盖上章，报县民政局备案，我批一下，按特殊情况让他们享受优抚补助"。

县委书记有年不过，冒雪下乡，对一小小老百姓的事牵挂于心。

红旗大队党支部一班人的心颤抖了。

两位油户大叔听说县委书记来了，想亲见看看县太爷长什么样。擦掉大队会议室窗玻璃上的浮冰窥视，听见了屋子里的对话，心有些颤抖。

这么大的官，还知道金队长的事？

"这么冷的天，外面咋还有人呢？"冯书记问。

"是两位榨油师傅，估计是听见你这位县太爷来了，想看

看呢"。

"那就让他们看看，我和他们一样嘛"。

冯书记走出去与两位油户大叔打招呼：两位过年好，大冷的天屋里坐嘛。伸手要与他们握手，他们双手合抱，互相看着笑，不知所措。

"冯书记与你们握手呢，看你俩那个拉不展的呆样。"哈书记笑骂。

两位才反应过来，一起握住冯书记的手。

冯书记看见了四棵大树上拴着的白花没说什么。

仰望清真寺上空飘扬的红旗，红色旗帜鲜艳夺目，红旗大队几部几个大字迎风招展。

"我能进去看看吗？"冯书记看着清真寺大门问哈书记。

油户大叔跑着打开门锁说："能进能进，这是大队油坊"。

这时的油户大叔一反先前的木讷样，喜上眉梢，抢着说话，主动操作，有意表演给县委书记看。

"清真寺当油坊，是我们哈明堂书记搞的名堂"。老王书记笑说。

"一叶障目，一举多得嘛"。冯书记接王书记的话意味深长地说。

哈书记笑而不答。

"我们小梅主任的试点工作，你可要多费些心思了"。老王书记说。

"这是义不容辞的，我们已经拿出了方案，回头由梅主任详细汇报"。哈书记点到为止。

"我们去七队看看咋样？"冯书记问。

"行，那就去金队长家，马奶奶家"。善解领导意图的哈书记说。

可惜那时没有照相机，没有媒体记者随从，九英寸的黑白电视机还是稀罕物。

县委书记走乡串户静悄悄，

雪地散步串进农家无报道。

风无踪迹雪有痕，

人有眼睛看得清，

无字丰碑在人心。

红旗七队紧靠 109 国道东侧，公社紧靠西侧，与马奶奶家相距不到五百米。七队的大人娃娃都认识哈书记，娃娃们见着哈书记就想起哈书记的自行车段子，等离几米远的距离时，就跑着跳着齐声叫喊：哈书记当着官，骑的车子很烂干，鞍子像个乔木棱，骑上硌得我勾子疼……

冯书记听明白后笑着说：这些娃娃们为哈书记抱打不平呢，这顺口溜编得好，回头我给商业局长批个条子，多给你们几张自行车票，让哈书记换个新车子。

哈书记来了个顺杆爬："那就给我们十辆八辆，我抽屉放着十多张要自行车票的申请，都是找对象的女方提出来的条件。"

"群众利益无小事"，一位大人物讲的。

成千上万人的小事之和，就是国家大事。

国家首位大事就是"三农"问题，要不然，中央每年的一号文件，说的都是农民、农村、农业。

红旗大队的热土上，县委书记、公社书记、大队书记三位一体，合演着一台农村、农民、农业方面的折子戏，合唱着一个剧本，剧无终结时，这折唱罢那折开幕，观众很少，但心里

有杆秤，好与不好一称一个准。

"秤杆子挑江山，老百姓就是那定盘心"。一部影视剧里的唱词。

"群众是真正的英雄"。一位伟人说的。

群众就是老百姓，老百姓的事就是柴、米、油、盐、酱、醋、茶。

说起来很上口，很实际。

只要放在心上，很好做的。

三位书记不过是随便到百姓家串个门，群众小事在不经意间就解决了。

农村人瞎编的顺口溜，竟然让县委书记浮想联翩，知道了群众的所需所求。

娃娃们的信口开河，引来了大人们的注目观望。

"大队哈书记、公社王书记和县上的冯书记一齐去了金队长家，马奶奶家，肯定有啥好事呢"。

"胡喧呢么，县委书记就是县太爷，大过年的，县太爷正在家吃香的喝辣的呢，咋能来农村串门子"。

"冯书记在大队还握我爹的手了，个子矮的那个就是冯书记，我爹还听见冯书记问金队长的事了"。

油户大叔口无遮拦，赶回家就把和冯书记握手的事告诉了老婆娃娃。

娃娃听风就是雨，传话像放鞭炮，霹雳啪啦。

婆姨是个传话筒，张张扬扬。

油户大叔是个烧料子，生怕别人不知道他和县委书记握过手。

冯书记一行还没到七队，金队长家、马奶奶家就得到了消息。

娃娃们叫喊顺口溜时，大人们就蹿头蹿脑地窥视冯县太爷。

农村人很敬重亲近农民的政府官员。

官敬民一尺民敬官一丈。

不管官大官小，只要心系百姓，就是百姓心中的好官。

好官，不在于大话说得好听，在于把百姓的小事当大事做，把复杂的问题用简单的方法解决掉。

好官，就是没有上过电视，瞎子都会看见的。

冯书记一行去马奶奶家，啥都没带，马奶奶就沏了最好的盖碗茶，不喝都不行，因为回回人的待客方式是以茶为先，沏了待客茶，客人就要喝，不喝，主人就会认为客人嫌弃。

马奶奶看三位书记都会喝盖碗茶，笑得一脸灿烂。

见过世面的马奶奶，会做人做事会说话，知道见啥人说啥话。

转身揭开锅就端出一盘冒热气的包子：赶的早不如碰得巧，三位书记都尝尝我们农村人的包子，过年吃包子填穷坑，一年能过上好光阴。

说着就拿起一个包子往哈书记手里塞。

哈书记接过包子看王书记。

王书记拿起一个包子一掰两瓣给了冯书记一半。

"酸菜豆腐的？"冯书记一口吃出味来。

"豆腐是生产队磨的，酸菜家家户户都有，油渣是大队分的，面是国家给的救济粮。也就过年这几天吃个不带汤的饱肚子，年后还是以瓜菜带当庄，就这，还有十二三家青黄不接"。

小脚的马奶奶知道队里的大事情，说得头头是道。

哈书记、梅雨、马奶奶目送冯书记、王书记上了109国道，王书记说："哈书记，这几天就让小梅子跟着我们去各处转转"。

哈书记说："老包袱你放心，试点那件事我不会让小梅主任为难的，你该咋安排就咋安排，应该让小梅主任到处走走看看了"。

目送冯、王书记走进公社大门，梅雨跟着哈书记又进了马奶奶家。

"马奶奶，你的那几句话帮我们解决了老大难问题。别看冯书记没表什么态，肯定把你的话放在心上。想不到这大过年的，冯书记还能来我们这里"。

"哈书记，你咋不让小梅主任在家好好过年呢，姑娘家家的，还没有找婆家，就常年和爹妈分开，怪可怜的，好不容易过年放假……"

"马奶奶，是我自己在家心慌的待不住"。

"唉，小小年纪，就让工作的事压得波烦的。马书记呀，那个事（养猪）太难为小梅主任了，我们这里万万使不得，你得好好谋划谋划"。

哈书记点点头。

离开马奶奶家，梅雨和哈书记沿着红旗渠坝往大队部走。

梅雨问：哈书记，你刚才叫王书记老包袱是啥意思？

"那是互相开玩笑的戏称，冯书记有时也这样称呼王书记。意思是思想保守，考虑问题顾虑重重，不像年轻人那样激进、果断"。

"原来是这个意思"。

"今晚肖云（下乡知青，赤脚医生）不在，你一个人敢不敢住？"

"不敢，我和肖云住大队部的头天夜里，好像有人往房顶上扔过砖头，吓得我俩在被窝里发抖。就那么一次，以后再没有发生过。不过，我们两个人敢住，一个人谁也不敢住。中午马主任（妇女主任）就说让我去她家里住，我答应了。刚才王书记那样说了，怕是要好几天呢，我想回公社把宿舍的炉子生着，就住公社"。

"这样也好，你方便了，我也放心了。你说扔砖头的事，肖云给我说过，我知道是谁干的，那也是为了回回民族习俗，清真寺是不让女人进的，扔砖头就是吓唬不让你和肖云住，没有别的意思。道理讲清了，就没有为难的事了。你够沉得住气的，不给我说，也没有向王书记讲。这样好，俗话说，沉默是金，少言是银，当领导干部说啥都要三思而说"。

"我哪里是沉得住气，在家我也是一个人住，农村的土房子到了冬天，晚上房顶经常有响声，还有猫抓老鼠的声音。那晚，肖云说是扔砖头的声音，我听着也是。不过就那么一次，要是几次，我就说了。"

"到底是农村长大的，知道农村的事，跟那两位书记到处走走，能学到不少东西呢。我猜的没错的话，冯书记明天可能去看那个朱宝宝的"。

"就是兴银大队放广播的那个瞎子，上学时我天天路过那里，看见他经常拎着一串钥匙站在大们门口晒太阳"。

"你知道他和冯书记的事么？"

"不知道，你给我讲讲"。

哈书记如数家珍：

算得上是一桩奇遇。朱宝宝从娘胎里生下就双目失明。十几岁时爹妈就双双离去，可想生活有多艰难。地不长无根之草，天不生无禄之人，人只要来到这个世界，就有生存的空间。

朱宝宝眼瞎心明，脑子灵记性好，只要听过一次说话，第二次就能从声音上辨出是谁。他爱听广播，我们区上、市上、县上的领导他都能叫上名字，还能说出讲话的内容。就在朱宝宝父母去世不久，他从广播里听过冯书记的讲话，后来冯书记

下乡检查工作，到朱宝宝家的那个生产队时，朱宝宝在沟桥中间走着，听见汽车喇叭声，只在原地转圈。汽车停了，冯书记刚一出声，朱宝宝就叫出了冯书记的名。

冯书记听说朱宝宝是个双目失明的孤儿，举目无亲，就给大队刘书记说：你们想法给安排个吃饭的地方嘛。我看他脑子好使的很，你们大队部和供销社墙连墙，那么大的院子人来人往的，就让他住那里，看大门我看也可以的。

就这样，朱宝宝成为兴银大队部的看门人，还管着大队部的库房。

那次后，冯书记就对朱瞎宝宝特别关心，说朱宝宝是个可怜的奇才。

有次，冯书记还是检查工作，在公社党委扩大会上，兴银大队刘书记汇报完工作，冯书记问："朱宝宝身体怎么样？过冬的衣裤鞋袜有没有？屋里生了火没有？如果有什么解决不了的困难，给我讲，我特批让县民政局补助一些生活费。

梅雨当时不知道朱宝宝是谁，暗思忖他一定是冯书记的亲戚或熟人，随口问兴银大队刘书记，刘书记笑着说，非亲非故，遇上了好人。

后来，在新银大队召开全县农田基本建设现场会，冯书记刚走到大队部门口，还没出声，开大门的朱宝宝就说："欢迎冯书记"。

冯书记觉得很奇怪，就说你辛苦了。

朱宝宝说："不苦，不苦，果真是冯书记，冯书记啊，要不是你，我怕早就饿死了。"就这样，县委书记和瞎子有了布衣之交。

一路风雪一路歌，歌未尽，天已晚。

到了大队部，梅雨说去马主任家打声招呼，回公社住。

"马上天就黑了，冷冻寒天的，你把该拿的东西拿上回公社还要生炉子，马主任那里我回家路过说一声就行了。"

布衣之交

县委书记和瞎子布衣之交的故事继续着。

大年初二中午，在公社食堂吃饭，炊事员包师傅做了羊肉粉汤饺子。

梅雨给冯书记把饺子端到办公室，冯书记给她10元钱说："让包师傅给朱宝宝留一份，吃完饭后我们一块去看看朱宝宝。

梅雨将10元钱给了包师傅。

包师傅说："冯书记几个月的下乡补助费都在这里记着，上次吃饭还多给了10块钱，这次就不收了。

那时，无论哪级干部，吃饭都要自带伙食费。不像现在，上级到下级检查工作，不招待吃喝就是目无领导，招待的不好就是不尊重领导。别说是县级领导，就是村长也对村民叫嚷："别拿村长不当干部，强龙压不住地头蛇"。

话归正传，包师傅打开碗橱门，拿出切好的羊肉、饺子馅、凉粉块和葱、姜、蒜末等调料，梅雨帮着擀饺子皮，包师傅边包饺子边说：冯书记真是咱老百姓的父母官，对一个非亲非故的瞎子都这样关心，也算是那个瞎宝宝祖上积了大德，连县太爷都知道他爱吃羊肉粉汤饺子。天下当官的有一半能像冯书记这样关心老百姓的疾苦就好了。"

冯书记吃完饺子，将盘子送到食堂说："包师傅，宝宝的谓不太好，饺子给煮软活些，那人爱吃辣子，多给做一些，带去让他慢慢吃。"

吉普车在乡间的土路上颠簸，雪后不扬尘，土路坑坑洼洼，车子左右摇摆。梅雨怀里抱着的羊肉饺子，香味四溢。

看着前排就座，微微秃顶的冯书记，梅雨想了许多。

为官之道原来是这样，芝麻粒大的事也当成个事。

非亲非故的瞎子，啥也看不见，县委书记还如此用情。

这大概就是群众利益无小事的渊源吧。

梅雨联想到自己，不管是命运的造化，还是天上掉的馅饼，和朱宝宝一样，遇上了好人。

丑丫梅雨，何德何能，怎么就一步登天？

多少人为争个村长还要请村民吃肉喝酒送礼品。

多少人对当官望眼欲穿，费尽心机。

约莫半小时，吉普车停在兴银大队部门口。

穿戴干净整齐的朱宝宝径直走近车前说："冯书记您好，今早喜鹊叫我猜想一定有贵人来，我听出了是您的汽车。快进屋，我把茶水沏好了"。

冯书记握住朱宝宝的手："宝宝，你怎么样？"

朱宝宝激动地说："书记，我好着呢，全托您的关心"。

朱宝宝的房间，简陋的陈设整齐干净，连着炕的炉子上烧着铜壶，铜壶铮亮发光，将屋子里的陈设和人影收进圆形的铜镜内。土炕上的被褥叠得有棱有角，四四方方，月白色的炕单平展无皱。

一面墙上挂着几本各生产队的事物分配明细表。

出于好奇，梅雨取下一本翻阅。

朱宝宝端着水杯送到梅雨面前说："小梅主任，请喝热茶，

你是第一次来我这里,那上面都是别人写的,乱得很,不要见怪。"

他什么也看不见,怎么知道有人动过他的东西?

梅雨好奇。

梅雨慌忙接过水杯,仔细观察,朱宝宝的双眼,没有黑眼珠,全部呈灰白色,除此外一切和正常人一样,衣裤洗的干干净净,没有一丁点污渍。

朱宝宝对冯书记说:"小梅主任的口才不错,根正苗红,是个好苗子"。

梅雨转移话题说:冯书记给你带来了羊肉粉汤饺子,还热着呢。

朱宝宝双手捧着饺子晚,眼含热泪,激动地说:我总是给政府添麻烦,老让冯书记挂念,这辈子也报答不完冯书记的恩情,要是我的二老地下有知,一定也会感激冯书记您的大恩大德。

冯书记说:"小梅子,你不知道宝宝的情况吧,他可是个奇才,有机会多来他这里,他知道好多东西呢"。

朱宝宝将饺子碗转身放在桌子上,打开炕头的木箱,拿出一个本子接着说:冯书记,我想报答党的恩情,这是我的入党申请书,是张文书按我说的写的,我背给你们听。

梅雨接过本子翻看。

字写的遒劲有力,梅雨自愧不如。

朱宝宝张口背出:我叫朱永红,现年三十五岁,我志愿加入中国共产党……"神情庄重,就像面对党旗宣誓一样。屋子里的人都屏气静听。

"天大地大没有党的恩情大,爹亲娘亲没有毛主席亲。冯书记,你是党培养的好干部,是毛主席的好学生。我虽然眼睛看不见，但我有一颗热爱党、热爱毛主席的红心。"

这段话没有写在本子上，是朱宝宝的即兴发挥，是他的真情表白，是当时最好听的话。在场的人都被感动了，朱宝宝背诵时，冯书记还被手中的烟蒂烫了一下，他扔掉烟蒂，握住了朱宝宝的手。

"朱永红同志，党不会拒绝你的。"

朱永红泪如泉涌。

"小金，去车上把我那个半导体收音机拿来送给朱永红同志"。

那年的"七一"，朱永红入党了。

朱永红成为中国共产党的一分子后，党员每月"三会一课"都能听到朱永红的声音，毛主席的"老三篇、老五篇"倒背如流，大队部的有线广播一日三次按时广播毛主席著作选段，是朱宝宝背诵播出的。

朱永红说他的心像党旗一样，永远是红的，所以他在入党时取名"朱永红"。

那次后，梅雨只要经过兴银大队，就和朱永红打招呼。

朱永红总是坐在大门口听收音机。

那天，梅雨回家时看见朱永红，便主动打招呼。

朱永红说：小梅主任，到屋里坐会儿，我想问你点事。

进屋后他就说："小梅主任，最近收音机里天天广播说党内出了走资本主义道路的当权派，这可是个信号，好像要搞什么运动，搞运动就要搞倒一批人，你说我们县上会搞到谁的头上？"

梅雨随口说：我们县上那有走资本主义道路的当权派？

梅雨当时的政治嗅觉根本不如瞎子朱永红，好多消息是从早晚的有线广播里听到的，她最上心的是刘兰芳的评书。

朱永红又说：小梅主任，我不该瞎打听。冯书记最近好么？好多日子没听到他讲话了。我这个收音机是冯书记送给我的，就好像是我的眼睛。

朱永红打听的事，大年三十秦冠银书记就给梅雨吹过风。

只是她的政治敏锐性很迟钝，就别说政治敏锐力了。

二十岁刚出头的小姑娘，农民家的女儿，连火车都没坐过，听天气预报说的风向，还要看树梢。对什么政治风向还没有朱永红看得清楚，想得多。

冯书记是朱永红心中的明灯。

听不到冯书记的声音，朱永红就看见有风来了。

的确有一股阴风在华夏大地上悄悄蔓延。

红旗村的乡亲们有言：风是雨的头，屁是屎的头。

风雨交加时，太阳二十多天不露面，急风暴雨耀武扬威半个多月。

红旗大队割倒的麦子被雨水泡得发了黑，没割倒的麦子又长出了芽，麦子没成熟前就吃救济粮的红旗村农民，眼巴巴地看着雨天淌眼泪。

抢收抢种的战役被风雨击退。

那位总指挥没有退却，戴着草帽，穿着雨衣雨鞋出现在红旗大队部。

他听到了乡亲们粮断肚空的哭泣，心如刀绞。

一声令下：不能让煮熟的鸭子飞了，到口的粮食废了。

"活人不能让尿憋死！发动群众，拿起刀剪、麻袋，淋着雨去剪割麦穗，让乡亲们烧热炕，烧热锅烘干麦穗磨面粉救饥救急"。

冯书记急了，浓浓的方言说出了浓浓的乡音乡情。

红旗大队的父老乡亲们拿起剪刀、镰刀，畚箕，背篓、麻袋……凡是能装麦穗的东西都排上了用场。

剪刀剪，镰刀割，没有镰刀、剪刀的用手拔。

风声雨声，声声入耳。

哭声骂声、剪刀声，苍天无耳。

一时间，红旗大队各个村庄烟雾缭绕，家家户户卷掉炕上的铺盖，将雨中抢收的麦穗倒在炕上往干烘。

哈书记秉冯书记意思，让各队将烘干碾压脱离后的麦粒逐户过称登记后，按人口定量留下口粮，其余交到生产队库房。

没交公购粮就留口粮，违反了"先国家、后集体，再个人"的原则。

最先磨面吃的人家说面有些黏牙有些甜。

那年，几乎全国人民都吃过"芽麦面"。

有关消息透露，那年全国小麦减产百分之五十。

红旗大队的小麦减产量低于全国。

那是黑色纪年发生的事。

黑色纪年，天灾人祸扑面而来。

天灾——人类不可抗力的唐山大地震，一夜之间把一座城市变成废墟。

人祸——宁要社会主义的草，不要资本主义的苗叫的地动山摇。

一切的一切，好像要弄个天翻地覆的世界来。

山雨欲来风满楼。

那些不以五谷杂粮为人之生存根本的天为来客们，为了"宁要社会主义的草，不要资本主义苗"的虚幻世界，风风火火地掀起起了"割资本主义尾巴"运动。

前面讲过，红旗大队部院子里二人环抱的四颗果树，为了祭奠周恩来总理，红旗大队的父老乡亲们用一树白花一树情来寄托哀思。

年节的大雪，从天际而来，降落在树上，与纸花融为一体化作泪数行。

清明时节雨纷纷，红旗村的乡亲们空断魂。

天安门前群众自发的纪念周总理活动有人发难。

红旗大队的乡亲们从黑白电视里看到了那个场面，议论纷纷。

一时间，"批林、批孔、批周公"运动，"反击右倾翻案风"运动，"揭、批、查党内走资本主义原理当权派"运动，"宁要社会主义的草，不要资本主义苗的割资本主义尾巴"运动嚷嚷的地动山摇。

马奶奶从有线广播里听见，不解其意，叹息道：社会主义的草是啥东西，能当饭吃么？资本主义还有尾巴？那是什么东西？

马奶奶不解其意理所当然。

冯书记好像也不解其意，说不过去。

老王书记不解其意，别名老包袱，更放不下包袱。

哈书记不解其意，等待观望，见机行事。

梅雨不解其意，稀里糊涂。

秦冠银书记早解其意，给梅雨吹风时，好似胜券在握。

吹 风

冯书记给朱宝宝送收音机后不久，就回了县委。

天天听有线广播和收音机的朱宝宝，没有听到冯书记的声音。

县委召开政治思想工作扩大会议，秦书记不怕有喧宾夺主之嫌，喜上眉梢地传达县委电话通知，要梅雨和他一块参加，一、二把手的老王书记、老雷书记靠了边。

接他们开会的小车是冯书记的那辆北京吉普车，但司机不是小金师傅。

吉普车直接将梅雨和秦副书记接到县委会议室。

到会人员都受到武副书记和那位工作组组长的接见。

开场白开门见山："今天是个吹风会，你们是有生力量和后备军，政治嗅觉一定要敏锐，旗帜鲜明地站在革命行列的前面，敢于揭发党内资产阶级当权派，要拿出革命派的革命精神，不做顽固派、保守派的马前卒……"

主席台上，武副书记端坐中央，梅雨认识的另两位县委副书记、县革命委员会副主任、那位工作组常委分坐两旁外，秦书记也擦边坐在主席台上，共九人。

主席台下第一排，坐着的是四位公社书记和几委主任、副主任，全县八个公社八位书记八位主任，四个书记四个主任没

现身，望远公社的老王书记、老雷书记双双被甩了"包袱"。

他们平时在县委开会相遇时，互相玩笑称呼对方"老包袱"。

其实，他们的年龄也就五十上下，台下四十九人，梅雨被定位在第一排，是年龄最小的乡官。

梅雨最想见的是冯书记和组织部腾部长，他们是第一次与梅雨谈话的大官，冯书记是在"科学种田现场会上听梅雨介绍"忻杂52号杂交高粱"育种经验时发现的"苗子"。

腾部长是坐冯书记的小车和公社老雷书记从稻田里将梅雨叫到汽车里谈话后，给了三张"人事干部审查表"让梅雨填写的，梅雨就是这样摇身一变，由农民的女儿，回乡知识青年成为顶戴加冠的政府官员。

梅雨偷着乐，天上掉馅饼予她。

梅雨想着笑，祖上积德惠泽予她。

她猜测，是天上的司官神仙吃醉了酒的失职行为。

不管三七二十一，几辈子脸朝黄土背朝天的农民的女儿，吃上了旱涝保收的皇粮，那个高兴劲儿比吃了兴奋剂的有效期长多了，可以说有效一辈子的。

不见冯书记和腾部长，耳听对"保守派""顽固派"的指责，看到了正在制造的导火索加速地与火药接近。

台上坐的是制造者，台下坐的是火药捻子。

哪里是吹风，明明是点火！

不知台下在座的事先有没有被注射"预防针"，梅雨这是第三次了，一次比一次规格高范围大。

俗话说好事不过三，再一再二再三的点拨，木头也沾上了灵气。

开会一个小时，观看"革命墙"上的大字报两个钟头。

革命墙就以县委大门两侧的青砖墙就地取材。

"坚决纠出隐藏在党内的资产阶级代表人物！"

"坚决铲除滋生资产阶级的土壤！"

"彻底摧毁顽固派、保守派的堡垒！"

"宁要社会主义的草，不要修正主义的苗！"

"割资本主义的尾巴不怕疼，查资产阶级根源不留情！"

一个下午，梅雨被几位县太爷填鸭式的教诲着，笨拙的脑子怎么也不开窍，一片混沌地走出县委大门，看见的是大门口两侧站满了人。

梅雨顿足观看，灰砖墙上贴满了白纸黑字的大字报，"揪出以冯某为首的……""打倒顽固派代表冯×"等。

张牙舞爪的黑体字大有吞吐山河之势。

不过一个下午，形势就白热化了。

梅雨梗着脖子想看个清楚，她看得很认真时，秦书记拍拍她的肩，示意跟他去。

秦书记将梅雨带到武副书记办公室后就离去。

第一次走进武书记办公室的梅雨，看到武副书记亲自拿起暖壶给她倒水，那可是她这一辈子受到的最高礼遇。

要是不受宠若惊就不是农民的女儿。

不知所措的梅雨，毕恭毕敬双手接过杯子后退。

武副书记指着紧挨他办公桌的简易沙发让梅雨坐，梅雨稍稍犹豫了一下。冯书记办公室也是这样的沙发，去过几次，都坐在套着椅套的椅子上，沙发是县级领导开会时的专座。

武书记说："小梅子，县委班子要老、中、青三结合，你是拟定的青年干部人选之一。'揭、批、查'运动中你要旗帜鲜明，立场坚定，在革命的风口浪尖上冲锋陷阵，接受考验。那些大

字报已经吹响了革命号角，你一定要迎接革命风浪的考验……"

梅雨点头如捣蒜。

武书记目送梅雨离开办公室。

没走几步，秦书记迎面招呼梅雨去郭主任办公室（县革命委员会副主任）。郭主任在县委领导班子里排名第七，开会时坐在武书记右边。

郭主任已被拟任县委副书记、革委会主任，排名前进了五位。

秦书记带梅雨走进郭主任办公室就告退，郭主任强调了武书记、秦书记的那些话后，透露消息说即将召开"党代会""人代会"，你被提名主席团成员……

梅雨还是点头如捣蒜。

郭主任目送梅雨离开办公室。

梅雨边走边想几位领导的话，就听有人叫"小梅子"。

回头看，是县武装部通讯员小高。

小高说：赵部长要你过去一下。

赵部长是县委副书记，武装部长。

梅雨的家乡是县武装部的点，梅雨高中毕业前被吸收为民兵，毕业后，赶上了民兵训练比赛。前面交代过，不再重复。

文以稀为贵。

梅雨写得民兵集训试点经验材料里，几句打油诗得到赵部长赏识：

"左眼闭右眼睁，左腿在前右腿蹲，左手托枪右拉栓，枪托顶肩靠右脸，三点一线瞄准靶，扳机一扣弹上靶。"

这是教练讲跪姿射击的要领，梅雨当日记写的。

还有立姿、卧姿要领，都是梅雨的日记内容。用时派上用场不说，赵部长还给了梅雨一个优秀女民兵的称号。

尝到了写文章好处的梅雨，写日记就成了三餐以外的"夜宵"，想啥写啥。一年后，就成为公社第四把交椅的主人。

熟悉梅雨的赵部长，说话办事处处透着军人的干练和直率，那天拐弯抹角，像侦察老兵一样，问武书记说了啥，郭县长说了啥。

梅雨有了作案时被人跟踪的紧张，罪行被人发现时的害怕，小腿肚子僵硬起来，身上的汗毛竖起，头上有了汗珠。

幼稚的梅雨将武书记、郭县长说的话如实汇报。

汇报完，衣服湿了个透，裤子与人造革的简易沙发粘在一起。

赵部长大概对梅雨汇报比较满意，给梅雨毛巾后，亲自倒了一杯水，拍着梅雨的肩说："小梅子，你很诚实，这是你最大的优点，大字报上的事有些捕风捉影，不可不信，也不能全信。真正搞阴谋诡计的人就是那个看不起你的人，那才是个大大的野心家，你要积极揭发他，把他平时散布的那些不利于团结的话写出来。"

梅雨点点头算是表态，走出武装部。忐忑不安地左右看看，生怕有人跟踪，做贼一样地向县招待所走去，秦书记说在招待所等她。

那是梅雨最热门的一天，期望值最高的一天。

被县太爷们抬举的一天，被封官许愿最多的一天，也是第一次吃大餐。

谈话的六位县太爷加上拟任被结合进县委领导班子的秦书记外，级别最低年龄最小的就是梅雨了。

对二十出头的农民女儿来说，那顿大餐是她记忆深处难忘的盛宴，满桌的美味佳肴都是别人放在她面前小盘里的。

她没有机会对十六个盘子里的菜肴下手，自己的小盘里堆的往外溢油汤辣水，那还能舍近求远，看着碗里吃锅里的。

她只管埋头吃，酸甜苦辣、鲜香脆黏全部在胃里会师。

第二天还要继续吹风，吃饱喝足后，秦书记要务缠身忙自己的去了。

梅雨躺在招待所床上，一手帮助胃蠕动，一手敲发胀的脑袋。

胃比脑袋胀多了，虽然是细嚼慢咽地吃着，胃还是超负荷了，一个劲地向外涌东西，那是没有办法阻止的，只好由着胀胃的东西向外泄在报纸折成喇叭状的垃圾袋里。

真是一吐为快，胃胀消失了，一切都平静了。

人们常说第一印象非常重要，甚至能影响人一辈子，很有哲理性。

梅雨那天见了那么多县太爷，就是没见想见的冯书记和腾部长，已经到了公共汽车站，又折回，去县妇联找杨主任。

杨主任——杨秀兰，县妇联主任。

一年前，梅雨在县委举办的"理论辅导员学习班"上认识的。

随后一同参加县党校"妇女干部培训班"，住一个宿舍。

年过半百的杨主任，和蔼如母亲。

梅雨是想跟杨主任打听冯书记、腾部长的情况。

县妇联办公室与冯书记办公室隔花坛相望。

春寒料峭，花草尚未露脸。

杨主任坐在办公桌前，隔窗看对面，一目了然。

午饭时间已过，县委食堂的炊事员老王三，端着一个长方形的木托盘向冯书记办公室走去。

梅雨走进杨主任办公室，杨主任点点头，打手势要梅雨坐她对面，梅雨坐下后，随着杨主任的眼神，也梗着脖子看窗外。

"这些日子，天天这个时候，老王三就给冯书记做好羊肉小揪面送去，不管是台上的领导还是下台的领导，得势的还是倒霉的，老王三都一视同仁。真是个好人。"杨主任话锋一转："会开完了？"

"开完了，我的脑袋都大了。"

杨主任笑了："是不是没了头绪，见了不少领导吧。"

梅雨点头："冯书记咋没有参加会，腾部长也没有参加会，十一个常委只有九人参加会了。六个人就给跟谈了话，我是一头雾水，我想去看看冯书记，不知行不行？"

"有啥不行的，今天就不回去了，晚上住我家。"

冯书记办公室是两扇对开门，一扇关着一扇开着，掀起棉门帘就看见主人。冯书记坐在椅子上就着咸菜吃小揪面，满屋瓢着羊肉的特有香味。

冯书记看见梅雨，放下筷子说："小梅子，会开完了？"

"开完了"。

"你不应该来我这里，会有麻烦的，赶快离开这里。你们老包袱要是问我，就说我很好"。

坐也没坐，梅雨被冯书记攒出办公室。

杨主任在办公室等梅雨，来回不到十分钟，杨主任说："是不是吃了闭门羹？"

梅雨点点头："县委大院真的让我害怕。"

"到底年轻，不懂人情世故，鼻子不灵，嗅不出政治斗争的火药味。走，到我家去。"

杨主任家四合小院的铁笼里养着鸡，两只鹅看着鸡。

听出主人的开锁声，站在门口迎接。看见陌生人，挺着脖

子"哦哦"叫。

杨主人说:"自己人!"那东西就发出"鹅饿鹅饿"的低吟。

"要吃的呢"。杨主任说着放下自行车,将钥匙给梅雨:"你先开门进屋,我喂它们"。

喂饱了家禽,杨主任拿着几个鸡蛋进了屋。

"来我这里不要客气,我做饭你帮我择菜。"

一会工夫,饭菜就绪。

那是母亲救女儿于水火之中的清神饭菜。简单又普通的菜,一盘白菜炖豆腐,一盘清炒土豆丝,一盘炒鸡蛋,一碗坛子肉。

"我这做菜手艺是跟老王三学的,自打县委成立以来老王三就是县委的炊事员,我那时也就你这么大。县委的领导换了一任又一任,干部来了一批走一批,运动一个接一个,唯独老王三稳掌勺把子,没人替换他。原因就是他从不看人下菜,见风使舵。得势小人,落难君子在他眼里都是吃饭的人。冯书记为啥说那样的话,就是担心你被他连累。这些日子,只有老王三在生活上更加关心体贴冯书记,一日三餐经常过问。有人曾经不高兴,撤换了老王三。老王三就在家里给冯书记做好饭菜送到办公室,冯书记有时还去老王三家走走。老王三离开县委食堂,吃饭的人越来越少,县委办公室只好又将老王三请回来。政治斗争是个复杂的话题,我担心你被人利用。"

边吃边听杨主任说话,梅雨吃下了两碗米饭。

抬眼看着慈眉善目的杨妈妈求救道:"我该咋办,昨天到今天,几位县太爷给我洗脑,我的脑子还是糊里糊涂。官场怎么这么复杂,我真害怕了。"

"怕啥呢,不说假话,不编瞎话,不随波逐流,不落井下石,既是升不了官,也不失做人的品行。区上要组织人去大寨参观,给了我们五个妇女代表名额，如果你想去，我给你争取"。

梅雨一听，高兴得差点跳起来，急切地说"想去，非常想去"。

那一夜，梅雨百感交集，想了许多。

杨主任和梅雨同期参加过两级党校的"无产阶级专政理论骨干培训班"。

杨主任是县党校的"理论辅导员"，是梅雨的老班长和老师，为梅雨修改过发言稿和学习理论心得体会。

"冯书记咋没有参加今天的会？"梅雨重复地问。

"被隔离审查，让闭门思过着呢。"

"为啥？"

"那些大字报就是针对冯书记的，今天是给你们吹风的吧？"

"吹的我越来越糊涂。"

"你太年轻了，可不能糊涂。"

杨主任给梅雨讲了好多老王三与几任县委书记的故事。

那晚的月光特亮，杨主任家的火炕特暖。

杨主任的老伴出差，梅雨睡在杨主任身边，看着月光听教诲，月儿西斜才进入梦乡。

梦乡里，梅雨正在蹒跚学步，咿呀学语。一步三摇晃，眼看跌倒，母亲一把将她扶住，牵着她的手。她走稳了，抬头看母亲，杨主任慈祥地笑着。

杨主任讲了县委大院的好多不为她知的故事。权利之争的残酷无情，人整人的不择手段和诡秘……

要是不顾忌，就是胆大妄为。

要是不开窍，就是真正的猪脑子，或是脑子被门挤了。

参加吹风会前，梅雨就接到县妇联检查全县妇女工作的通知，要求各公社主管妇联工作的领导和妇联主任、大队妇女主

任参加。

　　梅雨是主管妇女工作的，妇联主任是郭秀秀，与梅雨年龄相仿，学历比梅雨高，人家是师范毕业的专科生，被人事部门安排为乡妇联主任。同是主任，梅雨是有职级的主任，郭秀秀是有职无级的主任，就跟"庭长"和"厅长"谐音一样，意义却天壤之别。

　　县妇联是提前五天通知的，吹风会是临时通知的。

　　与杨主任一夜长谈，梅雨突然就开窍了，就嗅到了没有硝烟的官场上的火药味。慈祥的杨主任，留梅雨在她家住宿，就是为了开导保护梅雨。

　　"溺死的都是会耍水的人，祸事皆因强出头。运动运动，全靠人的运行，没人运行，就不能动。'批林批孔批周公'，前面的批是个幌子，矛头对准的是周公。是那几个人别有用心的政治伎俩"。

　　"上面刮什么风，下面就掀什么浪，风平浪静后，跳的最高的人跌得最惨，甚至遗臭万年……"

　　杨主任讲了好多梅雨未听过的事，是上层内幕，是政治局的高端机密。

　　说那几个人时没有说出名字。

　　"小梅子，有些事只能意会不能言传，现在是谣言四起，上面正在抓制造谣言者，传播谣言者。所谓的谣言大多是人民群众对限制周总理纪念活动的不满和那几个人的不满。那可是几个野心勃勃的家伙，周总理去了，国家少了一位能压阵的领导人，毛主席、朱总司令好长时间也不在电视上露面了……"

　　梅雨就想那几个人是谁，十月份，四人帮（江青、王洪文、张春桥、姚文元）的事昭告天下时，她才恍然大悟。

因为老王书记、哈书记的教诲，因为杨主任敲响警钟后的保护措施，涉世不深的梅雨对抛头露面的事礼让他人，退避三舍，不求有功，但求无过。

想的简单，遇到的可不简单。

梅雨跟杨主任说：秦书记让我尽快把大字报稿子写出来给他审查，我该咋办呢？

"这个好办，我这里忙的拉不开栓了，你是我们的妇联委员，我正打算从下面抽人帮忙。我这就给你们老包祆打电话借你来妇联帮忙。避避风头。"

老王书记二话没说就同意了杨主任借人的要求，说梅雨是县组织部管的干部，外借十天以上要向组织部长请示。妇联和组织部隔不远，杨主任直接去组织向腾部长借人，腾部长没打任何折扣。

各公社主管妇联工作的领导和妇联主任十八人，在杨主任的带领下，兵分两路，杨主任和妇联副主任各带一路，骑自行车对全县妇联工作进行检查，八个公社、百十个大队加上挑选的几个典型生产队和企业，半月时间走乡串村检查工作加带宣传计划生育。走到哪里就由大队妇女主任安排吃住，热菜热饭热炕头热被窝，那个热乎劲让人忘记了立春那天的俗语："春打寒冷半年。"

梅雨跟随杨主任左右，杨主任到哪里都是拉家常般的与人讲话，谈笑自如，风趣幽默。计划生育刚刚起步，大队干部、农民群众听着新鲜好奇，互相打趣："你婊子儿把力气用在干活上，不要白天干活溜边边，晚上炕上流大汗。"

杨主任接话："郑书记、刘队长，说笑归说笑，计划生育很重要，你们不仅要管好种地的事，还要管好各家各户生养娃

娃的事，以后生养娃娃的事要上纲上线的，跟救济粮是一回事两个理，救济粮救济的是无粮户、断粮户、困难户，生育指标是要给无孩子、一个孩子的家庭。从今年开始，凡是生育第三胎的，不能享受国家的困难救济和各种补助，先进、模范的牌子也要收回。"

检查完毕，其他人都回原岗位。杨主任以写汇总材料为由，让梅雨继续帮忙。告诉梅雨检查期间，秦书记跟组织部长要她回去，组织部长让他跟杨主任联系，秦书记打电话找杨主任多次，都是别人接的电话转告的。

杨主任说："刘备借锦州一借不还，我好不容易借个人，哪能轻易就让回去。"

"揭、批、查"运动彻底浮出水面，望远公社列为试点。

冯书记的"隔离审查"公开化。

"隔离审查"，就是与权利隔离，审查掌权时的功过是非。

被隔离审查的人，要"下放"到试点单位接受革命派、少壮派们的审查。由少壮派的得力"眼线"实行监督并注意其一举一动，以发现"阶级斗争新动向"。

雨中抢收的冯书记，不但没有闭门思过，还搏风斗雨地抢收资产阶级的"苗"，割断麦穗，把"社会主义的草"留在地里让风吹雨打。

他能不是最大的走资派，资产阶级的代表人物么？

梅雨是少壮派里的榆木疙瘩，冥顽不化的小包袱。

全县科官年龄最小的一个，年轻的让官场上善良的老前辈们羡慕、心疼、担忧，让不善者讨厌、讥笑、怀疑。

"揭、批、查"运动试点单位的人一个也不能少的要积极投身到运动中。革命派要"知无不言，言无不尽，言者无罪"。

被揭、批、查的当事人要洗耳恭听，"有则改正，无则加勉"，正确对待，诚恳接受。老雷书记在医院理疗室找到老王书记，"腰肌劳损"的老王书正在烤电。看了县委的红头文件，在医生的建议下办了个"家庭病床"，每天到医院一次，逢会必须到位。

梅雨躲过初一躲不过十五，杨主任也看见了红头文件，知道必须有借有还，再借很难。

"小梅子，多听多看。饭吃多了拉的多，水喝多了尿的多，话说多了惹祸多。除了体育运动跑在最前面的就是冠军外，其他啥运动都是出头的椽子先烂。记住：笑到最后的人笑得最好，整人的人最终都没有好下场，千万不要让别人当枪使！"杨主任意味深长。

在县妇联，杨主任提醒梅雨：非常时期，不能在县委大院随便走动。

消息灵通的杨主任，几乎每天都有新消息告诉梅雨：临时县委班子在武书记的操作下已经"组阁"好，与你谈话的几委领导都按预见性的职位各就各位，秦书记也有了县常委的名分，"揭、批、查"运动中，有可能更上一层楼接替老王书记。你沾了年轻光，不管哪种"组阁"，老、中、青三结合，一个"青"字就是你的保护神。

一个月前，来县委时，春风风人，自行车在风的助力下，像哪吒的风火轮，与汽车赛跑。

返回时，还是 109 国道，自行车就像故意跟梅雨玩猫腻，爆胎补好后，走了半截路，又断了链了。

幸好那一路有两个自行车修理点梅雨都知道，她将自行车给修车师傅放下，沿着通往老王书记家的小路，去看望老王书记和高姨（老王书记老伴，小学老师）。算着在牛进栏猪进圈

太阳落山时回到办公室，就避开秦书记的视线。

杨主任的话在梅雨耳边萦绕：啥时的运动都是权利之争。

权利与梅雨何干？

华夏大地的主宰者有着响亮的名字——中国共产党。

蒋家王朝气势多大，不是也没成气候嘛。

武书记教诲余音尚存，思维乱麻一团。

郭主任的谈话主题明确：冯是我县最大走资本主义道路的当权派，他在你们那里蹲点，你肯定知道他不少事，你要发扬革命小将"敢闯、敢说、敢揭发"的大无畏精神，拿起"四大"武器做刀枪。

梅雨出道官场时，正是法律的孱弱期，"大鸣、大放、大字报、大辩论"写在宪法中，"四大"就成为运动的主流和有力武器。

当官不为民做主，不如回家卖红薯。

冯书记对这句戏文很欣赏，一不留神就说出口。

如果没有红旗大队那一幕幕，

如果没有朱永红的故事，

如果没有吹事员老王三、包师傅的故事。

也许，县委革命墙上就会有梅雨大鸣、大放、大辩论的声音，大字报的涂鸦。那么年轻，初生牛犊不怕虎，哪能不冲锋陷阵呢。

当官是个苦差事，苦就苦在为民做主的官被争权夺利者生着法子折腾。

人生第一步很重要，跟着好人做好人，跟着神汉跳大神。

政坛第一步，几位老书记的人格魅力感染了梅雨。

高尚的为官之德影响了梅雨，教育了梅雨。

受益匪浅的梅雨，一辈子回味无穷，是沉淀在心灵深处永不褪色的记忆。

秦　书　记

杨主任给梅雨讲了秦书记的故事。

人家十多年前是"农校"的高才生，能说能写能出风头，毕业前赶上红卫兵小将大串联的潮流，喊着"造反有理"的口号，没花一分钱全国跑了个遍。

轰轰烈烈一阵子后，响应"复课闹革命"的号召，回到学校，以最革命的姿态被留校任教。是"铁扫帚战斗队"的领尖人物，派性斗争中笔走龙蛇。大字报把对立派舌战的没有了还口之词，只好反戈一击，成为盟友。

所幸的是口舌之战没有被"打、砸、枪"分子抓住机会，"铁扫帚战斗队"支持的"1.27"（听说是当时的两大派别，称为1.27和1.28，详情不清）。1.27一派还分红和黑，秦书记是红派里的相当人物，没有走出学校就被任命为县委农村工作部办公室主任，开始了仕途之旅。

不惑之年，才先于梅雨两年弄了个和梅雨差不多一样大小的乌纱。

秦书记谈古论今滔滔不绝，天文地理无所不知，说起秦皇汉武，笑谈"只识弯弓射大雕"，论起武则天，大讲"乱朝不乱政"。

好多历史知识梅雨是从秦书记那里听来的，和秦书记相比，人家身经百战、学术五车、才高八斗、满腹经纶。梅雨，柳树

才发芽的嫩枝枝，井里的蛤蟆，才见过了多大的天。

梅雨把秦书记当成博学多文的老师，常听他说古论今。

从政的路，是命运的造化，天上掉的馅饼。

为官十品对梅雨是一步登天，不像现在，争个没有级别的村长还要请村民吃肉喝酒送礼品，弄个科长，也要多方疏通，才能达到"说你行你就行，不行也行"的效果，不跑不送的后果是"说你不行，行也不行"。

费尽心思得到的地位和权利，当然要加倍"找回损失"。

没费什么心思就得到的地位权利，因为没有损失，就不费心思去捞回损失。说到底还是老百姓的话："跟着好人学好人，跟着神汉跳大神。"

平和状态下的官场是非少，官员之间和谐相处，互相谦让，真能形成"团结、紧张、严肃、活泼"的氛围。

一旦"运动"起来，就会有"无窟窿生蛆"的事发生。

那次"运动"，应该是由上到下的。先有县委的"革命墙"后，才有了望远公社的"揭、批、查大专栏"。

梅雨是瞎子算的好，撞在墙头上。

每个周六，蹲点的人都回公社集中汇报工作，中午食堂为大家改善生活，油汤辣水的肉菜、包子、油饼等，一人两份只收一份伙食费（饭票）。实际上是老王书记的"吃走偏锋"之举，让大家给家里人开个荤带点油水改善生活的变通方式，一月或两星期回一次家的人，就和回家的人兑换，公家白给的便宜不占白不占，占了是黄河边上尿尿随大流，不要的是假清高。

梅雨基本是一月回家一次，多给的那份多是给秀秀，秀秀不在时谁要给谁。袁文书、文干事老婆孩子都在农村，三天两头回家勤，公私兼顾两不误，周末基本是满载而归，老婆孩子热炕头，吃香的喝辣的嘴流油。

秦书记家在省城，爱人漂亮的象巩莉，两个女儿如花似玉，周末他不回家团聚，爱人就带着孩子来和他团聚。

吃在灶上，住在周书记办公室。吃饱喝足夫妻就打羽毛球，空旷的公社大院里就有了一道亮丽的风景线。晚上打乒乓球，附近的"下乡知识青年"就来陪练，笑声朗朗。

那天，梅雨赶太阳落山时走进公社大院，院里没有打羽毛球的，秦书记办公室没有开灯，梅雨想他定是回家了。准备将材料放办公室后回家看看，一个多月没有回家了，奶奶、父母不知有多想她。

路过秦书记办公室，就听袁文书叫她，她跳下自行车，袁文书说："秦书记叫你。"

袁文书、文干事巴不得一星期休息五天上班两天，周末等不到灶房保师傅中午做的肉食烂熟，就用饭盒买两份带回家犒劳老婆孩子，那天咋就不回家了？

梅雨将自行车立在秦书记办公室门口，拎着县妇联发的黑色人造革公文包，当时工薪阶层最时兴的时尚配置品，也是最体面的礼品、奖品、纪念品。

国家干部大都很喜欢。骑自行车或走路都挎在左肩上。群众调侃"烧包"。

秦书记好像专门等梅雨，坐在办公桌前，跷着二郎腿，手里把玩着健身球一类的东西。

文干事坐在椅子上哈着腰抽烟，好像也在等梅雨。

秦书记似笑非笑地问梅雨：咋才回来？

"自行车断了链子不说，车胎又扎破了，就耽误到现在"。

"没绕路？"

梅雨犹豫一下："绕了，去看了看王书记。"

秦书记与袁文书点点头："看样子收获不小，挎了个洋包，装的鼓囊囊的，带回了不少学习资料，写了不少东西吧？"

"一个多月了，肯定大有进步，大有见识。"文干事不阴不阳地说。

一月前，见面称梅雨梅主任，问寒又问暖的，走厕所的路上相遇，还问"吃饭了没有？"此时，语调变了。

文干事比梅雨年长的多，他原本是中学语文老师，几年前弃文从政，成为公社的文教干事，文教干事，就是干文化教育方面的事，干了好几年了，还是个干事的，出于尊敬，梅雨称他文老师。

梅雨一层一层拉开"烧包"拉链，拿出一摞一摞的材料给秦书记看。

"这次真的收获不小，全县八个公社都去过了……"

"噢，也算是开了眼界，见了世面，长了见识。"

秦书记看着文干事、袁文书说。

"你不是喜欢抄抄写写嘛，那个本子写的啥，让我看看？"

梅雨有些犹豫，初中开始，她就有写日记的习惯，后来是日记、周记混合写。参加工作后随心所欲地写。二十多个日记本藏着少女的心事，少年的异想天开，参加工作后的所见所闻，所思所想。

藏在"烧包"里的本子，有工作打算，有对哈书记、马奶奶的感想，被几位领导召见的谈话内容和所思所想，最重要的是哈书记、杨主任的教诲和她的见解，要是没有这些内容，梅雨就毫无顾忌的给秦书记看了，恰恰相反，都是对哈书记、杨主任教诲的领悟，根本不敢让秦主任过目。

"这个与工作无关，不能看的"。梅雨拒绝了秦书记。

"哈哈哈，我们的梅雨主任还有不可告人的秘密，不看就不看。那么，让你写的东西写好了吧，现在正是发挥作用的时候？"

梅雨摇摇头："县妇联一个人当两个人用，没顾得上想呢。"这是杨主任教梅雨的。

秦书记拉下脸子，拿起桌上的一个鸡蛋说："梅雨主任，你说收获不小，能将这个鸡蛋立起来吗？"

梅雨这才看清秦书记把玩的是鸡蛋不是健身球。不明其意，拿起鸡蛋小心翼翼在桌上立，咋也立不住。

"乓"的一声，秦书记拿起鸡蛋大头朝上竖立在桌子上。

"这就叫不破不立！"

梅雨的心猛跳一下，原来是在戏弄她。

她也拉长脸，拿起"烧包"就要离开。

"上次你参加县委常委扩大会，各公社汇报工作，讲到粮食减产的原因时，冯书记当场就说：'粮食减产咋能扯到"四人帮"身上，又不是"四人帮"不让麦子扬花稻子出穗'的话，你听到没有？"秦书记单刀直入。

梅雨知道"醉翁之意不在酒"，摇摇头。

冯书记的那句话，县委大门口墙上大字报里就已经成为冯书记的罪名之一。那是粉碎"四人帮"后，县委召开全县农业工作会议，几位公社领导说到粮食减产，是受"四人帮"的破坏和影响。主持会议的冯书记就说粮食减产不从我们领导决策、管理，主观能动性上找原因，"四人帮"已经被粉碎了，怎么还是受"四人帮"的影响，难道是"四人帮"不让……

农民的说法叫：话赶话没大错。

就这没大错的话，"揭、批、查"运动中，成了冯书记的罪状之一。

秦书记对梅雨紧追不舍："哈哈，你倒学会了装聋作哑，那天开完吹风会，你没有回来，去了哪儿？"。

"去了妇联和冯书记办公室。"

"谁叫你去的，冯书记跟你说了什么，还有谁在场？"

"我自己去的，一进门就被冯书记撵了出来。"

"不大可能吧？你不是想上大学吗，冯书记给你许愿了吧？"

"我是想上大学，但县上几位领导的儿子、女儿都想上大学，轮不到我。"梅雨打断秦书记的话。

"杨主任给你说的？"

"是的，杨主任说让我安心工作，不要考虑上大学的事。"

"不会吧……是不是想留你在县妇联工作？现在不是以前，这事可由不得她。"

不允梅雨回答，秦书记话锋一转："梅雨主任，你知道不知道我们国家有多少钱？"

梅雨两眼一抹黑，坐不是站不是走也不是，莫名其妙地摇摇头。

"十八块八毛八分嘛！"

文干事从衣兜里掏出十元、五元、二元、一元、五角、二角、一角、五分、二分、一分的人民币，食指和拇指在嘴唇上"呸呸"两下，一五一十地数起来。

梅雨的脸火烧火燎，尴尬无奈，头上冒汗。

在三位七尺男儿坏坏的嘲笑氛围里，无地自容的有了反抗意识："怕是省委书记也不知道"。

"嘿嘿，梅雨主任到底是长了见识，一扯就扯到省委书记身上了。"秦书记调侃。

"长了见识的人，一定知道全国有多少厕所？"袁文书又加盟凑热闹。

"不知道！问国家统计局的去！"

梅雨没好气地说着，拎起"烧包"冲出门外。

袁文书扯着嗓门说："一男一女 两个嘛！"

三位老男人的坏笑声在身后响起。

梅雨跑进办公室，屋子里冷清清的，炉子冰凉，炉面被厚厚的尘灰覆盖，炉灶里的炉渣还是一月前她去县妇联前积攒下的，办公桌桌面上落的尘灰有一分钱的硬币厚，床头柜上的尘灰很薄的一层，没有改变原木桌面的颜色，一定是郭秀秀擦过。

秀秀是公社妇联主任，梅雨的初中同学，上高中榜上无名。

东方不亮西方亮，黑了南方有北方。

师范学校专门招收的初中毕业生，秀秀一考即中，人家转户口和粮食关系时梅雨才知道人家是一步到位，从入学第一天起，就注定了毕业后由国家直接分配工作成为吃皇粮的公家人或城里人。

秀秀师范毕业后当人民教师两年，梅雨才高中毕业，正赶上"上山下乡"运动，城市户口的是"上山下乡知识青年"。生在农村长在农村的梅雨和她的同类自然而然就是"回乡知识青年"了。

梅雨的幸运就是沾了"回乡知识青年"的光，说白了是物以稀为贵，几百号人的村子，就她是个高中毕业生。毕业前，就报名参加了民兵，毕业后，以前在大会上念报纸的老会计，不知咋回事，一觉睡起眼斜嘴歪，再也矫正不到原位。从此，梅雨就有了用武之地，念报纸、办墙报、写黑板报，尽管字写

的像苍蝇爪子，也没有人嫌弃和挑剔，队长赞扬乡亲们夸奖，乡亲们把她当个人物，社员大会上选她当记分员，政治队长让她当理论宣传员（读报员、辅导员），生产队长让她当科学种田试验员，赶在"上山下乡知识青年"在村子里安家落户前，"红四员"都挂在她的名下。

他们的大爹二妈三舅舅托关系送糖和烟要与梅雨分享时，梅雨又打靶打出了个"优秀女民兵"来，耍了两下笔杆子，又被赵部长当成个人物。

想必是赵部长给冯书记吹过风，要不然，全县"科学种田经验交流会"上，冯书记咋就记住了梅雨？在全县选拔年轻领导干部时，跟老王书记打听梅雨的情况？

没费吹灰之力，乡党委委员、革命委员会副主任的乌纱帽就扣在梅雨头上。堂而皇之，梅雨就成了乡上主管共、青、妇、宣传、民兵的领导。

梅雨自己还没搞明白咋当主管，就不能怪郭秀秀的气不打一处来。

她只比梅雨年长一岁，已有两年为人师表的经历。同时选拔的年轻干部，还是农民身份的梅雨却成为已是公家人秀秀的领导。

不仅面对面领导，一里一外的办公室，梅雨坐里间办公秀秀在外间；梅雨是软坐垫的木头椅子，秀秀是硬板椅子；梅雨的房间想让秀秀进就不锁门，外间办公的秀秀不想让梅雨进时毫无办法。

不过，梅雨那套间的门不但从未上过锁，连关也没有过。

因为十几个男人的阵营里就她俩小姑娘，好的跟穿着一条裤子似的。

站在公社大门口，脖子一梗就能看见秀秀家的院门，每到吃饭时间，秀秀母亲就站在院门口张望，看着秀秀向家里去，秀秀如果看见老母亲手背由下向上挥，她就返回叫梅雨同去，那是老妈妈做了好吃的让她叫梅雨一同去吃，在她家蹭过几顿饭梅雨也记不得。

如果没有发生那件让梅雨哑巴吃黄连有苦说不出的事，她俩的姐妹情这一辈子就是糯米糕，黏糊的不能分离。

冷清的办公室冷却的炉子，加上被讥笑嘲讽的不愉快，梅雨就想放下文件去找秀秀说说心里话，问问才一个多月的时间，袁文书、文干事咋就对她那样了。

梅雨的床头柜下面是单开门柜子，上面是抽屉。看到床头柜与其他处不同，就注意到那个一管二的扣子锁，锁扣有被撬压的痕迹，那是由公扣母扣搭配在一起的长条形的挂式锁扣，公扣呈四方形，四角用螺丝钉固定在柜子与抽屉中间隔栏上，中间凸出 U 形铁栓，母扣长约二十厘米宽约五厘米，底座有合叶与扣子连接，垂直固定在柜门开口处上角，上部呈等腰三角形，三角底边下方的扣眼扣在母扣 U 形铁栓上，锁拴挂在 U 形栓上。三角形部分刚好卡在抽屉上，就起到了一锁管二的作用。

梅雨的床头柜里锁的是少女的全部秘密，是初中开始写的全部日记，那可是重中之重。

秀秀看见梅雨换着本子写，问写什么，梅雨说日记。

秀秀梗着脖子看时梅雨就合上本子，秀秀笑着说：我对你啥也不隐瞒，你还对我保密，太不够意思了。

梅雨说这是两码子事，日记日记个人隐私，所思所想天天记上，所见所闻写在纸上，加深印象过后不忘。

当时，秀秀一笑了之，梅雨也没在乎秀秀的所思所想。她俩还和以前一样，人前秀秀称梅雨"梅主任"，私下各称其名。

在县妇联检查工作时，秀秀和梅雨两路行走，在县妇联汇总汇报时，两路人马各有见述。汇报完后梅雨被杨主任借用，秀秀打道回府。

梅雨本要将写完的随身笔记本锁进床头柜的。

开锁发现卡在抽屉上的锁扣三角处油漆脱落，三角顶端下压到抽屉底部，稍稍摇动向外拉，抽屉就拉出来。

抽屉里放的是姑娘家的爱美之物，二十年的相片，都是黑白的，十岁以前的只有一张，大都是中学时和工作后的，收集在一本影集里。

拿掉抽屉，伸胳臂就能探囊取物，柜子里的宝藏就会暴露。

打开锁查看柜中之物，的确遭遇不测。

还好，上面的被翻动过，下面的大概是胳臂不够长度，探囊取物之人也不是太贪心，就手下留情了。

梅雨和秀秀两把钥匙开一把门锁，没有第三人能公开进入她俩的房间。

门锁完好无撬痕，床头柜里有一些钢镚人民币和纪念币、人物肖像邮票。要是小偷，最稀罕的是人民币和纪念币。

偷到梅雨头上那是他天大的冤枉，每月十八块五毛钱的生活费，梅雨只把五毛钱的金币（黄色硬币）存在抽屉里，时常放在手里掂量，听那叮当响声就觉得有钱呢，还幻想着有朝一日当谁的新娘时做嫁妆。

世界上没有不稀罕钱的贼，要是家里遭劫没有失财物，贼就不是贼，定是另有隐情。

梅雨第一次萌生了疑人之心，想秀秀大概是要看日记不能，就来了个三要不如一偷。后悔与秀秀无话不说，日记里写的大都是她知道的事，没让她看是不是伤了她的心。

虽然这样想，照样埋怨秀秀不地道、不咋样，以后要敬而远之。既然她有这个毛病，就把所有秘密拿回家让父母保管，反正父母没有文化。

梅雨将床头柜的东西全部装进包里，准备回家。袁文书敲门说秦书记召开紧急会议，全体党委委员必须参加。

名正言顺的党委委员十一人，袁文书记录无可非议，奇怪的是文干事、郭秀秀（不是委员）也在场，先委员们到位坐在委员之位，老王书记告病没能参加。

郭秀秀低头看文件，佯装没看见梅雨，不搭不理不正眼看。以前，只要回到公社，必先到办公室溜达一圈和梅雨照个面后再到别处走动。不过半月时间，变化也太快了。

梅雨恨得牙根痒痒，真想揪着秀秀的头发质问床头柜的事。

梅雨自己也不相信她怎么有了那么好的定力，没有冲动只有咬牙切齿，没有歇斯底里只是满腔怒火，坐在她该坐的位子上，那是县委红头文件给她安排的窝窝子，名正言顺。

因为不是圆桌会议，座次就是职务的代言。

第一把手老王书记没到会，第一把交椅应该闲置在那里。一把交椅的左侧是二把交椅，主人是老雷书记。一把交椅的右侧是第三把交椅，主人是秦书记，也就是右臂。秦书记那天忘记了自己是"右臂"，一不小心坐在第一把交椅上。梅雨是"左膀右臂"之外的第四把交椅，挨着第二把交椅排列，老老实实地坐哪儿，气呼呼地看秀秀，不明白地想文干事咋能名不正言不顺地坐在第三把交椅上，秀秀挨着文干事坐，谁让他们坐那儿的！

乡党委班子十一个人，少了班长一人，参会多了三个局外人，三个局外人跻身于九个委员之前，委员们不解其意，各有各的看法想法。

主持党委会的秦书记开场直白：召开这个紧急会议，是传达县革命委员会的紧急部署，我们这里是"揭、批、查"运动的试点，从现在起就要掀起新的高潮来，今天到会者都要有所表示，以实际行动投入到"揭、批、查"中来。

"大家要透过现象看本质，别看我们这里表面上风平浪静，就像鸭子浮水，身子稳稳的爪子活动的厉害。有的人年龄不大心眼不小，把上级领导交代的事当成耳旁风，当面一套背后一套，阳奉阴违。老虎屁股摸不得，这里答应的事，到那里去告黑状；有的人无病呻吟，小病大养，还有人三天两头去看，拉帮结派，搞阴谋诡计，带病工作的同志无人问；有的人追求资产阶级生活方式，描眉逗颜，说长道短，搬弄是非，说这个领导好那个不好。我们岂能对这些社会主义土壤上滋生的资产阶级苗头置之不理……"

梅雨的心猛烈跳动起来，描眉逗颜，那不是指她吗？那时没有彩照，她将自己的黑白照片用水彩涂了颜色，虽然涂的跟妖魔鬼怪似的，没有学会审美的女儿家就知道花红柳绿比黑白的好看。

被她涂鸦的黑白相片就放在影集里的，影集就琐在床头柜抽屉里。唯秀秀知道这个秘密，秀秀也有这样的行为，她家里专门为她盖了一间一砖到顶的"闺房"，一切权利归她，她的秘密都在闺房里。

梅雨咬着嘴唇看秀秀，秀秀事不关己地看文件，看的专注，看的认真，好像看破红尘似的，进入了目空一切的禅定境界。

老王书记"腰肌劳损"好长时间了，走路困难，住医院治疗时，梅雨和秀秀去看过，去县妇联时，路经老王书记家，梅雨去家里看望老王书记时，刚走进老王书记家小院，就被飞出的一条"大前门"香烟打中。

"出去，把人看扁了！"老王书记气呼呼地将一老头向外推。那老头乞求着："王书记，你就高抬贵手让我儿子去那个厂里吧"。

被推出门的老头退到院子里，拣起香烟兜在怀里就地跪下："王书记，看在我们乡里乡亲的脸上，你就……

"梅雨，他就是王三厚的爹，你把他儿子的事给他说说。"王书记说着就放下门帘回屋子了。

县化肥厂招工，厂址在望远公社的地盘上，老王书记和计委主任、化肥厂厂长是铁哥们，得到招工消息，就说近水楼台先得月，名额一定要照顾我们，指标内的你们平衡分配，给我一些指标外的，照顾一下我们的大队书记、劳动模范。

铁字辈的重情重义，指标外指标内各一半。其他公社十多个名额，望远公社三十多个。八个大队书记有成年儿女的，只要不傻不愣不残疾，就受到特殊照顾。儿女尚未成年的，可以由亲友的儿女替代，只限一名。省、市、县、乡、大队五级劳动模范的子女也是享受特殊照顾，特殊照顾的人群有文化的厂里还可特殊照顾，没有文化的再无法照顾了。文化程度最低的小学毕业，必须参加统一考试，榜上有名的先行一步，到外地培训半年。指标外的参加摸底考试，以便再次特殊照顾时作为参考。这里权且称为"关系户"。

王三厚的关系是老王书记妹妹的大姑姐的婆婆妈的姨表妹的侄儿。

党委会研究时，老王书记说明了他的裙带关系，因孩子说话有点结巴，厂家招工负责人说只要人品靠得住，干活利索、脑子好使可以照顾的，为少惹麻烦，需往后放一放，等招工风过去后再让王三厚进厂。

王三厚的父亲不知内情，眼望被招工人都带着铺盖高高兴兴当上了工人。不知谁出的馊点子，让他送礼。他不知求了多少人，才搞到了十盒"大前门"，那是凭票供应县级领导的紧俏货。

梅雨扶王老汉起来，王老汉泣诉"我家几代就这一根独苗苗子，老想往外跑，我们不放手，这回在家门口，"王书记呀，我们一家就是脱了裤子卖……"

梅雨打断王老汉的话：你不要这样，你儿子王三厚的事已经内定了，你回去在家耐心等着……

"你是干啥的，横挡一刀？等的黄瓜菜凉了你好吃便宜！"

"你怎么不开窍，她是我们公社的梅主任，给你说的是实话。你怎么这样不相信人，三番五次的搞这样的名堂，家里的油盐酱醋还从鸡屁股里掏呢（用鸡蛋换），来我这里要大方。要是想黄了儿子的事，你就吵抄去！"

"梅主任？咋看上去还是个娃娃呢？"。王老汉边自言自语抱拳作揖，点头如捣蒜，退出院门。

梅雨是带着一盒糕点去的老王书记的家。

"大前门"的事让她心有余悸，问过老王书记的病情，说了去县妇联的事，离去时悄悄将糕点放在门外的窗台上，骑自行车去县妇联报到。

那是她第一次行送礼之事，看见飞出门的"大前门"，腿子打软。

初次出手，就被吓的缩手缩脚，影响的一辈子不敢游走领导人家门，有求人之事时，唬的她想出手时不敢出手。

从县妇联回来的路上，自行车一路找岔子，补车胎的地方离老王书记家不远，步行不到十分钟就到老王书记家。正在吃羊肉饺子的老王书记笑着说：这个丫头挺有口福的。

高姨笑说：有福之人不用忙，无福之人跑断肠。梅雨长的就是个福相。

梅雨也不客气，随手拿起一个饺子吃起来。

高姨说：洗洗手再吃，锅里还煮着呢。

梅雨给老王书记讲了在县妇联工作的情况和去冯书记办公室被撵之事。

老王书记笑笑："到底单纯，无所顾忌，冯书记那是担心你受他牵连，不让你接近。我这里你也不应该来，过两天我就去接受……"

老王书记话没说完，梅雨最想听的是下文，老王书记和高姨相互看着，梅雨追问："过两天你接受什么？"

"你就不要问了，到时候你就知道了。说不上你来我这里会给你惹上麻烦呢。"

官场最能锻炼人的听力，步入官场时间不长，村官乡官县太爷们填鸭式的说教，把个头脑简单四肢发达的农民女儿整的复杂起来。竟然听出了秦书记的言外之意。

"拉帮结派、描眉逗颜，资产阶级生活方式"的帽子也太大了。

梅雨感觉有血腥味，是自己咬破了嘴唇。

初生牛犊不怕虎的梅雨，正要质问，秦书记说"梅主任，你去我办公室把桌子上的那个茶色瓶子拿来。"

梅雨接过钥匙，心想是啥好东西，要我去拿。

杨主任"多听多看少说话，没人把你当哑巴，多干多想多思考，没人当你是傻吊，冲动是莽夫悍妇的致命弱点"的话在耳边响起。梅雨边走边想，就到了秦书记的办公室。

那个茶色的瓶子是医院里装一千片"去痛片、安乃近"的玻璃瓶子。黑色塑料盖。梅雨给奶奶买过"去痛片"，三块钱一瓶，还是公费医疗。

奶奶对"去痛片"上了瘾，每天早中晚各一片，少吃一顿饭不碍事，少吃一片"去痛片"碍事的啥也干不成。左邻右舍的乡亲们，知道奶奶的"去痛片"能治百病，奶奶也乐善好施，谁要给谁，烧包地说：这是我孙丫头给我买的。

梅雨熟悉茶色的瓶子，稀奇瓶子里的东西。因会议室与秦书记办公室对面，有先睹为快的贼心，没有贼胆。小心翼翼将那瓶子抱在怀里走进会议室，所有人的目光闪电般的聚向玻璃瓶子，梅雨将瓶子轻轻放在秦书记面前。

"大家猜猜瓶子里装的啥？绝对没有人猜得出。梅主任，打开瓶盖让大家传着看看。"

拧开瓶盖，一股腥臭味扑鼻。梅雨下意识地捂住鼻子。

"这是从一位多年受疾病折磨的同志肠道里排泄出来的寄生虫，人的肠子有多长，它就有多长。医学上叫钩虫，成虫线形，乳白或淡红色，口部有钩，钩住肠子的入口，吸取人体营养，虫卵随粪便排出，幼虫丝状，钻入人的皮肤吸人血，引起贫血等疾病。我三天三夜坐在便池上不动，只喝药和水才清理……"

"呕哇"的一声，梅雨捂着嘴跑出门外。

梅雨吐的肝肠淋漓，心肺倒悬，胆汁回流，鼻涕连线。从此，只要肠胃作怪，想吐时幽门就自动开启，送物出口。

还在发呕的梅雨把开会的事放在一边。参加会的人走出了会议室，都在笑，笑梅雨还是笑那个瓶子，不得而知。

是梅雨搅黄了会还是开会到此，秦书记铁青着脸，眉心结着疙瘩，横眉冷对梅雨："来我办公室！"

梅雨捂着胸口走进秦书记办公室，秦书记吃了炸药似的："你是啥意思？我就那么令你作呕？是不是王书记教你这样做的，那次你去冯老头那里他给你出了啥点子？杨老太婆给你灌输了些什么？躲过初一能躲过十五吗？在这样的关键时刻，别人都在积极投入揭批查运动，你还有心思去串门子，太没有政治敏锐性了。"话音趋于平和，态度逐渐和蔼可亲起来。

"实话告诉你，冯老头就是县上最大的走资派，是走资派在党内的代言人，王书记是那个线上的追随者，你太年轻了，谁都可以争取的。你还是亦农带干，不是国家正式干部，要取掉那个农字，就看你在这次运动中的表现了。"

梅雨明白这就叫软硬兼施。

杨主任的灌输已入骨髓，一时半会儿很难清出，因为有关多少钱的问题、厕所的问题、不破不立的问题、描眉逗颜的问题，梅雨的逆反心超出了呕吐范围。任凭秦书记说的口干舌燥，她左耳听右耳出。

杨主任说过："心字头上一把刀，是个忍字，忍字造的多么有寓意。忍一忍风平浪静，退一步海阔天空。"

那位老妈妈与梅雨无亲无故，怎么就给了她用之不尽的金科玉律？让初入官场之牛犊，不怕虎狼回避虎狼，不识烟火回避烟火，待那烽烟四起时，只身已达平安港。

"今晚你就牺牲休息，把大字报写出来，这些材料拿去参考，明天中午'揭批查'墙上见！"

命令的口气，没有妥协的余地。

参考材料，纯粹是大字报老手们的上膛子弹，是将县委"革命墙"上的影射变成直射。顽固派、保守派有名有姓，罗列了那么多县委最大的走资本主义道路的当权派的罪名，梅雨一条也不知道，顽固派的下线人物，老王书记的"排挤青年干部""利用招工拉帮结派""大搞裙带关系"等等，梅雨还是知道的。

"排挤青年干部"那事，就不是个事儿。

那是秦书记的事儿。自秦书记的爱人、孩子第一次移驾在秦书记办公室过周末后，就依恋上了乡村生活。只要秦书记不回城过周末，小汽车就送来了美夫人和两个孩子，公社大院就有了亮丽的风景线，炊事员包师傅就不能老婆孩子热炕头了。

望家兴叹的包师傅，气呼呼地对老王书记说："秦书记只管自己高兴不管我们老百姓的死活。星期天还要让我侍候他老婆孩子，白吃白喝灶上的，还横挑鼻子竖挑眼的，这个咸那个辣的，我三个月没有回过一次家！"

老王书记与秦书记谈话："以后家属来了，你们自己做饭，包师傅家里的活就等星期天回去干呢。"

秦书记不高兴地说："一个火头军毛病还多得很，不想干了就换人，会做饭的人多得是！"

"话不能这么说，包师傅比你我的资格都老。"

秦书记不高兴包师傅是背后的事，对包师傅的勺把子挑不出任何毛病来。家属下乡探亲，是为了度假，过两天饭来张口的洒脱日子。加之包师傅做的饭菜可口耐吃，又节省了家里的柴米油盐酱醋茶，可谓无本万利，一举多得。

凡吃过包师傅做的饭，没有不说好的。萝卜白菜、土豆南瓜、细米白面、粗粮肉食，蒸包烙馍，就那个铁锅铁勺土炉灶，做出的饭菜跟娃娃吃妈妈的奶那样香。

包师傅那个周天回家干了家务活，周一高兴的拿着勺子敲锅沿哼小曲。

秦书记笑着对包师傅说："周六周天我孩子饿了肚子，孩子自从吃了灶上的饭菜，就嫌她妈做的饭菜不好吃了。"

包师傅说："那以后娃娃们来了，我就不回家了。"

秦书记点点头："我给你调整一下休息日。"

包师傅儿子在县城上班，周天回家看望父母家人，总是见不着父亲，就撵着看父亲。

包师傅说："我多大的事也是小事，秦书记多小的事也是大事"。

焚　书

梅雨从秦书记办公室跑进自己的办公室。

黑灯瞎火的房间寒气逼人。秀秀不知躲那里去了，开会时她回避梅雨，散会后不与梅雨见面。想到资产阶级生活方式的话，梅雨将床头柜里的秘密全部拿出，从灶房炉膛里夹出烧红的炭，放进办公室冰冷的炉子里，放上渣子煤，一页一页撕下日记放火里烧。

烟道不够用，由着烟向屋里冒。

外面漆黑，梅雨的办公室没有开灯，红光闪闪，蓝火幽幽，"嚓嚓"的撕纸声就像铁器在沙石上开刃般的让人揪心，烟道冒出的烟在夜幕里象白雾，晃晃悠悠飘向夜空，把烧纸的味道四散开去，硬是往人的鼻孔里钻。

袁文书大概是最先看到火和烟，听到"嚓嚓"声。

趴着窗子窥视，什么也看不见，之前，梅雨嫌窗帘薄，用纸将窗子糊的严严实实。袁文书大概听见梅雨的低泣，不知咋想的，快速离去。

梅雨是流着眼泪烧的，二十个本子七八年的秘密，多么珍贵的纪念，被她付之一炬。

秘密被人偷窥的滋味，比刀子剜心还难受，知道是好友所为而不能揭穿，哑巴吃黄连有苦自己知，不能对人诉说只能看着灰烬泣诉。

心里一遍遍地骂秀秀：十足小人！

是不是秀秀撬的锁，梅雨认定就是她。

不管她是何目的，梅雨心里发誓与她老死不相往来。

也许秀秀有她不得已的苦衷，那时，梅雨还没有学会"透过现象看本质"，就事论事还在学习中。

上天还是厚爱梅雨的，那本带在身边的日记本里有不可告人的秘密。

老王书记、秦书记、哈书记、工作组组长、几位县太爷与她的谈话，都记在日记里，还有感想和议论。

在县妇联的工作感想、看大字报的感想都写的详细。

万幸的是没有被人发现窥视过。假如那个本子被秀秀看到，想必秦书记定会如获至宝，就会当成重型炸弹炸开"揭、批、查"的豁口。

烧，忍着心的痛。

烧，烧尽所有的秘密，从今后再不写日记。

烧，烧断与秀秀的姐妹情，从今以后敬而远之。

烧，把描眉逗颜的资产阶级生活方式烧的干干净净，从今后再不描眉逗颜，涂脂抹粉；再不照那种对不起自己的像了。

看着二十岁的自己被自己火化，心里真不是个滋味。

想梅雨小小年纪，就遭焚烧，以后会有什么样的结局呢？这样想，就有了眼泪汩汩流，与其配套的哭泣声就被袁文书听到了。

梅雨知道有人听窗根，哭泣声戛然而止。

不是为亲人的离别哭泣，就没有撕心裂肺般的痛不欲生，眼泪也很好控制。哭声止，耳听脚步声渐起，梅雨心不慌。

肚子没冷病，不怕喝凉水，心里没有鬼，半夜不怕鬼叩门。

"梅主任"秦书记叩门。

他大概怕梅雨上吊。

梅雨满腹委屈坐在炉膛前，吃上花椒闭着气一般。

"咋回事？烟熏火燎的？"秦书记说。

"不知道，好像烧啥东西，是不是……"袁文书猜测。

"去把郭秀秀找来开门，以防发生意外。"

袁文书记应声而去。

梅雨将烧了一半的东西，塞进包里，听外面的人离去，拎着包从厕所旁的墙豁口出了大院，本想回家，星空下的土包瓦砾、残墙断壁、树木倒影好像都有了生命的活力，游走的、蹦跳的、移动的、飘然来去的，都在以自己的方式吸纳着月的精华，星的灵气，夜色的温柔……

梅雨家一路西去，坐落在腾格里沙漠的边缘，自幼听奶奶讲过沙漠鬼怪的故事，奶奶将她看到的海市蜃楼，说成是鬼怪的城堡，想象的画家大师画不出来，描述的仙山楼阁一般，形容的跟皇帝的行宫一样，看得见找不到摸不着。还说她去过鬼怪的城堡，只见人影来去端茶送果，就是不肯现出真面目，只有声音：梅家老奶奶，我妈妈是你接生的，我也是你接生的，我的孩子都是你接生的，凡是你接生的孩子都记着你的恩，就是在阴间做鬼，也知感恩。冥国有律令，从地府出去感恩的都是阳间的好善乐施者，在向阎王爷报到时，就被批准转生，但每个人只有一张从娘胎里带出来的脸，如果为人时百善孝为先，诸善为之，诸恶避之，为人的这张人脸就代代相传。所以，感恩的鬼是鬼中精灵，有影无形的。如果为人不善，不管在阳世的那张人脸多么如花似玉，只要沾上不善的影子，就永远带着鬼脸永世不得转生。所以，不善之人就能被鬼脸吓得半死半活，被噩梦惊扰的魂飞魄散。

奶奶是位民间接生高手，梅雨的父辈们，梅雨出生地的同龄人以及奶奶与爷爷有了梅雨父亲后的同村人，大多是梅雨奶奶接生的。

梅雨有了记忆后，只要奶奶给别人接生后回家做饭，她就嫌脏耍脾气不吃饭。奶奶接生时因产妇要求带上梅雨，说梅雨机灵，出生的孩子第一眼看见谁将来就像谁。梅雨是图跟着奶奶去沾油汤辣水的光，奶奶在产妇家是贵宾，少不了吃香的喝辣的。原本是吃惯了"洗三"下奶面的，看过一次奶奶的接生现场，就看到奶奶血糊糊的双手在产妇血糊糊的腹部抚摩按压，产妇撕心裂肺地喊叫，奶奶不依不饶地说"使劲使劲再使劲！"梅雨躲在奶奶身后拽奶奶衣服，奶奶不理会。"快了，快了"，念念有词说个不停。产妇精疲力竭小死过去时，血糊糊的小生命就被奶奶血糊湖的手倒提起，对着血糊糊的屁股就是两巴掌，小娃娃发出"呜哇呜哇"的反抗声，产妇跳着坐起来，先前的一切跟装出来似的。

梅雨张大眼睛看着血糊糊的小生命，奇丑无比。

原来，穷人富人、达官贵人、将军乞丐、皇帝百姓，本源是一样的丑陋、一样的模糊、一样的一丝不挂、一样的被打屁股。

奶奶将小生命在水里洗过后，倔犟的小生命好像不愿意看人间，眼睛闭得紧紧的，放声大哭。哭的地动山摇，哭的无可奈何，哭的将母亲的奶头含在嘴里，才平和下来。

母亲，世间最有征服力的英雄。

梅雨耍脾气不吃奶奶做的饭，奶奶笑着说"我家梅雨就是和别人不一样，本事大得很，不用妈生，从天上掉下来的，放

窗台上晾了晾，就现在这么大了。” 奶奶的幽默逗笑了梅雨，梅雨就问奶奶：“我出生时是不是也是那样的，刚生下来你就打过屁股，为啥要打呢？”

“人都是一样生来百样死，不打不知死活，不打不成才，不打不哭。哭了才活得有滋有味。你生下来后咋打也不哭，我们以为是个哑巴，过满月那天才哭的。会哭的娃娃有奶吃，幸亏就你一个，哭不哭都有奶吃，要是娃娃多，你就挨饿了。”

奶奶给梅雨讲了好多故事，记忆最深的就是就是那个鬼精灵的故事。

不管多么奇特，都是只见过电灯没见过电话的奶奶凭想象编出来的。

小时候，梅雨曾在父亲的牵引下，骑着马去腾格里沙漠放驴放牛放马时，还按奶奶所说去找寻呢。后来，听老师讲海市蜃楼的故事，就想奶奶真是位想象大师，守着三间土房子生活了八十三年，给梅雨留下了信马由缰的想象翅膀和编故事的绝活儿，梅雨没有辜负奶奶。

没有月亮的夜空，星星特别亮。

虽然奶奶的故事善恶分明，黑夜独行，心里还是紧张。

姑娘家家的，即是有鬼精灵护驾，一旦恶鬼显形，那可是不要脸、不要命、不是人的东西，好汉斗不过赖汉，赖汉斗不过不要脸不要命的踹汉，说不定鬼精灵就是梅雨的前身呢，梅雨不能让先人遭不测让自己吓破胆。

再说，这个样子回去，家里人会怎么想？

权衡利弊，梅雨踏着夜色沿着红旗渠坝，深一脚浅一脚地向马姨妈（马主任）家走去。一路走一路撕碎日记撒向夜空。

马姨妈家的看门狗大老远就跟梅雨打招呼，听不到回答有些上火，跳出院墙奔月色里的梅雨而来，十多米嗅出是梅雨，哼哼唧唧地埋怨梅雨不出声。到了梅雨面前，摇着尾巴打招呼，梅雨摸摸它的耳朵，表示还礼。

马姨妈刚熄灯睡下，听到狗吠，呵斥道："乱诈唬啥呢嘛！"

看家狗有口不能言，跳出院墙。狗吠声渐小，脚步声渐近，马姨妈知道有人来她家了，开灯，穿衣下炕看看腕上的手表，分针时针重叠在 12 点，边向院门走边自语：这么晚了，有啥事就不能明天……

马姨妈看见了梅雨，惊讶地：你这是……

拉着梅雨的手走进屋子。

梅雨扑进马姨妈怀里放声大哭。

被奚落的委屈、秘密被人偷窥的难言之隐跟着眼泪全部倾泻出来。

马姨妈像拍孩子一样拍着梅雨，"一个多月没见了，你这是咋了嘛？"

边说边捋梅雨的头发，发现了头发上的纸灰，衣服领子上的纸灰。

"丫头，到底发生了啥事？"说着，给梅雨擦眼泪拣头发上的纸灰。

好一会梅雨才恢复原形。

看梅雨灰头土脸，马姨妈以为造歹人算计了，忐忑不安起来。

"丫头，先洗个热水澡解乏，睡一觉就有了精神。有啥事天亮再说。"

马姨妈往门后的"吊罐"里加上热水让梅雨洗澡。

马姨妈像为出嫁的女儿洗澡擦身的妈妈一样，轻轻地用她的擦澡布为梅雨擦拭。听说以前穆斯林家的女儿一生只洗三次

澡，刚出生时由接生婆洗，出嫁前由母亲洗，无常后在"清真寺"里洗。

梅雨不是穆斯林家的女儿，穆斯林老妈妈却把她当成女儿，吊罐下，梅雨僵立着，眼泪和水一起流淌，委屈和忧伤在老妈妈的抚摸下渐渐淡去。

梅雨钻进马姨妈为她悟暖的被窝里，就像趟在母亲的怀抱里。

久违的感觉、久违的享受、久违的依恋，如幻如梦，如痴如醉。

想她满世界瞎闯荡的汉家姑娘，在家教严谨的回回人家里，受到如此礼遇和厚爱，怎能不生感恩之心，感激之情。

梅雨难入睡，心里话一箩筐，不对胜似妈妈的马姨妈吐露，睡娘娘是不肯露面的，马姨妈也会担忧的不能合眼。

梅雨脱衣服时，外衣裤翻墙时沾着墙灰，半截裤管和鞋子上尘土一层，马姨妈啥也没说，拿起外衣裤到外面去扫灰，进屋后又用湿布擦。

就那个样，马姨妈能不担忧嘛。虽然关了电灯，能安然入睡吗？

热炕暖暖的，老妈妈呼吸缓缓的。

黑灯瞎火的夜里，梅雨看见那双善良关爱的眼睛看着窗外的星星。

"我睡不着，我是逃到你这里来的"梅雨将一天发生的事说给马姨妈听。说完后，就进入了梦乡。

"嘭嘭嘭"的敲门声像被人追撵的人求救似的。

"马主任，开门，有急事找你！"哈书记的声音。

"火上房了还是娃娃掉井里了，庄户人家有啥急事能急成这个样子？"马姨妈摸黑穿衣服，这次没有开灯。

"三更半夜的，啥急事吗？"马姨妈隔着院门说话。

"小梅主任出事了，袁文书来找人，说从县上回来在办公室烧了半夜东西就不见了。"

"那些婊子儿的，官瘾犯了，想整人在个姑娘身上找茬子。"

"在你这儿？"

"刚睡着，丫头委屈死了。"

"那就好，我告诉他们去。"

"你就说梅雨发高烧，在我家里出汗呢，怕是要休息几天的。"

热被窝里的梅雨热泪盈眶，我是什么乡主任，乡领导，分明是被父母呵护的女孩儿，有了委屈向父母诉说的孩子，无助时向父母求救的娃娃。

哈书记放心地走了。

"哈书记敲门时我就醒了，你看我像什么样子？"梅雨问马姨妈。

"好着呢，丫头，官场上的咕咕妙多着呢，从解放到现在，大小运动就没有消停过，哪一次运动不是人整人，整人的人都想找垫背的，吃肉不荤嘴，即当婊子还要立牌坊。你小小年纪，就知道不当垫背的，不被当枪使已经不简单了。你烧的那些东西对着呢，哈书记也有过那样的事，本来是正在考验期的国家干部，就因为写的东西被"四清"工作组发现，就成了"四不清"对象，挨批不说，国家干部也丢了。啥事记在脑子里，没有人撬开你的脑袋找阴影子"。

哈书记是怎么给袁文书说的，梅雨不清楚。

秦书记对梅雨不再抱有希望，生气地说：扶不起来的刘阿斗，抹不上墙的稀泥巴。既然马尾子串豆腐——提不起来，就不用提了。

就让她去搞试点，割资本主义尾巴去……

"揭、批、查"大专栏上没有梅雨的笔墨，照样红火起来。

秦书记化名为"春秋"的大字报，和县委大批判墙上的如出一辙，那里著名是"正义"。

他曾让梅雨猜过字谜："春秋各半部，百鸟之巢，草下有几点"打三字，梅雨一个也没有猜出来，在秦书记面前梅雨永远是无知的。

秦书记大笔一挥写出："秦林芃"三个字，梅雨脱口而出：秦林凡？

"芃(peng)，旺盛的植物，不是平凡的凡！建议你好好拜新华字典为老师，不能当白字先生"。

这个建议好得的很，《新华字典》成为梅雨的良师益友，案头的宠物，受益终生的陪读。

梅雨由字谜猜出了秦书记的笔墨。

袁文书化名为"千丈"。

哈书记说：叫方丈多好，一庙之主。有人叩头有人敬香。

文干事化名为："布衣"，谦谦君子之寓。

秀秀最傻，化名跟真名一样："一枝独秀。"

笔走龙蛇洋洋洒洒，一墙荒唐言。

只见庐山风云起，不见呼风唤雨人。

口诛笔伐"占着茅坑不拉屎者，滚下历史舞台去"。

"有胆量大鸣大放地逗能，却没胆量留下真名实姓，算什么革命派！"哈书记听梅雨说后，议论道。

那一墙的荒唐言，风风火火贴上墙，夏雨中淅淅沥沥呈稀巴烂，秋风里，被扫落叶一般片甲不留。

割 尾 巴

割尾巴，就是割资本主义尾巴。

七十年代创造发明的荒唐课题。

城里有没有资本主义尾巴，不得而知。

农村的资本主义尾巴，当年所指就是务农种地以外的一切副业，如木匠、铁匠、皮匠、绳匠、毡匠、瓦匠、修车匠等以手艺养家糊口的非种地农民，这些人多是走乡串户耍手艺挣钱，按生产队的定额交钱，参与生产队的口粮分配。

农民俗称"匠人""手艺人"，官方称副业人员，现在叫第二职业。

实际讲，就是给生产队搞经济收入的人。

红旗大队地处城市边缘，靠近公路，虽然地少人多，劳动力剩余。有些思路宽，眼睛活的人，知道一技在身，走遍天下饿不死的理儿，便偷偷拜师，用心学艺，成为手艺人。

红旗大队当年这一类手艺人有上百名呢。

另一类所谓是资本主义尾巴，就是农民自己养的猪、羊、鸡、兔，房前屋后、田头地角、渠坝沟口种的瓜果蔬菜、五谷杂粮……

且看割尾巴工作队如何割资本主义尾巴的。

工作组组长与秦书记走得很近，都属政治嗅觉敏感型人物。

许家弯是有名的"问题窝"。

秦书记是"割尾巴"战役的总指挥，县委工作组组长就是年前那位带着救济粮下乡的贾局长，原本是县商业局局长，在揭、批、查运动前奏曲中表现积极，就被拟定为进县常委班子的候选人。

候选，等候选用、选定。

身负秘密使命的秦书记，要在揭、批、查运动中物色县委将来的新"组阁"。将来，大概就是即将来到的意思，是个期待值，有很大的不确定因素。

这个期待值取决于全国掀起的"反击右倾翻案风，坚决打到隐藏在党内最大走资本主义道路代表人物"后，才有分晓。

影射的那位代表人物当时虽然还没有明朗化，但见诸报刊、舆论界的"顽固派"、"那位被打倒的资产阶级代表人物开始反攻倒算"等有所指的政治风向标已经在华夏大地揭竿而起，就连双目失明的朱永红都看见了。

右倾翻案的是"顽固派"，反击右倾翻案的应该是"激进派"。

激进人物多为"少年壮志不言愁"的少壮派。

由上往下数，数到县一级，就轮到秦书记、贾局长冲锋陷阵了。

秦书记和贾局长都有"造反有理"的基因，上进心相对同龄哥们激进一些。喜欢迎风扬沙，呼风唤雨，撒豆成兵。就怕一万年太久，只争朝夕。

春节过后，工作组组长继续下乡，和秦书记会合。

这次是以"揭、批、查"为主题。

秦书记给工作组组长透露：我们这里是走资本主义道路当权派代表人物提供温床的重灾区，要大张旗鼓地铲除滋生资产阶级的土壤，彻底割掉资本主义尾巴。许家弯是个"问题窝"，干工作就是解决问题，就是要抓典型促后进，问题解决了就有了成绩，有了成绩就有了说服力。

工作组组长知难而上，越是困难越向前。

理解秦书记的意思，提出到"问题窝"去找问题，解决问题。

哈书记、马主任陪同工作组组长到了许家弯，哈书记将工作组组长介绍给许有利队长，工作组组长就说：我们是来搞社会调查，要做的第一件事就是密切联系群众，发动群众，通过和群众见面，找出问题的根源，想出解决问题的办法。

哈书记说：我在这里群众不便说话，还是回避的好。

工作组组长点头同意，哈书记、马主任就去忙该忙的事去了，梅雨留下。

第一天，工作组组长说摸底调查前，舆论工作要跟上，充分利用农村的文化阵地，办墙报、黑板报。

许虎子自告奋勇，许有利说：那是个贼打鬼，调皮捣蛋的很。

工作组组长说："现在就要用头上长角身上长刺的年轻人，只要是反对资本主义的，站在劳动人民的立场上，一定要重用。"

许虎子成了工作组组长的助手。跟着工作组每天挨家挨户检查，谁家养了几只兔子几只鸡，谁家的院子里还种着韭菜栽着蒜，谁家的田头地埝还长着资本主义的苗，工作队的人统计，许虎子记数字。

工作组组长看了许虎子的记录后，拍拍许虎子的肩膀说："小伙子的字写的还不错，以后多帮我抄写一些东西，我不会亏待你的"。

许虎子得到了工作组组长的重用。

第二天，工作组组长说要走群众路线，依靠群众，发动群众。

在农村，发动群众最简单、最直接的方式就是召开社员大会。

冬天的农村，能把人闲的发疯。听说开会，大人娃娃就跟赶集似的，都涌向生产队饲养场，抢着坐饲养员房里的大通炕，那炕烧是的就差起火冒烟了，全队的男女老少都挤在三间房子里，就是零下二十度也会热的人冒汗。

工作组组长是个近视眼，穿着棉衣戴着棉帽子，站在 200瓦的电灯泡下，由国际形势讲到国内形势，区市形势，县上的形势到公社、大队形势，最后到许家弯形势。

"你们许家弯是出了名的问题窝，问题窝必然问题多，问题再多也是领导的问题，领导的问题群众是看在眼里记在心里的，群众是真正的英雄。我就是来查问题的，请大家不要有什么顾虑，积极找出我们这里为什么叫问题窝的问题"。

讲罢形势，开始念报纸。

生产队开会，出出进进，热的挪到凉处，凉的挪到热处，随意性很大。

家庭主妇们不是纳鞋底就是缝补衣裤，不做针线活的就窃窃私语。

男人们抽烟打瞌睡，谝闲传，说哪匹马上了膘，哪头母牛下了几头小牛犊，哪块地该种麦子，哪块地该种稻子……

一个多小时，工作组组长讲得口干舌燥，念的嗓子冒烟，也没有人端茶递水。人就像坐在蒸笼里，大汗淋漓。燥热难耐的工作组长摘下棉帽子向四周墙上看了看，看见墙上有钉子，便走过去将帽子往上一挂，转身就走，帽子掉在了地上。

那里原本有个木钉，不知谁手长的把那个钉子给拔掉了，留了个钉眼窟窿。

工作队长也不看帽子挂上没有，他就像是扔掉了一个问题，坐在地中间的椅子上擦头上的汗。

看见的人互相笑个不停。

工作组组长不知社员们笑什么，站起身说："你们问题窝的人在这个时候一定要擦亮眼睛看清方向……"

不说也罢，人们只是窃窃地笑。

他这一说，"哈哈哈哈……"，哄堂大笑声冲出了窗外，划破了寂静的夜空。

有人打趣："你先把眼睛擦亮再说。"

打瞌睡的人惊醒后问"笑啥呢！"

"笑你嘛笑啥呢，你做梦娶媳妇高兴的笑出了声。"

打瞌睡的人就去拧桂大侃的耳朵。

许有利对工作队长的"问题窝问题多"的那些话十二分的反感。听报纸讲的"宁要社会主义的草，不要资本主义的苗"的话一百二十个刺耳。坐在旮旯处用小木棍挖耳朵。觉得脖子上有小动物在爬，用手一摸就抓到了一个活的，他故意拿到灯下看着说："我当是个虱子呢，"就扔到地下。

桂大侃在自己的身上也摸出了一个，假装在地上找，站起来放在手心里说："我还以为真的不是个虱子呢。"会场立刻发出了哄堂大笑。

桂大侃是许有利的远房亲戚，原名叫桂青，有一手会补压拖拉机、汽车轮胎的手艺，比老纳档次高。以前专门给生产队搞副业挣钱，从来不干农活。赶上"割资本主义尾巴运动"，许有利就让他下地修理地球，耍技术他是行家里手，干农活他是外行。桂大侃自称他爷爷的爷爷是许有利的舅太爷，论资排辈，他不是许有利的大爹就是二爸爸。

许有利不买他的账，给他派活从不照顾，窝着一肚子火的桂大侃，经常比猪骂狗，找茬子日鬼（调侃）许有利。会场里

笑声此起彼伏，桂大侃却不笑，提高嗓门说："这有啥好笑的，谁敢保证他的身上没有这个东西？我给你们说吧，这个东西长在皇帝身上叫玉虱，长在许队长的身上叫贵虱，这玉虱贵虱都是双眼皮。要是长在我大侃身上就是贫下中农的吸血鬼，我要是抓住这个吸血鬼就吃它的肉喝它的血，绝对不会把它扔掉。

桂大侃抓着虱子往地下蹲时，何大叔也在摸虱子，听桂大侃那么一说就明白是有意要笑许有利，也是对开会不耐烦。

桂大侃的话音没落何大叔就将自己抓的虱子放在桂大侃的衣服领上说："大侃你把喧，你的脖子上好像真的有个吸血鬼呢"。

桂大侃用手一摸，还真抓住了一个虱子，他大咧咧地说："婊子养的，你爱面子丢的是你爷爷我的脸，那我就以牙还牙以血还血，爷爷可不是好惹的。"说着就做了个往嘴里扔东西的手式。

"他妈的，吃爷爷的肉喝爷爷的血，还要扫兴爷爷，跟爷爷过不去，爷爷让你活不成。"桂大侃假装往嘴里面扔东西时，早把那个虱子不知扔到哪里了，只不过是耍个鬼花招借机捣乱。

工作组组长气的大咳一声："太不像话了！你们的政治觉悟低到如此地步，把政治学习当儿戏，难怪生产上不去，成了问题窝！"

"从现在开始，我们问题窝要甩掉后进的帽子，认清方向，大家要把眼睛盯住资本主义尾巴不放松，要把鸡窝、兔窝等资本主义的尾巴全部割掉，要搞社会主义的大集体养殖业，为通向共产主义的康庄大道扫除一切障碍……"工作组组长讲话时，会场时不时发出"噗嗤"的笑声。

许有利知道该是自己说话的时候了："大家不要胡侃了，工作组同志说得好，我们一定要擦亮眼睛。工作组是为抓革命、促生产的大事才到我们这里来的。宁要社会主义的草，不要资本主义的苗，是割尾巴运动的重点，我们这个问题窝这次可不能再出问题了，大家要把各自房前屋后的那些资本主义尾巴统统割掉，开花的豆苗、怀胞的青菜、挂果的树，只要不是长在大集体田里的都是资本主义的尾巴，割尾巴不怕疼，抓革命才成功，干社会主义才有劲，当无产阶级才放心。"

桂大侃抢过话茬大声喊："那不是水里头放屁冒咕咚呢，庄稼人自古以来只有护苗的哪有毁苗的，毁青苗那是不吃五谷的妖魔鬼怪干的事，那是造孽嘛！鸡窝、兔窝都拆掉，虱子窝拆不拆？那个小杂种才是真正的资本主义吸血鬼，不劳而获的寄生虫，是资本主义最大的尾巴……"

工作组组长气的两手卡腰，隔着厚厚的近视眼镜片看桂大侃，一拍桌子，用他的秦腔方言骂到："你个畜生！"

"报告，桂青的出身是贫农，贫贫的贫雇农，祖宗三代都是贫农，我是青石根子玉石墙，一点含糊都没有的无产阶级。让我到工作队去割尾巴最合适了。"

"噗嗤！"许虎子喷着唾液笑出了声，唾液飞溅到对面坐着的工作队长脸上。工作队长用手擦着脸不高兴地说"啥事值得那么高兴，一点无产阶级的觉悟都没有！"

会场的笑声不断，有人小声说贫农，贫贫的贫农……"

工作组组长怒从心头起："你是什么贫农？简直是贫下中农的败类，贫下中农还有吃虱子的？你把贫下中农的脸都丢光了。"

"报告，贫下中农最恨资本主义了，吃虱子是向资本主义报仇雪恨。资本主义吸了我们的血，我吃它的肉是应该的……"

"这几次的开会，我发现你们问题窝出现了和无产阶级唱

对台戏，破坏割尾巴运动的坏人，是新生的资产阶级的代言人，不但是红旗大队的绊脚石，也是县上的绊脚石，我要向上面报告，今天的会没法开下去，等我向上面汇报回来再说"。

工作组组长气的脸色发白，看见墙上有个黑点在移动，以为是苍蝇或臭虫，伸巴掌用力去打，谁知那是个钉子，他疼痛的甩手摸掌。

许有利骂道："哪个闲怂手长得很，好好的墙上楔上个钉子干啥！"他自己也忍不住窃笑，看见的人捧腹大笑。

"咕—"的一声，蹲在长条板凳一头的桂大侃就像被刺猬扎着，猛地站起，板凳跟着他也立起来了，坐在板凳另一头的红花，一只脚放在板凳上，胳膊肘挂着膝盖手扶着头打瞌睡，板凳将她撂了个趔蹴地，红花莫明其妙的看着周围。

"他妈的，就不能把粪门关紧些，裤子扯了！溲气八恼的（不吉利）。"桂大侃瞪着眼骂跌坐在地上的红花。

文化落后的农村，对妇女的桎梏多如牛毛。

女人的屁被视为不祥不洁不吉利。要知道，北方农村男人最忌讳女人的屁，那个无形的东西本是人体内的体臭排泄物，医学上讲放屁、打嗝、打喷嚏是人体内五脏六腑通畅的自行调节方式，是有利健康的。医生和有点医学常识的人就不会计较屁的不吉利，凡做过腹腔手术的人都知道，手术二十四小时后，医生问的第一句话就是："打屁"没有？通俗说就是"放屁"。如果有屁，证明排泄系统畅通无阻，手术是成功的。

红花的绰号"小刺猬"，别看农村人没有文化，给人起绰号那可是对症下药的。桂大侃算是惹着小刺猬了，红花怒视着桂大侃："你们奶奶招你还是惹你了？你也不尿泡尿照一照你自己的驴脸，想欺负奶奶还不够格，找岔子跑到这里来，姑奶奶是个怕你的？你把眼睛上的屎揩干净。”红花比桂大侃骂的更刺耳。

桂大侃为个屁挨了一闷棍。

“你个松包，屁大点事也沉不住气，吃的是人民的五谷，不放屁是母猪，看把个会场搅的”。许有利骂桂大侃。

“呸呸呸！算我倒霉，好男不跟女斗”。

桂大侃为自己打着圆场扫兴地离会场而去。

工作组组长气急败坏：许队长，以后的救济粮这里一斤也不能给，政治思想太落后了，我们走！

走到门口，冷风袭击，这才想起挂在墙上的帽子，回头看时，许有利给了他。“散会！”工作队长气地发脾气走了，会就这样被搅黄了。

一群孩子跟在桂大侃身后，齐声高叫桂大侃教他们的屁歌："屁是一张虎，出时无人睹，三千将士来赌屁，打死两千五，还有五百去报信，鼻子眼窝都是土。”

孩子们并不知道桂大侃是被屁打出会场的，自桂大侃教会小娃娃们屁歌后，小娃娃们见着桂大侃，就条件反射地唱屁歌。

桂大侃一走，其他人听见小娃娃们的歌，也跟着凑热闹去。

许有利假装打瞌睡，还发出鼾声。

工作组组长眼看他无法控制局面，不得不发挥地头蛇的作用，拿眼睛四下找许有利。寻着鼾声而去：“许队长，怎么搞得嘛，这里的人太无组织无纪律了，你……”

“许队长正在养好精神夜里加班呢”，有人打诨。

哄堂大笑，笑的肆无忌惮的。

“好好开会，好好开会，瞎嚷嚷个啥！”许有利睡眼矇眬地说。

"你这位政治队长的政治觉悟太低了，这么重要的会议你还带头打瞌睡。看来这个会没法继续开下去了"。

"那就各回各的家，各找各的妈，散了罢。"有人说出了许有利想说的话。

说话的人撂下话就走了。

工作组组长看着许有利："许队长，这是个政治态度问题，政治影响问题，你要好好反思反思，明天我还要来帮助你们这里整顿思想！"

工作组组长找出了两个问题，郁闷地离开许家弯。

许有利到饲养场指着桂大侃说："没有救济粮，让断粮户到你家去吃！"

"他茅房门上放刀子，吓唬拉屎的呢。国家政策又不是他们家定的，救济粮是共产党给老百姓的救命粮，把他日能的，说不给就不给？"

"嗨，嗨！屁是一只虎，出去无人堵，三千将士人来堵屁……"几个年轻小伙子围进饲养员房子，一只手捂在腋窝下，大膊一张一和，发出放屁一样的声音，说着桂大侃编排的"屁话"。

强龙压不住地头蛇。

工作组组长是县商业局局长，全县几百个供销社、几百名职工，都对他俯首帖耳，数以万计的商品都由他管理调配。县委书记、县长抽的烟都由他分配，自行车、缝纫机等紧俏商品都是他管辖的。一呼百应的他，难道被问题窝的问题弄得狼狈不堪？

难道这里人的政治觉悟和政治敏锐性都这么差？

不，有一个人很敏感。

这个人叫许虎子，和许小兵都是许有利的家门户族。

许虎子得知工作组组长是县商业局局长的身份后，就有了弄一辆自行车的想法。看到工作组组长气愤地离开会场时，便尾随而去。一声"贾局长，我有问题向你反映"，唤得了工作组组长的信任。

许虎子反映的问题是：许有利把生产队西瓜送给清肥队的问题，打老纳的问题，老纳打牛的问题，有农不务走村串队修农具挣钱问题，桂大侃路边设点补车胎压车轮的问题，家家户户都养鸡兔猪的问题……

问题成堆，都是上纲上线的政治问题，思想问题，方向路线问题。

这些问题，大队哈书记知道，马主任清楚，就是不计较不解决。

秃子头上明摆着的问题，大队领导视而不见，不是态度问题，而是政治思想问题，阶级立场问题。

踏破铁鞋无觅处，得来全不费工夫。

这么多问题，一下子浮出水面，天助我也！

这么短时间内就发现了这么多问题，没有辜负县委对我贾某的希望，我贾某用实际行动证实：我是有能力的，我进县委领导班子是应该的。

工作组长兴奋的跟注射了鸡血似的。

散会后，那些调皮的小伙子们知道桂大侃一定会返回饲养场的，桂大侃果真来了。小伙子们围着桂大侃说：贫农，贫贫的贫农。你一言他一句的开玩笑。

桂大侃光棍一条，有事没事爱找何大叔谝闲传，搅黄了大会，何大叔担心地说："老弟，祸从口出，病从口入，你怕是

把祸惹下了，我听工作组组长的口气，怕是要找你的茬子，以后在会上少说几句行不行？"

还真让何大叔说中了，桂大侃胡说乱侃惹恼了工作组组长，将桂大侃说的话加工成"社会主义好，肚子吃不饱，虱子是资本主义的苗，比吃社会主义的草要好……"上报给了县上，这一来红旗大队就出现了反对割资本主义尾巴、破坏无产阶级专政的坏分子。

桂大侃被挂上大牌在全村游斗，还要让他边敲锣边说："我叫桂大侃，是个坏分子，破坏割资本主义尾巴运动……"

第一天在红旗村批斗时，工作组组长高喊口号："打倒新生的资产阶级代言人！打倒……"

桂大侃身子一歪就倒在地上说："不用打了，我自己倒下。"说着就躺倒在地，几百人发出了哄堂笑声。

桂大侃没有赶上"钢鞭政策"，他把游行批斗当成表演节目，只要不让他干田地里的活，他乐意在大小会上亮相露脸。

许虎子得到了工作组组长的赏识。

朦朦胧胧的月色里，许虎子哼着小曲骑着父亲的破旧自行车从公社往家回。

过几天他就能骑上崭新的"永久牌"自行车了，过不了多久，他就能当民兵排长了，等割完了资本主义尾巴，他就能离开农村，到县百货大楼当营业员了。

许虎子比工作组组长还兴奋，好像注射了鹿血。

工作组组长发动群众的工作就此为止，接下来就进入到"割尾巴"的实战演习中。这场实战演习不知是全国性的还是地方性的，有线广播里嚷嚷的沸沸扬扬。许家弯的实战演习应该不是工作组组长的别出心裁，想他贾局长如果没有尚方宝剑，绝对不敢冒天下之大不讳。

就从解决问题窝的问题开始，工作组长许愿让许虎子当民兵排长，条件是"割尾巴运动"中，必须率先割掉自己家的资产阶级尾巴。

"问题窝"挨了"割尾巴运动"的快刀斩。

在大西北，三月青不算青，柳树发芽桃不红；

四月青遍地青，桃红柳绿满眼春；

五月五谷赛着生，麦苗稻苗绿茵茵，

蚕豆开花一串串，韭菜花开棉团团，

芝麻开花节节高，豌豆芽儿笑弯了腰，满眼都是好预兆……

工作组组长按许虎子统计的情况宣布谁家有几只鸡几只兔，安民告示：家里的资本主义尾巴自家主动割，田头地垴的资本主义尾巴由工作组割。

工作组组长、许虎子一行七人扛着五把锹，将种在田埂上，渠坡上的菜苗、豆苗从根铲断。

许老憨顶着中午的太阳，蹲在自留地旁看开花的蚕豆苗和田地里的麦苗、豆苗，菜苗。自从在自己家见到马主任后，毛翠翠跟换了个人似的，格外关心许老憨，许老憨穿戴整齐干净了，吃饱喝足后扛着锹就到自留地干活，上工的哨子一响，就跟着大伙到生产队田地里干活。

庄稼长势好，农民的精神就好，精神好了啥都好。

许老憨的精神变化成了许家弯人茶余饭后的话题。

"看来，毛翠翠那个贼婊子把许老憨当个人了"。

"还是人家马主任有办法，去了一趟毛翠翠家，神婆子也知道心疼人了"。

许老憨看着长势喜人的庄稼，心里的笑带在脸上。他家的

自留地这么多年来是长势最好的年份，他的日子也是最好的年份，婆姨也好的跟妈似的。

许老憨父母早亡，心里老想着父母，吃不饱穿不暖的日子里，老想着去父母那里，好多次没力气干活时，就睡在父母的坟头旁不想醒来，要不是女儿招弟高一声低一声的叫爹，许老憨宁可睡饲养场也不回家。饲养员老何见着许老憨，就悄悄塞给他一把炒熟的豆子、玉米（牲口饲料）。

许老憨的父亲教了他一套种地的技术，好多年他心有余而力不足，没力气种自留地那有精神干生产队的活。这几个月，许老憨的力气见长，上工干生产队的活不遗余力，下工干自留地里的活还是不遗余力，力气使也使不完。

许老憨觉得翠翠把饭做好了，现在是进门就吃饭，饭后就有热汤喝，晚上有热炕还有了新被盖，皇帝老子也不过如此。

老憨准备回家吃饭，就看见一伙人在糟蹋青苗，老憨扛着锹就向那伙人跑去。开花的蚕豆秧子在地上躺着，老憨拣起拿在手里，心颤抖人也颤抖："我把你们这伙驴……"

吼叫着扑向许虎子，那伙人一看架势，撒丫子就跑。

许老憨没有追上许虎子，转身向工作组组长跑去。

"贾组长快跑，那是个二杆子！"许虎子喊叫。

作鸟兽散的割尾巴小组，就这样离开了许家弯。

许家弯沸腾了，大多数人家自留地田埂、渠坡上的青苗被毁，许老憨第一次脸红脖子粗地大声给乡亲们讲毁青苗的事。

许虎子是以身作则，第一个割掉了自己家的"尾巴。"

许虎子跟着工作组的人走了，听说"割尾巴"是统一行动，还发生了打伤人的流血事件。

工作组组长带着他的人到了红旗大队部，大队部的门都有铁将军把守。

医疗站里有看病买药的人，工作组的人向老中医打听哈书记去了哪里，老中医摇摇头。

"贾组长，那些人好像追来了"。

许虎子耳朵好使，听到了不远处的嚷嚷声。

"回住处，这里的干部们有意躲着我们，难怪我们的工作开展不下去！许虎子，你回家去打听清楚，那个破坏我们工作的人背后受谁的指使！"

工作组一行离开大队部，青苗破毁的人们扛着农具来到了大队部，听医疗站的人说工作组一行刚走。

"跑了和尚跑不了庙，走，到公社去！到县上去！"

群情激奋，一呼百应。这里喊叫的人还没有出大队部的门，外面又来了几伙人，都是为青苗打抱不平的。

真是统一行动，红旗大队又是试点。

这个试点伤害了农民利益，损坏了党的形象，造成了负面影响，打击了村干部的工作热情。

大队支部一班人哪里去了？

他们就在大队部哈书记的房子里围着朱总司令的灵堂忧国忧民忧天下忧自己。

周总理尸骨未寒，朱总司令在全国人民悼念周总理的悲痛中追随周总理而去。1976年的春天比冬天还冷，天冷人心更冷。挂在大队部院子里四棵果树上的小白纸花刚刚被泛白微红的果花代替，一夜寒流杀的果花落地果叶失去了生机，白色小纸花哭泣地招来了新的纸花为中国人民爱戴的朱总司令哭泣：

一月二月哭总理，

三月泪不干，

四月清明雨纷纷，红旗村乡亲们泪断魂。

哈书记从有线广播里再次听到了播音员低沉的声音：全国人民爱戴的朱德总司令与世长辞。大队部将周总理的灵堂换上了朱总司令的遗像，在严禁"任何形式的纪念活动"的禁令下，红旗大队一班人看着一代伟人的遗像忧心忡忡。

天安门前风声紧，人民自发纪念总理英灵遭歹人。

谁主沉浮？华夏大地五星红旗迎风飘。

五月、六月，割尾巴运动伤了农民的心。马奶奶拣起蔫了头的蚕豆苗，揪着哭泣的花蕊，长歌一声：敬爱的周总理啊，你老人家这一走，我们农民可怎么活呀！

七月，一夜之间，唐山大地震毁灭了一座城市。

不可抗力的急风暴雨过后，绵绵不断的连阴雨使红旗村上千亩的小麦在雨中哭泣。被隔离审查的县委冯书记，闭门思过的心烦意乱，推窗看，几个月前，红旗大队麦浪滚滚的景象似海市蜃楼出现在眼前。

揉揉眼睛，麦浪不见了，记忆里的麦香味怎么夹杂发霉的怪味？

一个声音由远到近：抢种抢收的战役几个月前就在做准备，到了节骨眼上，你还闭什么门思什么过？

于是，冯书记出现在红旗大队的麦地里。

就在这几个月的时间里，"揭、批、查"运动和唐山大地震拼着高低。

割尾巴运动紧锣密鼓地为"揭、批、查"开道。

只要不影响农民春种秋收，爱咋搞由他们去。

红旗大队的农民最关心的是土地上的运动。

"割尾巴"运动虽说是"揭、批、查"的一个小插曲，算是冲锋号，这个号吹的大地颤抖，人心颤抖。

哈书记在工作组组长的解释下，对割"资本主义尾巴"运动的试点表了态，不就是让农民将饲养的家禽家畜的"尾巴"割掉，吃了肉还能卖皮毛。啥运动不都是一阵风，有风就有雨，风大雨点小，老百姓要听风接雨，风头一过该咋就咋，何况"割尾巴"是找农民私养的小小家禽家畜（鸡、兔）的麻烦，集体饲养的禽畜与资本主义沾不上边，这也是为扩大集体养殖业打基础，只要大河有水，小河就不会干。

自古以来，农民就是敬天敬地敬五谷神，敬日敬月敬他们崇拜的领导人，五颜六色是他们的希望，赤橙黄绿青蓝紫是他们的收获。

支部一班人带头亲自割了自己家里的资产阶级尾巴后，分别到各自的点上挨家串户做工作："大河有水小河满，大河无水小河干。上面让割畜生的尾巴，又不是割人的肉。尾巴割了还会长出来的，大家就配合支持一下我们的工作"。

红旗村的农民对以哈书记为首的支部一班人的工作给予了极大支持，对支部一班人的话深信不疑。马姨妈让许有利把乡亲们的自留猪、自留羊过秤后收到集体的羊圈、猪圈里养着。家家户户基本上都是一头猪，多了是养不起的。

农民啥都是自己吃自己的，还要给不种粮食不养禽畜的城里人准备好一年的供应粮和肉食。养鸡是为了下蛋，鸡蛋变成钱，就有了油盐酱醋茶，一只母鸡一天下一个蛋，一个蛋三分钱，相当于家里有一个造钱机器，要是养十只母鸡，一天就是三毛钱，相当于开了个造钱公司。鸡蛋还能给坐月子、有病的人补气血，招待上门的亲朋好友。

养兔子一是兔子吃得少繁殖的快，二是吃肉，三是兔皮能

缝制手套、帽子、护心（背心）、套裤（两个毛朝里的皮筒子，套在棉裤上穿，一跟提带子栓在裤腰上，暖和又耐磨）。

许家弯的乡亲们，三天时间就将"小尾巴"全部割完，有人将怀崽的兔子、蛋岔开了的母鸡藏在炕洞里养。

村支部一班人以为万事大吉，工作组可以带着他们的"试点经验或报告"回去邀功领赏。谁知工作组组长兴高采烈地说：试点工作立竿见影，大有起色。但"革命尚未成功，同志仍须努力"。

工作组逃离红旗大队部后，工作组组长意识到：在红旗大队没有哈书记当马前卒，千里马寸步难行，即使来个天马行空，只会马失前蹄。

工作组组长改变了"别拿村长不当干部"的行为，与哈书记交谈起来：问题窝虽然问题多，只要话说到了，理讲到了，思想工作做好了，找准了问题的实质，挖出问题根源，一切就会迎刃而解。问题窝的问题根源就在那个姓桂的身上，他搞的那一套是典型的社会主义土壤上滋生的资本主义，他就是新生的资产阶级分子，我们要完全彻底地把资本主义尾巴铲除干净，把新生的资产阶级搞倒搞臭。要趁热打铁，发扬连续作战的工作作风，把那些不是长在集体田里的瓜果菜苗，也就是房前屋后、田头地坮的资产阶级尾巴统统铲除！

"不能啊，那样做是违背天里的，毁青苗是农民的大忌。"哈书记反驳。

"宁要社会主义的草不要资本主义的苗，你这个支部书记怎能说是违背天理，违背了谁的天理？是红旗大队的天理还是你的天理？"

"是农民的天理！农民要的是粮食不是草，天下人吃的是粮食不是草！青苗坚决不能毁！"哈书记斩钉截铁。

"好啊，你和党中央唱对台戏，我看你就是资产阶级在党内的代表人物，你是不是我们党的支部书记是要打个问号的"。

"你所谓的党是那个党？我首先是中共党员，其次是共产党的支部书记，我这个支部书记只保护青苗坚决反对毁青苗！"

"我们坚决反对毁青苗！"支部一班人众口一词。

工作组组长气急败坏：我看你就是问题窝的后台老板！顽固派的代表！

"看来，我这个支部书记当到头了，刚才顶撞工作组组长的事，一定会引火烧身。我不相信党中央毛主席知道割尾巴的事。从今天开始，我们这里不搞试点了，不和工作组一锅搅和了。我就在大队部等着挨通报批评，被罢官撤职。""我们和你在一起等着"。

"既然大家一条心，我们就将自己家里割掉的尾巴来个一锅熬，马主任辛苦一下，给我们做几个菜，我们就在这里吃，也许这就最后的晚餐，以后恐怕没有这个机会了"。

工作组组长将哈书记的材料连夜报到县"革命委员会揭、批、查领导小组"。领导小组组长县委武副书记、革委会主任面授机宜：运动刚刚开始，上紧下松，为我所用，秋后算账，一网打尽。汝已见成效，更上一层楼须雷厉风行，一鼓作气。

怀揣尚方宝剑，心揣名利欲望的工作组组长，继续他的"政绩争霸战"。

农民们起五更睡半夜忙着往田地里运肥，工作组的人们睡到太阳晒上勾子了，埋怨着天咋亮的这么快，才穿衣服刷牙修理门面后，吃饱喝足跨上自行车向目的地出发，像敌后武工那般，干活的农民收工回家吃午饭喂家禽家畜，他们开始割"资

本主义尾巴"，铲"资本主义的苗"。

哈书记一班人，意识到"割尾巴"运动灭了包括他们在内的农民的希望，毁了农民的收获，挖了农民的心头肉，招惹了农民敬奉的五谷神。

他们由两个伟人的相继逝世联想到国家的命运、农民的命运、他们的命运，毛主席的左膀右臂卸下国家重担去了天国，农民的声音怕是传不到毛主席的耳朵里。农民的希望和收获被毁灭，就是断了国家的脊梁，断了乡村干部的命运。命运至此，农民的领路人无回天之法。

自从去了许家弯，梅雨就缠上了马姨妈，有事没事都爱找马姨妈，知道许家弯的"割尾巴"运动搞得人心惶惶，就去找马姨妈。大队部没有找到就去家里找，家里也没找到。就折回大队部，到了大队部门口，就看见那伙打抱不平的人喊着叫着骂着向外走。

梅雨不知发生了什么，走进大队部。

哈书记、马姨妈等大队支部一班人从油坊出来，高声喊："纳海海，你们回来！不要胡闹！"

"谁胡闹了？你们早干什么去了？工作组干那些没勾门子的事时你们在哪里？这尾巴那尾巴，农民种的粮食也成了资产阶级尾巴，你们还让我们农民活不活？"纳海海气愤地质问。

"还让我们活不活！"大伙齐声喊。

"大家就是找到工作组也没有用，他们也是跟着疯子扬土的。我们知道这个事是伤害农民利益的，但我们没有办法阻拦。这是一股说不上来自哪里的歪风邪气，我们敬爱的周总理尸骨未寒，朱总司令又离开了我们，毛主席病重缠身，多事之秋，国家没有头绪，我们就是一团烂麻。但我们相信，毁青苗的事，党中央毛主席肯定不知道，因为毛主席就是农民的儿子，最知道农民的心思。工作组是有来头的，我们拦不住他们，得罪了他们，如果你们去找工作组，我们今天就会被撤职"。

"那不行！我们宁可受委屈，也不能让他们撤你们的职。"

农民就是这么简单，这么爱憎分明，这么直白。

支部一班人拣起蔫了的青苗心颤抖，手颤抖，嘴唇颤抖。

"我们今年没有菜吃了，本来粮食就不够吃。"纳海海抱怨。

"要不是许老憨，没有倒霉的人家也保不住。"何大叔说。

"我家的菜就是大家的菜，你们谁都可以来我家地里摘。"许老憨红着脸看着马姨妈。

"马主任，老憨是感你的恩呢，说你去了他家一趟，毛翠翠就像换了个人，对老憨好得不得了，我现在叫老憨去饲养场跟我做伴，老憨都不去。"何大叔说。

"让许老憨给你做伴，是不是怕谁把你强奸了。你明明是让老憨给你当庄，你回家钻婆姨的被窝。"纳海海调侃。

"把你这个老回回，一天不搂婆姨就跟丢了魂一样，我三五天才沾婆姨的身，就那么一点事就让你这个老回回知道了，真是贼里打的不要的贼！"何大叔自揭隐私。

"哈书记、马主任，老何是向你们诉苦呢，干脆也让他婆姨当饲养员，他就可以天天搂着婆姨睡觉了，要不然，又要让别谁的婆姨守空房了。他骂我是贼回回，那是指桑骂槐连你们一起骂。"纳海海打哈哈。

"不能这么说，老何说老回回贼的很，就是精明机灵的意思。你不要挑拨离间制造事非，我可不吃这一套"马姨妈笑呵呵。

一年之计在于春，农村赶在立春前就要做好春种的准备，

人和牲口一年四季就闲过年那几天。以前，桂大侃那几天是没空闲的，四乡八里的拖拉机，大马车的轮胎好像抢着过年好好休息，一个赛着一个破洞裂口子爆炸。桂大侃的生意应接不暇，"问题窝"的副业让人眼红。

哈书记有言在先：桂大侃，近水楼台先得月，不管你有多忙，只要是我们九个生产队的活计，你必须就地解决，不能超过一天。

桂大侃信守这一条，每年年初五出行日前，红旗村的活没有剩下的，外面的活计按时间排队，一般不误农时。

"割尾巴运动"龙卷风一样刮的疯狂。桂大侃迎风招展，乐得逍遥，把批斗不当回事。

哈书记急如热锅上的蚂蚁，好几个生产队的"春运"（运肥）不到位，大胶车内外胎破了不能使用，送到别处补压，最少一个月。

急中生智主意来，"金屋藏娇"名堂多。

哈书记跟几个支委一商量，将压胎补胎的工具转移到大队油坊里，让桂大侃悄悄藏在油坊里秘密开展工作。

开始，油户大叔说啥也不同意让老蛮子（汉人）桂有利在"清真寺"里干活吃饭。哈书记、马姨妈一再做工作："农时不能耽搁，特殊时期特殊对待，我们不仅是回回人，还是回回人和汉族人的支部书记、在这个节骨眼上，我们不能为了自己的利益不顾大局"。

在那个特殊时期，为了大局，为了群众利益，为了不误农业生产，回汉群众的领头人哈书记、马姨妈不得不"阳奉阴违"。"明修栈道，暗度陈仓"。

再三嘱咐几位经常上"清真寺"礼拜的老人"保守秘密"。

常言说：一个人知道的事情是秘密，两个人知道的事情是半个秘密，三个人知道的事情就不是秘密，油户大叔看护着"清真寺"，也看护着桂大侃的秘密，一日两餐和桂大侃一起吃。几位回回老人，知道"清真寺"里的秘密却和"清真寺"一样沉默。

工作组组长听说桂大侃跑了。

一拍桌子："天网恢恢，疏而不漏。孙悟空一个跟头十万八千里，也逃不出如来佛的手心。桂大侃能跑出中国去？"

"那是不可能的，他没有那个本事！"工作组员迎合。

"他就是跑到天涯海角，也逃不过无产阶级的铁拳头，看来，桂大侃真是蜕化变质了，由贫下中农蜕成阶级敌人、坏分子，对他绝对不能手软！"

工作组组长给桂大侃戴了几顶帽子，越说越声高："我们要发扬痛打落水狗的精神，将割尾巴运动进行到底！"

积 肥 队

桂大侃失踪了，政治队长许有利有不可推卸的政治责任。

问题窝的政治队长，政治上能可靠么？

他为啥把生产队的东西随便送人……

工作组组长提醒哈书记、马主任。

这一提醒，歪打正着地让哈书记下定了在城里找"肥源"的决心。

这个决心应许有利而起。

许有利不知咋捣鼓的和城里人的老强成了铁字号的哥们。老强当了"清肥大队"的大队长后，和许有利走得越发亲近。

"清肥大队"的工作多是在天黑以后早上八点以前，白天时间自由安排，老强隔一段时间，就拉上一小胶车干大粪步行几十多里路送到许家弯，并在许有利家住上一两天。

老强送的"大粪"，那可是纯纯的人体排泄物，城里人吃的瓜果蔬菜都是城郊周围"蔬菜队"供应的。

"清肥队"清理的东西都无偿服务了"蔬菜队"。

老强拉到许家弯的"大粪"，是经太阳晒干后用碾子碾碎掺上"六六六粉"消杀虫卵的精加工东西。

别看轻了奇臭无比的人体排泄物——大粪，那可是瓜果蔬菜、粮食作物的"高级营养品"。

当年，许家弯许老汉种西瓜，个大肉厚味道好，红沙瓤、黄沙瓤沙粒似珍珠的结晶体，闪亮发光。香瓜成熟的时候，几里外就能闻见香味，知道的人就闻香到许家弯瓜田，和种瓜老汉许德仁谝闲传。许老汉免不了用瓜招待。

挨着瓜田的菜地，黄瓜直溜溜的带刺带花、个头、粗细一般大小，墨绿色的表皮淡绿色的瓤子芝麻粒般的籽，口感甜中微涩，多吃几口，舌头牙齿就留有绿色。丝瓜、南瓜、面瓜、茭瓜各是各的样，各有各的味，茄子、辣子、西红柿、土豆、白菜、莲花菜，夏秋季节吃不完了储存到冬春季节吃，干皱的变了形也不坏不变味。

许老汉种的粮食只施牛马猪羊鸡兔粪、农家肥、草木灰。

瓜果蔬菜只用炕土粪和老强子送的"大粪"。

老强称许老汉干爹。

许老汉是许有利的亲爹，许有利称老强"强子哥"。

庄稼一枝花，全靠粪当家。

是农民总结出来的经验。

人类之初都是农耕者，因了社会的分工不同，才有了农、工、商、学、兵、各行各业，尽管跳出农家门的工、商、学、兵们想尽办法要割舍去"农"家人的土气，但只要是吃五谷杂粮的，想割断农根情那是不可能的。

不管这个世界咋变化，人咋变化，农村、农民、农业是国家稳定的基石改变不了。历朝历代都不敢轻视"农"字。要不然，中央每年的一号文件都是为"三农"绘的蓝图。

一号文件精神是："农业在以粮为主的前提下，要发展多种经营，搞一些有利于农村、农民、农业生产发展的养殖业、种植业、制造业，自力更生地解决农民、农业、农田基本建设

方面的急之所需"。

红旗大队的哈书记、马主任吃透了一号文件精神，把"庄稼一枝花，全靠粪当家"放在首位。这也是农田基本建设的急之所需。

许有利每年都从城里给生产队搞回几马车不要钱的干"大粪"。全部施在队里的瓜田菜地里，许家弯的西瓜、香瓜个大瓤甜，在红旗大队数第一，西瓜开园后，许有利就给清肥队送一车。

这叫礼尚往来。

哈书记在许有利的引见下，和市里清肥大队队长老强挂上了钩。

大队书记为何与清肥队队长套近乎？

原因就是"庄稼一枝花，全靠肥当家"引诱的。

许家弯的菜地里种的茄子、辣子、黄瓜、韭菜、西红柿、大白菜、莲花菜等，都长的水灵灵，嫩生生，供应许家弯的人以外，也卖给周边的乡亲们。公社食堂的菜就是包师傅从许家弯买的。

许家弯种的瓜果蔬菜，生吃起来脆甜可口，就说那西瓜吧，同样是红瓤黑籽、沙瓤脆瓤，模样看上去与别处的一样，口感十二分的不同。

就像近年来我们卫宁平原上的硒沙瓜、长枣，枸杞子闯世界闯到了香港，甚至漂洋过海闯天下，就连挑剔的上海人对宁夏的硒沙瓜、长枣也情有独钟。

许家弯的产品没有这么红火过，一是产量不多，二是那时不兴讲吃讲喝，温饱问题是国家国人的第一要务。

吃食方面，口感是农民凭自己的感觉论长道短的，那可是第一口的品尝专家，地地道道的原汁原味。

茄子、辣子、西红柿、黄瓜，放到干了水分变了形也不腐烂变味。

放在锅里煎炒，水分自生，只许加适量盐，就是可口的好菜。地地道道的绿色健康食物。

大白菜、包心菜、胡萝卜、青萝卜之类，夏种秋收冬储藏，在土窖里储藏一年，除了到了发芽期必须发芽外，即是表皮干皱心不干，即是菜心干了也不腐烂，也能当菜干吃且没有异味。

原因何故？

农家肥当庄，化学肥料不用。

那年代，农民除了五谷杂粮外，就是种易于储藏的菜。

时令的瓜果蔬菜只是借大自然的恩赐给自己调个口味。

因时令蔬菜就像人中贵族，啥都要求最好的。唯独大众化的一点就是"粪土"当家，且人粪为上。

农民是啥季节生长啥，就吃啥。

有文章说：反季节食物违反了自然规律法则，不利于人体健康。

由此看来，农民是自然法则的忠实守护者。

人这东西里里外外都是宝，吃土地的就要给予土地养育土地，要不然，土地穷了人类就要穷困潦倒，无法生存。

农民有言：人哄地皮，地哄肚皮。

农民阶级早就知道土地养人人养土地的人类生存法则，不管世界如何变化，代代守候这个法则。

哈书记很看重这个法则。

跟老强一面之交，便有了成立"运肥队"的设想。

"庄稼一枝花，全靠肥当家。我们那里的庄稼就缺当家的，

听许有利说，你这里的那东西多的没法处理，在你这里是个没法处理的问题，在我那里是个及待解决的问题，你这里不稀罕那东西，我那里稀罕的很呐，我们把两个问题凑一起，不就啥问题都解决了嘛"。

"哈书记呀，你真是庄稼人的好带头人，种粮食的好把式，我们的粪场堆成了山，臭气熏天，几里外的就臭的让人捂鼻子。粪场招一个晒粪工来臭跑一个，招来两个臭跑一双，几台粉碎记都闲着。眼看大粪就要把小南门堵住了，我们正愁的没法处理呢。

哈书记正为各队的剩余劳动力找出路，正为解决各队肥料不足的问题想招数呢。这才是瞌睡遇上了枕头。

"踏破铁鞋无觅处，得来全不费工夫"不就是个机遇和缘分嘛。

机遇不会从天降，缘分就在机遇里。

哈书记想到啥问题，啥问题就浮出水面。

着手解决啥问题，啥问题都不是问题了。

一切迎刃而解，简单的跟一似的。

"强队长呀强队长，天下回回一家人，我这个老回回和你这个老回回遇到了一回事，你这回事就是我那回事，我们这就叫一拍即合。哪个东西，有多少我们要多少"。

一切搞定，几十辆牛马车运了十多天。

红旗大队的土地从那个时候起营养不良的问题就逐渐解决了。

地皮营养充足，粮食产量提高，完成国家公购粮任务不在话下。瓜菜带的饭菜规格有所变化。瓜菜为主打的饭菜成为瓜菜米面平分秋色。

清肥队的负担全部解除，小南门外的粪山被夷平，臭水滩该干的干了，长出了野草野蒿，不该干的顺着清理完粪便的排水沟流到远方去。

"哈书记，我们一家人不说两家话，以我看，你的运肥队改成积肥队罢。这个粪场就交给你们来拾掇，要是觉得这五六间房子不够，你们就再搭上几间，我们的人只管打扫厕所，清理转运的事你们就代劳行不行？"

"行行行，打上灯笼难找的事让我遇上了，我那里有的是人"。

"我们可说好，你的人我们不付工资，大粪也不能白白给你们。就按照过去一车十块钱的数数字，交给人家局里（环卫局），这事你要和局领导说好"。

"不就是把粪土当成钱的个事嘛。"哈书记调侃道。

一个前无古人后无来者的设想就成为现实。

的的确确是前无古人后无来者。

大队书记管乡下的土地，管乡下人的吃喝拉撒，竟然管上了城里人的粪便。

城里人可曾知道：农民跟土地要粮食，土地跟农民要"营养"，那营养就是人、畜、禽类的排泄物。

土地贡献最大最多最无语，索取最少。

吃的是人畜排泄物，还给人畜的是生命必须物。

红旗大队有了积肥队，谁来当队长是个小问题。

哈书记心里有了谱：这事让马主任出面，啥问题也没有。

就在这个时候，割尾巴割的农民怨声载道。

眼看许有利就要成为工作组的靶子，堂堂的大队支部书记怎能眼睁睁地看着自己培养起来的农民带头人被推进政治漩涡。

许有利是个好队长，是个能人，是个为乡亲们办事的人。必须保护好，保护好人是红旗大队党支部义不容辞的责任。许有利是有缺点的，那缺点说着就来。

马主任在许家弯蹲点后，天不怕地不怕，张口就骂伸手就打的生瓜蛋子许有利就蔫多了，跟换了个人似的，马主任用了什么高招儿子，不妨说来听听：

马姨妈，县政协委员，公社妇联会委员，红旗大队党支部委员，当红旗大队妇女主任的官龄比梅雨的年龄还大，和哈书记是多年老搭档。调解邻里纠纷、缓和婆媳关系、解决夫妻矛盾很有高招儿，高在哪里？有事例为证。

回回人以茶养生的生活习惯，调理的中老年人红光满面，精气神十足，穿戴爽爽的，说话朗朗的，走路刚刚的。

梅雨到红旗大队挂职锻炼后，哈书记、妈姨带梅雨走乡串户熟悉队情。许家弯子回汉杂居，回族只有五家，他们的祖籍是河南、山东的，他们的祖辈是走南闯北做小生意，哪里有清真寺哪里就有回回人，据说他们五户人家是鸭子的爪子连手手，转来转去是亲戚，打断骨头连着筋，天下回回一家人嘛。他们原本是七队的人，土地改革运动中，因土地的原因，就被划归许家弯了。

由于生活习俗的不同，回汉群众三天两头为鸡毛蒜皮的事常发生矛盾，旧的没解决新的又发生，县上、乡上来人解决不了，"问题窝"就出了名。

每次解决矛盾非哈书记、马主任不可，其他人都被当成是木匠的斧子偏刃子砍，不是被一方骂走就是被双方哄走。这个机会，毛翠翠最是大显身手时。

哈书记是"问题窝"人心里的平衡木。

他在时几乎没有矛盾发生，那些矛盾好像忌讳马书记。

九个生产队的哈书记不可能天天蹲在"问题窝。就安排马主任长期在"问题窝"解决问题。

马姨妈知道以前所有的问题都是那口吃水井引起。

全村就那么一口吃水井。五六十户人家，家家都用自家的打水桶从井里打水，生产队的几十头牲畜也在井旁饮水，水井旁经常泥水不干，饮水的牲畜喝水时常抬起头甩脑袋，"吐儿吐儿"地拌嘴，将水点溅的四处开花，正在打水的老纳刚打上一桶水往水桶里倒，四溅的水花就打在脸上。

本来对牲畜在井台旁饮水就有意见的老纳，多次向许有利队长建议牲畜要离井台远一点饮水，驴脾气的许有利呛白："饮水的牲畜是牛马驴，又不是猪，再说了，牲畜是吃草的又不是吃屎的，五户老回回，就你这个富裕中农老找无产阶级专政的茬子！"

老纳气的打落牙齿肚里咽。土地改革时他家有几亩土地，比地主富农的少，就定了个富裕中农。当时的政策是：依靠贫农下中农，团结中农，专政地主富农。成分这顶帽子，是老纳的爷爷留给他的，他不想戴由不得他，他种田不如耍木匠手艺，挑水不如他儿子走得稳当。因有一技之长，又是团结的对象，生产队的农具坏了就由他修理。

驴脾气队长许有利的儿子是个半吊子，除了会吃饭外啥都不会干，让放牲口，将牲口赶出圈门就由它们自由去，哪里热闹他就凑哪里去，没有热闹就蹲在南墙根下等吃饭。

老纳干活时，他就蹲着玩，一蹲几个小时，蹲功了的。

许有利心让老纳教儿子学手艺，老纳看不上就悄悄藏心里算了，偏是嘴上没有把门站岗的，随口打溜堂："麻袋做龙

袍就不是那块料嘛，二傻子打算盘那是闹着听响声"。

许有利气的干瞪眼，一百二十个不高兴窝在心里。

心直口快的人过性快，不易记仇。

老纳看不惯牲畜在井台旁饮水，便去向许有利队长进言，结果是驴吃辣子里外受伤。

老纳把家里的吃水交给婆姨娃娃去挑去抬的。那天是婆姨病了娃娃去了亲戚家，水缸见了底，老纳不得不亲力亲为。

许有利是接大队通知，提前一小时收工，哈书记、马主任要来开群众大会，传达学习上面重要文件，顺便宣布公社党委批准马主任任大队副书记，决定马主任包队的事。

许有利站在村口的制高点上手做喇叭状，扯着嗓子高喊："收工开会了"，地里干活的人高兴的可以休息了，扛着农具往家走。

饲养场就是生产队的会议室，因为有会要开，饲养员何大叔赶前饮牲口，老纳破例去挑水。

许有利第一次看见老纳挑水，打起哈哈："哎呀，西山上出了白蘑菇了，日头咋从西边出来啦，你的肩膀能挑动两桶水嘛！"

肝火正旺的老纳，拢起扁担就打离井台最近的那头牛："你他妈的，畜生也来欺负爷爷"。

那是头老母牛，生产队的功臣，儿孙满堂了它还腹中不空，三年下两个犊。饲养员何大爹对它照顾周到，饮水时总是让它先喝第一口。

老纳一扁担打下去，老母牛一声没吭跌倒在地。

"我的天呐，它怀着犊呢！"何大叔急得跳脚。

"你这个不安好心的阶级敌人，光天化日之下竟然破坏农业生产，破坏无产阶级专政！"

许有利一个键步上前，抓住老纳的衣领驴叫般的喊到："贫下中农同志们，社员同志们，阶级敌人已经明目张胆地向我们无产阶级反攻倒算了，我们一定用无产阶级的铁拳头保护劳动人民的胜利果实！"喊着，一拳头封了老纳的眼窝。

老纳被何大叔的话吓懵的了，不知所措时又挨了许有利的拳头，只觉眼前一黑，踉踉跄跄地向后跌倒在一个土堆上。

刚好被哈书记、马姨妈看见。

"你这个生瓜蛋子，这是第十次打人了"。

哈书记扔下自行车就去扶老纳。

"这次我打老回回没有错，他破坏无产阶级专政！"许有利理直气壮。

"老回回就是有错了你也不能当法西斯！当队长的，张口老回回闭口老回回，老回回怎么了？我们是宁夏回族自治区，上百万的老回回你打的过来吗？把你日能的，还来个上纲上线，他怎么破坏无产阶级专政了？"马姨妈看着许有利。

许有利知道这个马主任软的硬的都能吃，他钻毛翠翠被窝的那个事要不是马主任给他兜着，他的脸丢大份了不说，还落个'扒灰'的臭名，在儿孙面前抬不起头，乡亲们见了也会拍着屁股笑话他。

一年前，马姨妈到各队宣传计划生育政策，许家弯的妇女队长肖玲玲说啥也不干了。问起原因，肖玲玲透露毛翠翠给其婆婆驱邪捉鬼时说肖玲玲搞计划生育宣传得罪了送子娘娘等等。

马姨妈便去毛翠翠家找毛翠翠，毛翠翠家院门虚掩着，马姨妈不声不响单刀直入，外间屋子八仙桌上香烟缭绕，挂着半

截鸳鸯戏水白布门帘的套间鼾声如雷。马姨妈掀起门帘看，毛翠翠和许有利两个狗男女大概劳累过度，青天白日的在炕上晒勾子。

"啊呸！不要屁脸的东西，大白天养奸偷汉子也不把门插好！"马姨妈在外间大骂起来。

骂声惊醒了熟睡的人，二人狗慌了前爪子地穿好衣服，许有利麻利地掀起两扇小格窗，一个蹦子跳出去就跑。

"看来你婊子儿的跳惯了窗子，裤子都穿反了，做了贼还要留个记号"。许有利止步回头，马姨妈笑不能禁。

"马主任……"许有利不好意思地迎着马姨妈走进屋子。

穿好衣服的毛翠翠，不自在地站在马主任后面，手指着地面给许有利使眼色下跪，许有利就要跪下。

"男儿膝下有黄金，不兴这个，你个天不怕地不怕的生瓜蛋子，把别人的男人骂着下地干活，你钻别婆姨的热被窝扒侄儿媳妇的灰。难怪这个贼婊子装神弄鬼不下地干活，原来留着让你耍高兴。"马姨妈拦住就要下跪的许有利让他进里屋换裤子。

毛翠翠捂着心口给马姨妈沏好了茶："马主任，你大人大德，先喝点热茶，我，我……"

"你少在我面前装神弄鬼，我可不吃这一套，我们老回回不信神鬼，神鬼也不信我们！"

许有利穿好裤子看着马姨妈，欲言又止。

"还不快点滚上走，等着许老憨来砸砖头。"马姨妈笑着说。

许有利如释重负，点头哈腰："马姨妈包涵"，转身如飞。

"你跑啥呢？来我家干啥？"

毛翠翠的男人许老憨扛着铁锹出现在院门口，差点与许有利撞个满怀，将铁锹往地下一扎，拦住许有利质问起来。

　　毛翠翠吓的额头上渗出了汗。看看马姨妈看看门口，用衣服襟擦脸。

　　"这个许老憨干啥都是慢三拍，偏偏是婆姨偷汉子时赶回来。肯定是对你贼婊子不放心，活干了一半就颠（跑）回来的"。马主任看着毛翠翠说。

　　"马主任，我求求你……"

　　"求我，你婊子不给我的工作使绊子，不拆我的台就行了。许老憨！你不好好干活，不到收工时间就溜回来蹲墙根，是不是闻着毛翠翠在家偷嘴了？"

　　"嗷，马主任来了。"许老憨放心地走进屋子。

　　"锹把折了，我回来换个锹把。"

　　"你个笨怂，干活不得窍，才弄断了锹把"。

　　大黑狗摇着尾巴哼哼唧唧进了屋子，情绪好的像是跟主人报喜。看着马姨妈陌生，"汪汪"质问起来。

　　毛翠翠大喝一声："滚出去！"就要拿脚踢。

　　马姨妈笑着说："骂狗呢还是骂我呢？我刚才进来时它咋不吱声，好像不在家，这个畜生现在正是发情期，好像是个公的，怕是到外面嫖风去了。养狗还是母的好，母的恋家。"

　　"还是公的好，公的干净。母的跟女人一样脏，月月都那个血糊流浪的东西"。

　　"我说你这个三棍子打不出来一个屁的许老憨，还会指桑骂槐？"

　　"马主任你把多心，话赶话的，我嘴笨，你们说你们的，我去饲养场换锹把去。"许老憨驼背弓腰地出去。

　　"马主任，你今天咋有空来我家？"

"你个撩骚的母狗，我坏了你的好事是不是？不来你家咋知道你不光会装神弄鬼还会在大太阳底下风流快活。"

"马主任，我……"

"你个贼婊子就这么欺负老憨？他就是再吸不起鼻涕，也是你的结发丈夫，也是娃娃的亲爹。别的女人一天到晚苦的跟驴一样，回到家还要侍候老的，照顾小的，喂猪喂羊。晚上还要给老的小的纳鞋底粘鞋帮，缝衣服补裤子。你倒好，一天到晚打扮的油头粉面，装神弄鬼，东家进西家出的，混的肚儿圆，饿的老憨蹲在南墙根下打瞌睡，那还有力气干田地里的活？吃不上的脸上看，穿不上的身上眊，许老憨都占全了。你个贼婊子当初嫁给许老憨时肚子里就有了货，幸亏许老憨憨实，不知道你的咕咕妙，要是别人，非扒了你的三层皮不可！"

"马主任，你可不能胡说。"

"胡说是汗掌的！那个男人裤裆里犯事上了瘾，被他糟蹋的那女子留下话上吊了，那男的被抓进公安局啥都说了"。

"你咋知道？"毛翠翠很吃惊。

"你明白我没有胡说就行了，若要人不知，除非己莫为。那事和今儿的事这里就我一人知道，不管啥时候，妈都是真的。你个贼婊子虐待老憨炕上就能看出来，一个炕上两种铺盖，你收拾的干净铺的软盖的厚，老憨那边像个猪窝，铺的烂褥子盖的脏被。你咋不把他赶到猪圈和猪一起过日子去！"

毛翠翠"噗嗤"一声笑了："马主任，你是骂我呢，我长这么大，我爹妈也没有这么骂过我。是我的不对，我就是看不惯他那个没有一点男人样的窝囊相。再就是我还想……"

"还想要个娃娃吗？你不是跟送子娘娘能说上话吗？送子娘娘不是对你说肖玲玲宣传计划生育，得罪了她老人家，就不送儿子给肖玲玲了嘛？你既然和送子娘娘那么好，她老人家咋不送你个娃娃呢！许有利是有男人样？张口骂人出拳打人，在家打婆姨娃娃，在外谁不顺眼就出手就打，还吃着碗里的看着锅里地盯着盘里的，你这个侄儿媳妇也成了他盘里的菜！你是不是想跟他弄个娃娃出来？"

"马主任，别说了，我不是心甘情愿的。我是被迫的，我也有羞耻心啊。"毛翠翠哭了，不是装的，是心里话。

马姨妈做人的思想工作，伤面子不伤人心，揭短处不借海扬波，抓把柄只敲山震虎，笑骂声中有真情，幽默语里见功夫。

毛翠翠改变了对丈夫的态度，许老憨穿戴整齐了，脸虽然黑但有了红光，南墙根下少了一个饿的前心贴着后脊梁的瘦弱男人，田地里多了一个有力气干活的劳动力。

毛翠翠从马姨妈处领上计划生育宣传材料和避孕工具，挨家挨户地送材料，避孕套男人们当成笑料，有些娃娃还用红纸泡成水染上颜色当气球吹着玩。

一年多过去了，许有利队长照当，每次见着马主任就心跳脸发烧，马主任无事一样说说笑笑。

许有利感激马姨妈的同时最怕见马主任。

偏是马姨妈这位事儿的姥姥，好事不好的事总是让她撞上，撞上了她的事，事就不是个事，一切迎刃而解。

许有利遇到了克星，看着马姨妈软绵绵地说："你看他把怀犊的老母牛打坏了，牛又没招没惹他。"

老母牛"哞哞哞"地叫，好像诉说冤情，何大叔心疼地抚摸着老牛，牛舌在何大叔身上舔来舔去，还有眼泪流出。

哈书记扶老纳时，老纳一手捂着眼睛，一手挂着后腰，站起时发出"哎呀呀"地呻吟。

"咋了？"

"腰疼得厉害"。

哈书记看后面，一个树墩露着半个脸。

"你打牛干啥？"马姨妈听了许有利的话，问老纳。

"唉，我们回回人在这里活不下去了，你们看看这个吃水井⋯⋯"老纳讲了打牛的原因。

干活的人都回来了，围着看热闹。

"哎哎，你看那个生瓜蛋子见了哈书记、马主任就成了熊包，好像啥把柄让别抓住"。

"看别老回回多亲和，老纳跌倒了，大队书记亲自扶，就像一家人。到底是老书记，越来越像老百姓的官"。

"别看那个马主任是个女的，做事说话比男人还男人气"。

众口纷纷，他们没赶上打牛打人的那一幕，看见啥说啥，直来直去不拐弯抹角是农村人的特点。

"许队长，你派人套车把老纳拉到大队卫生所去检查一下，看是不是受了内伤。我看人都齐了，现在开会"。哈书记吩咐。

许有利招呼一声："许小兵，你套车送老纳去检查"。

"老何，你看好牛，有啥事回头再说。"

哈书记宣布完马主任的任命后就回大队部了。

马姨妈走马上任立竿见影："既然组织上让我包你们这个问题窝，我就打开天窗说亮话，有啥问题解决啥问题，今天下午的事是由吃水井引起，我们就解决井的事，我们队里，老祖宗就留下这么一口井，几辈子人都吃一口井里的水，一定要好好保护这口井。我建议盖个井房，装上搅水辘轳从井里往上打水，由生产队出钱买打水桶大家统一使用，各家各户的打水桶就不用下井了。"

"好！"叫嚷声、鼓掌声响起。

"牲口饮水咋办？"何大叔问。

"在井房子里面安个水槽通到外面，牲口和人就不搅和了。以后饮牲口要在晚上收工以后，不能和人抢水"。

"好，早就该这样了，吃水井就要干干净净的"。

"明天就改水井，老何，你不是也会点木匠活吗，闹个搅水轱辘出来。"许有利也高兴起来。

"只要有木头，那不是个啥事。"

马姨妈知道，辛苦了一天的农民，是不愿意开长会的，除非给记工分，那天是提前收工开会的，一小时就散会了。短会解决了"问题窝"里的一个老大难问题。

"眦眦人家马主任，管事竟在点子上，开会说话让人听的舒服，干事来得实惠"。

许有利是政治队长，水生是生产队长，其实，都是许有利说了算。

政治挂帅的年代，生产队三天两头开会。社员们干一天农活，累得肋骨都痛，晚上不开会就会被扣掉半天的工分。也有愿意开会的，就是那些饲养员等干轻活的。他们盼着开会，因有机会和会说话的高级动物们开开玩笑解解嘴上的馋。

许有利对马姨妈心有余悸，在马主任面前底气不足，生怕马姨妈一不小心揭了他的老底。

马主任察觉到了，考虑怎样才能让许有利摆脱心理压力。

许有利的确是管理生产队的行家里手，就是生气泛滥，动不动就打人，哈书记记着他的打人帐，老纳是他打的第十个人。

马姨妈对许有利说：大队准备从每个生产队抽一个人，组成积肥队，常年住在城里为生产队积肥，以解决农家肥不足的

困难。还要物色一个能当积肥队队长的人，你看谁当积肥队队长合适。

"我看谁当也不如我合适。"许有利自信地说。

"吆吆吆，荞麦田里开了朵指甲花，别人不夸自己夸。"

"马主任呐，我是真人面前不说假话？不是我老许卖瓜自卖自夸呢，要是别的我不敢吹这个牛，积肥队长这个差事我看除了我谁也干不了，你也知道，我有些门道也有点路子，你就把这个差事交给我罢。"

"你是许家弯的一队之长，你去了哪里这里咋办？"

"离了狗头照样上席。有你掌舵，我看水生、许小兵能行，给年轻人压压担子。那天，哈书记的话提醒了我，我都不记得我打了多少人，我这个脾气是该改一改了，你老人家让我佩服的没话可说。"

"你少给我戴高帽子了。看来，我们是想到一褡里了，支部也是让你当积肥队长，一来你是老党员，二来你当队长多年，三嘛，这几年你没花一分钱搞来了那么多大粪，从不说什么，支部记着你的好处呢，就是你打人的那个坏毛病，把你的影响弄得不好。"

"马主任你放心，到哪里干事我不会再犯打人的事，再说，都是各队抽的人，五花八门的，不像这里的人，对我的啥事都能包涵"。

许有利掏心掏肺，出了名的生瓜蛋子此时此刻脱胎换骨了。

哈书记、马主任一起去见环卫局高局长。

老强之前就给高局长汇报过清理粪场的事，高局长对老强的工作给予高度评价。在与哈书记见面前，想出了一个妙不可言的高招儿。

"哈书记，粪场的事老强都给我说了，不是我们视粪土如金钱，庄稼一枝花，全靠粪当家，对种庄稼的人来说，粪土就是金钱。虽然我们的人都由国家开工资，但所有的清扫设备、工具都需要购买、维修……"

"高局长，你说得很对，我们农民的的确确把粪土当成钱看的。能和你们合作是我们的幸事，也是你们对我们的大力支持，我们非常感激……"

"感激就不要说了，你们有意我们有心，我就直截了当了：现在知识青年上山下乡轰轰烈烈起来，我们局里有几十名职工子女面临着上山下乡，你是大队书记，能不能在你那里安排我们职工的那些孩子？"

高局长棋高一着。

"这不是个啥问题，知识青年上山下乡是件大好事，我们那里陆陆续续已经有单位上门联系搞知青点了。你们有这个意思，我就当仁不让了，你们这里的知识青年只要愿意到我们红旗大队安家落户的，我们全部接收"。

农民的书记，环卫局局长，各有所图，各有所求，各如所愿。

开了城乡结合的先河。

红旗大队积肥队队长许有利，开始了有益于他自己、有益于红旗大队粮食生产、有益于乡亲们的利己、利人、利集体的积肥之路。

许有利走马上任前，马主任跟他说：你差点放了老纳的苦水（打坏眼睛），咋办呢？

"这个我想过了，我是党员，应该有个高姿态，主动给老纳赔个不是。许家弯就五户回民，老纳在老回回中间说话有一定分量，弄不好，就会惹起民族纠纷来，我这个党员就给党抹

黑了。不过，老纳一扁担把老母牛肚子里的小牛犊打死了，听老何说，老母牛以后怕是坐不住胎了，这事马主任你看咋办？"

盖井房的事感动了许有利，马主任的守口如瓶感动了许有利，哈书记记着许有利打人的帐，教育警示了许有利。

许有利开始反思了，浮想联翩的许有利想到了他的入党介绍人哈书记，人家当了这么多年的书记，没有指过那个人一指头，他当了多年队长打了十次人，每次都是哈书记出面解决，挨打的那些人，那个人对他服气过？老纳要不是看在哈书记、马主任的面子上，一声吆喝，那五户老回回能不为老纳出气嘛？

许有利最担心的是马主任看见的那个事，只要看见马主任，他就心跳，真正是做贼心虚。被重重矛盾折磨的许有利，听马主任说成立积肥队的事，高兴地在心里说：真是瞌睡遇上了枕头，将军遇上了良才。

许有利抱着一只大公鸡和马主任去了老纳家，老纳老伴让马姨妈进屋，说啥也不让许有利进屋。

老纳坐在炕沿上用绳旋子（一头有弯钩的小铁棍似陀螺样的木头中间穿过的拧绳工具）打绳子，从窗子看见马主任、许有利向他家走来，将绳旋子放下，随手拉开被子佯装睡觉。马主任也不管许有利被拦，径直走进屋子，看老纳蒙着头睡觉，就说："好狗不咬上门亲，家门口的狗汪汪叫，你好像听不着，许有利又没打你的耳朵，咋就聋了呢。"

老纳掀掉被子坐起"嘿嘿"地笑了。

"马主任，你转着弯子骂我呢"。

对着门外："阿丹他妈，还不进来抓茶，嚷嚷啥呢"。

阿丹是老纳儿子的经名。

"他纳大爹，我来给你赔个不是，乡里乡亲的，你就不要生我的气了"。

"我的眼睛差点让你放了苦水，肋条也断了一根，好好的人现在弄成了半病人，咋能不生气呢"。老纳老伴抢白许有利。

"阿丹妈，把说那么多了，啥事有马主任呢，得饶人处且饶人，吃亏的人常在世，许队长打人又不是第一回，这个毛病一两下子是不好改掉的"。

"他纳大爹，你把刺激我了，我这个队长当到头了"。许有利听出老纳话中有话，内疚地说。

老纳老伴摆好炕桌，沏好三杯盖碗茶，老纳盘腿坐一侧，要马主任坐上座。

"还要脱鞋呢，麻烦的，我就坐炕沿这里，许队长坐那边炕沿。马主任说着在炕墙上磕了磕鞋，盘腿坐炕沿边上，许有利跨炕沿坐下。

许有利以一只大公鸡、两个母兔子作为对打伤老纳的补偿，老纳以给每户人家做一个小马扎作为生产队对他的处罚，原料是许有利以前搞来的铁路废枕木，生产队做车底板、挡板用后剩下的和一些下角料，就是不给记工分，算是对老纳的"经济制裁"。

也算是许有利当了多年队长离职时给乡亲们留的纪念。

老纳是因祸得福，小马扎深受乡亲们的喜欢，开会时带上坐起来方便。摘"黄毒草"（能缠死黄豆苗的一种有害丝草）时带上坐着干活不累人。

小马扎能开能合，用时打开不用时合起，携带特方便。其他队的人看到许家弯的人摘"黄毒草"时都拎着小马扎，一打听，是老纳的杰作，纷纷请老纳给他们做。老那和许有利一合计，做一个小马扎给队里挣五毛钱的工钱，如果连工带料就收一块

钱，咋算都划算的很。

老纳就跟那些人说：那玩意儿的架子费木头，那是缺货，你们要自己闹来，一个马扎我只给队里挣五毛钱的工钱。许有利不知通过什么关系，又搞来了一些废枕木，一根枕木锯开破成四棱形的马扎架子，可是费力气的事，老纳跟许有利说：我看你家二嘎子有力气，就是没人好好指教，有点下不得力。我观察好像对木匠活蛮上心思的，就让来给我吊线、拉锯。

许有利感动万分，二嘎子对木匠活上心思他也看出来，那次说让老纳收徒，遭老纳呛白引起井台打牛打人的事，矛盾纠纷解决了，啥都和谐了。

老纳是咋想的呢？许有利当了多年队长，除了生瓜气上来打过人外，的确给队里办了不少好事，弄来了那么多大粪没花队里的一分钱没，搞来了那么多枕木也没有花队里的一分钱，人家图个啥？不就是一心为了乡亲们过上好日子，不就是把党员的名分看得很重嘛！逢年过节，队里给汉民杀猪也没有忘记给我们五户老回回宰羊，一位农民能做到这样，不是件容易的事。

就是他的那个儿子，一点也不像老子精明，好吃懒做下不得力，成天钻在木匠房里像个木头人，地不长无根之草，天不降无禄之人，也许，二嘎子就是个吃木匠手艺饭的人。那次跟许有利说那些话是有些刺疼人心的。

常言说：骂人不揭短，打人不打脸，我是揭人家的短在先，人家打我的脸在后，一个巴掌拍不响的。要是许有利揪住我打掉牛犊的事不放，告诉那位工作组组长，我就是阶级敌人了，肯定像桂大侃那样被批斗的。不管是马主任逼着许有利去我家还是他主动去，人家是把理占全了，到底是党员，就是觉悟高。

眊眊人家，不干队长了，还要给乡亲们干事。

老纳也被许有利感动了，老纳跟许有利说，他也想入党，许有利给马主任说了，马主任说：好好培养，水生、许小兵、老纳都是好苗子。

马主任主持召开许家弯社员大会上，乡亲们一致通过许小兵当政治队长兼民兵排长，水生当队生产队长，老纳当副业队队长。

听说大队成立了积肥队，许有利当了大队积肥队队长，乡亲们说：还是我们的哈书记、马主任知道庄稼人的心思，说话办事都在点子上。

知识青年

　　"知识青年到农村去，农村是一个广阔的天地，在那里是可以大有作为的。"一代伟人毛泽东主席的话。

　　伟人的话推动着历史的发展。

　　在华夏大地上掀起了轰轰烈烈的知识青年"上山下乡"运动。

　　这个运动造就了一大批国家栋梁，他们是中国特色社会主义建设的中流砥柱，这里小数一下：

　　习近平是当时的下乡知识青年；

　　李克强上山下乡时还当过大队书记；

　　著名播音员敬一丹的职业生涯是从上山乡开始起步的；

　　中国曲艺团团长姜昆也是在上山下乡时打下的职业生涯基础。

　　从中央到地方，各行各业个各个领域，当年的上山下乡知识青年都是八仙过海各显神通，省长、市长、县长、乡长不胜枚举，专家教授多了去，就是普通百姓，好多都是当下诸多研究生、博士生的衣食父母。

　　可以说，知识青年上山下乡运动是上世纪七十年代的一大壮举，开拓了一大批知识青年在农村大展宏图、大显身手、大有作为的前景，开通了城乡文化交流、传播的直通车，开始了城市人了解农民苦境、苦情、苦不堪言和庄稼一枝花，全靠粪当家的实情，真正理解了"锄禾日当午，汗滴禾下土，谁知盘中餐，粒粒皆辛苦"的诗之灵魂。

也让脸朝黄土背朝天的农民长了见识，开了眼界。

望远公社是宁夏省城的南大门，离省城银川市也就二、三十里路，分布在109国道两侧，交通十分方便，与下乡到陕北、北大荒、云南等地的知青们相比，简直是天地之别。知青若是想父母，晚上收工后骑自行车回家，一个小时左右就到家了。

梅雨和她的几位同学、同事，听说城里有什么好看的电影，晚上还结伴骑自行车到市里的《东方红》电影院看电影呢。

得天独厚的地理位置，是下乡知识青年的首选。

主管知青工作的公社领导，自然是知青家长、家长单位的主攻目标。

商业厅、公安厅、农业厅、计划委员会、化肥厂、农机厂、区市文化单位等领导，最短时间就认识了望远公社主管知青工作的领导秦书记。

经常有小汽车接送秦书记。

秦书记自从把肠道里的寄生虫清理干净后，油汤辣水就由自己的身体全部吸收，人开始发福了，提前进入"吃讲营养"的阶段。

前面有言：秦书记爱人孩子周末移驾乡下，公社大院里打羽毛球、乒乓球的人笑声朗朗，是一道亮丽的风景线。

这道风景线里有知识青年的身影。

这些知识青年基本上都有一技之长，他们的父母是文艺界的，近水楼台先得月的他们，能歌善舞，能弹会唱。

秦书记对琴棋书画比较喜欢，对歌舞也有兴趣。又主管"知青"工作，对"知青"的家庭情况了如指掌。

活跃文化生活永远都是推动社会进步的前奏曲，永远都是

人们不可缺少的精神食粮。这方面，秦书记有独到的见解。

随着"揭、批、查"运动高潮的兴起，主持工作的秦书记，不仅"大批判墙"上的大字报贴的越来越多，而"公社文艺宣传队"也大张旗鼓地搞起来。

"革命不是请客吃饭，不是作文章，不是绘画绣花，不能温良恭俭让，革命是一个阶级推翻另一个阶级的暴力行动"的毛主席语录，秦书记要宣传队换着方式唱，换着形式表演，宣传队巡回演出一个多月，把"揭、批、查"运动、"割资本主义尾巴"运动的舆论造到了田间地头。

"忠"字舞风靡天下，歌是正气歌，通俗健康，舞是大众舞，简单明快，只要四肢体健全者都能舞的精神抖擞。

一年半载各大队就能看一次文艺节目，真正丰富了农民的精神生活。

就是参加文艺宣传队的人越来越多，开始十来个人，后来三十多人，还有一大批能歌善舞者在积极争取。

参加宣传队的人都由所在生产队按照同等劳动力记工分，参加生产队的年底分红。村民们当然牢骚满腹，一百二十个不愿意。

秦书记只好在将军里选将军，这可是不好办的事，当初进宣传队时，不是按照秦书记的授意写大字报的，就是周末用小车接送秦书记爱人孩子的，还有为秦书记以及爱人孩子、家人织毛衣毛裤毛外套的，再有什么渠道的那是不为人知的小秘密。

随着"上山下乡"运动的兴起，省委成立了"知青工作委员会"，县委成立了"知青安置办公室"，公社（乡镇）成立了"知青工作联络站"，大队就有了知青点。

望远公社，以南北穿过的 109 国道为中轴，东西分布八个大队，八十个自然村为八十个生产队，队队都有下乡知识青年。

红旗大队哈书记，群众称他是"不倒翁"。

他自称是"老运动员"，啥运动都经历过，经历过一次运动，被冷落一段时间后又官复原职甚至官升一级，互助组组长、生产队队长到大队书记，几十年起起落落，把个农民、农村、农业的命脉把握的清清楚楚、明明白白。

知识青年上山下乡运动，哈书记最上心的就是"对口安置"。

"对口安置"，就是知青父母单位和知青点直接联系，解决知青们的衣、食、住、行、吃、喝、拉、撒等问题。

这方面，不得不佩服哈书记和环卫局高局长的先见之明。

当秦书记将省委领导、计划委领导、物资委领导、市委领导、歌舞团等关系户的子女往红旗大队安置时说：红旗大队不具体安排哪个单位的知青，作为机动安置点安置关系户的子女。

先着一棋的哈书记拿出了环卫局、粮食局的"知青对口安置"协议和名单对秦书记说："我们接受组织上的知青安置方案，但必须优先落实好我们的对口安置青年，我们的对口安置点就是我们的关系户，这些娃娃们的手续都办好了，就差你这里和县上备案了"。

秦书记看着知青名单："都说你哈明堂名堂多，真是名不虚传。你搞得这个名堂是先斩后奏。我这里分配给你们的知识青年，可都是能搞到木材、水泥、化肥的国家计划内统筹兼顾统一分配的紧缺物资指标的。这些娃娃们可是兵马未动，粮草先行的，在那里安家落户，就按一人一间砖木结构的标准先把房子盖起来，三材（钢材、木材、水泥、）都是国拨专用物资，不占我们的计划内指标。你看你弄得这个事，只增负担不添利……"秦书记有些不愉快。

"脚大脚小鞋知道，是冷是热蛇知道，有利无利我知道。不管三七二十一，我们大队的知青年'对口安置'问题必须优先解决好"。

秦书记知道，尽管他是县委常委，上级领导。在红旗大队，只要哈书记不表态，不拍板的事，就行不通。

这就是村民自治的好处。

不要以为官大一级压死人，那是行政机关的官本位主义。

在农民眼里，没有大官小官，只有好官坏官。

只要为农民利益着想，为农民办事，就是值得尊敬、信任、拥护的好官。

哈书记在红旗村乡亲们眼中是好官。

秦书记不得不妥协。

"秦书记，你刚才说知识青年在哪里安家落户就在哪里先把房子盖起来，三材是国拨专用物资，这么说知识青年不问出处，人人有份？"

"这个问题在于操作，我们是近水楼台先得月嘛"。

说话听音，锣鼓听声。

哈书记明白，只能意会，不能言传。

哈书记把"粮食一枝花，全靠粪当家"完美地结合起来。

前面说过，红旗大队地少人多，劳动力剩余。

下乡知识青年，和农民的区别就在于有知识。

入乡随俗的常理，就是到什么山上唱什么歌。

安家落户农村的知识青年，就是有知识的青年农民，必须唱农民、农村、农业的歌，为期三年，唱好了"三农"的歌，就能被推荐上大学、进工厂当工人，进机关当干部……

请注意，是推荐不是考，考系列在"上山下乡"时期是掉了几年链子的，取而代之的是推荐。

推荐的第一道关卡就是大队部，没有大队盖的红砣砣，关系再硬，也进不了大学校门，当不上工农兵学员的。

推荐的首要条件就是下乡期间表现好。

表现好的主要内容是和农民打成一片，参加生产队劳动好。

红旗大队迎来的第一批知识青年是环卫局高局长亲子送来的二十余名少男少女，分别在红旗大队九个生产队安家落户。

陆陆续续安家落户的是秦书记照顾的关系户子女，每位都带着盖房子的指标。哈书记给各队队长讲：给知青盖的房子，地基要稳要高，墙体要结实，一门一窗一单间，通风要好。生产队只出工出力出地基，三材由国拨大队分配。三年后知识青年离去，房子归生产队所有。

农民盖土木房子有经验：房子一间，垡垃一千，窗门一安，八百零三。

哈书记的要求是：知青两人一间房，石头根子土坯墙，玻璃窗子单扇门，白灰糊墙把风挡，油毛毡铺顶把雨防，火墙土炕砖墁地，墙上挂着毛主席。

知青点的房子很快就盖好了，那是最好最新式的房子，四间六间的分部在各自然村落的风水宝地处。乡亲们称：知青点或青年点。

有了青年点，小汽车、大汽车常来常往，农村里没见过世面的小娃娃门就围着小汽车说三道四，车不离开他们也不离去。

城里的大哥哥大姐姐们或多或少都带着奶糖、果脯一类的稀罕小食品。大多是北京、上海生产的，最有名气的是"大白兔奶糖""北京果脯"。

农村娃娃见过得很少，吃过得更少，大人们听过的不多，

吃过的更不多。

这是城乡差别最明显的例子。

城里的大哥哥、大姐姐们并不小气，将奶糖和果脯分给扒着门缝窗玻璃窥视他们的小娃娃们。有的娃娃一块糖能吃三天，专门让糖化了舔糖纸，舔一口包起来，直到舔的糖纸没有了甜味，就将糖纸晾干夹在书里，不是当书签而是为了宣耀收藏的。

就是从那个时候起，农村娃娃们从知青们给的奶糖、果脯一类的稀罕小食品包装上知道了上海、北京就是好，将来一定要去那里走上一走、看上一看。

城里到农村的称为下乡知识青年，生在农村长在农村的初高中毕业生称为"回乡知识青年"。

赶上上世纪五十年代出生、七十年代下乡、回乡的知识青年们，在农村广阔天地里真正地大有作为起来，把个农村搞的沸腾起来，把个城乡差距拉近了许多，把个城里人、乡下人拉到了一条起跑线上，把个城市人的生活和农村人的生活结合了起来。

让城里人了解了农村，农村人了解的城市，并相互渗透。

先由吃食开始。

许家弯队，因许姓人家较多，又靠近七十二连湖的大弯处，历史上就有了大弯湖和许家弯的称谓。

七十二连湖，据说是宁夏境内七十二个湖连起来的天然水系，与黄河并行南北贯穿宁夏平原。大弯湖是七十二连湖的多少个弯，无从考证。

许家弯有一条与大弯湖相连的排水沟里常有鱼虾走动螃蟹爬。

那个年代，农村人对螃蟹很陌生，误解螃蟹是成了精的蜘蛛，见到后就退避三舍。

那些瞎摸杵眼的虾兵蟹将有不识路的就随着淌稻田的水流到稻田里谋生。习惯横冲直撞的螃蟹，猴高爬低不把人放在眼里，在水里待腻烦了，就爬到田埂路旁的树上蹬高远望。

村里人平时不论在哪里看见螃蟹，都误认为是成了精的蜘蛛。当地方言说出来就是"蜥怵怵"，不敢多看一眼地绕道让路。有的人回家后还要请毛翠翠"驱邪捉怪"后，到三岔路口烧纸，求天神保佑土地神护持。

有一次，晴朗朗的天空突然下起大雨，薅稻子（给稻田除草）的人们就近躲在树下避雨。蹬高远望的螃蟹大概是渴急了，只顾仰脖子喝天上的水，一不小心从树上掉到地下，它龟孙子王八蛋摔的疼不疼无关紧要，把树下避雨的人吓得魂飞魄散，惊恐地在大雨里逃跑惊叫："蜥怵怵成精了！"

四散的人们向家里跑时，一声惊雷，火球一样的东西从天而降，将那棵大树从中劈开。

雷神爷爷抓走成精的蜥怵怵故事由此传开，那棵大树从此成为许家弯人心中的神树，树枝上的红布条旧的褪了色新的又栓上。

知识青年们在许家弯安营扎寨后，那些吃过知青给的奶糖、果脯一类的小娃娃们，一不留神就溜到知青点，溜着门缝向里看，心里想着要是大哥哥大姐姐们再能给个好东西吃。

当看见几个知青从锅里拎出红色的螃蟹分着吃时，一口气跑回家喘着气对爹妈说："知识青年在屋里吃成了精的蜥怵怵呢，那蜥怵怵满身都是血，红红的"。

孩子们是被大人的无知带到了传说的误区。

听说知识青年吃成精的蜥怵怵，还是红色的，一传十，十传百地传开了，三五人结伴去看。

当看到几位知识青年将成精的蜥怵怵大卸八块、碎尸万段不说，还敲骨吸髓，乡亲们惊恐万分。

"大叔大婶，你们这是怎么了？"知青们莫名其妙。

乡亲们你看看我，我看看你，都不知说啥好。

毛翠翠看着螃蟹残骸，紧张地说："你们咋连成了精的蜥怵怵都敢吃？"几位知青听懂了"成精"二字，听不懂"蜥怵怵"。

知青们从人们恐惧的表情上猜出几分，便开始了文化的传播："什么西抓抓东抓抓，这是螃蟹，是节肢动物，你们看，它全身有甲壳，眼有柄，一般是五对，长成钳状的这一对叫鳌，它横着爬，有好多种，生长在淡水里的叫河蟹，生长在海里的叫海蟹。大叔大婶们，螃蟹肉是能吃的，又香又嫩，你们都尝尝"。

叫邵波的知青拿着红色螃蟹边分解边给乡亲们解释。

疑虑重重的人互相问：咋是红色的？怪渗人的。

"在锅里一蒸就变成红色了，就可以吃了"。

乡下人算是长了见识，原来不是成精的蜥怵怵，原来是能吃的螃蟹。

人家城里来的娃娃都敢吃，我们人老几辈子见着了还躲着走。真是少见多怪，丢人的很呐。

有人说出了雷神劈树抓成了精的蜥怵怵的怪事来。

"大树大婶，那不是雷神劈树，打雷闪电是阴电阳电结合产生的现象，就像我们电灯一样，正负两级结合才能发光照明。打雷下雨天最好不要在树下避雨，因为……"

邵波讲了有关阴阳电的常识，破解了雷神劈树的秘密。

螃蟹在许家弯的沟渠稻田里横行霸道的历史很久，有多久不清楚。

自从知识青年揭开了螃蟹的秘密后，螃蟹就只能在大弯湖里横行霸道了，稍不留神，就会落入人们捕捉它的圈套里。

螃蟹横行许家弯是在每年水稻生长的季节，只要有人看见稻田里有鸡蛋大小的螃蟹，就不敢下那块稻田薅草。那块地的边角处长着那棵被雷神劈过的大树，不管是旱茬（水稻以外的农作物）还是稻茬，每年春种秋收时，毛翠翠（神婆子）就要围着大树摇着手铃说着只有她自己听懂的"咒语"转三圈。

老纳等几位老回回们就在一旁又说又笑，他们是不信神鬼的民族，神鬼也不计较不敬它们之人的举动。

毛翠翠一切就绪，老纳就指挥几个老回回，挖树下的鸟粪，那鸟粪有一尺多厚，至少有三大马车，鸟粪多用在杂粮（小麦、水稻以外的农作物）地里，杂粮是牲畜的力气粮，没有公购粮的任务指标，全部归生产队所有，但种植的亩数是限定的，一个生产队不能超过在册土地面积的百分之五。

从知识青年口中知道螃蟹不是成了精的蜥忾忾后，乡亲们路遇螃蟹或在湖边地头看见螃蟹，就不躲避了，有的人叫来知识青年抓，有人抓着送给知识青年，知青们就教乡亲们吃螃蟹。

一来二去，知青点就成了美食、文化娱乐中心。

前面讲过，公社文艺宣传队人才济济，能歌善舞着都往里挤，的确人满为患，怨声鼎沸。秦书记不得不"精兵简政"。

减谁谁不乐意，索性全部解散，各回知青点去接受贫下中农再教育。需要时，招之即来。

邵波是位提琴手，背着大提琴回到许家弯知青点，许家弯大婶大叔大爷们又少见多怪起来："那个娃娃咋背了个那么大的神仙葫芦干啥来了？"边说边用双手比划。

还是好奇的小娃娃们，最先听到看见几个知青们在屋子里

歪着脖子拉锯一样地让"神仙葫芦"发出好听的声音。

知青们问小娃娃：你们知道这是啥东西？

小娃娃们高声说："神仙葫芦！"

知青们互相看着：哈哈，真没想到，我们的大提琴、小提琴在这里成了神仙的葫芦。

乡亲们敢吃螃蟹后，就爱去知青点溜达了，尤其是年轻人，听腻了蛙叫蝉鸣狗咬声，就觉得知青鼓捣出来的那个声音就是好听。

许小兵接替了许有利的政治队长，上学时见过风琴、二胡、扳胡等，就是没见过大、小提琴。

有那么一点音乐天赋的许小兵，顺着邵波的大提琴调子就能喊上几句，邵波就教许小兵认识乐谱。

看着知青手上的血泡，许小兵说："舞锹弄锄头的事你们以后就不要干了，你们几个给队里做"高温堆肥"吧，那活就是脏一点，但比较轻松。不过，要从城里拉尿拌麦柴粪土，你们要是有兴趣就学会赶车使唤牲口。

"高温堆肥"，就是以牛马粪、麦桔、草木灰、黄土等做原料，用人粪尿搅拌潮湿后，堆成圆弧形，底部直径大约十五米，高约五六米左右。完全是人工将拌好的原料一叉一叉的堆积而成。

不知是什么人发明的高效能高质量的含有庄稼所需要的多种氨基酸腐殖物复合发酵的肥料。说是能增产增收增加粮食颗粒饱满性。

这是知识青年们闻所未闻过的事。

他们开始了"庄稼一枝花，全靠肥当家"的粮食生产实践活动。

牛马粪、麦秸、草木灰、黄土原料就地取材，按需所取不在话下，人粪尿不得不从城里拉。那时的城里人大多住的是土木平房，一个院落或一个胡同有一个水房一出下水口，凭票排队买水，一桶水一、二分钱，淘过米的水用来洗菜，早晨的洗脸水放到晚上洗脚。

排泄之处是一条巷子一个胡同一蹲坑式的 "旱厕"。家家户户的尿桶尿盆是必备的，厕所里的尿缸尿池是必有的。每天早起的城里人要做的第一件事就是倒尿盆，往往是倒尿的人排着长队揉肚子疼，心急火燎的安抚出恭的内急者，万不得已的人不得不就地解决内急问题，招来众口唾骂，时常为此发生口角。

有的小巷子、胡同里，污水漫脚，臭气熏天。上下班的人，万般无奈的找来砖头、木板垫脚。认真负责的居委会老大妈看不下去，高声吆喝"公共卫生人人有责"的口号，动员各家各户用炉渣垫出路中路的羊肠小道供行人来来往往，狭窄的路面就形成了中间高两侧低的凸形。山河湾、一道巷、二道巷、城墙根巷等处，下雨天就是这样的。

雨过天晴，这些地方由着日照消毒杀菌，空气蒸发，风儿吹干。

知识青年邵波的家就居住在这样的地方。

他父母是通过秦书记将他安置在红旗大队许家弯的。

邹尚好、剑锋、高越都是环卫局职工子女，他们本想子承父业，环卫局的招工表都填了，"上山下乡"运动热火起来，热血青年唱着："到农村去，到边疆去，到祖国最需要的地方去"的歌，加入到上山下乡的行列，到红旗大队安家落户。

前面讲过，红旗大队地少人多，不缺劳动力。

下乡知识青年的户口跟着人走，既然下了乡，就是乡下人，就是生产队的劳动力，就要自食其力，凭力气干农活，凭工分分口粮。

这对生长在城市里的小伙子、大姑娘来说，是件很不容易的工作。

邵波、邹尚好、剑锋、高越几位知青听了许小兵的话，很感动，很有积极性，就让许小兵教他赶车使唤牲口，开始学习人与畜的交流。

许小兵说：别看牲口不会说话，但听懂人话呢。它睡着时，你要叫它起来，就摸摸它耳朵说"得儿起"，它就站起来抖抖身子。

你将鞭捎往它身上一搭，走它前面，它就跟着你到车跟前，你抬起车辕，放它屁股后说"梢梢梢"，它就慢慢摆好驾车姿势，车套好后，你让往右走就拉拉缰绳说"迁迁"，往左走你就推推车辕说："靠靠"，往前走你就说"得儿起"，往后退就说"梢梢梢"，让它快跑就仰起鞭子说："驾！驾驾！"让它停下就拉紧缰绳说"迁——"

许小兵是在饲养场示范讲解的，知青们第一次知道了人畜能对话。

"想不到牲口还能听懂人话，上了十多年学，还是第一次知道这样的事"。知青们跟着许小兵很快学会了驾车技术。但知青声音文绉绉的还南腔北调，驾车的老马老牛小毛驴就像不懂中文的外国人一样，马摇耳朵毛驴尥蹶子，老牛慢条斯理地吃草。

许小兵就让饲养员何大叔挑选了两匹最乖的老马套车，专门让知青使唤，他发一声口令做个动作，知青也发一声口令做那样的动作。

何大叔每次套车前,都要拍拍马头:"老火计,好好卖力气"。

那马就动耳朵点头,好像说:"请主人放心,我会尽职尽责的"。

知识青年学何大叔摸马头,那马就摇头晃脑刨蹄子,好像是拒绝对它的非礼。一星期后,老马闻惯了知青的气味听惯了知青的南腔北调,就是不理会知青手中的鞭子,知青的鞭子打在老马身上,搞的老马痒痒肉颤抖,只管撵着尾巴蹭痒痒不拉车了。

何大叔说:"娃娃们,牲口天生就是挨打的坯子,打就要用力打疼它,它才长记性听话,下手太轻它以为是弹痒痒"。

许小兵让何大叔带着邵波、邹尚好去城里拉尿一个星期,天麻麻亮出村太阳偏西就回来了,将尿放到按比例掺好的麦草、牛马粪槽沟里,才算完成工作才能卸车收工休息。

拉尿,说起来不好听做起来不体面,但比其他农活轻松。

两匹老马拉两辆尿车。尿桶是用圆柱形的"氨水桶"焊接的,横卧固定在车厢里,对天张开一个喇叭状的口,与马车尾盘接触的尿桶边沿是能开合的出口,挂着舀尿的大勺子和往大尿桶里装尿的小桶。赶车人就坐在牲畜屁股正对的马车前沿,后背靠的是卧在车厢里的尿桶。

邵波、邹尚好跟着何大叔赶着拉尿车进城实习。那个活是将厕所尿缸里的尿舀进小桶,再提起小桶倒进大桶里,大约三十小桶才能装满大桶。

第一次实习时,他们全副武装,戴着口罩、墨镜、像日本兵那种大耳帘的帽子。第一次从尿缸里舀上尿往小桶里倒,就弄倒了尿桶,将尿洒在地上,他们自己也被尿臊味熏的发呕,

内急的人站在几米远处捂着鼻子撇着嘴。

邵波从小在那地方长大，那里的人都认识他，和他同龄的一大帮，听说有去陕北、内蒙古、云南插队的。他也想去那里，是父亲的老朋友与秦书记拉上了关系，就成为红旗村的村民了。本是拉大提琴的手，开始握锹把拿锄头，现在又学习掌勺提尿桶、使唤牲畜、给粮食做"营养配方"。

捂着鼻子撇着嘴的大婶，儿子和邵波是同学，动员"上山下乡"时，还托邵波的父亲将她儿子和邵波放一起呢。

发呕的邵波捂着胸口，看一眼那位大婶赶紧收回目光，何大叔不在乎周围的一切，一桶一桶地提着小尿桶往厕所门口的大尿桶里装尿，一切做得那么认真。

不一会尿缸见底，何大叔从马车上拿下装有沙土的袋子，用手捧着沙土将洒在地上的尿水盖住，赶着马车向另一处厕所走去，招呼邵波跟随其后。

那匹老马主动跟着何大叔的马车走，邵波看着几百米处的二层青专小楼房，思绪万千。他的家曾经在那里，那是厅局高级领导居住的"高干区"。

就在他办好下乡插队手续后，他父亲与资产阶级阶级扯上了关系，被革职审查。办事的人没有在知青办"上山下乡知青"登记表上看见邵波的名字，就拟定他父亲在作怪。后得知邵波已经接受着贫下中农再教育时，就划掉了给他父亲拟定"破坏上山下乡"的罪名。

就在邵波背着"神仙葫芦"回到许家弯时，秦书记才知道邵波的父亲被隔了职，便亲自去许家弯了解邵波的表现。

知道邵波去"拉尿"，秦书记对许小兵、水生二位队长说："安排的好，有一定的政治觉悟。"

水生、许小兵傻瞪着眼，心想这与政治觉悟有啥关系呢？上面领导咋尽说一些不着边际的话。

第一天拉尿回来卸尿时，邵波按何大叔所教，拔掉尿桶下沿出口的插销，用力向上一提，闭合塞就张开，尿就喷在事先准备好的粪草上。待慢慢渗透后，两位女知青就穿上高腰雨鞋，戴上口罩踩踏搅拌，踩踏了几下，两个人就跑到一边呕吐起来。

吐出了胃液，吐得没有可吐之物了，再去踩踏。

踩踏的草沫、畜便、人粪尿融为一体时，再开始堆积的程序。

呕吐了几天，难以下咽饭菜几天。

那天，邵波和邹尚好倒完尿，便让两位女知青回去做饭。

那晚，四位知青胃口大开，一锅羊肉调和饭吃得酣畅淋漓，额头冒汗。

那是许小兵让母亲手把手教会知青做的饭。

饭罢，邵波拉大提琴，邹尚好吹笛子，莫香珠、肖娇娇唱歌跳舞。

舞是"忠字"舞，歌是毛主席语录歌和革命歌曲。

现在"红歌会"上的那些红歌当年的知青张口就来。

各队知青点成了文化娱乐中心，有歌有舞有说有笑。

知青们吐尽了城里人的洋气，吸纳了、接受了农村人的土气。

完完全全知道了"锄禾日当午，汗滴禾下土，谁知盘中餐，粒粒皆辛苦"的诗句不是瞎编的。

下乡知识青年两人一间房子，住的自由，行的方便，最烦恼的是自己动手生火做饭。在家时，多是饭来张口，衣来伸手。到了农村，当了农民，一切都要亲自动手，从下乡第一天开始，要做的第一件事就是学习生火做饭。

哈书记对此考虑的周全，让初来乍到的知青集中在各队队

长家吃饭半月十天，队长家的人要教会知青生炉子做饭。

许小兵的母亲锅灶上是把好手，给知青们做的粗茶淡饭，让知青们吃了上顿想下顿，吃了半月回味半生。

邵波、邹尚好学会了套车使唤牲口，学会了掏厕所装尿桶。

每天赶城里人端着尿盆到尿的时间，就到了各个厕所门口，接过一个个尿盆尿桶到进拉尿车的桶里，赶着下午上工时回到知青点。

进城的路上天没亮，靠着尿桶坐在车上看着启明星跟着车走，或者睡个回笼觉。返回的路上看景、看人腻烦了，便目不旁视，一心只读圣贤书。

识途老马从来不会走错路，拉着有志的年轻人坦然面对人间万象。

邵波、邹尚好走街串巷地收集人体再生资源有利于城市环境卫生的行为，感动了胡同口院门外小巷深处负责检查卫生的居委会老大妈，每天大清早就扯着嗓门吆喝"请注意卫生，不要乱倒垃圾"。老大妈们得知两位赶车人是下乡知识青年，相信了"知识青年到农村去，农村是个广阔的天地，在哪里是可以大有作为的"的话，联想到这些孩子们在爹妈身边时，支使着让倒尿盆还捂着鼻子摇头，下了乡就跟换了个人似的。

老大妈们都有上山下乡的孩子，最关心的就是孩子到农村后的生活。免不了向邵波、邹尚好打听为啥让他们干这么脏的活，拉这些尿干啥。

邵波、邹尚好的解释让老大妈们开了眼界：庄稼一枝花，全靠粪当家，大米白面好吃，瓜果蔬菜香甜，不使肥料就像人缺了营养一样。

瓜果蔬菜上来的季节，邵波、邹尚好进城时就带一些给那些大妈们尝个鲜。不尝不知道，一尝忘不了。

别看城里人穿得光、走得慌，吃的是烂菜帮。米是陈年的稻谷碾出，面是陈年的麦子磨成，不鲜也不香。

这就勾起了城里人对农村的向往，就有了郭达上演"换大米"小品的问世。

城里人为何到农村用一斤半面换一斤大米？

这里面有三个因素：一是农村大米口感相当地好，尤其是当年新米，煮出的米饭透着淡淡的绿、浓浓的米香，香得让人闻之咂嘴；二是城里人供应的面多米少，孩子们大多不喜欢吃面食，大人们也不愿意多吃面，大米不够吃面粉吃不完；三是种粮食的农村人缺粮吃，乐意以少换多，养家糊口。

郭达先生创作的"换大米"小品，的的确确源于生活，高于生活。是城乡差别、城乡沟通、城乡结合的真实反映，寓意深刻。

红旗大队的知识青年们，大都有过为自己家里"换大米"的经历。

邵波、邹尚好为自己家换过大米外，还借工作的便利，为给他们提供工作便利的大婶大娘们当换大米的义务联络员、转运员。

先是联络员，城里的大婶大娘们知道了邵波、邹尚好的底细，便托他们在农村打听换大米的行情，打听好后，大娘大婶们就把家里剩余的面粉、粗粮交给两位知青带到农村进行不等量交换，两位不负重托，将乡亲们省下的大米以少换多地转给城里的大婶大妈们。

原始的物物交换方式在上山下乡年代打通了城乡结合的绿色通道。

不等量交换的民间法则让城里人知道了农村"先国家、再集团、再个人"的大无畏奉献精神，知道了种粮食的人缺粮食吃的原因所在。

知道了"粮食一枝花，全靠粪当家"是怎么回事了。

前面言道：哈书记把"粮食一枝花，全靠粪当家"完美得操作着。如何个完美法，有事列为证。

"先国家、再集团、再个人"的国家公购粮政策完全由乡村自己操作。交公粮是农民自己赶着马车送的国家粮库的，粮库的验收标准那是相当的严格，大筛子过一遍后再晾晒，晒的水分达到国标要求时，再作入库前的筛选，筛选后重新装麻袋过磅入库，入库需要由地面向高堆粮垛，传送带忙不过来的，人工背运是必需的。一麻袋小麦的标准是一百八十斤，背得动上粮垛的人可见力气有多大。

每年交公粮都要排队等一两个月的时间，交粮的车队达十余里长，等着交粮的人就近车队搭帐篷架锅灶做饭吃，不怕蚊子咬地睡在粮食车上，怕咬的十几个人睡在帐篷里。

遇下雨天，宁可人淋雨，也不能让公粮受损失。

农民就是这么实诚。

哈书记的工作难点就是公粮难交。

知识青年"对口安置"点启发了哈书记，眉头一皱计上心来：如果我们和粮食单位对了口，以后交公粮不就省事多了嘛。

于是，哈书记走进了粮食储备库海旺科长的办公室。

哈书记说明来意，海科长就差抱着哈书记啃几口了。

"哎呀呀，真是瞌睡遇上了枕头，我们这里大部分是双职工，家家都有上山下乡的知识青年，正愁得没地方去呢，好多家长都不想让娃娃到山区，在我面前哭哭啼啼，让我想办法。

我的儿子还没有方向呢，哈书记呀，你们可是雪中送炭啊！"

海科长当即到红旗大队查看，他那个单位的知青工作由他负责。

哈书记跟马主任说：我们今天要好好招待一下海科长，这事你就想法子弄去，我陪海科长四处走走看看。

哈书记陪海科长转了村子又去转地头，海旺看见了芦苇湖说："这可是个无本万利的聚宝盆，是你们的吗？"

"是我们的，渍泥坑能聚啥宝呢，这么大的湖面，就长芦苇，好的还能打个柴帘子用，不好的就烧火取暖做饭了"。

"哎呀呀，我的哈书记，我们那里的露天粮库地下铺的上面盖的都是芦苇席子和芦苇帘子。哪一年我们都要收购上百万张，大部分是从外地调拨来的。你说我们把自己的聚宝盆当废品多可惜呀！要是你们这里有个苇席编织厂该多好。"

哈书记对海科长的话发生了浓厚的兴趣，干啥的吆喝啥，不愧是吃粮食长大的，不愧是保管国家粮食系统的优秀共产党员。

粮食将城市、农村的距离拉近了，更拉近了穆斯林兄弟般的情义无价。

两位回回老党员拉家常般的忧国忧民之情，是那个年代工人阶级、农民阶级优秀人物的典型代表。

一石激起千层浪。

红旗大队党支部一班人的心思都活泛起来了。

马主任亲自下厨掌勺，那饭那菜多高级的厨师也没得比。

没有山珍海味，全部"农"字当家，羊是未满月的小公羔羊，鸡是自由成长的农家溜达鸡，菜是农家人自己储存的大白菜胡萝卜土豆和腌的酸咸小菜。比现在提倡流行的"绿色食品"

要绿色的多，那可是没有丁点儿含"化"字元素的食物，土灶做出的米饭，比现在挂"八里香"招牌靠香精散发香味的味道耐人寻味多了，就那白里透绿的米汤喝一口，比时下的"燕窝人生汤"更能养人精神养人德行养人心。

看着一桌农家饭，哈书记端起一碗米汤："今天，我们红旗大队党支部以米汤当酒，敬我们的财神来到，我们做梦也没想到我们红旗大队的大难题因海科长的到来迎刃而解。来，我们共同干了米酒，吃饱肚子边喝茶边商定大事。

米汤开胃润肠，盖碗茶清脑提神。

乡下人吃饭三扒两咽，饱字第一，没时间去侍候"品"字老弟。

吃饭就为填饱肚子，招待朋友接待贵人就是比平时的一饭一菜一汤多一盘肉食一些油花两盘菜。相当于给支部一班人找了个改善生活的理由，滋润一下清汤寡水的肠胃。

一年中大概有几次这样的机会，开一次粗茶淡饭的圆桌会议，解决的是乡民急之所急盼之所盼想之所想的"鸡毛蒜皮"之小事。

农村人的大事除了婚丧嫁娶迁坟盖房外，就是养好土地种好粮食吃饱穿暖。红旗大对党支部一班人全力以赴追求的目标就是让他们的乡亲们养好土地种好粮食吃饱穿暖。

这以外的事都是鸡抱鸭子——淡（蛋）事。

吃饭半个钟头就结束了，饭菜一扫而光，不管谁桌子上掉了一粒米也会拣起来放进嘴里，菜盘里有没有油汤剩菜，海科长用开水冲碗当汤喝。

哈书记看在眼里想在心里：不愧是国家粮食的卫士，珍惜粮食如同生命。

不像时下，大米白面两位粮食中的老大哥，让城里人搞得越来越不自信地让位给"粗"字辈的高粱、玉米、大豆、小米、黑小豆。就像工人老大哥退位当小贩摆地摊，当大贩搞长途运输，耍技术的搞修理、跑出租。农民卖地进城住进高楼数钱数的心慌意乱手痒痒，只好麻将桌上改心慌。

饭罢，哈书记、马主任、海科长边喝盖碗茶边聊：

"海科长，你刚才说的苇席编织厂是咋回事？"哈书记不耻下问。

"我们那里每年都需要大量的芦苇帘子、芦苇席子晒粮食、盖粮食、储存粮食，刚才看见你们这里的芦苇湖，我就想到了我们为啥不就地就取材建个编织厂的事。不光是编芦苇席子和帘子，还有草袋子、草绳，都是我们用的东西。我看你们这里到处都是麦草稻草，听哈书记说都烧了，多可惜呀！我们用的草袋子、草绳都是稻草编织的，一个草袋子五毛钱呢，一捆草绳三十米长也是五毛钱，一台草袋机、草绳机几十块钱，一台草袋机两个人，一天就编织好几十个草袋子呢。就是费人工得很"。

"我们这里人多地少，劳动力剩余，啥都缺就是不缺干活的"。

"哎呀呀，哈书记，咋越说越靠上我们的谱了，你们这里劳动力剩余，我们那里年年都为找临时工发愁呢。我年年都为这事跑断了腿，这不是瞌睡遇上枕头了嘛。你这里有多少闲劳动力，我那里都能解决。力气大的去扛粮食袋码粮垛，力气小的去磨面车间、碾米车间接米接面抖面袋子补麻袋和面袋子"。

哈书记、马主任跟抢钱似的，双双跳起一人抓住海科长的一只手："到底天下回回一家人，我们以前咋就没有遇到你这

位财神呢？这样一来，我们的多余劳动力就有了出路，你们的知识青年也有了着落，实在是两全其美的事"。

哈书记、马主任高兴地跟注射了兴奋剂："托真主的福啊，哈达的护佑，踏破铁鞋无觅处，得来全不费工夫。看来这知识青年上山下乡就是好嘛，能让城里人知道我们农民咋个活法，也让农民了解了城里人不是吃闲饭的。

那时的信息闭塞，生在农村长在农村的人，并不知道农村遍地都是宝，相隔几十里相当于天和地的距离，红旗大队离海科长那里不过四五十公里，就像两个陌生的世界。应该说：是上山下乡运动让城市和农村互动起来了，是知识青年拉近了城乡的距离。

红旗大队就这样找到了"发展经济"的有效途径。

机遇对每个人都是公平的，善于发现机遇、捕捉机遇的人机遇就会降临。

哈书记是捕捉机遇的高手，为了乡亲们的利益，他不会让机遇溜走的。

根据海科长的建议，"编制厂"就设在七队饲养场里。

将牲畜圈棚清理干净后，用草帘子搭顶防雨遮阳，地上划上 5×8（尺）的苇席框子，作为打（编）席子的工作间。

看上去一切都很简单，其实并不简单。

就当时的形势，哈书记是"顶风作案"。

搞得是不敢声张的"地下工作"。

编制厂由大队管理，以七队的名义就是为了"掩人耳目"。

说白了就是"割尾巴"那伙人的耳目。

"什么揭批查、割尾巴运动，都是鸡勾子拴绳——胡扯蛋！"哈书记发泄着心中的压抑。

海科长送来了四十几名粮食单位的下乡知识青年，十个回民娃娃，全部安置在七、八队，其余的平均安置在其他各队。

"这是我们私下安置的，还没有经过公社和县委'知青办'的同意，这个路子必须走到，手续必须办好，否则，三年后招工招干上大学参军就没有指标。这事有些麻烦，马主任，你是公社妇联、县妇联、县政协委员，又是县统战部联络员，跑'知青办'的事就靠你了"。

哈书记给海科长交了底，给马主任安排了工作。

"我们会以组织的名义积极想办法的"，海科长说。

"我想这事不会有啥嘛达（麻烦）的吧"马主任当仁不让。

海科长从红旗大队招了几十名长期临时工，明码标价：管吃管住一人一月 45 元工资。给队上交 40 元，队上按同等劳动力给记工分。农忙时，生产队让回来抢收抢种的必须回来。

海科长是众多知青父母为儿女着想而为农民谋利益的城市人之一。

草袋机、草绳机是海科长搞来的，钱是用临时工的工资顶替的。

粮食大军在红旗大队插队落户的知识青年，办妥手续后，愿意在他们父母单位干临时工的，算给队上搞副业，三年"镀金"期满，招工、上大学都有被大队推荐的份。

吃不上葡萄说葡萄酸的人，贬排粮食系统的人是"仓老鼠"。

好多孩子不愿子承父业当"仓老鼠"，愿意在插队落户的乡下接受再教育，就安排在青年点。

不敢声张的地下工作在哈书记的操作下紧锣密鼓地进行筹建着。

场地有了，机子有了，技术人员也有了。

这位技术员就是将哈书记的破旧自行车改成轮椅的许家弯会计许茂盛。

许会计除了个头不足一米二外，其他方面简直是人精，啥事一看就明白，一动手就会。据说连识文断字都是自学的，双手同时拨拉算盘珠子噼里啪啦，左右开弓拨拉出来的数字一模一样。

潘长江说的"浓缩了的都是精华"，绝对精辟，经典。

哈书记总想挖掘许会计的潜能。

有了弄编织厂的打算后，就想让许会计能者多劳，兼编织厂会计，技术员。

海科长搞来草绳、草袋机的同时，也带来了草绳、草袋样品后，许会计照着说明书看了又看，将草袋拆了看，看了拆，就捣鼓了一个晚上，把个铁家伙的肠肠肚肚弄了个明明白白。

摆弄电老虎许会计也不在话下，那东西在摸清它脾气的人面前，就跟乖乖猫一样听话。

草绳、草袋的原料就是稻草和麻绳，农民家家户户都有。生产队的草料场堆积如山。就地取材那是手到擒来，一本万利就这么轻而易举被哈书记抓到手。

啥叫为官一时，造福一方？

红旗大队哈书记就是一面镜子。

这面镜子透视出：当官容易做人难，要当好官，必须先做好人。哈书记是好人也是好官，好官常把小事当成大事做，群众工作无小事，百姓利益无小事，民生工程无小事嘛！

好官眼中的老百姓都是好人。

草袋、草绳厂是将麦场上的几间防雨棚用土坯砌起来，安放好机子接通电源就运行起来了。都是人工坐着操作，一个往机子里入草，一个递草，一台机子两个人，两班倒人手就不够用了，几名女知青一学就会，一星期后就成了熟练工，哈书记、马主任这里看看，那里转转，喜出望外，眉头一挑，有了新招。

哈书记从许会计身上看到了残疾人身残志不残的闪光点："马主任，你看能不能把那几个队里腿脚不便的人弄到这里来干活，顶他们队上的义务工？"

"哈书记呀哈明堂，你的名堂就是多。这是个好主意，我看队长们也高兴。"马主任和哈书记配合默契。

各队的残疾人集中到编织厂，哈书记让许会计因人制宜地安排力所能及的工作，知识青年愿意到编织厂的到编织厂劳动，愿意在粮库干临时工的由海科长安排。

因为草绳、草袋的一部分工作是坐着往机子里入草，适合耳聪目明、腿脚不便的人操作。有一定的技术含量，就是入草要均匀地接上茬，织出的草绳才能能粗细一样。只要手麻利，学学便会。

编制草袋的技术含量稍高一些，跟织麻袋有些相似，要手脚配合着用，适合不会干农活的知识青年。

最先体验了农村、农民生活的知青们，知道种粮食侍候庄稼的活不好干，舞锹弄锄的农活是要受苦受累流血流汗的。明白了许家弯的邵波、邹尚好为啥不怕丢人不嫌脏臭的赶尿车拉尿，便跟着二人学习赶车使唤牲畜，要求做"高温堆肥"，就有了以邵波、邹尚好领头的运尿马车队沿 109 国道披星追日。

"长鞭哎，那个一摔呀，叭叭地响哎，我赶起那个马车出了村那么哎嗨幺，迎着那个启明星走哎，寻着小巷子找哎，找哎……"

知识青年们将电影《青松岭》的主题歌改的随心所欲。

马蹄哒哒，马铃铛铛，与车把式们共同演奏着上山下乡的青春之歌。

初来乍到农村的知识青年，对农村的一切都感到新鲜。

开阔、空旷，出门是天，落脚是地，人是真正的顶天立地，天地间万物尽收眼底，好个广阔天地！

海科长的儿子海西麻说啥也不愿意在他父亲的眼皮子下出现。

好不容易脱离了家庭的束缚、老爸的管教、老妈的唠叨，二十年获得自由身，在农村广阔的天地里自由飞翔，怎能再入牢笼自讨苦吃。

血气方刚的海西麻这样想，其他知青也有这样想的。

初为农民的知识青年，不知道当农民是要流血流汗、吃苦受累、披星戴月，不知道"锄禾日当午，汗滴禾下土"是个啥滋味，不知道大米、白面是怎么来的……

农村、农民、农业的那些事，对城市长大的孩子来说，是陌生的、未知的。

当经历过三百六十天后，下乡的知识青年熟悉了农村、了解的农民、知道了农、工、商、学、兵为何农字排在首位，知道了种粮食的农民为啥缺粮吃，知道为啥让知识青年赶上马车拉城里人的尿……

一切为了解决地少劳动力多的问题；

一切为了照顾、关心知识青年；

一切的一切，都是为了民生问题。

不管啥问题，哈书记都有解决的办法。

"办法是人想出来的，活人还能让尿憋死"。哈书记解决问题后习惯说得一句话。

海西麻知道了农民为啥缺粮，为啥青黄不接。

接受了哈书记的封官，以"联络员"的名义转送草绳、草袋的运送，粮库招临时工消息等，从粮库到红旗大队，三十多公里的路程，全凭自行车的两个轮子和燃烧人油。

情系农村、农民的海西麻，通过父亲，将抖面袋子的面粉以比市场价低三分之二的价钱拉运到红旗大队。那些面粉是"优等粉""特等粉""一、二、三等粉""标准粉""普通粉"混合在一起的，是沾在面袋子上的，是根据磨面时出面的先后顺序分等级的，麦子磨出的第二、三遍面是"优等粉"、"特等粉"，既白又细，那是面粉自身的白，绝对没有漂白粉之类的添加剂。一百斤小麦磨85—90斤面粉，"优等粉""特等粉"也就20斤左右。

差额就是麸子，那是酱醋厂的上等原料，提炼过酱油醋后的醋渣、酱渣是家禽牲畜的抢口饲料，没有关系是搞不到的。

"优等粉""特等粉"价格比"标准粉""普通粉"高将近一毛钱呢，普通老百姓一般不买，面袋子上沾的最多。所以，"抖袋面"就像农民一样，没有高低贵贱的等级区别。

"抖袋面"有初次使用面袋子上的棉絮，因为抖面袋子是在水泥地上，积少成多后再装袋子，贴上"抖袋面"的标签，内部销售。内部人知道内部的事，将"抖袋面"扛回家后，过一下筛子拣掉老鼠屎和棉絮，所有的面粉等级都一锅烩了。在凭粮票买粮的日子里，粮食系统的人家家有余粮。

知识青年们听到"忙时吃干，闲时吃稀，萝卜白菜山芋蛋，一天三顿也顶饭"的话，有些惊奇，他们不相信种粮食的人还没有粮食吃，亲眼看见孩子们一日三餐的碗里数得过来的面疙瘩和辨不出来的菜糊糊，他们问孩子："你们啥时候能吃上大

米饭和干捞面？"

"过年的时候！去年过年我吃了三碗干饭（米饭）三个油饼子呢。"孩子们咽着唾液吹牛皮。

"我弟弟洗三的时候，我吃了两大碗干拌面，辣子拌的红红的，可香了。"孩子咂着嘴。

孩子几乎是每个家庭的美食家，种粮食的农民兄弟，一年到头吃饺子，吃干饭、吃干拌面就是大餐。吃过这样大餐的人，一定不会看贱农民看贱农村看贱粮食的，要不然，富裕了的现代人把五谷杂粮苦苦菜，土豆白菜萝卜叶当成了养生健体、延年益寿的良方呢。

知青们知道农民种的粮食哪里去了。"抖袋面"价格便宜没有等级，不在粮票供应计划内，有关系就能花最少的钱买到。海西麻将这个内部消息告诉了哈书记、马主任。

哈书记、马主任当即拍板："有多少我们要多少，这事就交给你海西麻全权负责，你不用干其他的活，就给我们办抖袋面的事，钱全部由大队部想办法"。

海西麻不负重托，在他父亲裙带关系的关照下，"抖袋面"除厂里职工享受外，几乎全部照顾了红旗大队的缺粮户。

"抖袋面"拉到了红旗大队部，哈书记让马主任召集各队的妇女队长到大队部筛面蒸馒头，按一家三个半斤以上的馒头蒸，分馍到户后听村民们的反映，过大年一样高兴的村民们说："就是好吃，面香面香的，跟我们自己磨的面一个颜色一个味道"。

红旗大队自从开辟了"抖袋面"的路径，就没有断粮户了。

就连生产队的牲畜也有了酱渣醋糟的调味品。

"我有这么个想法，你看能不能把编席子的活分到各队去，把家家户户发动起来，编织厂派人负责检查质量和收拢"。

"哎，我这哈明堂有名堂，你个马主任怎么也有了名堂。好，你这一碗水端的平。"书记、主任互相调侃。

各队队长把他们认为最机敏可靠的永久牌小媳妇派出学习编织苇席。

梅雨自告奋勇，请她父亲到红旗大队当师傅，她父亲会编制苇席和蒲扇，上初中时，为了交书费，梅雨跟父亲学会了编蒲扇子，稍到城里去卖，一个三分钱。家里不让上高中时，梅雨给父亲立下军令状，一天打一张 4×6（尺）的席子，能挣八分工，相当于一个壮劳动力。搓草腰子（草绳、捆麦子、稻子等用）梅雨也是快手，用蒲草一天搓过五百根（一米二长）。就是不知道稻草也能打成绳子编成袋子。

红旗大队部三大通间会议室成了苇席编织培训班。

那个活只需要原料芦苇和平地，地上按照要求的尺寸画上框框子，就可以两上两下的编织了，难点是起头、握边、收拐角。

心灵手巧的小媳妇们三天就学会了，回去就在自家屋里干起来，边干边教愿意学习的左邻右舍。

问 题 窝

世上没有不透风的墙。

红旗大队顶风作案，助长资本主义尾巴生长的事，在准备阶段秦书记、工作组组长就得到了消息，消息来自许虎子。

工作组组长扔给许虎子一顶"割尾巴运动"试点联络员的乌纱帽，让许虎子打听桂大侃的藏身之处，用心观察许家弯阶级斗争新动向，随时报告。

那个让许虎子去县百货公司当营业员许愿，搞得许虎子寝食难安，望眼欲穿。那个年代，姑娘找对象的条件是"一军二工营业员，人事干部方向盘"。

排行第三的营业员，红火的跟寒冬腊月夜里燃烧的篝火，谁都想奔火而去，借火取暖。工作组组长的父亲就是由营业员一步步荣升为县商业局局长而后为市商业局局长的，工作组组长子承父业，营业员没站过柜台就转为采购员而后为县商业局局长很快就打入县委班子，估计"揭、批、查"运动中如果建功立业了，"割尾巴"割出了成绩，在常委前面加上副书记或副县长的名分也是大有可能的，好像"揭、批、查"运动办公室已经有这个意向。

许虎子将改选队长的事和红旗大队成立积肥队的事报告给工作组组长，工作组组长一听气不打一处来：这个哈明堂简直是和尚打伞无法（发）无天，不支持割资本主义尾巴的问题还没有解决，又搞出什么积肥队的花样来，对那个新生的资产阶级分子桂大侃不闻不问，到底想干什么？

许虎子在许家弯带头毁青苗又割"资本主义尾巴"，本想好好表现一番，结果是被亲爹撵着打被乡亲们指着骂，真格的打狐子不成惹了一勾子酸屁。那以后，青苗被毁的乡亲们就给他起了个绰号"没尾巴驴。"

这个绰号就是个黑锅，这个黑锅，相当于古代在囚犯脸上的"刺青"。

青苗被毁的那几户人家，大人娃娃看见许虎子就叫绰号，许虎子敢怒不敢言。许小兵看在与许虎子从小耍大，又是家门户族又是干妈毛翠翠女婿的份上，知道许虎子一心想往外奔，和水生商量后，经马书记同意，就让许虎子参加了公社的"电工培训班"。

学习班结束时后，许虎子就成了大队的电工。

"紧车工慢钳工，吊儿郎当是电工。"

当了电工许虎子心思还是放在营业员身上，想通过走上层路线弄个吃皇粮的差事，工作组组长忙的几乎忘记了桂大侃的事，他还惦记着，那天大老远看见桂大侃从大队厕所里出来，便悄悄盯梢，看着桂大侃走进大队油坊，进进出出扛着补好的车胎出来放进大队部的杂物房里。

原来，这个新生的资产阶级分子就躲在大队部，大队部就是包庇新生资产阶级分子的黑窝点。工作组组长说过，只要抓住桂大侃，就是大功一件，就能把他推荐到县上的"揭批查领导小组办公室"当通讯员，这是当营业员的政治基础，有了这个基础，就是一只脚踏进了营业员的门槛。

许虎子想着工作组组长的话，兴奋地去向工作组组长报告。

这个桂大侃也真不是个省油的灯，侃惯了的嘴闲了百十天，实在憋不住了，听说大队成立了积肥队，就向哈书记提出他想去积肥队转转，晚上就去积肥队找到了许有利。

他和许有利是乡邻酒友，以前，隔一两天，许有利就和桂大侃就着腌萝卜喝几口老白干，或者是桂大侃用医用酒精兑水喝。二人的共同嗜好搞的比亲兄弟还亲，两个男人似乎无话不说，几天不见还互相想的不成，桂大侃基本上就是许有利的背后参谋，桂大侃出了多好的点子，从不在外面张扬，许有利就把桂大侃看成是可交往的人。

桂大侃那次在许家弯搅黄了"发动群众大会"，表面上骂许有利，实际上在帮许有利，许有利是有组织的人，组织原则是"个人服从组织，下级服从上级"，生产队政治队长只有服从的份儿，好多话是不能说的。

桂大侃是无组织的人，啥都敢说敢侃。拿他自己的话："一不偷二不抢三不反对共产党，耍手艺挣钱吃饭，走遍天下理不短"。

那次借屁事骂小刺猬，结果被红花骂得狗血喷头。算是桂大侃搬起石头砸自己脚的一次教训。

散会后，许有利就在饲养场找到桂大侃，和何大叔三个人小酒一盅，小菜一碟，喝得热火朝天，就像啥事也没有发生过。

过了几天，桂大侃就有了"新生资产阶级分子"的帽子。

戴着这顶帽子的桂大侃，白天在许家弯挨批斗，人家只不过是喊着打倒"新生资产阶级分子"的口号，并没有用无产阶级专政的铁拳头打击他，他就自觉地躺倒在地上。

许有利借此对工作组组长说："贾局长，桂大侃从小就有个被狗吓着的毛病，只要听着狗叫声，就犯羊癫疯，跟死过去一样，好几天才能缓过劲来"。

工作组组长哪里见过这种事，想都没多想，就让人摘下桂大侃脖子上的纸牌。撂下一句"这事不能就这么了结"的话。

桂大侃失踪了，许有利晚上就去了大队油坊。

许有利当了积肥队队长后，介绍桂大侃认识了他清肥队的朋友。

许虎子这个龟贼，一心想巴结大官，暗暗给自己使劲要超过许小兵，要当民兵排长，要跳出农村，工作组组长许下让他当"营业员"的那个饷头，搅得他吃不香睡不好。桂大侃这个新生的资产阶级分子，不知躲到哪里去了，听说县商业局招工，许虎子请工作组组长帮忙，工作组组长说：你的事我一直放在心上，不用你说，我已经给你报了名，就等招工办审查批准了。

他哪里知道，招工的第一个条件就是"未婚"，就这条卡死了许虎子鲤鱼跳龙门的路。傻小子也不想想，城里的知识青年都到农村插队落户了，他个地道的农村青年还想奔城里去？明摆着是骆驼进鸡窝——没门。

许虎子发现了许家弯的阶级斗争新动向。

许虎子还是孩童时，他母亲动不动就犯头痛病，与他家为邻的毛翠翠就说一定是大响午过坟滩撞上了孤魂野鬼。

毛翠翠知道许虎子妈收工回家从不空手，不是给猪拔草就是挖野菜，孤魂野鬼没有家，是阴间的流浪汉。毛翠翠问许虎子妈有没有见着"旋风"，那东西春夏秋季在农村几乎天天都有，风卷尘土由地面向空中升腾飞跑，由小到大呼啸而过，有的跑着跑着就偃旗息鼓没了踪影，有的越卷越大，越蹿越高，高的好像冲撞了玉皇大帝的天庭，刹那间，天和地就发生了械斗，

天昏地暗人倒霉。

不过，这样的事情偶尔见到，大概就是"龙卷风"一类吧，也许是"沙尘暴"的发源之初。农民对自然现形有太多的想象力和恐惧心理。

许虎子妈听毛翠翠这么一问，紧张地说：遇见了，就从我跟前过的。

毛翠翠就说：你以后大正晌午不要在四荒八野转了，孤魂野鬼就在那个时候出没。旋风没腿没脚为啥跑得那么快，那是孤魂野鬼在找吃食。要是碰上了，就"呸呸呸"地吐，那东西就躲开你了。看来，你真的中邪了，我给你改邪改邪吧。

毛翠翠就让许虎子妈拿来菜刀和一碗水，三根筷子三张烧纸。

毛翠翠让虎子妈躺在炕上，她将碗放在敞开的门里，筷子两头沾水捏在一起，一头慢慢立在水碗里，嘴里不停地说：孤魂野鬼你站住，要钱要衣要粮要水给你送，不要拿捏许婶婶。说着说着筷子就站立在水碗里，翠翠拿着烧纸在病人身上绕三圈，嘴里念念有词，而后点着烧纸将纸灰放进水碗里，用菜刀背对着筷子，说一声"走"，狠恨砍去，筷子跳出碗跳出门外，毛翠翠即可用刀刃砍断地上的筷子，端起碗让病人吐三下，用中指蘸上水抹在病人的额头上，再用中指、拇指蘸水对着天地四方、病人、门窗弹出去，而后端着碗，拎着刀到院子里，一手将碗向空中一抛，一手用刀向碗打去，一声脆响，碗破落地，将事先准备好的五谷杂粮边向空中边撒边说：

"去吧去吧！带上吃的喝的纸钱和吃食远远地去吧，再也不要来缠许家婶婶了"。完后就让虎子妈喝了一碗酸苦苦菜汤。喝下酸菜汤的虎子妈，感到舒服多了，头也不疼了。

以后采纳了毛翠翠的建议，正晌午就在家里卧着，避开孤魂野鬼的出没时间。其实，她是大晌午被太阳晒得中暑了。

其他几位也和许虎子妈一样的症状，毛翠翠几次"驱邪"后，乡亲们就认可毛翠翠能"驱鬼避邪"，久而久之，毛翠翠就有了"半仙"的名分。

毛翠翠先前"改邪"都是义务性的，鬼走她走，分文不取。病人感激，家里有啥好吃好喝的，不吝啬地拿出让毛翠翠吃，毛翠翠只是象征性地尝尝，赶上饭口，也不会停止正做的事情。

乡亲们对毛翠翠赞不绝口，到亲戚家串门，唠闲磕时免不了说到村里出了能人，能的能驱鬼避邪，行走阴阳两界。亲戚家或邻里家如果有人感冒发烧打喷嚏，翠翠就有请了，凡请必到，大多是手到病除，翠翠就在村外有了名气。

人一旦出名，就被名气所累。翠翠的母亲患有"羊癫疯"病，不能生气不能累着不能受惊吓，那时农村缺医少药。"头疼发烧，阿司匹林一包，吃了不死，立马见效。"的口头禅娃娃们也知道，但阿司匹林当急用时也很紧俏。翠翠母亲犯病时，大多是请张半仙来家"驱鬼"，毛翠翠就给张半仙打下手，从小耳濡目染。

张半仙是个人精，不知从师何人，翠翠记事起就知道张半仙能的很。翠翠的表姐嫁了位干部，结婚两年没有孩子，着急的骂肚子不争气，怕丈夫看不起，整天想着让那当干部的丈夫把心放在她一人身上，给翠翠说后，翠翠说张半仙啥事都有办法。

张半仙四乡八村地游走，对求她的人，两句话便知所求之事所盼之事。一眼看出翠翠表姐的心事，眼睛微闭着说话："要想收住男人的心，女人手脚指甲最顶用。从今天起，你九天剪一次手脚指甲，烤干碾碎放在菜汤肉汤里让他吃下去。我再给

你配上'九副神药'，无论他的心有多花，走到哪里都会想着你这个正宫娘娘原配妻。

张半仙说着就端起香案上的水用柳枝沾上洒在那女人身上，口中念念有词，说着常人听不懂的话。

翠翠听懂了两句："九副灵药显神效，夫妻和欢在今宵"。

又拿起一块红布盖在那女人头上说；"时来运转鸿运到，夫人悄悄把心事向神灵告，我这里求药不要打扰"。

拿起手鼓一样的东西围着那女人边敲边唱："山上的土，山下的土，山前山后的土，灶门上的土，白土黑土和红土，天地中间八方土，神灵药引各三副"。

唱罢，张半仙用长长的指甲在她的头顶上抓了几下后，说山上的土来也，将指甲缝里的那个东西挖出放在三张白纸上。抬起脚在鞋底上刮了几下说：山下的土来也，也放在那三张纸上。山前的土，用指甲在她的前额头处刮了几下，山后的土，在她的后脑勺处抓了几下，灶门上的土，是从她家的土灶上方用指甲刮下来的。白土，是香灰；黑土，是纸灰。红土，是最宝贵的，张半仙打开一个很精致的小红箱子，从里面拿出一个小塑料盒，用塑料勺舀出三勺分别放在那三张白纸上。看那颜色是中药用作镇静剂的"朱砂"，这是一种无机化合物，外用可以治疥癣等皮肤病，也可作为颜料。

天地中间八方土，原来是医用止咳嗽的甘草片，镇痛的颠茄片、去痛片、消炎片、退烧片，阿司匹林是少不了的。神药引子，是红白各九条宽约半寸二十公分长的棉布条。张半仙用烧黑的大蒜秆在红白布条上画上了1——11——111的道道，将那三个纸包包好，给那女人说："九佛神药已请到，你回去，分三天九次，在日出前、正午时、日落后，把红白佛按记号在腊火上点着烧后和药一起用黄酒喝下去。吃佛药的这几天夫妻要忌房事"。

那女人对着神药三叩头后双手接过神药。张伴仙揭掉了她头上的红布说："夫人,你忘了付钱。"

"刚才不是给了你十块嘛?"翠翠表姐说。

"那是你孝敬神灵的,我另外收的是药费。"

"还不是一回事?"

"咋能是一回事呢?在这种事上是不能多问的。舍得舍得,舍了才能得到,舍的多,得到的就多,是非皆因多开口,你们这些俗家人图的是驱病消灾逢凶化吉,不该多问的,一个字也不要多问,我们道中人从来不在钱上计较。"张半仙有点不高兴地说。

"还要多少呢?"

"话咋能这么说呢,这是随心随缘的事,心诚则灵,既然能来这里,就是有诚心。有诚心的人在钱上是不会计较的,像夫人你这样富态的人,看着也不是那种小里小气的瘪三"。

那女人在钱夹子里找钱,张半仙说:"你再给一张就行了,我这人不贪财。"那女人颤抖着将十元票子给了张半仙。

毛翠翠看在眼里,把九佛神药的"秘方"记在心里。

时间不长,翠翠表姐带着两份点心到翠翠家,高兴地告诉翠翠有了娃娃。(求张半仙时已受孕)三年等来的润腊月,多亏张半仙的法术。

点心有翠翠的一份,张半仙的一份。表姐约翠翠去张半仙家当面致谢,到了张半仙家,却见招魂幡在风中引着张半仙驾鹤西去。

翠翠心想,张半仙和我妈一样的年龄,我妈病病快快的活

绿地文学丛书

的好好的，那么健康的张半仙咋说走就走了呢？

张半仙走了多年后的一天，婚嫁到许家弯的翠翠，被张半仙拿住了，借翠翠口传出死人的话后，翠翠就成了张半仙的徒弟。

张半仙陆陆续续给翠翠传授经验，翠翠记忆中张半仙"驱邪捉鬼"的那一幕常出现在眼前。

毛翠翠是万般无奈才下嫁给许老憨的，许老憨原本姓继续的"续"，和许姓人家不是一个祖宗，许老憨的父亲挑着货郎担来到了许家弯，许虎子爷爷早年病逝，遗下十多岁的孤儿三十多岁的寡妇艰难度日，许家长辈看中了货郎担，给孤儿寡母做主将货郎担招赘上门，当了许家的女婿。

"续"字比"许"字难写的多，张口都是许（续），管他此许与彼续，农民活的简单想的简单，从次，许家弯就多了一个男丁。货郎担入了许家的门就成了许家的人，心想一条扁担两个筐，从山西大槐树千里之行到了许家弯，就有家有业有儿子，落地就生根，开花就结果，出门当家，进门当爸，娃娃妈虽然年长他五岁，但有几间房子十几亩地一个碾房一盘磨，要不是家里的顶梁柱倒了，哪有他货郎担的好事。

娃娃妈知道女大五赛老母，对货郎担照顾的无微不至，货郎担也是一门心思地为人夫为人父，责无旁贷地尽一家之主的责任，赢得了许家族人的赞誉。五年后，货郎担心想事成地有了尚未出生的儿子，但儿子出生哪天，儿子的母亲因失血过多撒手人间，没见天日的儿子也窒息夭折陪伴母亲去了天国。

货郎担又成了孤家寡人，犹如坠入三九天的冰窟窿里，爬在亡妻亡子的坟头洒下一片相思泪后，抚摸着许虎子父亲的头："孩子，我俩的命怎么这么苦啊！"

那年，许虎子的父亲刚满十八岁。当那母子的坟头绿草青青时，货郎担和妻与子话别：他妈，我完成了你的遗愿，把儿媳妇娶进了家门，你就放心吧。我收拾好了货郎担，又要过天当被，地当炕的流浪汉日子去了……

货郎担挥泪别亡妻和继子时，几年前给货郎担做大媒的那位长者，正在为山里亲戚年过三十待字闺中的哑巴女儿的婚事操心，知道货郎担底细，就为货郎担再续姻缘。

好人有好报，货郎担命中有好妻。哑巴不是先天性的，小时候大病一场，大概是药的副作用破坏了声带，从此就有口不能说话，只能发出咿咿呀呀的声音。就这咿咿呀呀的声音，拒绝了父母多次为她相中的对象，曾经有过以死相抗父母的逼嫁之事，宁可不嫁也不违心嫁人。货郎担赢得了哑女的芳心，正是有缘千里来相会，无缘对面不相识。

那位长者不愧为许姓家族德高望重的掌门人，按乡规民俗为货郎担主持了公道，力排许虎子父母将货郎担净身出户的不道德行经，给货郎担分得了一间土房和一盘石磨。

货郎担和哑巴女结婚的第二年，就生下了儿子许老憨。老憨到了婚娶的年龄，天公作合，成就许老憨和毛翠翠的一世姻缘，毛翠翠婚后不足八个月，生下女儿招弟，意为招个弟弟。

许老憨和父亲一样爱家爱妻爱儿女，为此，毛翠翠不受苦不受累不受气，饭饱生余事，人闲心不闲。寻思着干点啥出头露面的事，张半仙就找上了她。从此，潜心学艺。

招弟一岁时，许小兵出生，这小子不爱哭，一哭就憋得脸红脖子粗，农村人叫"憨气"，没根由的说法是：娃娃的"魂魂"还没有牢固，一哭魂就散开了。最好是给娃娃拜个"干妈"，由干妈和亲妈护着娃娃，娃娃的魂就牢固了。

于是，许小兵没满月亲妈就按乡俗抱着许小兵钻毛翠翠的裤裆，意为再生之意。只要钻过裤裆，干妈给一件肚兜或一顶帽子，干妈的名分就是终身制了。

比许小兵晚出生几天的许虎子，一出生就整夜哭个不停，这个崽子好像天性中就是个爱吵吵嚷嚷的胚子。还是毛翠翠出点子让家里人写上七七四十九张"夜哭郎"的咒符贴到村口路边的树上。"天皇皇，地皇皇，我家有个夜哭郎，过路君子看一遍，一觉睡到大天亮"。

不可思议的是许小兵拜了毛翠翠这位干妈后，从满月那天起，哭起来就不憋气了，许虎子的哭声也少了，村里人越发相信毛翠翠的能耐了。

许小兵钻过毛翠翠裤裆后，翠翠就把干儿子当亲儿子看。走哪里都带着。为人"驱邪捉鬼"时只要干儿子在，一定带在身边，她最高兴听干儿子叫"干妈"的声音，时常幻想要是自己的亲生儿子该多好，想着想着就和女儿招弟连到一起，三岁看大七岁看老，毛翠翠认准许小兵是个好女婿，有意培养未来的女婿。

从小聪明过人的许小兵，经常看干妈的"驱邪捉鬼"术，看干妈边说边配"九佛神药"，就知道了那密方的秘密，一次感冒发烧时，干嘛让他喝"神药"，他说什么神药，明明是你头前头后头顶上的垢痂，鞋底下的土……一语道破天机，气的翠翠大骂：家贼难防！

童言无忌，讲给小伙伴们听，许小兵的记性好，听后不忘。还和小伙伴们学毛翠翠用三根筷子两头沾水捏在一块竖起来放在水碗里说"站住，站住"，那筷子就竖立在水碗里，过一会才倒下。

以后，翠翠再不带许小兵出门了，上初中时，许小兵学习成绩好，老师让他当班长，许虎子不服气，给同学们说许小兵的干妈是个神婆子，许小兵经常跟着神婆子搞封建迷信活动。封建迷信活动历来都是被破除、打击的对象，许小兵参与过这样的活动，就是政治历史上污点，有污点的人学习再好也不能当班长。许小兵当班长不到一月，就被撤职，许虎子因揭发有功，接替了许小兵的班长职位。

许小兵就此辍学。几年后长的膀大腰圆，毛翠翠有心将女儿许配许小兵，许小兵一来看不上翠翠的女儿，二来记着受过神婆子牵连的事，三来私下和水生的妹妹水仙要好，这事除了当事人知道外，还有毛翠翠和水仙的哥哥，水仙哥哥比许小兵大几岁。许小兵兄弟二人，年龄相隔八九岁，父母都是壮劳力，工分挣得多粮食就分的多，加上母亲精打细算会节省会过日子，基本上不缺吃喝。

毛翠翠早就号上了水仙，这姑娘长得跟名字一样，就是家里弟妹多，钱少粮食不够吃，是一等困难户。穷人的孩子早当家，心灵手巧的水仙虽然生在穷人家，长着旺夫相，是理家过日子的好手。

毛翠翠打小就喜欢水仙，暗寻思一定让水仙当毛家的人。本想早点为哥哥的儿子提亲，担心水仙知道侄子有缺陷，不肯就范或动了别的心思，只等水仙满十八岁那天一锤定音，花轿抬回毛家再去领结婚证就万无一失。

毛翠翠为了女儿的终身大事，为了娘家侄子，亲自做媒，拿水仙和他娘家侄女毛丫给水生和娘家侄子毛发达换媳妇。水仙父母一听，高兴的拍手说好，硬将水仙许配给毛翠翠娘家侄子毛发达。

毛发达因小时候出"水痘"，病后脸上就坑坑洼洼的。除此外，各方面都完好无恙。来姑妈家串门时，姑妈指给他看了水仙，一看便生非水仙不娶之心。

毛发达父母为随儿子的心愿，将女儿毛丫许配给水仙的哥哥水生，毛丫偷窥过水生，心里偷着乐开了花。当时叫"换头亲"，"亲上加亲"。两家父母担心夜长梦多，免去了习俗的"看家相亲""订婚彩礼""看八字定日子"的程序，谁也不吃亏占便宜的约定一月后同一天嫁娶的日子，约定好两家迎亲、送亲的队伍各十人，按照先嫁后娶的顺序，送亲、娶亲队伍同时出发，两位新娘在汉渠桥上相遇，互相交换裤带和手绢后，各自将"离娘水"扔进汉渠，各自奔各自的新郎去。一切安排的天衣无缝。

水仙没来得及与她暗许芳心的郎君许小兵见一面，只听村里一要好的姐妹说她要嫁的那人是个麻子脸，就有了宁死不从的心思。但父母之命，媒妁之言，身不由己的女子，不愿嫁的人由不得自己不嫁。两顶花轿同时启程，唢呐嘹亮，彩礼成筐。一手托两家的媒婆子毛翠翠，水灵灵的跟早晨的露水珠儿似的，左手一挥"起轿"，右手一摆"回去"，催着水仙的花轿快上路，快将新娘送进洞房。

毛翠翠的如意算盘就要实现。迎娶的队伍是十辆"永久牌"加重自行车，新娘坐的自行车花轿，车把上挂着红绸子绾的大红花，两条飘带在自行车把上缠了几道后从把手处飘飘扬扬，越过轿夫与自行车后架上的新娘红盖头相接，红盖头又与新娘的红坐毯一线连接。

同时到达汉渠桥中间，两位新娘戴着盖头被人扶下轿，被人推着背靠背，互相交换了手绢，各自解裤带给对方，接过对方的裤带再系上。就在水仙系裤带时，红盖头随风而去，飘落在汉渠里。水仙看着那位新娘屁股一抬,坐在花轿上,轿夫使出吃奶的劲,加大油门一踩,自行车花轿就飞一样的跑起来,跟随者们紧追不舍。过了汉渠桥,就是毛家弯的地界,水仙看着水面上的红盖头,大概是想起了《梁山伯与祝英台》,一纵身奔红盖头而去。

"救人呀,新娘子跳渠了!"

翠翠喊破了嗓子,没有人像水仙那样勇敢,没有英雄救美人那一幕,也许,英雄知道既是救了美人,美人也不属于英雄所有。

毛翠翠憋过气去,人中被掐破,才哭出声来。

那以后,就顶上了神。开始哭哭笑笑的憋过气后,醒过来就会模仿死去人的声音说话了。

民兵排长水仙哥哥水生,比许小兵年长,一个妹妹五个弟弟,相隔两三岁。父母大人白天苦的十二根肋条打弯,晚上还不消停,怀里娃娃刚断奶,肚里又有了娃娃。娃娃大人分一样多的口粮,三岁以下娃娃的口粮补助了大人,长大的半大小子,胃口如狼似虎,小时死吃老子,大了吃死老子。

父母的口头禅:半大小子吃死老子是有根有据的。半大小子们吃饭的碗比自己的脑袋还大,米面菜一锅熬的调和饭,稀里呼噜三碗下肚不打饱嗝,清汤寡水使排泄系统畅通无阻,不到下顿饭时间,肚子里叽里咕噜地叫唤。

身为长子的水生,沾了跑在前、长在先、奶水足的光,打小就有好身板。只因家中张嘴的多出力的少,缺吃少穿没有钱,水生年过二十五,裤子破了没人补,父母着急当事人更着急,就是钱这位万能的主儿啥时候都是老虎咬着屁股不着急,着急的父母不知托人说了多少次媒,着急的当事人相亲相的腻烦了,

跟自己赌气：就是打一辈子光棍，再也不相亲了。

父亲骂道："你这个不孝的东西，就是瘸子瞎子哑巴寡妇，只要能养娃娃愿意嫁你的，就给我娶进门。"

"那是不可能的！"水生气气呼呼地说。

就在父子发生口舌战不久，毛翠翠一手托三家，成就了水仙和她侄女喜结良缘的好事，造成了许小兵和水仙阴阳两相望的悲剧，落空了招许小兵为养老女婿的计划，种下了爱恨交加的种子，惹出了啼笑皆非的事端。

水生知道妹妹喜欢许小兵，有心成全。也知道毛翠翠想让许小兵当女婿的心思，知道许小兵看不上毛翠翠女儿，便不说破。

毛翠翠出面做大媒，水生很意外，开始以为毛翠翠侄女是瘸子哑巴瞎子大麻子脸，对毛翠翠摇摇头。

毛翠翠揪着水生耳朵骂："你个愣头青，我侄女一朵花似的，不是为了我那侄子，你边也沾不上。两相其美的事，过了这个村你小子就打一辈子光棍吧！"

水生想毛翠翠长像耐看，人们常说：生女儿像姑妈，生儿子像舅舅。毛翠翠的侄女说不上像毛翠翠。

父母笑得合不拢嘴："毛家婶婶的侄女来这我们见过，耐看得很。"

想到利己利人，水生动心了，动情了。

妹妹，委屈你了。

小兵，对不起，你和我水仙妹妹有缘无分。

许小兵知道水仙投水的事后，小伙子在和水仙两心相许的地方烧了三天纸钱。水生看到许小兵为水仙悲悲戚戚的样子，悄悄抹泪。

小兵，我的好兄弟。毛翠翠想来个快刀斩乱麻，以干妈的身份向许小兵提亲。说要省去全部彩礼，许小兵摇摇头。

许家父母逼儿子就范，许小兵来了个缓兵之计：那就等三年后！

毛翠翠女儿比许小兵大一岁，毛翠翠为等许小兵到22岁的法定结婚年龄，拒绝好几家为女儿做媒的婚事，红旗大队的土政策是不到法定年龄结婚的不给转户口，不给分粮食，不给娃娃上户口，劳动不给记工分。

许小兵到了结婚年龄，就是不相亲，即便相亲，要么被毛翠翠半道给挡回去，要么媒人进了门，他溜之大吉。

毛翠翠听了许小兵等三年之言，像一盆冷水浇的透心凉，差点气得吐血。她二十多年来苦心培养"青梅竹马，两小无猜"的一对可人儿，到头来是有心栽花花不开。

"你这个无义种，姑奶奶的女儿又不是瘸子哑巴瞎子大麻子脸，这几年回绝了多少好人家，还能让你给耽搁了不成。你看着，不出半个月，要是找不上个比你强的我就不姓毛！"毛翠翠气的就差七窍冒烟了。

其实，许虎子父母早就相中了毛翠翠的家产，毛翠翠就一个宝贝女儿，一心想找个养老女婿。村里人知道毛翠翠的心思在许小兵身上，那个丫头也盯着许小兵。许虎子和许小兵命犯克星，总是和许小兵抢一个碗里的粥，就跟在学校抢班长那样，总想掐许小兵的七寸。发现许小兵在水仙投水后烧了三天纸，就在村里说水仙是许小兵害死的。

水仙父母拉着许小兵哭得死去活来，"你咋对我女儿说了，她为你寻了短见，你去陪我的女儿呀！"

水生呵斥父母："你们这是往我妹妹身上泼脏水！"一句

话提醒糊涂人。

许虎子父母借风点火，带着重礼到毛翠翠家为儿子求亲。

乡里乡亲，谁家锅大碗小都知道，许虎子家境不差，就是个头稍矮一点，但相貌堂堂，头脑灵活，身体壮实，没啥坏毛病。

毛翠翠打心里不愿女儿远嫁，为女儿培养的一号郎君不识抬举，选择二号也是上策。但要拿捏拿捏。一家养女百家求，该有的礼数不能少。

"酒两瓶肉两方，拓烙的馍馍两大筐，油饼要比盘子大，十八个红包要包满；三转外带收音机；还要有件呢大衣。大立柜、高低柜、床前要有床头柜；写字台、梳妆台、四把椅子成双对；铺铺盖盖各四床……"

许虎子家一样不少。三天求亲，三天订婚，一月内结婚成亲。

毛翠翠别出心裁，硬要许虎子家用椅子绑成四抬花轿，抬着她家女儿在村里绕一圈，许小兵必须跟着花轿跑，谁叫他是新娘子的干弟弟呢，谁叫他撅着勾子(屁股)看天——有眼无珠。

水生愧疚地拜了天地后，掀开红盖头看到新娘子那张脸时，悲喜交加，新娘子和妹妹一样青春靓丽，一样楚楚动人。

就在洞房花烛时，毛翠翠找上门来，拉着新娘子就要走。说这个婚不能结，水仙家的人要给毛家人有个说法。聪明的新娘子听说了水仙的事后，对毛翠翠说"姑妈呀，你聪明一世糊涂一时，嫁出门的姑娘泼出门的水，水仙是嫁出去后出的事，人家娘家人不跟我们要人就是明大礼了，你还有啥理由闹事呢。这里就是我的家，我不能跟你走，你也不能在这里闹事！"

水生感动一生一世，紧紧拉住新娘子的手。

毛翠翠骂侄女："白眼狼，嫁了男人忘了娘家人！"无趣地离去。

鸡飞蛋打两头空，赔了侄女耽误了亲女儿搭上了水仙的一条命，毛翠翠一万个不服气，一箭三雕的好戏没有成功，便将所有的怨恨记在许小兵头上。在自家院里扎了草人，写上许小兵的名字，又是往草人身上钉钉子又是拿柳条抽，隔壁邻居从院墙缝看见，腿子一伸，到许家告密。

　　许小兵觉得新鲜，到毛翠翠家去看，路遇几个年轻人，说去毛翠翠家看耍猴，把毛翠翠跳大神说成耍猴是村里一帮年轻人的嘻称，初生牛犊不怕虎的愣头小子们，才不信毛翠翠"驱邪捉鬼"的那一套呢。

　　毛翠翠院门紧闭，愣头小子们趴在院墙上同时高喊："捉鬼啦！"

　　正在往草人心口窝上钉钉子的毛翠翠紧张的跌坐在地。这种事是最见不得人的事，往往是深仇大恨的冤家对头才相互搞这种下作的咒人术，也叫"巫术""黑事"，搞这种事的人，连无辜的孩子都遭人唾弃，成为孤家寡人。

　　毛翠翠没想到隔墙有耳，跌坐在地的当儿，许小兵看见草人身上写着自己的名字，跳进院子抗起草人打开院门就往饲养场跑，同伴们跟在后面边跑边"嗷、嗷"地起哄。

　　饲养场是村里人最爱凑热闹的地方，饲养员何大叔是位讲故事的高手，人们有事没事都爱听他瞎侃，年轻人尊称何大叔，年长者骂他何贼逼，叫他什么，他都不在乎。年轻人都爱和他套近乎，一是为听他山南海北地胡侃冒聊，相当于现在的听相声，二是想学骑马骑驴使唤牲口，套车赶车摇楼扬场等技术，相当于钻研业务知识。

　　许小兵是何大叔的得意门生，许小兵不娶毛翠翠的女儿，也是听多了何大叔演绎神婆巫汉如何装神弄鬼的故事，暂且放

后叙述。

何大叔看见草人时，草人身上许小兵三个字被风撕走"小兵"两个字，只有一个"许"字被铁钉钉牢在草人上。这在许家弯可犯了众怒，年轻人当西洋景看，老辈人看成是往许家人心上扎刀子，咒许家人鬼怪缠身，大祸临头的天下恶咒。

一会儿工夫，全村的大人孩子几乎都聚集在饲养场，许小兵爷爷辈的长辈们气的吹胡子瞪眼，尤其许虎子的父亲，气的差点背过气去，恨得咬牙切齿，大有不杀毛翠翠不解心头之恨的气势。

"虎子，去把那个巫婆子拉来，剃光头发烧了破咒！"

"虎子呀，你眊眊你婆姨的那个神婆子妈，我们家有啥对起她的，她使这么黑的毒招咒我们，难怪你婆姨是个不会下驹的骡子，都是那个神婆子使的坏！把她拉来破咒！"

许虎子的妈和媳妇关系不好，由此想到彼，越想越觉得毛翠翠是咒她家的，不分青红皂白，借海扬波，借风扬土，借公爹的威望出气解恨。

许小兵觉得事情闹大了，出面解释："大爷大爹大妈婶婶们，这个不是咒……"

"去你个吃里扒外的东西，钻了神婆子的裤裆就不知道姓啥了！神婆子使这么黑的阴招害我们，你还替她说话。"

许小兵本要解释咒的是他，不是咒大家，话没说完，就被打断。看来，这事不好收场，他跑进饲养员房间，点了一把柴火将那草人烧着。

"这还了得，还没有烧下咒的神婆子，就把自己烧了，看来，我们姓许的家族要遭殃了"。

这里说长道短，许虎子和几个毛头小伙子已将毛翠翠拉来，毛翠翠听许虎子说，她要是不当大火面说清咒谁，就和她女儿离婚。为了女儿，毛翠翠不情愿地被拉到饲养场，看到草人被烧，毛翠翠灵机一动："送子娘娘观世音，赐我外孙许家的根，许家虎子我的婿，天天对月求观世音。"

许家人无话可说了，原来人家是给我们许家求后呢……

人们陆续散去，毛翠翠借坡下驴。

许小兵趟在饲养员炕上，捂着肚子滚着笑。何大叔说："傻小子，你笑的哪门子事？"

"何大叔，你不知道，毛翠翠是在演戏，那个草人是我……"许小兵说了原委。

何大叔当下就编了段子唱秦腔："许家庄有神仙，捉鬼耍的是脸瓷，驱邪靠的是神药，神药配方好稀奇，山上山下都有土……"把"神药"的那些方子唱了个透彻。把草人的事编的比喜剧小品还搞笑。

毛翠翠成了臭狗屎。

水仙走了三年，许小兵不找对象不相亲。

水生当了副队长，许小兵当了民兵排长，领着人外出积肥，去一个叫"高沙窝"的地方拔蒿草，这种草本植物晒干后埋在土里，特殊气味能驱庄稼的地下害虫，同时，是一种能改变土壤结构的有机肥，生长在沙漠中耐寒耐旱的小羽叶灌木类，开的花有红、黄、蓝色，气味臭，果实呈淡绿色的气泡状，未成熟时像玻璃球般的透明，包裹着褐色的籽，成熟后变为黑褐色的易碎物，比芝麻粒还小的籽种自行落地，被风传播，冬眠春发，自行繁殖。就是"苦豆草"一类。

许小兵的父亲就是拔蒿草的老手，许小兵跟着父亲去过几次高沙窝，知道拔蒿草的差事苦得很，但苦中有乐，去时坐拖

拉机、大马车，一个多月后，拖拉机、马车满载蒿草而归，人就坐汽车或火车回家，相当于国家干部的出差或旅游。但意义是天地之别，住地十多人吃一锅饭、睡一个大炕，吃饭见了碗底也见了黄沙一层，且当是水熬土豆白菜的油留在碗底。最开心的是干活时自由组合，称斤记数，拔的蒿草多挣的工分多。不想干了，就往沙子上一躺，就像遨游在沙海里，有极目楚天书之意境，还有爱想啥就想啥的惬意，没啥可想的，就驴撒欢地跑跑跳跳或驴打滚的在草上滚来滚去，自由地享受大自然赐予的一切。

许小兵第一年带队拔蒿草，赶上了那年的雨水多，所有的野草疯了一样的长，蒿草的祖先好像也复活了，子孙后代也抢着出生，高沙窝满地都是蒿草，一人一天能拔一、二百斤呢。半干的蒿草运回队里，比往年多了一倍。

许小兵最大的收获就是认识了红花娘家队上的姑娘乔玉仙。拔蒿草大军本是男儿本色，那个不爱红装爱武装的乔玉仙姑娘，念了几天书，心思活泛了，总想看看村子外面的世界，知道队里年年外出拔蒿草没有女人的份，当了女民兵排长后，就逞能起来，私底下攒动了几个要好的姐妹齐上阵，拿起毛主席语录念给队长听："时代不同了，男女都有样，男同志能办到的女同志也能办得到。"

队长说："毛主席怎么说我们就怎么做，拔蒿子是个苦活，你们愿意受那个苦，你们就去。"

乔玉仙和四位小姐妹到了高沙窝，才领教了沙子刮脸，寒风刺骨的滋味。同去的三个小姐妹，百十斤的蒿草背在身上，走不了几步，就汗流浃背，气喘吁吁，席地而坐。看着茫茫沙海，苦不堪言，女民兵排长乔玉仙苦字说不出口。

许小兵一行，蒿草背在身上，快步如飞，路过席地而坐的人，发现是几位姑娘。姑娘们愁眉苦脸，无奈地看着前方。

许小兵放下背上的蒿草说："哎，你们是那里的？男人干啥去了，咋叫女人来这里？"

乔玉仙眼睛一亮："你们是许家弯的吗？"

两问一答，乔玉仙有了触电般的感觉。那次，给红花家砌墙扫院子的不就是他嘛。乔玉仙那天站在观看的人群里目测许小兵后，就有了异样的感觉，情窦初开的少女，被春梦困扰，扰的姑娘家魂不守舍，心乱如麻，就想放飞自己，就想离开村子到外面去。

许小兵看清了乔玉仙的眼睛，那是一双似曾相识的眼睛，水仙的眼睛就是那样。

"背不动吧，这就不是女人家干的活嘛。十几里路呢，你们把蒿草弄到住处怕是天亮了。"

"这里晚上还有饿狼呢，你们几个根本不够喂狼！"许小兵的小哥们坏坏地说笑。

"嘈，搭把手，闹个拉架子帮她们一下"。

许小兵解下腰间的绳子，从他的蒿草里抽出两根红柳条，将他的蒿草和乔玉仙的蒿草捆到一起，放在红柳条上，绳子一头拴着红柳条和蒿草，就像雪橇那样，不过，是人拉草走。

许小兵的小哥们殷情又热情，和许小兵同样的方法，刚好四男四女结伴同行，年轻人容易沟通，邂逅相遇，完全是月下老人有意撮合的前世姻缘，成就了许小兵和乔玉仙的一世情缘。

许小兵终于男大当婚了。

结婚那天，参加婚宴的毛翠翠突然犯病，说是"神"下来了，是水仙哭着说话的声音：你个负心汉呀，看别人抢我你不拦，

为你我成落水鬼，阴间受苦……

这次，比草人的事更恶毒。那次，许小兵的父亲赶到饲养场时，草人已经化为灰烬。骂儿子不省事时，许小兵说明了真相，许小兵父母要找毛翠翠要个礼数，被何大叔劝解。

毛翠翠扎草人的真相，被何大叔的段子唱的人人皆知，许家村里没人请她"捉鬼驱邪"了。许虎子要和招弟离婚，招弟宁可断了母女关系也不离婚。这话出口不久，就怀上了娃娃，儿媳妇有了娃娃，婆婆高兴的没了脾气。全家人心往一处想，不让毛翠翠上门，也不准招弟回娘家，否则，你走你的阳关道，我走我的独木桥。

毛翠翠的心就要疯掉，隔着院墙给女儿送的东西被隔墙扔回来。那可是母亲的一片心呐，母亲的心被撕碎，那般痛只有母亲能忍受。

忍受亲情折磨的毛翠翠，更加忌恨许小兵。她只要许小兵有灾有难，她要用邪术冲许小兵的喜。

许小兵不怕死鬼也不怕活鬼。毛翠翠的招数对谁都有用，就是对许小兵失灵，因为一招一式许小兵了如指掌。毛翠翠以为大闹婚礼，许小兵会求她，没想到许小兵三招两式用驴缰绳将她手脚一绑，拿着好吃好喝扛着她送回她家，又将她家门向外锁好，将窗子用铁丝扎死，叫她出不了自家门。

水生知道后，派人悄悄看着毛翠翠，毛翠翠骂的精疲力竭，睡着了。那以后，毛翠翠老实了，村里人说被许小兵制服了。

许小兵当了民兵排长，正是"破四旧立四新"（旧风俗旧习惯旧旧意识旧礼数）的高潮兴起，封建迷活动是四旧之首。毛翠翠的娘家侄儿，就是当年那个欲娶水仙的汉子，水仙投水他精神受到刺激，疯癫时好时坏，熬了十多年不幸死去。

毛翠翠贼心不死，硬要让水仙活是毛家的人，死是毛家的鬼，给活人拉郎配未逞，就玩起"配阴婚"的把戏来，让水仙的阴魂和他侄儿的阴魂在阴间结为夫妻。按照活人结婚的东西用纸活代替，糊了一男一女两个纸人，写上水仙的名字和她侄儿的名字，一切就绪，就等吹鼓手的唢呐声响起，让两个亡魂拜堂成亲。身子一抖，模仿水仙的声音：二十有八孤身受苦，已见夫君奈何桥上晃悠悠，求父母大人东南方向寻我夫君配我身……

毛翠翠搞"配阴婚"的事，许虎子比许小兵知道得早，这个贼打鬼就想跟许小兵拼个高低，只要是对许小兵不利的事，他是一口吃下了草帽子，一肚子的弯弯子。正儿八经的事不干，尽搞些日鬼弯三（不好的事）得名堂。他和许小兵是五代以外的堂哥堂弟，比许小兵晚出生几天，大概是受父母的潜移默化，啥事都想成能占上风，见不得别人比自己过得好，比自己强。和许小兵一天进的学校门，许小兵的考试成绩总是比他好，父母知道后就骂他："吃囊怂的东西，吃白米白面的考不过吃糠咽菜的。"

许小兵的太爷辈以给许虎子太爷辈当长工养家糊口。常言说得好：穷不过三年，富不过三代。许虎子的爷爷虽然继承了祖上的田产家业，因为人苛刻，无人帮衬，田地撂荒无收成，家业败落，人也早亡。幸遇许老憨的货郎担父亲入赘顶门，不仅维持了原有的家业，又将撂荒的田地有了收成，家业正在复兴时，许虎子的奶奶奔他爷爷而去。待许虎子的父亲与母亲结婚后，翻脸不认为他们操持家业的货郎担继父。

这可是砸了聚宝盆得罪了财神爷，财神爷报复为富不仁之人的方式就是让富人一夜间穷困潦倒或慢慢穷得叮当响，对许

虎子父母用的是慢慢穷的方式，靠卖祖业养家糊口。赶上解放初期搞"土地运动"时，许虎子的父母已是地无一亩，没有土地的农民，属于贫下中农的范畴，追溯三代，因了许老憨父亲的入赘，还是贫雇农的范畴，这样，许小兵的父母就沾了家业败落的光，家庭成分被定为"下中农"。贫农、下中农成分是依靠的力量，许小兵父母的内心深处还有祖上家大业大的荣耀感，又为"下中农"这个依靠的力量而自豪，寄希望于儿子许虎子能出人头地，但总是赶不上许小兵。

许虎子挨了父母的数落后，问父母咋叫吃白米白面的和吃糠咽菜的，父母就说了老黄历，说他太爷爷如何富得流油，如何使长工，如何有学问。许小兵的祖上如何穷的没有裤子穿，如何要饭当讨吃。

童言无忌的许小虎问："爷爷那么有学问，你们咋连我的作业也看不懂，咋啥学问也没有？"

父母语塞，戳许虎子的脑门说："三十年河东三十年河西，我们没有赶上有学上的好日子，让你赶上了，你一定要给我们争口气，一定要超过许小兵！"

许虎子第一次超过许小兵，是小学毕业时将许小兵的考卷俏俏拿去改成自己的名字，拿给他父母看，其实，就三分之差。这三分之差，使许虎子在培养理性、成就德行方面的千里之差。第二次超过许小兵，就是上初中时揭发许小兵跟着他干妈搞迷信活动，许小兵被撤了班长，他取而代之。

这次，许虎子有了踩着别人肩膀往上爬的体验。第三次准备尝试"吃肉不荤嘴"之法，借工作组组长之威，把许小兵的民兵排长弄到手。

他知道他丈母娘毛翠翠有制服许小兵的办法，他知道毛翠翠扎纸人搞"配阴婚"的事后，就想起工作组组长"要在割资本主义尾巴运动中立新功"的话，便行"大义灭亲"之举，报告给工作组组长。

工作组组长第一次听到这么稀奇古怪的事，简直是牛鬼蛇神在光天化日下的兴风作浪，是明目张胆地对"揭、批、查"运动及"割尾巴"运动"的挑战。还没有找到那个新生的资产阶级分子桂大侃，又跳出来个大搞风封建迷信活动的毛翠翠，这次一定要抓个现行的资产阶级跳梁小丑。

工作组组长说要保护好许虎子，不让许虎子出面，按许虎子说的方位，和他的部下去毛翠翠家抓现行。

世上没有不透风的墙，许小兵在许虎子向工作组组长报告时，就得知毛翠翠又在家出"故事"，便带着几个民兵到毛翠翠家，毛翠翠一看是许小兵，大骂："你这个无情无义的王八蛋，不识抬举的东西，来呀，你们奶奶这回让你钻个光勾子的裤裆。"说着就解裤带脱裤子，吓的小伙子们撒丫子就跑。

毛翠翠一看这是个高招儿，索性让这帮秃崽崽们断了以后来家骚扰的后路，便使出比扎草人更恶心恶毒恶劣的阴损招数来。

何为"三恶"的阴损招数，就是让男人"三怕"，即怕不吉利、怕一辈子不顺利，怕给家里惹出血光之灾。那就是男人们最怕最恨最忌讳的遇上"血骡子"事件。

"血骡子"为何物？就是女人列假期用的卫生带。

那时，寻常百姓家都是母亲为女儿缝制的被当成见不得人的东西、不吉利的东西，一月用一次，用后避过家中男性洗净藏在只有母亲知道的地。哪像现在，女人用品在电视屏幕上的广告让女人都烦。

那个让男人三怕的"血骒子"，妖魔鬼怪都怕，姑娘、媳妇出远门，都要将那东西藏在身上，神鬼忌讳那东西脏即使看上漂亮姑娘小媳妇，想讨便宜也不敢妄为。

毛翠翠不愧是阴阳两界行走的人，神鬼怕她不怕，她就是要用"血骒子"制服许小兵这帮子啥也敢管的愣头青。

毛翠翠拿着"血骒子"像摇旗一样追撵许小兵，许小兵知道在村子里跑是躲不过去的，就向村口跑。村里的老男人们从婆姨娃娃地嚷嚷中听出端倪，关好门在屋子里骂：不要脸的东西！

许小兵的母亲听说毛翠翠糟蹋自己的儿子，拉上媳妇跑着追毛翠翠，她要豁出老命保护儿子。

工作组一行此时出现在毛翠翠家的路口处，他们看许小兵被毛翠翠追着跑，毛翠翠上气不接下气，身后跟着一长溜看热闹的婆姨娃娃，乐呵的跟看戏一样。

许小兵看见工作组一行就地立正："贾组长，毛翠翠在家里搞封建迷信活动，被我们发现，她就……"

"她就把你这个民兵排长吓的乱跑？"工作组组长质问。

这里说着，毛翠翠就到了跟前，扑向许小兵，许小兵向村口跑去。

许小兵不在意毛翠翠拿的那个东西，媳妇的内衣裤都洗过，还在太阳下晒着消毒呢。他是有意让西洋景多演一会，他慢慢地跑，毛翠翠急急地追，眼看追上，这小子有意学毛翠翠跳大神时的样子，惹的毛翠翠气上加气，拼了命也要让血骒子沾上他。

"歪风邪气这么嚣张，你们上去将她拿住！"

工作组员们得令上前。毛翠翠看着扑向她的工作组，解开裤带脱下裤子："来呀，来拿住姑奶奶回家给你们当妈去！"

工作组那见过这阵势，别看他们眼观六路，耳听八方，博古论今，知天文熟地理，才高八斗，学术五车。对问题窝里鸡毛蒜皮的小事儿束手无策。

毛翠翠的下三滥招数，吓的文武官员比许小兵还跑得快。

无巧不成书，哈书记、马姨妈得信后，要梅雨和他们火速赶到许家弯。

许小兵看见哈书记一行，就像看见救星，狗熊立马变成英雄，心里说，平日装神弄鬼我对你没有办法，今天，你这牛鬼蛇神算是撞上钟馗了。躲在马书记身后，手心向上一伸一钩，挑衅地说："老神婆子，你装疯呀，买傻呀，跳大绳呀，脱裤子呀！"

如果不是许小兵挑衅，毛翠翠就忌讳见官，就此罢休，转身回家生闷气去。

毛翠翠吓跑工作组已提起了裤子，来不及想，就听到许小兵的话，也认出哈书记、马姨妈，心里想转身回营，气不过许小兵的仗势欺人，血红着眼睛、满嘴喷粪地骂着脏话，还举着"血骡子"扑着打许小兵。

马姨妈拦住毛翠翠，这才看清毛翠翠手里的东西，气的大骂："不要屁脸的货，女人的脸让你丢完了！原来你毛半仙是靠这种下三滥的手段糊弄人的。你打呀，我倒要看看你这招有多厉害！"

毛翠翠看着马姨妈拦在面前，心里着实害怕，这个半老不老的女煞星，多日能的人遇到她就乱了方寸。许家弯子这个有名的"问题窝"自她包队后，生瓜蛋子驴脾气的人都好使了，她在的时候，毛翠翠只走阳关道不传阴间的话。今天真是屋漏

遇上连阴雨，出门遇上了顶头风，毛翠翠想起以前的那些事……

"她还有脱裤子的毛病呢！"许小兵告状。

"你们几个过来，把她的裤子衣服都给我扒光，好好让她晾晒晾晒！"马姨妈指着看热闹的人说。

毛翠翠傻了眼，坐在地上，紧紧地抓着裤带。

许小兵母亲、媳妇追来了，看见许小兵站在哈书记身后，松了一口气。

"哈书记呀、马主任，你看你们让小兵干的这个得罪人的事，弄得我们一家人都把心提的悬悬的。"许小兵母亲看着哈书记、马姨妈说。

"怕啥呢，破旧立新，铲除封建迷信是毛主席的号召，毛翠翠大搞封建迷信是出了名的，不但要制止还要进行批判斗争！她搞的配阴婚封建迷信活动，比跳大神更恶劣，影响更坏。小兵是政治队长、民兵排长，做的对，我们不仅支持还要给予表扬！"

毛翠翠听了马书记的话，一骨碌站起来往家就跑。看热闹的人们拍着手跳着脚大笑。

"哈书记、马主任，她家里做了好多纸活。"许小兵说。

"你小伙子这次要是把毛翠翠的气焰打下去，就是我们大队的功劳一件。这个毛翠翠臭名远扬，县上都要抓她的典型。走，到她家里看看去。"

毛翠翠家的烟囱浓烟滚滚，窗逢向外冒着烟，院门紧闭，屋门大开。

毛翠翠已经洗净了脸，收拾的干净利落，端着脸盆向院子里洒水。

毛翠翠打开院门，哈书记、马姨妈走进屋子，炕洞里火光通红，纸活化为灰烬。浓浓的檀香味诉说着往日的香火不断，香案上方的毛主席挂像崭新崭新的，刚刚揭去的神仙画像毛翠翠大概藏起来了。

"从今以后，你要是再搞封建迷信活动，我们就把你拉到县上去批斗。"马主任说。

"我一定听毛主席的话，听哈书记的话，听马姨妈的话。"毛翠翠第一次服软了。

离开毛翠翠家，梅雨跟哈书记、马姨妈一路打听毛翠翠的事。

"农村里的故事多着呢，讲不完的，都是芝麻绿豆大的小事，但解决不好可就人命关天，上纲上线了。有些事，看上去难缠，县长来了不一定能解决好，乡村干部就有制服的办法"哈书记说。

"要不然咋叫哈明堂呢，就是名堂多嘛。"马姨妈开起玩笑。

哈书记的名堂

许有利当了积肥队队长，民兵排长许小兵挑起了政治队长的担子。

马姨妈基本一天来一趟许家弯，梅雨对马姨妈有了依赖，一日不见，如隔三秋。只要不开会，她就跟着马姨妈走村串户。

"揭、批、查"运动中，秦书记全面主持公社的工作。

梅雨的"焚书"夜行，秦书记着实紧张了一夜，他怕弄出人命来。

有了梅雨的消息，秦书记大失所望。看来，是个提不起来的刘阿斗，既然麻袋绣花底子太差，就给樵夫一把刀，砍他的柴去。

不是在搞"养猪试点"嘛，要是搞不出个名堂来，就是真正的刘阿斗，那么，占着茅坑不拉屎的老顽固、小阿斗就一边凉着去。

"梅雨同志，养猪试点是一项寓意深远的政治任务，是你蹲点的重中之重，不能空喊口号。这可是大小会上拍板钉钉的东西，不但要搞好，还要搞出有一定影响力的名堂来，年底要在那里开现场会，你要作重点发言。"党委会上，秦书记一再强调。

前面讲过，过大年时，哈书记已对"养猪试点"有了策划。

就等"试点资金"到位，立马揭竿而起。

历史有经验，不论啥革新、创新，谁的能耐也没有钱老大神通广大。出人出力对农民来说就不是个事，盖猪舍砌羊圈要不是"试点"，三根木棍一车土坯半个钟头就成功了。

试点就是榜样，榜样就是经验，经验就是钱老大的功劳。

等钱老大不是主要的，农时不能耽搁，春节初五那天，农民就自己吆喝着"出行"了。送肥犁地，耙糖保墒，忙的农民顶着星星出门，迎着月亮回家，有人吃饭打瞌睡，碗掉在地上打破的事常发生。

哈书记给梅雨的任务是"跑化肥"。

那是物资匮缺的年代，生活日用品全部凭票供应，人的衣食用品不能随心所欲，粮票、油票、肉票、布票、棉花票、副食品票、日用品票限人限量供应，土地的调味品"化肥"这个农业文明的现代化产品的横空出世，一下子提高了农作物的产量。有超前意识的秦书记，跟着形势，在三干会上（乡、村、生产队干部）大讲"人有多大胆，地有多高的产"，将农民种地的祖传经验"庄稼一枝花，全靠粪当家"改成"庄稼一枝花，全靠肥当家"。

粪，就是人、畜、禽的粪便，是农民自己生产自己用之没有外援的自力更生之路。肥，就是化学肥料，简称化肥。什么尿素、磷酸二铵、磷酸钾铵、复合肥等，本该是土地的调味品、添加剂，在"过黄河、越秦岭、跨长江"的时髦口号下，化肥成了粮食的庄家。

过黄河，就是粮食亩产超过六百斤，那时，北方的小麦亩产最高三四百斤。越秦岭，就是水稻越过八百斤，过长江，就是亩产超千斤以上的产量。这样的亩产对当时的农民来说，就

如杨立伟上天时那样振奋人心。

这样的产量一年相当于三年的收成，农民阶级有生以来的兴奋就是粮食产量的大幅度提高。要实现过黄河、越秦岭、跨长江，跟"神六"上天是一个理儿，得有一个循序渐进的过程，这个过程就是实践。

红旗大队支部一班人就是实践的带头人，从粪和肥处双管齐下。

梅雨有近水楼台先得月的条件，县上的化肥指标分配到公社，公社再分配到大队，大队给各生产队分配。化肥指标到公社后，先给公社的蹲点包队干部每人留两袋（大约五十公斤），领导级的四袋。

哈书记知道这个秘密，大队往下分配化肥前就说："梅雨，你的关系肥就奉献给七队搞实验田，大队就不给七队分配了，差额部分你去想办法。"

分配救济粮时，七队分的比其他队多一些，但落实到断粮户和其他队的标准是一样的。农民看啥都很直观，看见七队拉回的救济粮多，就说七队老回回朝里有人，哈书记、马主任都是老回回，回回一家亲，打断骨头连着筋，分救济粮偏着心，救济粮比汉民队多一倍。

还有人说，粮食是我们农民种出来的，要是不交那些公粮，我们就不会缺粮。

马书记看着说话的人："你说得是你们家里话，所有的土地都是国家的，农民种地交公粮相当于交国家的地租，天经地义，有啥不公平？大麦熬糖各有一行，秫秫（高粱）淋醋各有一路。农民不织布为啥有衣服穿？不造锅碗瓢盆家家户户都用着，不生产煤家家户户都用火，这是啥道理？那个国家那个朝代都一样，没有农业不稳，没有工业不富，没有商业不活。农民、工人、商业是鸭子的爪爪——连手手，谁也离不开谁。你们不要以为就我们种地的人日能，田少人多该当的公差一点也不能少，你们掰着手指头算一算，国家每年返销给我们的救济粮大大超过交的公粮，我们还有啥牢骚可发呢。再说了，田少人多也是我们自己造成的，你们那一家不是三四个、五六个的养娃娃，人能养娃娃，土地又不能养娃娃"。

那么深奥的辩证关系，哈书记几句话就让农民们明白了个透彻。地少人多的办法在笑谈中有了着落。草绳、草袋编织厂、苇席、苇帘编织厂，随着"知识青年"的安家落户，在红旗七队搞了起来。男劳动力下地干农活，女劳动力干编织活，真正的男耕女织。

就事论事是农民的局限性和特有性，种粮食注重细节过程和结果，看问题不管过程只看结果。

哈书记的话，解开了农民的心结。

先前说老回回向着老回闲话的人们，知道没有给七队分配化肥时哑巴了。

七队群众晚上去队长家问缘由，队长说："又不是救济粮，没有了饿肚子。那个东西是给田地吃的，人吃了生东西还有个肠胃不服，田地吃了不知道服不服。我们今年先搞几亩化肥实验田，化肥由梅雨主任解决。要是好了，明年就大面积使用"。

七队地少人多，小麦实验田不用粪全部用化肥，麦苗长势喜人，比用粪不用化肥的小麦高了一倍，比用粪也用化肥的小麦苗且高且瘦，粪肥搭配的小麦苗不紧不慢地生长，坐胎、拔节、抽穗、灌浆、扬花一个环节也不错过，成熟比以往年早了五、六天，麦穗和以往长短一样，但颗粒大且饱满。

绿地文学丛书

只用化肥的小麦苗好像吃了兴奋剂的运动员一样，恨不得一迈脚就冲刺到终点，那麦苗只顾往高窜，将坐胎、拔节、抽穗、灌浆、扬花的程序全免去，一口气就窜出了麦穗，就是那麦穗像泄气的皮球，麦粒干瘪的像瓢虫的躯壳。

实践出真知，粮食一枝花，全靠粪当家。

粪肥合理搭配，粪是主打肥是配角，才是科学种粮。

前面讲到：许虎子发现了许家弯阶级斗争新动向，向工作组组长报告的同时，也报告了桂大侃藏身红旗大队油坊的秘密，这可是天大的政治问题。

看来，红旗大队支部书记哈明堂的问题不一般。

问题窝的根源不在问题窝，而在哈明堂，与其说许家弯是问题窝，不如说红旗大队是问题窝。

这个窝主就是哈明堂，就是被哈明堂糊弄的团团转的那一帮没有政治头脑的人。那是些政治立场有问题、思想跟不上形势的保守派、顽固派的马前卒。那里已经被县上最大的走资本主义道路当权派完全渗透。不下大力气发挥无产阶级铁拳头的威力，那块社会主义的阵营就会被资本主义彻底腐蚀。

秦书记、工作组组长感到了问题的严重性。

堡垒最容易从内部攻破。

日本侵华战争如果不是汉奸卖国求荣，不是特高课在行动，日本人怎能在中国的土地上横行霸道、烧杀略抢八年之久。

许虎子扮演的即是汉奸又是特高课角色。

工作组组长兑现了特批给徐虎子一辆自行车和一块手表的承诺。许虎子骑着崭新的自行车就跟骑上了火箭，明明没有离开地面，却目空一切地去追云赶月攀高枝，将在红旗大队看见的，听到的，知到的，了解到的，猜测到的全部告诉了工作组组长，工作组组长知道了等于秦书记也知道了，秦书记知道了，县委"揭、批、查"领导小组也知道了。

领导小组不仅知道了红旗大队的一切，还知道了冯书记在隔离审查期间，不认真闭门思过，借下雨之机笼络人心，还耍特权批条子给商业局让给红旗大队分配十辆自行车，给什么队长弄因公殉职，让民政局发抚恤金，还让给一个瞎子发生活费，用小恩小惠收买人心，为自己捞取政治资本……

看来，冯书记蹲点根本没有干成一件大事，都是鸡毛蒜皮的小事。把社会主义的阵地弄成了产生资产阶级的土壤，使新生的资产阶级分子蠢蠢欲动地向无产阶级进攻。

在这个问题上，秦书记稳扎稳打，把许虎子反映的情况郑重地进行润笔着色。积肥队、编织厂那是秃子头上的虱子——明摆着的资本主义尾巴，割起来不用刀枪不用人，一纸红头文件就解决掉了。关键是那个新生的资产阶级分子桂大侃，要是人赃俱获，那可是最有说服力的，最是顺藤摸瓜的好线索，就会把生产队、大队、公社、县委一条黑线一网捕获，就会在"揭、批、查"运动中建功立业，运气好的话，说不上还能……

运气这个东西有时候也会捉弄人。

许虎子发现桂大侃的藏身秘密后，立马去向工作组组长告密。

桂大侃不是个省油的灯，哈书记、马主任千叮咛万嘱咐他白天不要随便走动，他偏是看见许虎子也不避讳，还龇牙咧嘴握拳头，挑衅那个爱出风头的愣头青。

桂大侃挨批斗那天，是工作组组长让许虎子带头喊口号："打倒新生资产阶级分子桂青"的。那天看见许虎子，完全可以避过去的，桂大侃有意不避讳。

桂大侃那天是压补好了最后一个破轮胎。

他潜伏在油坊里三个多月了，压补好了几十副大小胶车的内外轮胎。

哈书记给各队队长说：你们如果有需要修补的轮胎，就送到大队交给两个老油户，他们会想办法补好的。

桂大侃完成了任务，就想找人侃侃。

已跨上自行车准备去找许有利的桂大侃，内急难忍，解决完后就看见了许虎子。知道许虎子会跟着疯子扬土，也不管三。

桂大侃心里有数，他去清肥队到处都是破旧的大小马车轮胎，看看这个看看那个，那些轮胎上的防滑槽里还没有沾上土，就像新的一样，就对许有利说："就是被玻璃碴子、钉子扎了口子，补压一下我们队里能用一年呢。婊子儿的，公家的东西就是这么糟蹋的"。

破旧轮胎都是市上清肥队扔掉的，清肥队有大小马车几百辆，清肥队的工人是白天休息晚上上班，一人拉一辆封闭式的两轮小胶车，清理几个公共厕所的粪便，而后拉到几里外的粪场去，比农民辛苦多了，但比农民收入的多，月工资能顶农民的一年分红，比工厂工人的工资高一倍，除了"清肥队"的名字不好听外，别的啥都好。

清肥队的粪车轮胎是实报实销，粪车走到半路，车胎破了就地将粪便倒掉，返回队部换上新轮胎，旧轮胎当废品一扔。许有利知道，大车的一副新轮胎几十块钱，小车的也十多块呢，生产队那一年都要买几十副小车轮胎，三四副大车轮胎，要是将这些轮胎补压好给生产队用，就能省下一大笔开支。许有利的心思活了，就和桂大侃一起给哈书记说了想法。

哈书记一听立马拍板：许有利呀许有利，这是无本万利的好事情嘛，只要是有利于我们农民的事，干了不会有啥乱子的。桂大侃你个贼婊子儿的听好，这些日子没地方侃了，怕是快要憋疯了，积肥队那里有的是闲房子，你就在那里变废为宝。我可是老太太吃挂面有言（油盐）在先，你桂大侃是我们红旗大队出了名的"新生资产阶级分子"，谁沾上你谁有危险，这些日子我也是捏着一把汗的。

哈书记你放心，不管在哪里，人家许队长都是我的领导，我这人就是老狗揭门帘子——嘴上的劲大，说的扬名四海，钻到炕洞里拉不出来的胆小鬼。那么大的一顶帽子扣在我头上，我知道轻重的，要不是大队对我的特殊保护，我怕是早就吃了花生米（子弹）"。

"那你就把该用的东西都搬到积肥队，那里有现成的房子，你就在哪里补压轮胎。许有利你就负责把补压好的轮胎送到大队部来，我们统一分配"，哈书记说。

许有利连夜赶着马车将桂大侃补车胎的东西拉到积肥队，桂大侃说要把补压好的轮胎归整好，是谁的就弄上记号。一切弄停当了，准备骑上自行车去积肥队，就看见许虎子在偷看他。

从"割尾巴"的事上就断定那是个干不了正事的龟贼，偷偷看他必定没有好事，有意日鬼（捉弄）一下小家伙，就故意出出进进的。许虎子骑自行车去公社找工作组时，桂大侃就在后面跟着。

看着许虎子和公社武装干事、三位工作组的人向红旗大队去了，桂大侃偷笑着顺路去了马主任家。

马主任说：你这个惹是生非的东西，一勾子屎还没有揩干净，又给我们惹出麻烦来。白天你就不要出门了"。

桂大侃说他在厕所撞见许虎子的，许虎子说要找人抓他。

马主任找到哈书记时，抓桂大侃的人已经到了大队部。

大队部油坊的大门上了锁，油户大叔回家吃饭去了。

许虎子肯定地说，桂大侃就在里面，年轻的工作组员们立功心切，一起用力，将木门合叶撞坏，冲进油坊。

哈书记、马主任看着撞坏的门说：你们想干什么？

工作组员指着许虎子：他说那个新生的资产阶级逃跑分子躲在里面！

许虎子辩白：我亲眼看见的。

"你们破门而入抓到人了是大功一件，想咋处理我们都行，没有抓到人这算什么行为？让你们组长来给我们解释"。

"我们组长回县委了，这里的事他不管了，秦书记管"。

"那你们就请秦书记来！我们这里是支部所在地，不是贼窝山寨，你们想干啥就干啥，没规没矩的，这怎么行！"老道的哈书记，严中有威。

"哈书记，年轻人考虑不周，我是受秦书记委托和他们一起来的，是听了这个娃娃捕风捉影的话，冒犯了大队部，请你们高抬贵手，我回去给秦书记如实汇报"。武装干事说话了。

乘兴而来，扫兴而归。

奉命行事的武装干事解释得清楚，工作组员们再一次以失败告终，许虎子好不尴尬，他是偷鸡不成蚀把米，他开始为自己但心。

"虎子，七队编制厂的电路接好没有？给五保户更换照明残线换移动开关的事完成没有？各队变压器箱子装完没有？"马书记问。

许虎子看着哈书记和马主任，头上冒汗。

"你知道吗，我们这里来的大批知识青年，都是八仙过海各有神通的，有的不仅会组装收音机还会接动力线修电动机，七队编制厂的动力线路没有你这位电工，人家几个知识青年就把线弄好了，你去看看那些电动草绳、草袋机是咋转动运行的。我就纳闷了，自从你当了电工，许家弯那几户骂过你的人家，照明线路怎么隔三岔五的短路？让你当电工是许小兵再三建议的，人家许小兵以前就是队里的义务电工，为啥让你当电工，你好好地想想。"马姨妈数落许虎子。

"桂大侃碍着你的啥事了？你放着正事不干跟着疯子扬土，割尾巴惹怒了村里人和你爹妈，你还要无窟窿生蛆。不就是工作组组长许愿让你去当营业员嘛，他的儿子还在我们这里当知识青年呢，好事还能给你留着！"

许虎子傻了眼，眼泪汩汩流淌。

哈书记、马主任对视一下。

毕竟是个孩子，没经过什么风雨。常言说：人往高处走，水往低处流，农村孩子想离开农村，就是农村太穷、农民太多、农民的地位太低。没有文化的农民不知道外面的世界，一门心思就是种好地多收粮，有了文化的农民，上天摘月亮的心思都有。许虎子是聪明好学的，就差好好引导。但愿从今后许虎子这棵小树在风雨中茁壮成长。

许虎子担心又害怕失掉电工这个差事，知识青年大多是初高中毕业生，哈书记、马主任是不是想……

"哈书记、马主任，我没有说假话，我真的看见了桂大侃，才去告诉工作组的，他们让我当联络员，就是要找桂大侃，说只要找见桂大侃，就让我去县委当通讯员。我，我……"

"桂大侃的事可不能胡说，那是政治斗争方面的事，我们农民阶级的政治就是多生产粮食，多为国家做贡献，少为国家

绿地文学丛书

添麻烦。从今后，桂大侃的事你就当是错觉，再不要提起。在我们这里，就是有天大本事的人，想搭梯子上天，没有我们大队的通官文书是行不通的，你小子就踏踏实实地当好电工，否则……"哈书记给许虎子留了个悬念。

许虎子忐忑不安地回到家，拿出从大队部领的照明线，挨家串户地为"五保户"换线。他不知道，那些线是大队部用桂大侃补压轮胎的钱买的，还有变压器的铁箱子、锁子，桂大侃这几个月，为大队部挣了不少钱呢。

五保户的移动开关都接到炕上，为他们晚上开关方便，还为他们接了有线广播的开关，想听就听，不想听就关。许虎子用了一星期时间就完成了，还将许家弯的照明线路全部换成新的，跟许小兵说："哥，你再给哈书记、马主任说说，我以后一定好好干电工。"

许虎子自费买了电工手册，和会组装收音机、修电动机、懂电的知识青年们有了交往，跟许小兵亲近起来，见了村里的人也老有老小有小了。

许虎子不再去找工作组了，秦书记又惦记上了许虎子，还是桂大侃的事，秦书记听了武装干事的汇报，分析得很有道理：那个小伙子是不会看错的人的，那个桂大侃就藏在红旗大队，红旗大队是水泼不进针扎不进的小独立王国，那个不倒翁的哈明堂，胆子大着呢，啥名堂都能搞出来，要是把新生的资产阶级分子桂大侃揪出来，就能拔出萝卜带出泥。

武装干事领命去找许虎子，秦书记询问桂大侃的情况，许虎子说"我可能心里老想着那个事，那天就看错人了"。

意气风发地秦书记只好亲自出山，另找特高课。

将希望寄托在知识青年里，开始亲自走访探望知识青年。

这一探望就探出了红旗大队"歧视知识青年"的问题来。

秦书记眼里，拉尿，做高温堆肥等活又脏又臭又不体面，让邵波那样有问题的干部子女做是可以的，怎么能让那些没有问题的干部子弟也去干？这分明是歧视知识青年。

还有把知识青年当苦力用，派出去扛麻袋，积肥。完全歪曲了"知识青年在农村大有作为"的意义。

再就是把知识青年当成为资本主义效力的工具，让知识青年在编织厂浪费大好青春，受资本主义腐朽气味的熏陶……

这些问题让秦书记大吃一惊。

红旗大队的哈明堂，简直就是党内走资本主义道路当权派的典型代表。当然，小小泥鳅是翻不起大浪的，真正兴风作浪、呼风唤雨的是那个隐藏在幕后的人。

清真寺高高飘扬的红旗下，掩藏的问题大着呢。

秦书记亲自看望了编织厂受资本主义腐朽气味熏陶的知识青年。

看望了脚踩人粪尿，牲畜粪便，做高温堆肥的知识青年。

向邵波了解受歧视的情况时，邵波说："这是对我们的照顾，我们喜欢干这个活，这个活很轻松"。

秦书记失望地摇摇头。

桂大侃看来不简单，不用特殊手段是抓不到的。

秦书记等不住了，将材料送给"揭、批、查"领导小组。

四下放风：县委武副书记不久将任县委书记，他将成为公社书记并进县委班子。红头文件正在路上走着。

南柯一梦正甜时，华夏大地传出了惊天动地的消息：党中央一举粉碎了江青、王洪文、张春乔、姚文元"四人帮"反党集团。

时间：1976 年 10 月 6 日。

27 天前，红旗大队部院子里的四棵果树上，白花满枝，绿叶摇曳，花期寒潮，无情地将花蕊杀死，果树不见果实，收获的季节，一树纸花祭奠英灵，全国山河一片恸哭。

百余名知识青年接大队部通知，聚集在一起，满眼含泪，悲悲戚戚，沉痛悼念中华民族的缔造者毛泽东主席逝世。

知识青年们的忧国忧民之心化作诗歌为国悲痛，为一代伟人的离去大放悲歌：敬爱的毛主席，您老人家一路走好，我们一定听您的话，在农村这个广阔的天地里，锻炼意志，做个对国家有用的人。

邵波领着知青们朗诵毛主席语录："知识青年到农村去，农村是一个广阔的天地，在那里是大有作为的"。

"领导我们事业的核心力量是中国共产党，指导我们思想的理论基础是马克思列宁主义"。

"世界是你们的，也是我们的，但归根结底是你们的，你们青年人朝气蓬勃，正在兴旺时期，好像早晨八、九点种的太阳，希望寄托在你们身上"。

27 天后，"四人帮"垮台了。

红旗大队所有的问题都成了过眼云烟。

山在欢呼人在笑，历史总是出奇招。

红旗大队的知识青年，抖面袋子的，积肥队的，赶车拉尿的，做高温堆肥的，编草袋子的，又聚集在红旗大队部。

这是红旗大队规定知识青年一月一次集中在大队部的学习交流日。

学习内容以毛主席著作为主。

哈书记要求："老三篇""老五篇"不仅要熟读还要会背诵。

"老三篇"指《为人民服务》《纪念白求恩》《愚公移山》。

"老五篇"指《矛盾论》《实践论》《湖南农民运动考察报告》《中国社会各阶级的分析》《人的正确思想是从哪里来的？》。

　　用心熟读过、学习过、背诵过这些著作的人，至今定会张口背诵出"因为我们是为人民服务的，所以我们如果有缺点就不怕别人批评指出，不管是什么人，谁向我们指出都行……"

　　没有学习过的人，对"为人民服务"几个字绝对不陌生，中国共产党的宗旨，地球人都知道，中国人没有不知道的。

　　"人的正确思想不是天上掉下来的，不是头脑里固有的，是从实践中来的"。

　　为了让下乡青年在体验农村生活的实践中不撂荒文化知识，树立正确的思想，哈书记请来了公社树立的学习毛主席著作积极分子典型，那位双目失明的朱永红。没有念过一天书，没见过五颜六色的朱永红，通过听广播，收音机，将"老三篇""老五篇"背诵的滚瓜烂熟。朱永红一口气背诵出毛主席的"老三篇"，并讲述张思德、白求恩、愚公的那些事儿。

　　时至今日，那些事儿还在传颂，一曲"愚公移山"的歌，唱遍了大江南北，《王屋山下的传奇》电视剧把那些移山开路的愚公演绎的活灵活现。《太行山上》把太行儿女的爱国情怀和不惜洒热血浴血抗战抛头颅的民族精神，民族气节、民族情怀表现得淋漓尽致。

　　为了《纪念白求恩》，白求恩的孙子"大山"像他爷爷那样，从加拿大漂洋过海"不远万里来到中国"。白求恩是为了中国人民的解放事业在国际主义精神的感召下，投身中国人民抗战救亡的民族解放事业中，并将生命献给了中国人民的民族救亡事业。白求恩的孙子，为的是传承中华民族的文化，潜心学习钻研中国文化，学的有模有样成了气候，成为相声大师侯宝林

徒子徒孙姜昆的徒弟，听说还娶了个中国媳妇，成为中国人的乘龙快婿。

斗转星移，华夏大地发生了翻天覆地的变化，唯有"为人民服务"的宗旨代代相传，亘古不变。

当年的知识青年，离开了农村，进了城，进了政府机关，从办事员到科长、处长、厅局长、省部长、国家领导人的，都在为人民服务。

那天，朱永红一口气背诵完"老三篇"，知识青年们感慨万千。

那以后，邵波为首的马车队车把式们的衣服兜里都装着书。毛主席的书，历史书、文学书、故事书……

在学习毛主席著作积极分子表彰大会上，邵波不仅把"老三篇"背诵的滚瓜烂熟，而且"老五篇"学习心得结合农村、农民、农业生产写得生动具体。

亲身体验了"锄禾日当午，汗滴禾下土"农耕过程的城市青年们，发出肺腑之言：我知盘中餐，粒粒皆辛苦。

做高温堆肥，进城拉尿，我知道了庄稼一枝花，全靠粪当家是怎么回事。

"先国家，后集体，再个人"，我懂得了无粮食国不稳、家不宁，人不安的内涵，知道了种粮食的农民为啥青黄不接的原因……

邵波，千千万万知识青年的优秀代表。

知青学习交流日，吹拉弹唱各显其能，说唱跳舞欢呼雀跃，相互了解结朋交友，共同切磋农耕文化，有缘千里来相会，两心相许百年好。

红旗大队的知青工作搞得有声有色，做得入情入理。

许虎子接替了许小兵的民兵排长，哪里发生电的事故哪里就有他，他和知识青年们打得火热，也弄出了一些稀奇古怪的事情，且放后叙。

马主任的高招儿

哈书记、马主任商量好把编织芦席的事交给各生产队，各队要求各家各户都可学习编织苇席，但到大队学编席子技术的必须是结了婚的媳妇。姑娘是"飞鸽牌"，学会就带走了。

看着蹲下跪倒的活，年龄偏大的都不愿意学。

毛翠翠的确是个人精，跟着许小兵媳妇学了一天，就入了门，第二天像个熟练工就能自己操作了。她家里有好多芦苇，那是许老憨陆续攒下的。

许老憨是见什么往家拣什么，拣回家的芦苇，直柳的就拿到房顶上放起来，其余的就烧炕做饭用，就是被毛翠翠冷落时，爱家也比爱自己重要。

说来也是蹊跷，自从马主任骂了毛翠翠后，毛翠翠对许老憨的态度来了个一百八十度的转变。"驱邪捉鬼"的事在许家弯是不干了，偶尔到外面走一趟，也就是悄悄行事。

听说队上要搞编织苇席的副业，一张席子按同等劳动力记一天的工分，而且就在自己家里，只要不是下地干农活，毛翠翠就有心劲。

马主任让许小兵的媳妇乔玉仙当了妇女队长后，和乡邻乡亲的关系比许小兵还走的勤。"干妈"叫的毛翠翠没了脾气，"干姐姐"叫的招弟笑骂："你个狐狸精不知咋给小兵喝了迷魂汤，那么远就钩住了小兵的魂"。

乔玉仙说："好姐姐，这叫有缘千里来相会，无缘对面不相识。"

许虎子开玩笑说："有姐姐就有姐夫，你咋不叫我姐夫？"

乔玉仙说："各赶各叫，许小兵是你哥哥，照理说你应该叫我嫂子。每次见了面，嘴硬的跟鞋底一样。"

毛翠翠编席子又快又好，左邻右舍那些笨媳妇收不好拐角收不好边时就请毛翠翠帮忙，毛翠翠总是不厌其烦地教。

想不到许老憨陆续攒下的芦苇有了用处，一斤芦苇三、五分钱，一张苇席大约用十五斤芦苇。国家收购按质论价，分一、二、三等和等外品，一张芦苇席八毛到一块五毛钱。生产队一年到头才以工分算分红，一个劳动日按 10 分计，卖粮多的和有砖窑有芦苇湖的生产队，一个劳动日最高分红两块钱左右，这样的生产队不到百分之十，当时算得上是富得流油了。

按最高标准算，一个壮劳力一年挣的工分包括加班加点的也就是四千，平时不向生产队借支一分钱，能分红五六千左右。但每个家庭的劳动力都有强、中、弱。有的家庭是张嘴的多干活的少，领到千儿八百块钱的家长，最多买上几斤肉全家人吃上几顿，除自己外给每个人做一身新衣服，而后找块结实的旧布缝个袋子将余下的钱装在布袋子里藏起来。目的只有一个：攒三年说啥也要给儿子拿个婆姨回来。给家人弄的新衣服，冬天填上棉花穿，春秋天拿掉棉花当夹袄穿，夏天扯掉衣服面子穿里子，不管咋穿，是新三年旧三年，缝缝补补又三年。

一分钱的"红"也没分到，欠着的往来账上又加大了数字的人家，像滚雪球一样，越滚越大。不过，这个雪球就是有天大，啥时候接不开锅大队干部的心里有账，生产队长心里有数，

乡亲们知根知底，送旧衣服送白菜萝卜山芋蛋的人从来不考虑有无偿还能力，多给一些救济粮也没人说闲话。

会计许茂盛家就是其中之一。

乔玉仙负责苇席编织，让家家户户想办法弄芦苇，由许茂盛负责过称记账。许老憨积攒下的芦苇连毛翠翠也没想到有上千斤呢。毛翠翠说自己家留上一半，其余的谁家想要就拿去。学习芦苇编织的人家也就十来户，多少都有一些为盖房子铺房顶攒下的"芭芭柴"（芦苇），还在考虑编苇席合不合算能不能编好，不敢贪多。许茂盛在乔玉仙家学过编苇席，一学就入门，把家里积攒的芦苇已经剥掉皮用拉刀子拉开泡了水，就等用麻袋捂软后用碌子碾压成芦苇匹子编席子。家里的地上划好了席子线，算好自家的芦苇只能编二三十张席子，就等着队里买来芦苇多要一些。听毛翠翠那么说，正合其意，别人不敢要，许茂盛就说："我没有现钱，赊给我行不行？"

毛翠翠说："你是个有品行的人，没有啥信不过的"。

那天，毛翠翠觉得不对劲，想吐。

就悄悄到老中医家把脉，老中医给毛翠翠第三次把脉后才说：恭喜你有喜了，老来得子。

这一说，毛翠翠张口结舌，以为听错了。

"不会吧，我都二十多年没有这个能力了"。毛翠翠不相信自己。

年过不惑的毛翠翠真的怀孕了。

早也盼晚也盼，盼的心都掉到冰窟窿里了，再也不盼了，这个不争气的肚子又争气了。毛翠翠高兴的恨不得啃许老憨几口。

许老憨憨憨地傻笑：我行呢嘛，你还骂我不行。

毛翠翠担心计划生育计划到她头上，千叮咛万嘱咐不让许老憨说出去，说啥也不能让许小兵媳妇和马主任知道，连女儿招弟也不能让早早知道，就猫在家编席子，等生米做成熟饭。

　　毛翠翠不想让马主任知道，马主任在老中医给毛翠翠号脉后的当天就知道了。老中医无师自通在民间行医多年，号"喜脉"十分把握，测胎儿性别八九不离十，一跟红线吊起一支红蓝铅笔，铅笔芯提悬对中孕妇的手腕处的动脉，看铅笔如何摆动。原因、根据只有老中医知道，是男孩还是女孩老中医说了算。

　　大队成立了医疗站，就将老中医聘请为大队医疗站的"坐诊医生"。名声在外的老中医，有好多慕名而来的求医者，多有号"喜脉"的。

　　马主任听好多人说生的男孩是老中医测算出来的，就对老中医说："你是医生，以后只管看病救人，再不要测算男女。计划生育也要男女比例相等，你总不能二十年后让你的孙子娶不上媳妇吧，让人间光有男人没有女人吧。"

　　老中医说："就是的，计划生育就是要男女均衡。说来也怪，好多年轻媳妇盼个娃娃就像摘天上的星星。许家弯那个四十大几的毛翠翠，冷宫了多年，这会子又热起来，有了喜脉"。

　　马主任笑说："看来许老憨的身体养好了。"

　　前面讲到桂大侃为了屁事惹怒了红花。

　　红花的丈夫是煤矿工人，和婆婆关系处得不好，婆媳俩都生性好强，一个比一个爱显能耐，婆婆是裁剪衣服、鞋样的能手，红花比婆婆更能，娘家妈就是个裁缝，门里出身，不学也会三分。结婚时"三转一响"配的齐全，缝纫机是村里唯一的。

　　结婚前丈夫跟父母说好结婚后三年不和父母分家，每月工资只给红花十块钱，其余和以前一样给父母填补家用。红花结

婚后跟丈夫到煤矿度蜜月过了百天才回来，小两口只给了婆婆一个月的工资，解释说红花有了娃娃需要补身子，老娘一听火冒三丈：娶了婆姨忘了娘人东西，你妈养了你们四五个，也没有人说给补这补那的，你婆姨的娃娃八字不见一撇，就补了起来，给你婆姨补不能让你爹妈弟妹喝西北风吧？给你娶婆姨家里借了一勾子烂账，咋说你也得把那些账还完了再克扣我们吧。

母亲在这里教训儿子，媳妇隔墙偷听。

听的蛮不讲理，冲到婆婆面前大喊分家！

"分家可以，你们结婚的烂账你们还，缝纫机是我们全家的，"婆婆一心想着缝纫机。

"凭啥我们还账？我肚子里的娃娃是你儿子的种，缝纫机是你儿子娶我的条件，不分家就离婚！"

那时的农村人，结不起婚的男人只好终身不娶。

结了婚的男人最怕离婚死老婆。

离了婚的女人三个抓来五个抢。

只要是女人，就没有嫁不出去的。哪怕长的比猪八戒他姥姥更对不起观众，照样坐着花轿当新娘，喜气洋洋入洞房。

别看如今的女大学生，女研究生高傲地目中无人，有得美若天仙，事业领先。嫁不出去的被"剩女"的桂冠压得心烦意乱。剩女大都是高学历，高条件、高工资。此三高之和等于高不可攀或令男人敬而远之，望而生畏。不得不借助媒体的"非诚勿扰"乱点鸳鸯谱，搞拉郎配。

搞得那些没有三高的二十一二岁的妙龄女子心慌意乱，心神不宁地粉墨登场，专门挑拣那些事业有成，家财万贯的未婚无妻，结婚死妻、移情休妻的老男人玩空手道，以空手套白狼的手法筑冰山爱巢。至于成败多少事，天知道。

当今离婚的话题如家常便饭，女人越离胆子越大，男人越离越是害怕。

红花的婆婆听到"离婚"二字，气得哭天喊地。

媳妇使出女人的杀手锏，回了娘家。

为了儿子以及未出生的孙子，只好婆媳分家。

红花将和公婆住一起的里屋门堵住，从新房外墙开了个门，另起炉灶。

凡是新房里的东西都归红花所有。婆婆一心想要的缝纫机，红花更想要。婆婆没有办法，只好说当初应承（说好）三年后给红花盖三间房子的事不管了，红花说那以后就别想见我男人的一分钱，也别想沾缝纫机的边。

此后，婆媳俩见了面话也懒得说，说话就吵架。婆媳之战接二连三，红花快嘴快舌，吵架骂婆婆跟吃豆子一样响亮，骂的婆婆只有眼泪流没有脾气发。

长辈与晚辈干仗，吃亏的多是长辈，就像大人惹小娃娃，童言无忌想说啥就说啥，孙子骂爷爷，爷爷干瞪眼没招数，亦如人惹狗，被狗咬了的人只有挨疼的份儿。

红花生第一个孩子时婆婆肚子里长了个瘤子，住医院动了手术，红花的亲娘侍候女儿坐月子闲事比正事管的多，将从家里带来的裁缝活拿起来做，红花妈边裁剪边说红花婆婆的闲话，也不避讳一个院门进出的许家人，红花的小叔子许二牛比门扇高，比红花的丈夫许大牛脾气大多了，隔窗听见嫂子屋里有人骂娘亲是"没干好事才生疮"，一步跨进嫂子屋，将嫂子的娘亲连拉带拽的拖到院子里，一顿拳脚，打的红花妈鼻青脸肿。

红花妈哭天叫地，招来了左邻右舍，左邻右舍先是指责许二牛卖茄子不让老小，好狗不咬上门亲，听了许二牛的解释，

指责的人撇着嘴看红花妈，那意思是"该打！"但没有说出口。

红花婆婆针线活好，在许家弯为人做嫁衣是出了名的，看一眼大姑娘小媳妇的脚就能剪出鞋样来，人缘好的谁家的狗见了都摇尾巴。

想不到被儿媳妇骂的哭天抹地，以前常给别人家劝架说好的人，挨到自己了，只有哭的份儿。在老伴、儿子面前从不提及被"恶语伤人六月寒"的心酸，知情的老邻居听不惯红花泼妇骂街般的辱骂婆婆，爬在两家的院墙上劝红花：红花呀，卖茄子还分个老小呢，你不能那样对待婆婆妈，将来要遭报应的……

"谁的裤裆烂了把你露了出来，赶紧缩回去，把耳朵塞住，不要查事弄非多管闲事！"

邻居大婶可不是好惹的，先前在自己家院子里隔墙劝红花，好心被当驴肝肺，怒不可泄，一蹦子跳过墙，缩胳膊伸手指着骂：你看你那个有人养没人教的母夜叉样子，活脱脱的滚刀肉、臭狗屎、小刺猬！跟你妈一样不贤良的人睚眦，刀子嘴蛇蝎心！真是啥虫拉啥屎，啥妈养啥女，你奶奶就是你妈气死的，你那个日囊怂的爹连个屁都不敢放。你不就是脸蛋好看一点吗？要是我儿子，就是打一辈子光棍也不会要你这样的母夜叉！

刀尖对上了麦芒，小刺猬遇上了老刺猬。

红花哑了口，愣神了一会，软绵绵地说："我招你惹你了？我妈招你惹你了？我们家的事与你有啥关系，你管的也太宽了"，就要进屋。

邻居大大婶往面前一横，来了个夜叉挡道："当然与我家有关系了，我们在这里住了几十年，除了狗咬、鸡叫、猪哼哼、猫叫春、驴撒欢的声音让人讨厌外，就是你骂人的话最刺耳难听了。骂的婆婆躲在屋里哭鼻子，你还站在院子里骂。路不平有人铲，树不直有人剪，你带上二斤炒面访一访，大牛他妈在许家弯和谁吵过架？许家弯的媳妇哪个像你过门三天半，就把家翻个底朝天？我今天就要让许家弯的人知道，许大牛娶了个欺负婆婆的母夜叉媳妇，见谁扎谁的小刺猬！"

"他婶婶，家丑不可外扬，红花还小呢，进我们家时间不长，还不习惯，你就不要和她计较了"。

红花婆婆擦干眼泪从屋里出来，阻止邻居大婶。

"大牛妈，儿子是你养的，儿媳妇进了这个家门眼里就要有你这个妈，没有你这个妈，你就有理把他赶出去！等大牛回来，我把他媳妇骂你的话一五一十地告诉他"。

邻居大婶跟着红花婆婆进屋，有意说给红花听。红花才知道邻居大婶是不好对付的，比她的刺硬多了。

"我实在是听不下去她骂你的那些话，才管你们家事。不就是你想用缝纫机给一家人缝缝补补，让三兰子学裁缝活嘛，那是你家买的又不是她从娘家带来的，想用就让二牛搬过来，用不着求她"。

"他婶婶，我们做老人的就像腌菜缸里的压菜的石头，只有压的稳稳的，菜才能不往上漂，才能入味腌好。你听见红花骂我的那些话就烂在肚子里，千万不要告诉大牛二牛和他爹"。

"唉，我这是鸡抱鸭子枉操心。"邻居大婶摇着头回家去了。

红花骂婆婆的事还是传开了，包括红花奶奶被红花妈气死的事也传得沸沸扬扬，红花那句"谁的裤裆烂了"的话成了小刺猬绰号的由头。

农村传统是生孩子三天要"洗三"，为的是给娃娃下奶水，基本是全村人家家户户擀长面送到产妇家，产妇家做好羊肉或

鸡肉汤，给送面的人吃长面，长面意味着常见面，长寿面，人人吉利。

农村人相信远亲不如近邻，近邻不如对门。红花婆婆住院，邻居大婶就跟张罗自己的事一样，忙里忙外，做好羊肉稍子汤后，将煮好的第一碗面让大牛端给红花吃，红花连碗带面砸在地上："你们家的人又不是死光了，让那个是非婆婆管家里的事！"

土房土墙不隔音，砸碗的声音被送面条的人听见，红花骂的话一字不落地听到耳朵里，一传十地传开了，面条放下的人离去，准备送面条的人中途返回去。

红花以摔碗向大牛示威，嫁给许大牛就是想以工人家属的名义离开农村，骂婆婆也是制造在家里没法生活的借口，让大牛接她去过小俩口的舒服日子。红花的亲妈告诉红花：怀娃娃和坐月子是最能拿住男人的时机，把男人拿住了，一辈子都不会受男人的气。

红花十月怀胎，只有临产的最后一个月，大牛才休假回家照顾她直到孩子出生，四十五天侍候的红花就跟出了冰窟窿躺在正午的沙滩上晒太阳一样舒服。生下儿子立下功，红花想起了亲妈的话，想起了邻居大婶的话，在亲妈的眼皮子底下，爆发了亲妈言传身教给她的母夜叉行径。

好脾气的大牛握紧拳头，咬着嘴唇出门去，送面条的大婶大妈小媳妇们挤眉弄眼地看着他。他脸上火烧火燎，邻居大婶扯着嗓子说："大牛呀，你可是娶了个母夜叉，故事精（故意闹事的人）的婆姨，你妈要不是心大命大，怕是你只有婆姨没有妈了。"就将红花如何骂他妈的事全盘端出。

大牛联想到摔碗的事，一句话没说，回屋拿上自己的东西去医院看望母亲后回了煤矿。

两个母夜叉，一对不善的人，成了许家弯的臭狗屎。

许二牛听到嫂子欺负母亲的话后，就想收拾她，那天亲耳听见，怒火万丈高。血气方刚的小伙子，左右两耳光打的红花妈转了个三百六十度，眼冒金星，天地旋转。活了四十多岁，还是第一次挨打，而且是女婿的弟弟打的。

好一会红花妈才反应过来，哭骂着："我把你这个驴……"向站在院墙傍的二牛撞去，二牛向起一跳坐在院墙上，红花妈扑了个空，一头扎在灰堆里，那是她前一天从红花的炕洞里扒出来的烧炕柴灰。

那是红花倒垃圾的地方，以前，红花婆婆都将炕洞灰倒在厕所里，用土盖住，不让风刮的满江湖乱飞乱跑，弄脏了自己的院子。

红花妈是不愿意多走几步路，就近将灰倒在红花顺手倒垃圾的地方。老天有时也会捉弄人，红花妈被灰呛得咳嗽不止，一手捂胸口，一手抹脸，满脸泪水的脸沾满了柴灰，用手一抹就成了灰泥。二牛拍着手笑，差点从墙头上掉下来，围观的人开怀大笑。

红花妈觉得吃亏吃大份了，丢人丢大份了。

顺手拿起扁担打二牛，那里能打的上，就像他爹骂他的话："你个土匪转世的货，尽干那些日鬼弯三的事，惹下了乱子爹们跟着你挨骂。"

老爷子说中了，接老伴出院的马车刚到院门口，就看见二牛嬉皮笑脸地和那帮子小龟贼们（爱惹事的年轻人）打着口哨又跑又跳，差点与拿着扁担的红花妈撞上。

"亲家母你这是咋了吗？"

"我们养女儿的人下溅嘛！短理吗。到了女婿门上被下眼看不说，还要挨打受污蔑，你的那个小杂种，哎呀呀，我们怎么这么下溅呀！"红花妈扔掉扁担，就地坐在院门中间，双手拍地拍脸号啕大哭。

二牛爹不知家里出了啥事，以为是二牛把红花妈弄得像个鬼样，气哼哼地骂过儿子，劝亲家母："他姨妈你先起来，啥事慢慢说，我知道我那个小龟贼不是个东西……"从胳膊将红花妈扶起，送到红花屋子门口，这才到院门口将马车赶进院子。

邻居大婶搀扶着二牛妈走进屋子，三兰子打听发生了啥事，邻居大婶捂着嘴笑说："今天的事不怨二牛……"

二牛爹准备送马车去，洗干净脸的红花妈，脸肿的像面包，拉着哭腔说："大牛他爹，我不能在这里住了，红花我也放不下心。麻烦你送我们娘儿仨回去"。

"这咋行呢，娃娃奶奶才回来，还没有见孙子呢，过些日子再说罢。"

"见不见的也就那么回事，红花在这里也是受罪。"

这里说着，红花已经抱着孩子坐在马车上，三兰子从红花怀里夺过孩子抱给母亲看，母亲只看了一眼，红花追进屋子抱走孩子。

二牛爹准备送红花母女，二牛对许小兵说："哥，我惹了那个妖婆子，我爹去了怕是要遭暗算的，你替我爹去好不好？"

"你也知道惹了乱子？还想得周到"。许小兵指着二牛。

许小兵将红花母女送到家，红花妈摆开了母猪阵，对许小兵说：你回去吧，把车和马留下，让许家来人赶回去！

许小兵好话说了一箩筐，红花妈将院门紧锁。

许小兵只好跑步回家，直接去了饲养场，何大叔不见老红马，听了许小兵的话，火冒三丈："还有这么日赖的婆姨，骆驼的脖子长，吃过埂了。母猪阵摆到我们许家弯来了，我那匹老马从来不在外面过夜，走，用我们的车马阵破了他的母猪阵，拆了他家的墙把老红马弄回来"。

桂大侃、许小兵，纳海海和几个外姓小哥们，坐着小马车到了红花娘家，隔院墙看见马车，何大叔刚一出声，老红马就"恩哈哈"地叫壤起来，激动地甩头摆尾蹄刨地挣缰绳，不停地"吐吐吐"，给何大叔诉说着什么。

"婊子养的，没有给老红马喂料，老红马饿的要吃的呢"。

何大叔说着翻墙入院，走到老红马跟前，从衣服兜里掏出饲料用衣服襟兜着让老红马吃。老红马哼哼唧唧地摆头，何大叔抚摸着老红马的脸说："赶快吃，添上些力气拉着我们回家呢"。老红马点点头。

"红花妈你仔细听，扣车扣马坏良心，老天也不能容忍。车马都是公家的，怎能由你胡乱整，你摆下母猪阵，许家弯的车马阵显威风！"桂青不愧是大侃，站在院墙外面唱起来。

"许家弯的车马阵显威风！"小伙子们迎合起来。

天刚擦黑，农村人才有时间喂自己家的禽畜，红花爹收工回到家，看见车马不见赶车的人，就知道红花妈在出故事。

红花爹一辈子不当家，家里的事由着老婆爱咋就咋，田地里的事他爱咋就咋，整天在田地转悠，回到家先喂饱鸡猪兔子再填自己的肚子，不到田地里活动筋骨就拾掇院子，自留地里杂草一棵没有，田埂地角没有一点闲置，黄土院子黄土墙，平整的跟铺着大理石。村里人送他绰号"土咕咕"（一种吃土的虫子）倒也恰如其分。

"土咕咕"本是要喂猪去，就听马叫人喊开门声，放下猪

食就要去开门，红花妈呵斥："是许家的人，不要出去！"诉说许家人如何欺负红花污蔑她的，当然是颠倒是非。

他听见有人跳墙，听见桂大侃的顺口溜。

乡邻们也听见了，撂下手里的活到红花家看热闹来。

桂大侃越发才情横溢，顺口溜一套一套的。

"车马阵大破母猪阵啦，一、二、三！"

挂大侃一声吆喝，许家弯的人一字排开用力推院墙，院墙被推倒一半。

"给他们来个全军覆灭！"那几个小伙子就将另一半院墙也推到。

"土咕咕"在飞扬的土灰里跳着蹦子躲脚："这是干啥呢嘛！看你娘俩惹的这个祸……"

"姓许的，你给我滚出来！"红花妈沉不住气了。

"这里没有姓许的事，我们是来要马赶车的，你们想沾公家便宜就在你们这里闹，还骆驼的脖子长，吃过埂了"。

红花妈这才傻了眼。

"你个老婊子，故事精，把人丢尽了！"

"土咕咕"骂老婆，狠狠扇自己的耳光。

红花妈无奈地拉着"土咕咕"进屋去。

许家弯的车马阵可谓摆的威风凛凛，成为长时间的笑谈。

红花爹虽然脸黑却不瓷实，那以后称病不出门，连院墙也不砌了，田地里的话干脆不干了。红花的弟弟那天去帮舅舅家干活，没赶上马车阵的事，要不然，还会生出麻烦来。回家看到院墙倒，问爹为啥，"土咕咕"爹唉声叹气摇摇头。

知道墙倒的缘由，瞪着眼睛不高兴地说姐姐：都是你惹的祸。

农村女人有言：宁受婆家气一斗，不受娘家气一口。

娘家再好不是长久的家，婆家不好也是娃娃的亲奶奶妈。

红花想来想去还是自己的家好，没人敢给她气受，她想气谁就气谁。弟弟的话虽然没有说透，但那种白眼看她就像刀子剜心。

嫁出门的姑娘泼出去的水，出嫁那天，是亲妈亲自装了一瓶子淘米水对送亲的姑妈说：路上不要忘了把水倒掉把瓶子扔了。

红花想回许家弯的家，但出门容易进门难，许家人不来接她，她哪有脸见许家弯的人。

大摆车马阵的许家弯人觉不着了，许二牛和那伙小哥们，到处演绎车马阵大破母猪阵的故事，马姨妈听到后跟许小兵打听详情，听罢就去找桂大侃："桂大侃呀桂大侃，你看你带着那帮娃娃做的那个没屁眼子的事，要马赶车把院墙推倒跟土匪有啥两样。红花生娃娃不到俩月，她爹是个老实人，树叶子掉下怕打着头，要是想不开，有个三长两短，不找你婊子儿的后账找谁！"

"我们是为了队里的财产，又没伤人一指头，有啥后账可找的。"桂大侃没想那么多。

"好事不出门坏事传千里，你们以为你们日能的很，别外人却说嫁到许家弯的姑娘不许回娘家，回了娘家就推娘家的墙拆娘家的房，你眊眊，造成多么坏的影响，以后，哪里的姑娘还敢嫁许家弯的人。"

"不会吧？有那么严重？"

"你听我的，把那天的几个人叫上，和我一起去红花妈家，把院墙给砌起来，挽回影响"。

五天了，红花爹白天不出门，晚上坐在院子里看着推到的

院墙发呆，红花妈害怕了，白天晚上看着老伴，问吃问喝一个字也问不出来。红花的弟弟脸拉的比驴脸还长，白天下地干活，好像人们都在议论他家的事，晚上睡觉不是被小外甥的哭声吵醒，就是被亲妈叫醒，去看在外面的亲爹。

那天大清早，被马叫声惊醒，出门看，几个人挑水的挑水，和泥的和泥。马主任拎着一只老母鸡一筐鸡蛋，敲着窗子喊："红花，红花妈，我是红旗大队妇女主任马桂珍"。

红花以为是幻觉，问一声"你是谁，干啥来了？"

"我是红旗大队妇女主任马桂珍，给你们赔不是砌墙来了"。

红花眼泪刷刷，心跳到嗓子眼处。急忙将孩子放下，跑出屋子。

"马主任，真的是你，快进屋"。

正是早晨出工的时候，扛着铁锹拿着锄头背着背篼的男女们停下脚步观看。

"哪里的人来给他家砌墙？"

"哎，咋还有个戴白帽子的老回回呢？"

"反正不是他们家的亲戚"。

红花弟弟扛着铁锹不理砌墙的人出工去了。

"嘈，红牛，砌墙的人是哪里来的？"

"狗日的，有本事推倒就不要砌！以为他们许家弯的家门户族大，天不怕地不怕，想欺负谁就欺负谁。我找了一次县长，他们就成了孙子，来赔不是了"。

红牛吹牛能把住时机，说得跟真的一样，好像他真得找过县长。

"红牛，你小子日能的很，连县长都敢找"。

"那有啥，他们要是迟一天砌墙，县长就亲自来我们家"。

此时的红花，把马主任看的比亲妈还亲，又是洗杯子倒水，又是生火做饭。推搡着在炕上蒙头生气的亲爹说：爹，我们大队的马主任带着人给我们家砌墙来了。

"你说的啥？"睡觉的人一下子掀掉蒙头的被子坐起来。

"这就是马主任"。

"老哥哥，我代表我们红旗大队党支部来给你赔个不是。"马主任双手合掌，作揖。

红花爹嘴唇翕动，老泪纵横，移动下炕，出门观察。擦着眼泪进屋对红花妈说：你把那只芦花鸡宰了。

红花妈点点头。

五天了，就像吃上花椒闭了气的老伴，就说了这么一句话，红花妈紧缩的心舒展了。

"呜哇呜哇"，红花的儿子大声啼哭起来，红花抱起来还哭，马姨妈接过抱在怀里："嗷嗷嗷"拍着屁股哄了几下，孩子竟然不哭了，打着哈欠有了睡意。"这几天突然奶水少了，娃娃整夜哭个不停"。红花叹息着说。

"女人生娃娃坐月子，最怕生气，一生气奶水就少了，弄不好就回去再也下不来了，那麻烦就大了"。孩子在马主任怀里睡着了。

红花爹抓来了鸡，将杀鸡刀用牙咬着，往碗里放了点盐，蹲在门槛外，就要杀鸡。马主任将孩子放下，拉住红花爹：不要杀了，留着下蛋，给红花好好补补身子。她婆婆还给带来了一筐鸡蛋和红枣红糖小米子，说能走动了就来看红花。

红花捂着嘴跑进里屋爬在炕上抽泣。

红花妈看一眼红花，欲言又止。

死里逃生的芦花鸡扇着翅膀像同类宣布它在鬼门关上走一

趔的经过，有惊无险后张扬的骚情起来，在地上拣了个什么东西叼在嘴里，跑几步放下，同类追去又叼在嘴里跑，等高傲的大公鸡追去，往地下一蹲，任大公鸡摆布。

红花妈拎着开水壶，拿了几个碗给老伴：给砌墙的人送去。转身抱着面盆和面。

"马主任，眼看晌午了，我烙些烫面饼，打个鸡蛋汤将就着吃，家里也没有啥好吃的。"

"你们自己吃，墙赶晌午就砌好了，我们回家吃。"

"马主任，我跟你说个事"。红花红着眼睛，拉马主任走进里屋。

"马主任，我想回去，就怕……"

"怕你妈不让回还是怕婆婆家的人揭短？"

"都有点，回去吧，咋进门呢，家里又没来人接"。

"这你放心，大牛妈巴不得你回去。你婆婆的心比豆腐还软，我当妇女主任几十年了，啥样的婆婆媳妇都见过，谁家的锅大碗小都知道，许大牛能当上工人，就因为那家人地道，有人缘，家里不缺劳动力，大队才推荐的大牛。你真想回去，今儿就是个机会，我把你接回去，许家弯的人有啥说辞？"

"那我就收拾东西，和你们一起回去"。红花心中的石头落地了。

红花妈是个麻利人，马主任和红花说话的当儿（时间），已经烙好了几张油烙饼放在炕桌上，还有一盘杂拌腌咸菜，胡麻油香的直往砌墙人的鼻子里钻。

"小伙子们，咱们的力气没有白出，墙砌好了有油烙饼吃"。桂大侃有预见性地说。

"大侃，你再给我们聊几句烂头（说笑话），提提精神"。

"在这里不能说的，上次的那几句烂头让你们这几个贼打鬼瞎传地走了调子，让我挨了马主任的一顿骂"。

马主任一旁看红花妈烙饼，准备说红花回许家弯的事，红花妈先开口了：马主任，红花要是想回去就托付给你了，这几天我看她心事压的。唉，姑娘啥时也是脸朝外的人。

"大嫂子，你放心，许家的人不会委屈红花的"。

红花妈点点头。她心里清楚，委屈别人是她的拿手戏，她想把这一招传授给红花，结果打狐子不行惹了一勾子酸屁，偷鸡不成反蚀米。大队妇女主任接红花回去，多有脸面。

红花爹转着看砌墙，不停地点头，心里思忖：这伙人年轻轻的，砌墙还行五呢。他哪里知道，许小兵在城里还砌过楼房的墙呢。"土咕咕"五天没见太阳，眼睛有些不适应外面的光线，头也有点晕。看来，农民天生就不是睡着吃的命，就不能离开田地庄稼。

红花一切收拾停当（完），墙也砌好了，许小兵拿起扫帚扫院子。红花妈这才认出那天送她们回来的小伙子。暗思谋：真是个好小伙子，那天我那么说人家，人家一句也不顶撞。

红花招呼砌墙的人进屋洗手洗脸，小伙子们拎起水桶互相浇着洗，说不用了，接过红花递过去的毛巾，轮换着擦。

红花妈说：马主任，你让大伙进屋来吃点饼子嘛。

盛情难却，马主任一个一个地往屋子里让，桂大侃说啥也不进屋，红花心里就结了个解不开的疙瘩。

马主任、红花母子坐在许小兵赶的马车上慢慢地走。其他人一路说笑快马加鞭。

红花婆婆听说媳妇和孙子回来，撑着下地要给媳妇去烧炕，她忘了媳妇的屋门是锁着的，钥匙媳妇带走了。

二牛生气泛滥地说：还有脸回来。

"你这个土匪把嘴闭着，不要跟你嫂子过不去，你哥不在家，你嫂子心里泼烦着呢，家里人谦让着些。你出手打你嫂子妈的事，要给你嫂子赔个不是，等我能走动了，你和我一起给你嫂子妈下跪。三兰子，你把里屋让给你嫂子和娃娃睡。

"我不，她就那德行，谁也不放在眼里，你不就是老谦让她，让她骂的哭鼻子还瞒着我们。"

"舌头和牙那么好，时不时地舌头还被牙咬烂，难道你把牙敲掉不成？人和人相处就要相互谦让，我也是一时糊涂，为了让你学缝纫方便，就盯着缝纫机不放，缝纫机是给你嫂子买的，你嫂子的裁缝手艺是从家里带来的，说来也是我做得不对。女儿家只有当了娃娃的妈才知道当妈的难处。你嫂子这么快就回来，说明心里有我们这个家。你听着，小姑贤，哥嫂甜，爹妈善，家庭全。你跟你嫂嫂搞好了，不但能学好裁缝手艺，还能找个好婆家。"

"妈，你在我嫂子面前，嘴笨的跟棉裤腰一样，对我和我哥咋就那么多说教？"

"儿子、女儿有出息，是爹妈的打骂指教，媳妇、女婿的孝顺是父母以心换心的感动。我这个病身子，不知能不能熬到感动媳妇、女婿的那一天。"

"妈，你放心，我们会听你的话的"。

二牛、三兰子被母亲感动了。他们长这么大，这是母亲给他们说话最多的一次，也是最有条理的话。

二牛在村口接过许小兵的鞭子：嫂子，妈不能下地走动，让我来接你。

红花眼泪如柱。

三兰子在院门口说：嫂子，妈说你的屋子太凉，也没拾掇，你和娃娃先在我房间住几天。

红花抱着孩子点点头，眼泪滴在孩子的嘴里，小娃娃还咂着嘴吃呢。

"妈，我回来了。"一年多了，红花第一次把婆婆当妈了。

红花婆婆愣神了，看着红花。

"嫂子叫你妈呢"。三兰子提醒。

"哎哎"，二牛妈接过红花怀里的孩子，喜笑颜开。

马主任看着其乐融融的一家人，悄悄离去。

桂大侃的顺口溜四乡八里传开去，尽管红花与婆婆和睦相处，车马阵大破母猪阵的故事就像"穆桂英大破天门阵"的故事被演绎的神乎其神。

那段时间，刘兰芳的评书"杨家将"风靡全国，许家弯的故事由车马阵大破母猪阵续上了红旗村党支部化解矛盾去砌墙，马主任的高招儿美名扬。

都是桂大侃侃出来的，红花耿耿于怀桂大侃，有口无心的桂大侃那些日子一肚子怨气。本是借屁骂工作组的人，哪里想到小刺猬蛰伏了多年，还是芒刺如针。

善有善报

许茂盛在前面闪过面，这里该他亮亮相了。

哈书记为啥送自行车给他，又让他当编织厂的会计，应为许茂盛很不一般。

很不一般，就是不同寻常，他是个身有残疾的能人，好人，善良之人。

许茂盛的父亲原名齐根农，姑妈有三个女儿。

农村人讲究养女解困养儿防老，即是没有亲生儿子也要抱养或过继个儿子顶门立户传宗接代。姑妈的长女、次女出嫁后，许家姑爹犯了心病，看着自小多病的三女儿，唉声叹气。

姑妈一语道破姑爹的心思：儿女的事命中注定，唉声叹气不顶用，三妮子身子单薄不能远嫁，不如招个养老的上门女婿，顶门立户传我们许家的香火？

"唉，招的女婿顾的人，使得紧了肚子疼。招好了是半个儿，招不好了是竹篮子打水一场空，鸡抱鸭子枉操心，鸡飞蛋打一场空"。姑爹说出担心。

"养儿子是名气，养女儿才是福气。养个好儿子不如娶个好媳妇，有个好女儿不如找个好女婿。村里人那个不羡慕我们家两个女婿孝顺，我选中的人是不会错的。女儿看妈，儿子看爹，你看招我哥哥家的老三进门咋样？"

"嗷，你也是这个心思，就怕他舅舅家不让跟我们姓许"。

夫妻心往一处想，许茂盛父亲齐根农改为许根农，和许家三妮喜结良缘，两年后有了许茂盛，取茂盛之名意在多而茁壮、人丁兴旺。

也许上天眷顾母亲身体的先天病弱，许茂盛出生后，再也不赐其他孩子拖累父母。农民只要有土地，一个人养活十个八个人是很容易的，两代四口人看护照顾一个孩子，在农村就是吃喝不愁的富裕人家，衣食无忧的农民最大的欲望就是翻盖新房子。

许根农和三妮夫妻十多年没有吵过架，姑舅亲妈岳父岳母喜在心里乐在脸上。逢人夸女婿对女儿体谅对他们孝敬，心无旁骛地为女儿女婿翻旧房盖新房置家业。盖新房的十多天里，一家人借住在邻居家。

新房子盖好后，二老先行入住，说新房子湿气大对人不好，用火熏些日子女儿女婿孙子再搬进去住，二老住进新房的当晚，关闭门窗后将砟子煤的火盆烧得通红，围着火盆的二老看着三间新盖的房子，想着儿孙满堂的天伦之乐，想着有了孙子的无憾人生，沉沉睡去。

砟子煤的烟毒窒息着老人的呼吸，习惯天麻麻亮就起炕的许根农，每天做的第一件事就是看望比他起的还早的姑舅亲妈岳父岳母。

新房子门窗紧闭，许根农叫门无人应声，只好破门进屋，地中央的火盆尚有火星，土炕上的两位老人还在睡觉，许根农叫爹爹不应，叫娘娘不理，扑上去抓住爹娘的手，青筋暴起的手如冰柱。推推面朝天四肢自由摆放的二老，一动不动。

"爹呀妈呀，你们这是怎么了！"

许根农哭叫着跑进借住的房子给许三妮子报丧，许三妮还没哭出声就晕过去。十二岁的许茂盛听到了看见了，跑到邻居家："大爹大妈婶婶，救救我爷爷奶奶，帮帮我爸爸妈妈呀！"

三妮疯癫了，向父母跑去，扑在母亲身上哭的再次晕过去。

许大妮、许二妮哭天抹泪，恨从心头起："盖什么房子呀我的爹妈，生什么火呀我的爹妈……"一顿棍棒打破火盆砸坏门窗。

许根农和儿子许茂盛披麻戴孝卖掉家里所有能卖钱的东西，向乡亲们借钱为二老买了两口松木棺材，请阴阳先生选墓地、举丧礼祭奠父母念大经七天，道士作法，孝子孝孙孝儿孝女披麻戴孝跪拜叩头焚香烧纸，呼叫爹妈魂兮归来，焚香跪敬冥界各路主宰不要为难离阳界赴阴间的双亲二老，烧纸钱敬阎罗鬼王打点小鬼照顾冤魂野鬼，一切为黄泉路上的二老双亲方便行事。

女儿哭的真心实意，儿子哭的惊天动地。三间新盖的土木房小院，白帐下面白花、白挽联、白纸钱、白孝帽为两具棺椁默哀，纸做的童男童女跟随二老左右代表儿女在阴间行孝。

"雪梅吊孝"的唢呐声如泣如诉，比"哀乐"更催人泪下。

几位和亡人年龄差不多的老人，抹着眼泪说：养儿子得济养女儿也得济，儿女孝不孝得看媳妇和女婿，有个好儿子不如娶个好媳妇，有个好女儿不如有个好女婿。你看人家这老两口儿，没有儿子比我们这些有儿子的强十倍。

"是啊，人活着时吃苦受罪算不了个啥，能跌倒头就死了，才是修来的福气。死后有人披麻戴孝白花花一片，吹吹打打红红朗朗地送到土里就是大福气的人，像别这老两口儿一样。"

"唉！像许根农这样的女婿难遇到，为了办两个老人的后事，把家里能换钱的东西都卖了，说老人活着时留下话，死后能有副好"房子"（棺材）就行了。许根农借钱时说，等办完了老人的后事，就把这几间房子卖了还账。"

农村老人触景生情，盼头想头在唢呐声中飘向四野。

许根农张罗着卖房子还账，乡亲们忌讳无人买，许根农就揭掉房顶，将大梁、桁条、椽子和门窗拉到外面去卖。还清了外借的债务，一家三口房无一间。许根农只好拆倒二间无顶房子的墙挖出房基石头换桁条，好心的乡亲们出人出力出物，东家一跟椽子西家一根木棍凑份子当椽子，帮许根农将一间有墙无顶的房子搭上房顶，一家三口总算有了房子。少言寡语的许根农，心里记着乡亲们的情，将院子整理好种上各种菜，成熟后就带着儿子送到各家去。

依赖父母三十三年的许三妮，父母走了，她的天就塌了。哭倒在父母的灵堂前，再也没有站起来。不知咋的，两条腿成了"肌无力"，住院治疗、打针吃药都不见效。

那时的医院完全以"救死扶伤，实行革命的人道主义"为宗旨，对求医者一视同仁，医生看病不看人，问病不问能不能交得起住院费，只要需要住院治疗，床位是没问题的。许三妮住院一月余，病情不见好转，医院只好让出院，建议慢病慢治，回家中医按摩针灸，并教许根农按摩方法，说下欠五百多块医钱的医药费，只要拿来病人所在地村政府的证明就可以缓交。

爷爷、奶奶意外死亡后，母亲一病不起，上小学三年级的许茂盛只好辍学在家侍候母亲做家务。劳作一天的父亲，只有睡觉时是闲着的，只要睁开眼睛总是忙。每天晚上都给母亲搓腿揉脚。尽管父子二人精心侍候三年，许三妮还是追随父母而去，给丈夫和儿子留下了一屁股债。

绿地文学丛书

许茂盛一口气长到十二岁，再不长个头了。

乡们说许茂盛是被吓的不长个头了，看着父子二人光棍一对，队长就让他们去放生产队的羊，乡亲们说放羊找对了可靠的人，都愿意将自己家的羊交给许根农父子代放。

许根农说：一个羊也是放一群羊也是放。五十多只的羊群就变成了八十多只的羊群，一年后，几乎翻了一倍。生产队不仅完成了统购羊（国家征购任务）的指标，有羊的家庭都是大羊领着小羊回家过冬过年。

许根农说生产队的羊圈四下不靠不当风，就把他家院子当成羊圈。那个冬天，没有乏死瘦死冻死的羊。

乡亲们吃的羊肉多是宰杀的看着掉膘熬不过冬天的老母羊和小骚货（公羊）羔子，有羔子（怀孕）的老母羊和小母羊羔子都和许根农父子住在一起过冬。

许根农和儿子茂盛躺在炕上，看着房顶上长短不一的椽子说：这一根是张三家给的，那一根是李四家给的，抬你爷爷奶奶时谁家借给几块钱，谁家给过一个馍馍。你妈住院看病现在还欠着王五家马六家的几毛钱几个鸡蛋一碗米……

父亲说儿子听，那年冬天，许家弯好几个老人都穿上了羊毛护心（背心），虽然没有样子，窟窿眼像筛子，那可是许根农父子放羊时拣起自行脱落的羊毛捻成线编织的。

许根农送东西时说：羊毛出在羊身上，有你家羊掉的羊毛，我父子俩放羊时改心慌就琢磨渔网的样子弄出来的，不嫌弃的话就送给你们护个腰挡个寒。

后来父子俩就编织出了有模有样的手套和袜子，许家弯几十户人家都有一件最原始的羊毛织品。

毛线是用羊毛捻的，生产队每年都宰羊，给家家户户分羊肉羊毛。好多人家用羊毛给孩子絮棉鞋、棉衣，许茂盛独出心裁捻成毛线，用芨芨草削成毛线针织起了毛活。看到芨芨草针容易断，就用铁丝做毛线针。

许茂盛过了二十五岁，个头不到一米五，除了海拔不足的遗憾外，其他方面聪明绝顶。上过小学三年级，算起数字来，心算比拨啦算盘珠子算得快算的准确。要不是海拔方面的问题，哈书记就让他当大队会计。

哈书记说许茂盛是个无师自通的特殊人才，大队会计每月都要到九个生产队核查账目，各队相隔较远，许茂盛不方便走路，就让当许家弯的会计吧。

许家弯对许茂盛当会计的事几乎没有反对意见，许家弯的事许茂盛就像清楚家里的事一样，只参加了几天的会计培训班，许茂盛就把许家弯的账目弄得明明白白。

儿子当了会计，父亲多了份前牵挂，父子放羊的日子同吃同住，冷热共享。儿子跟不上羊群的时候，父亲就背着儿子走，现在的儿子虽然个头低，但上身和脑袋是跟着年龄成比例的长，只是两条腿加粗不加长，体重超过了父亲，尽管儿子的自立能力很强，爬锅抹灶不很方便。为了儿子，许根农向队长许有利提出不放羊了。

许有利说：你可以不四处放大群羊，就在家把有羔子的母羊管好就行了。这以后，怀羔的母羊就圈养起来，羊只年年翻倍。

许茂盛当会计时间不长，成了行家里手，其他队的会计账搞不清时，就请许茂盛帮忙，许根农就用毛驴车接送儿子。

许小兵、许虎子拿着初中老师出的一道假期作业题："鸡兔四十九，一百爪子满地走，问多少鸡多少兔子"，两个人到了快开学时去找许茂盛，许茂盛笑着说："那是民间流传很久

的算术题，我爹就是用这个题教会我算数子的。鸡是两个爪子，兔子是四个爪子，把鸡和兔子用符号代替，列出公式不就算出来了嘛"。

"知道了，知道了"。许虎子茅塞顿开，随手列出 $X + Y = 49$、$2 + 4 = 100$ 的方程式来，三下五除二的就算出四十八只鸡一只兔子的答案。

许茂盛由此跟许虎子、许小兵学习"方程式"的运算来。说他当时是数着羊粪蛋蛋算出来的。

许茂盛二十八岁那年，一位走南闯北的好心媒婆，一番打听二番问三番考察，踮中了许家父子，说七道坎有寡母哑女二人欲招婿嫁人，有心为许家父子做媒，先到许家探口风，许根农喜上眉梢，许茂盛摇头叹息。

"儿呀，不孝有三，无后为大。儿不娶妻父母错，死后没有见过第三代阎王也怪罪。男婚女嫁天经地义，娶妻生子是人生头等大事。天上牛郎配织女，地下烂磨配瘸驴，歪锅配歪灶，和尚配破庙。爹知道你嫌那姑娘是个哑巴，但爹觉得这样正好，她不能说话你就省了受气，夫妻过日子没有碟子不碰碗的，就像舌头和牙一样，谁也离不开谁，但舌头常被牙咬的出血，舌头还得忍着。如果你不是有这点小毛病，爹就是苦死累死也会把你供养的上了大学，当个吃皇粮的公家人。爹现在的心思就是看到你娶妻生子，虽然担心遇妻不贤儿受气，但千里因缘一线牵，夫妻是前世注定。老天爷把我好端端的儿子弄短了腿，必定会赐一桩好姻缘的吧。"

"爹，不是老天爷把我弄成这样，是你和我妈近亲结婚的后果。我还算是幸运的，脑子不笨。我不是嫌人家不会说话，我是怕她的哑巴是遗传的，要是这样，会影响后人的，你总不能让我们家再有个不会说话的后代吧。"

"儿呀，看来你知道得不少，想得长远。你说的都是广播、收音机里讲的科学，有一定道理的，我算了一下，我们村里几对姑表姨表亲结婚生的娃娃，或多或少都有毛病。你说的什么传（遗传）我不懂，七道坎那个地方咱爷俩放羊扎过脚（住过），听说现在通了路有汽车，我想去打听一下，要是像我儿担心的那样，我们就回绝算了，你看咋样？"

许根农给儿子烙好了能吃几天的馍，自己带着干粮坐上了长途汽车，汽车跑了一天到了那个叫"盐湖"的地方，说是终点站。汽车上许根农就打听"七道坎"。说来也是巧合，与许根农同座位那个叫余良的中年人老家就是七道坎的，余良早年离家闯江湖闯出了些名堂，在宁夏省城银川市郊区的一蔬菜队安家落户，娶妻生子。为探望父母汽车上和许根农不期而遇。

盼儿心切的余良父亲，赶着毛驴车接儿子，在汽车站等了多时。

好人有好报的许根农，天公作美，一路顺风，借余良的光，坐着毛驴车和余良父子一路同行。

善有善报，恶有恶报，若是不报，时辰未到。许根农善行结善果，做梦也想不到当年放养在七道坎扎脚时，那只怀了双胎的乏母羊难产死亡，他开肚取胎不忍心杀死两只母羊羔子，将小羊羔揣在怀里和死了的乏母羊一并送给不远处那户穷得叮当响的人家。那户人家敞开着屋门，男人不在家，卧在土炕上的老奶奶和一位做针线活的中年女人还有三个娃娃盖着麻袋一样的一床被子，看着陌生的他互相瞪眼不说一句话。

"我是放羊的，就要回家了，老母羊乏死了，留下两只小母养羔子怪可怜的，留给你们看能不能养活"。

　　许根农放下羊出了门，听到有气无力的说话声：快穿上裤子眊眊那个人去…..

　　毛驴车四平八稳，许根农坐在毛驴车上一路远望，凸起的丘陵裸露着黄土的骨架，稀稀拉拉的芨芨草、骆驼草、臭蒿草互不相扰地向天张着干渴的口，顽强地在贫瘠的土地上抗争。丘陵沟凹处瘦绿随意布局，野草随意生长，野花随意开放，赤橙黄绿青蓝紫各不相让，或独放或群养，各有各的主打色彩，谁也别想染指谁。

　　这个地方怎么有些眼熟，羊圈处好像有人家，还有羊粪的臊香味？当年他和儿子赶着几十只羊，从家出发过了黄河的"横城"渡口，一路向东，好像走了将近一个月，才在这里扎脚的，扎脚三个多月，眼看秋凉了，就往家返的。

　　这里的草羊吃了上膘，那只老母羊是老的吃不动草了，加上身子重拖乏了，临死还要留下一对没娘崽崽。不知那户人家现在过得咋样，要是把那对小羊羔子养活了，就……

　　许根农跳下毛驴车向羊圈走去。

　　余良父亲将鞭子给余良说："你坐车顺路到家，我看这个许老汉要干啥"。

　　还是当年那个干打垒的羊圈，几处豁口用红柳条栅栏挡着，十来只羊懒洋洋地躺在地上晒太阳，几只小羊羔蹦来跳去的撒欢，有的"咩咩"地叫着，用头蹭羊妈妈的身子。

　　这是许根农最熟悉、最爱看的喜欢景。羊好像认识许根农似的，一个个站起来"咩咩咩"地用羊类的语言和人打招呼。小羊羔乘机用头撞羊妈妈的奶头，那是羊类特有的催奶方式。羊妈妈不恼不火不理睬地向许根农走来，许根农蹲下将手从栅栏伸进羊圈，羊妈妈用舌头舔。

一只小羊羔叼着羊妈妈的奶头边跟着妈妈走边吃，像个撒娇又顽皮的孩子。"调皮的小骚货，让我看看是不是个好种羊……"

许根农说着就揪住小羊羔的前蹄，小羊"咩咩"大声叫嚷，叫声没有拖音。

许根农知道那是在求救。

许根农摸遍了小羊羔，又摸着小羊羔的肚子和屁股说："是个好条子，好种羊"。

"你不是说来七道坎串亲戚的，咋来羊圈看羊，是不是贩羊的？我这里的羊不卖"。余良父亲说。

"我是放羊的，不是羊贩子"。

"真的，难怪你一看就认得公母。放羊的？这么说你以前来这里放过羊，还有一个儿子？"余良父亲打量许根农回忆着说。

好多年前的事了，真是山不转水，不走的路也走三回，咋不知不觉就到了这里了。那个地窝子还在吧。许根农说着就到了黄沙黄土层中挖的"穴居"。

那是 当年他父子二人住宿的地窝子。地窝子囤积着草料，旁边多了一处有窗子有门的房子，窗子是木头小格的，门是红柳条编的，虚掩着没有上锁。

许根农就要推门进屋，余良父亲说："当心脚下，地面是凹下去的，不要踏空跌一跤"。

"老哥哥，看来你现在是这里的大户了？"

"啥大户不大户的，算是先人没有做亏人的事，给我们后辈人带来了洪福，那些年穷的全家只有一条裤子，谁出门谁穿。也是老天爷可怜我们，有个放羊的爷俩，不明不白的给我们家

送去了一只死母羊两只小羊羔子，放下东西二话没说就走了。我的老妈为了给儿孙省下一口粮食，硬说七十三八十四，阎王不请自己去。说他活了七十五岁，已经活够了，好端端的不吃一口东西，眼睁睁地让我家里的（妻子）给做装老（死后穿）的衣服，说就是穷死也不能光着身子见阎王，不能让阎王爷怪罪我的儿孙后人。我就去套野兔子，想卖了给老妈扯布缝老衣，连着三天连个兔子毛也没有见着，想不到天黑回到家，就有了羊的事。听家里的说了，我就来这里找放羊送羊的人，结果只有羊圈没有人……恩人呐，这些年我们一家人到处打听，说啥有啥，找不到遇到。今天不管你的亲戚有多重要，你就住在我家，让我们好好答谢答谢你！"

余良父亲激动万分，拉着许根农的胳膊就往家去。

"他许大叔，当年你为啥送羊给我们家？为啥送羊后就走了呢？不怕你笑话，我家里的那天正在补烂裤子，不敢下炕招呼你的"。

"也不为啥，就是怜惜那两只小母羊羔子。放了多年羊，一胎下两个母羊羔子的不多。要是老母羊活着，小羊羔也许还能活下来。那只老母羊一共下了十二个小羊羔，也是个功臣，我不忍心剥皮吃肉。我也是穷人出身，知道穷人家的难处，要不是来这里，那事早就忘了"。

"你忘了我们一辈子也不会忘的。你不知道，我老妈看见两只羊羔子，眼睛一下子亮了，将羊羔子抱在怀里捂，用面糊糊喂，硬是把养羔子喂活，我老妈的心也活了，现在还活的硬朗朗的。老母羊我们一家喝汤吃肉过了半年呢。这些羊都是那两只小羊羔传下来的，我儿子的老丈人是个贩羊的，人家一眼相中我儿子，不嫌弃我们家穷地方偏，招我儿子当了养老的上门女婿。不瞒你说，我这里的羊都是为亲家公养的"。

余良父亲毫不隐瞒。

说着就到余家，当年的干打垒地基茅草房加高了许多，一傍修建了一处四合小院，盖起了几间坐北朝南的土木结构房子，新式的钢窗框架门漆成古铜色，在起伏绵延的丘陵地带显得古朴又新奇，沉稳中不显张扬却透着一些神密。

站在余良家放眼看，丘陵地带的凹凸并不显眼，远看烟雨茫茫，白云蓝雾，似飘似游。近看，炊烟袅袅，似幻似影，黄肥绿瘦，别样有趣。

外来人看到袅袅炊烟，才知道炊烟出处有人家。那些人家住的房子不是窑洞也不是平房，像地窖一类但地面就是窗台，进屋下台阶出门上台阶，属半"穴居"的民居房子，房顶上下雨的季节野草野花想咋长就咋长，干旱时只有骆驼草、野蒿草懒洋洋地长。

许根农这才觉得这里很好看，不光有羊吃的草，还有几十户点燃灶火的人家。不留神间，他就被当成了救苦救难的恩人。

人啊人，不管啥时候都要积德行善，继善人家必有余庆，不知不觉中，许根农的七道坎之行是善因结下的善果。

余良弟兄三人听了父亲的话，就要给许根农跪下，许根农说："男儿膝下有黄金，上跪天下跪地中间只能跪父母。那点芝麻绿豆指甲盖的小事，谁赶上了都会那样做的。这一路上我没有对你们掏心掏肺说来有愧，我这里没有啥亲戚的，我是来给我儿子和我相亲的，怕将来事情不成漏了风声，对别女方不好，就胡编了个名字说来走亲戚"。

"他许大叔，在这方远几十里没有我不熟悉的人家，不管你相的那家亲，你尽管放心，要是不地道的人家我当下就给你

回绝了"。

"真人面前不说假话，就是你们七道坎的哑巴娘俩"。

"哎呀呀，老天真是长了眼睛，那就是娃娃他狄家姑妈娘俩。前两天他狄家姑妈娘俩来家把他奶奶接去，说给他奶奶做老衣呢，我说呢么，这几天的喜鹊大清早就叫个不停……"余良父亲提高嗓门说话，余良、余良妈都听见了。

余良妈做好了羊肉小揪面，给许根农、余良爹、余良各盛了一大碗，自己腌的萝卜咸菜呛了葱花辣子油，香味四溢。

一盘叫"狗拉羊皮子"（荞面）的油捞饼，薄如麻纸，圆似满月，抹上自制的面酱，放上小葱和咸菜，卷成春饼样，就着小揪面吃，那感觉，山珍海味是吃不出这般滋味来的。

要不然，历史向后延续到现在，荞面系列的食品成了富人、病人的健康食品，羊肉小揪面被注册为"宁夏特色小吃"排行状元榜。

七道坎人的祖先该是健康食品的先知先觉者，荞麦面、玉米面、黄黑豆面、土豆面是祖祖辈辈养家糊口的主要粮食。还有蒿草籽磨成面掺着和面，不仅增加面的筋骨还有面香外的草香，这也成为当今绿色食品里很少露面的"贵人"。

许根农不经意间，就美餐了"贵人"一顿，小揪面是城里人吃的白面，掺着蒿籽和的。

七道坎顾名思义，想去那里要过七道坎，那七道坎，余良父亲能说得清。许根农父子放羊过了黄河，听说朝着太阳升起的地方走，就能找到那种羊吃了能上膘的草，他记不得翻过了多少坎，比七道多多了。十多年前来到七道坎是奔着草来的，在少见人家多见草的地方安营扎寨几个月，没人问津没人管。拔寨回营之日，无什么企图的做了那么一点利己利人的好事，就被人惦记上了。

许根农觉得这回咋就这么顺当？说瞌睡了就有了枕头，想上天就有了梯子。好运气来了咋就挡都挡不住？头一回被当成恩人贵客招待，头一回吃这么有滋有味的饭，头一回办大事顺利的让他不敢相信。

接余良父亲的话茬，许根农说："咋就这么巧呢，那姑娘是胎里带的哑巴还的咋的？"

"唉！老天妒忌我外甥女长的心疼（漂亮），五六岁时他爹好端端的烧的烫人，三四天时间就没了，后事还没弄完，娃娃又烧的不行，我那苦命的妹妹戴着热孝抱着女儿连夜坐毛驴车到了县医院，才算救了娃娃的命，但娃娃以后就不会说话了"。

"啥病嘛咋就那么厉害，三四天就要了人的命？"

"说是麻疹。那个病是人的天灾，凡人一辈子没有不经历的，一般都是娃娃时候得了好治，大人很少得，得上了就要命的"。

许根农放心了，虽然乐在心里，却没有喜上眉头。不知人家姑娘看上看不上儿子，人家把自个当成座上客，掏心掏肺的，自个不能藏藏掖掖，自个的事不打紧的（不重要），儿子的事才是当紧的（重要的）。

"老哥哥，不攀亲是两家，攀了亲就是一家。老天开眼让我攀上了你这个好人家，我就真人面前不说假话，我儿子有点小缺陷，就是个头低，就到我胳肢窝这，除了这个，其他方面都没问题。大队哈书记想让当大队会计，担心走路不方便，就让当了小队会计"。

"会计那可不是一般人能干的。那要能写会算脑子好使，我儿子余良也是会计。男人嘛，只要不耽误生儿养女就行了"。

"既然老哥哥这样说，舅舅是外甥的骨头主人，就请你给我儿子做个大媒怎么样？"

"那还用说，不光是小一辈，老一辈的事我就全揽了，我看你和我那妹妹也是前世造就的姻缘"。

"以娃娃的事为主，大人的事放后再说吧"。

"那可不成，我那外甥女孝心重的很，这么多年不嫁人的原因就是放不下她妈。他大叔，你有啥顾虑？"

"不瞒老哥哥，我只积攒下一千多块钱，打算给儿子盖两间房子结婚，还要给人家姑娘置些穿戴给些彩礼……"

"你还是不把我当一家人看，既然我大包大揽了，就不在乎钱多钱少。庄户人家不图砖满地图的是好女婿，我想你儿子和我外甥女是天生的一对地造的一双，乌鸦不嫌猪黑，猪也不嫌乌鸦黑，虽然好说不好听，却是实在话。别看我那外甥女半哑不聋，心灵手巧着呢，只要不受气，理家处事孝顺父母那是百里挑一的。钱的事你就不要提了，我还准备还你送羊的大恩大德呢"。

许根农感动的不知说啥好，余良父亲满脸的皱纹都在微笑。

两位年近半百的农民，因羊结缘，说话投机。

踏着月色结伴向羊圈走去，夜风凉爽，月色温柔，草木无声，沙丘撵人影，沙枣树多情，时不时地用枝叶抚摸两位夜行人。

"这是往那里去？咋有了这么多沙枣树？"许根农觉得不是他来时走过的路。

"跟着我走，到了你就知道了"。余良父亲不直接回答。

"他大叔，我老妈有两块心病，一是想见到当年送羊的人，常说知恩不报是小人。二是我妹妹母女的事，寡母哑女离不开，啥事都有个定数，如今，这个定数到了，三家有喜一家亲，我们就不要讲究这礼数那礼数了，来个痛快的。

我有这么个建议，你在这里住上个三五天，让余良把你儿子接这里来，你们双方老的小的见个面，两相情愿的话，就把日子定下来，你们爷俩就回去准备迎娶的事。旧房子下雨不漏刮风不透就行了，我那去世妹夫还预备下三两间房子的木头，就算是她们娘儿俩的嫁妆。结婚成家是头等大事，庄户人家讲究一顺百顺，穷人结婚成家一门心思图的是过日子，人家富人一图面子二图排场三才是过日子，以我看人的眼力，你是个靠得住的人，不会让我妹妹受气的，龙生龙凤生凤，老鼠生儿会打洞。养儿子看老子，我信得过你，就把我妹妹娘俩的终身托付给你"。余良爹一套一套的。

许根农越听越顺耳，越听越对心思。

走着走着，就看见了一股明亮亮的溪流象缎带飘落在地，不远处有盏马灯（防风灯）像星星坠落，像萤火虫时高时低的出没。那是沙丘时隐时现将灯光与溪水交触时的反射点，只有夜间才能看得到。

到了挂马灯的地方，许根农惊奇的是那个羊圈就在眼前。

正在往摩托车上装羊的许良说："爹，你后天晚上到车站去，我在那里等你。许大叔，你放宽心，后天我就把你儿子接来。"说着就发动摩托车。

"你等等，你把我的这个毛护心拿给我儿子看了，他就会相信你，才会跟你来的"。许根农说着脱下身上的毛背心。

"这是儿子给我弄的。"

"儿子连这个也会弄？"余良爹接过毛背心摸了摸给了余良，余良一溜烟地淹没在夜色里。

"穷人的孩子早当家，我家茂盛妈去得早，娃娃跟着我打

小就啥活都干，就是……"

"他叔，事不相瞒，这两个娃娃都有一双巧手，我那外甥女的针线活在这里是数一数二的，我们庄户人家是靠双手吃饭的，只要人勤快，就没有过不去的坎儿。听说你们那里把家里养的鸡鸭羊兔当成资本主义尾巴割掉了。我思谋快轮到我们这里了，就早早着手把羯羊处理掉，把母养和羔子留着，听说集体养的不算资本主义尾巴，到时候就算是公家的吧"。

"老哥哥，那是些不吃五谷粮的人干的事，也就一阵风。"

许根农把"割尾巴"的事说给余良父亲听。两位布依之交，关掉马灯说话，都无睡意，许根农说了许家弯的事，他和许三妮的事，儿子的事。

余良父亲说了七道坎的事、狄家母女的事。越说越投机越像一家人。

月儿西斜，二人才有了困意，迷瞪了个把钟头，习惯早起的许根农就醒了，走出看羊小屋，围着羊圈转了一圈，看见好多芨芨草，拔了起来，一会工夫就拔了一捆，拆了旧扫把扎起新的来。

余良爹看着许根农熟练的动作，打心里赞许。

许根农扎好扫把试着用，许良爹说一看就是个行家里手。

许根农说：老哥哥起得早？这么多芨芨草，能扎好多扫把呢，编车箔子（圈成椭圆形加高运肥用粮车的挡箔）、粮囤子用的就是这个东西，我们生产队那一年都买好多芨芨扫把、车笆子，这么有用的东西在这里就这么荒费着多可惜。

"这里满滩荒野到处都是，就是长的稀稀拉拉，不招人待见。也就怪了，我这庄前屋后长的密密麻麻，我们只是自己用，现用现拔，编个背篓子，驴驮筐什么的，用不完了就当烧柴了，你们那里稀罕以后就给你们预备下"。

两人边扯谟（说话）边往茇茇草丛里去，余良爹说："他大叔，我今儿个先去我妹妹家说娃娃和你的事，让那娘俩有个准备。明晚余良把儿子接来，我就带你们爷俩一襟里去相亲。

许根农感激地说"好好好，全仰仗老哥哥了"。

月下老人引着两个光棍的许家父子与狄亚兰母女相亲，狄亚兰一米六左右的个头，眉清目秀，两条辫子长过衣服，没使胭脂没擦粉，按当地姑娘家的习惯打扮，头顶头发挑个桃形扎着红头绳的蝴蝶结，辫梢处也扎着同样的蝴蝶结。

与样板戏《红灯记》里李铁梅的发式一样，那是文艺作品来源于生活的真实再现。蓝底红花的对开襟罩衣（罩在棉袄上的衣服）服配着红色有机玻璃纽扣，便衣领，像西装那样在与肩同宽处缝纫上袖，是当时最流行的中西结合卡腰式样，蓝布制服罩裤也是新式样，自己做的方口布底黑色条绒系带鞋。穿着很得体，不胖不瘦，腰是腰腿是腿的。

狄亚兰母亲的发辫盘起用黑色发卡卡着，穿蓝绿色的对开襟罩衣，蓝色的罩裤，和狄亚兰一样的布鞋。利落干净，就是面色发黄体型偏瘦。

寡母哑女，乡村有俚语：讨吃婆姨养了个瞎丫头——穷根扎久了（牢固）。尽管有此一说，狄家母女的好模样好人缘好针线活，还是有人上门说媒提亲。

自古以来只有娶不上婆姨（媳妇）的光棍，没有嫁不出去的姑娘。从十八岁到二十三岁，上门为狄亚兰提亲说媒的媒婆媒汉年年有，都是抱着希望来，扫着兴而去。原因是哑巴女儿出嫁不离娘的条件没有合适的人能接受。

余良奶奶听余良父亲说了许根农父子的情况，八十高龄的

老太太立马要见牵挂了多年的恩人。"好人呐好人，好人有了着落，我就是到了阎王爷那里也安心了。亚兰妈、亚兰，这也是老天的造化，就听你哥你舅的话，两好并一好，看人不看家，不图砖满地，就图好人嫁。你娘俩的事也是我的一桩心事，这回好了，我也该回我的老家了"。

"妈，还没见着人，你就说得这么肯定，就不怕外人笑话"。亚兰母亲说。

"光阴日子是自己过，这些年你娘俩苦熬苦等地过日子，不是你哥哥来回关照，还不被那些小人欺负死。人往高处走，水往低处流，你就听信你们亲哥娘舅的话，只要那爷俩愿意，你娘母俩就嫁过去。就凭送羊的事，能看出人心的善恶来"。

许家父子的出现，使早年丧父渴望父爱犹如黑夜盼月亮的狄亚兰有了笑脸，如同许茂盛盼母爱一样迫切。二人都是孝为先，因余良父亲穿针引线，狄氏母女最听亲哥娘舅的话，亚兰事先得得知许茂盛的情况，不嫌许茂盛海拔比自己矮一头，母亲看着女儿的笑脸，枯竭的心也活泛了。

许茂盛高兴父亲从次有了老伴自己有了媳妇，老有所获小有得，两全其美。许根农说过，从家里拾掇的咋样看女人的勤快和懒惰。父子俩走进狄亚兰母女的住房，就被让坐在连着锅台的炕上，那是烧起火既能做饭又能热炕的节能土办法，一举两得，是农民自己的发明创作，经过城里人的改革，就成了"扯炉子炕"，后演变为"火墙炕"。许根农父子家就是火墙炕，夏天堵上火道，炕就不热了。

狄家母女桌子板凳不是树墩就是树干树叉，真正的原始艺术品。如果收藏家看到定会爱不释手。所有家什都是原始状的，多年的擦抹，锃亮锃亮的，在冒灰扬土的土房子里显得别具一格。

土炕上褐色毛毡上铺上了三道黑的红色棉绒毯子，两床红底绿叶粉红牡丹花的被褥，整整齐齐躺在与炕一样长的炕床上，那炕床是原木实物，呈古铜色，木头花纹流线清晰，两个对开的柜门四周是原木镂空雕花装饰，柜门上有半圆形的紫铜锁扣，没有上锁。

那东西以前应该是富人家的物品，出现在穷乡僻壤的穷人家，一定不同寻常。许家弯毛翠翠家就有这样的炕床。说是许老憨父母在"打土豪分田地"时分到的。"破四旧立四新"那阵子，毛翠翠一夜之间，用红漆将炕柜子涂了一遍，不知请谁写了一段毛主席语录，红卫兵闯进她家要刀劈上面的镂空雕花时，就没人敢下手了。

狄家母女的炕床子一头放着一个针线布筐，里面有各种彩线绣好的袜底子、袜绺子（袜后垫），是自己做的布袜子上用的。万不断的图案、荷花图案等，那是最显女儿针线手艺的活儿。是有意放那儿还是平日就放那里，许根农一眼看见了，心里赞叹：余良爹说的大实话，这母女俩的确是勤快人，会过日子的人。担心起人家姑娘嫌弃自己儿子来。

狄亚兰端来瓜子、沙枣放在炕桌上，瓜子是自己种的，沙枣是自己摘的。油香味浓浓的，亚兰母亲正在擀面。

许根农父子是上门的贵客，享受热情招待。许根农父子刚到狄家门口，狄家母女从窗户就瞧见了，女儿思谋着：舅舅为自己做主的对象，除了个头低外，浓眉大眼的还挺受看。姑娘心里有了底，按母亲的眼色做事。母亲想着：一娘同胞的亲哥哥是不会看错人的。转身走进灶间准备饭菜。

放下瓜子转身离去，许茂盛偷眼看狄亚兰，模样好看，身

段也无可挑剔，心里甭提多高兴了。老奶奶又是抓瓜子又是抓沙枣给许茂盛父子，一个劲地说"吃枣嗑瓜子"，嚷着沏茶。

狄亚兰母亲端着两个崭新的印着毛主席语录的搪瓷茶杯放到炕桌上许根农父子面前，砖茶熬出的茶香味很浓，茶沫浮在杯沿上，沙枣、红枣、小黑枣、芝麻瓢在上面。

狄亚兰步母亲身后，端着两个旧搪瓷杯放在老奶奶和余良父亲面前。

许根农父子这次看了个仔细，母女俩就跟一个模子拓出来的，母亲不施脂粉，羞涩挂脸上，红润发黄的脸颊，更显和善贤淑，女儿淡涂了雪花膏，羞答答脸上白里透红，更显清秀乖巧。

母女眉头舒展，表情愉悦。

余良父亲说："亚兰妈，你也坐下，我一手托两家，就打开天窗说亮话：他许大叔、茂盛侄儿，人你们都见了，家就是这么个家，吃饭穿衣量家当，这娘俩就这些家当，没有啥值钱的东西。庄户人家办事简单，你们要是不嫌弃的话，就把事儿定下来。

许根农眨眼看见亚兰妈，心里"咯噔"一下，咋和茂盛妈长的一样样的。比儿子还紧张，额头上渗出了汗。

"我们感激还来不及呢。就是太委屈亚兰姑娘了"，许根农用手擦着额头说。

"不攀亲是两家，攀了亲就是一家。谁也把说委屈谁的话，只要能过好光阴日子，神仙也眼红"。老奶奶插话。

"他奶奶说的对，两个娃娃都是勤快人，我也凭着老力气帮助娃娃把日子过好。你们放心，茂盛不会让亚兰受气的，茂盛你说呢？"

许根农看出儿子的高兴劲，将话题转移给儿子。

许茂盛笑着说："我这个样子，就怕委屈了她，咋能让她受气呢。就是我来的匆忙，也没有准备礼物"。

"到底是识文断字的人，一说话就招人爱听。啥礼物不礼物的，有这份心就够了。听话音，你是喜欢我们亚兰了？"

老奶奶笑得合不拢嘴，就想听未来的孙女婿说话。

许茂盛点点头："恩，奶奶要是愿意，以后就和我们住在一起，我们那里干啥都方便"。

"我怕是没那个福气了。这些日子，喜鹊老是在门前叫，我就思谋着有啥喜事。听余良爹说了，我连着几夜都梦见余良爷爷叫我。说了半天，光顾了娃娃的事，亚兰妈也是我的一块心病"。

"妈，亚兰娘俩的心思你又不是不知道"，余良爹说。

"知道，总得让他俩也表明个心思吧"。

老奶奶用眼睛示意亚兰妈和许根农。

"我还能有啥说的，这么好的人家，打着灯笼也难找到。要不是余老哥抬举我爷俩，我们哪有这样的好福气。就是太委屈娘儿俩了，我就攒下一千来块钱，还不够给娃娃们办事"。许根农实话实说。

"亚兰妈，你都听见了吧？有啥顾虑就当面锣对面鼓地说出来"。老奶奶说。

亚兰妈看了许根农一眼，红着脸说："妈和她舅舅见的世面多，不会看错人的，一切由妈和她舅舅做主。亚兰弄好了汤，我去弄面"。

亚兰母女在灶间忙活，许根农父子、余家母子商量起狄亚兰母女的婚嫁事宜来。

"他许大叔、茂盛侄子，你们两相情愿，这事今儿个就算

定下来了，我拉来的那只山羯羊就算是你爷儿俩的定亲礼物，别的礼数就不讲究了，婚姻大事一顺百顺，夫妻是前世的修来的缘分，也是好人有好报的礼数。这里的路不便当（交通不方便），就不要来回折腾了。妈，你就给算个嫁娶的好日子。"余良爹做主说。

"这可不行，多的礼俗不讲，给姨妈和亚兰一人置办一两身三层新的衣服是不能少的，还有奶奶的。我来时走的急，没准备……"许茂盛说。

"能想到就是有心了，千里姻缘一线牵，请不到遇到的姻缘就是老天成全，我看算日子不如撞日子，三六九都是好日子，看看下个月的今天是几号，要是逢六见九，就撞个大吉大利"。

老奶奶干脆利索，活的明白想的也明白。

这里说的话，灶间的狄亚兰母女听的清楚。

话到正点饭也端上桌。几样小菜：清炒土豆丝，那土豆丝切的银线一般，小葱拌豆腐是一青二白，黑绿色的腌咸菜用红辣椒丝点缀，黄豆芽拌沙葱，都是农民自己种的。还有鸡蛋烙饼、荞面摊饼。

细心的亚兰母女，将小菜卷在饼子里排列放在盘子里。老奶奶笑呵呵拿起就给许茂盛父子。"吃，吃，一家人了把客气。"

羊肉稍子汤清辣子香，蒿子面不是拉的也不是切的，是"犁"出来的，就是一个手掌平放在面案上，切面的刀贴紧面案手掌的大拇指，刀跟着手走，刀过面条现，约一米见长的面条，粗细宽窄就像机器切出来的。这是招待贵客的最好饭菜，最显农家女儿锅灶手艺。

好人有好报。许根农父子一万个想不到，许家弯的乡亲们一千个想不到，几天不见的许家父子，回来后就张罗着结婚娶媳妇，而且是爷父老子双喜临门，不能不说是许家弯的一件大事。

许根农从七道坎回来直接去了大队部，父子在路上商量好：人家对我们那么仁义，我们说啥也不能亏待了人家。单就迎娶这件事，要弄的风风光光，让七道坎的人瞧瞧我们许家弯人是多么看重他们母女的。

父子俩下了汽车就买了二斤水果糖，见到哈书记、马主任先发糖后报喜，哈书记、马主任说：你爷俩好本事啊，这可给我们许家弯的人争了口气，谁说我们许家弯穷的三少三多：钱少、地少、粮食少，问题多、光棍多、缺粮户多。本村的姑娘都想往外嫁，外面的姑娘都不愿意嫁到许家弯来，这回让他们眊眊！

余良的媳妇一胎生了两个儿子，岳父尤成才高兴的又是"洗三"（亲戚邻居送面或面条或鸡蛋，意为给孩子凑奶），又是过"满月"庆贺，又是过"百天"为孩子起名定姓。"洗三"时，余良奶奶给孩子取乳名"大栓、小栓"，尤成才膝下无子，独生女招女婿入赘就想有个跟自己一姓的孙子，亦是天公作美，心想事成，女儿尤乐美生下双胞胎儿子，余、尤两家的香火都有了继承人，家孙子、外孙子都是爷爷奶奶、姥爷姥姥的心肝宝贝，八十有三的余良奶奶高兴的老寒腿也不疼了，说七十三八十四阎王不请自个去，明年阎王爷爷就该请我去了，我这见着了小重重（第四代重孙子）的人，阎王爷爷也敬重呢。阎王爷爷是让我了结阳世的事情，要不然送羊的人咋能出现呢，咋能续上亚兰娘俩的姻缘呢，咋能一起来了两个小重重呢，说啥我也要抱抱我的两个小重重。

余良说：奶奶、爹、妈，我们都安排好了，娃娃过"百天"

时，请所有的亲戚去家里，乐美爹说还要请你和我爹给娃娃起名字呢。我给你们说吧，那个许茂盛是个双手能打算盘的能人，算账也是一把好刷子，红旗大队看重的很，许家弯的人没有不说那爷俩好的，我姑妈和亚兰表妹算是遇到好人家了。我那里给奶奶和姑妈、亚兰表妹准备好了一间房子，你们多住些日子，许家父子有啥事商量也方便一些。"余良在许根农父子回许家弯后，去狄亚兰家说。

老奶奶张着没牙的嘴笑得合不拢："到底是外面走的人，想事做事就是周全，亚兰妈你们听听，别看良娃子平时不爱说话，做起事来细心着呢。我们就照良娃子说的，去他家里住几天，我在这里一卧（住）就是七八十年，眼看着就去见阎王爷爷了，还没有坐过汽车呢，要是我去了阎王那里，你们给我送个汽车我说我没坐过，叫别那边的大鬼小鬼无常鬼还不笑掉大牙。"

"妈，活得好好的，你不要老说见阎王的话。"亚兰妈说。

"你这闺女，我现在是数着活天活时辰的。就是活到一百岁也有蹬腿闭眼的那一天。我这一辈子虽然日子过得穷，但遇到你爹知冷知暖，走得那么早，留下我们孤儿寡母就是饿死饿活都是一碗水让着喝一个馍分着吃。让着有余抢着不够，一家人相互谦让着平平安安走到今天，我也算过上了好日子，儿女孝顺孙子出息，一下子见着了两个小重重，该是有福的人了。唉，日子穷的时候到了"鬼节"才想起你爹，这日子好了，你爹好像又回来了，我是天天想着他。他走了几十年了，我该去陪着他了。孩子，人生苦短，眨眼就是百年，婚姻就是给长大的人找的伴，不管贵贱穷富、灾难病情，都要好好伴着，守着。就是人不在了，心里还有个想头怨头，就是空落落时还有个骂头恨头，这就是缘分。亚兰妈，亚兰爹也是个有福的人，这些年你娘儿俩守着他，他会泉下有知的。许家父子出现后，我在梦里梦见他给你们盖房子呢，那是他没了的心思，我寻思是给我托梦，你去他的坟头跟他烧个纸钱说说话，算是个告别。说不上我很快就见着他们了。"

老奶奶好像预测到他就要寿终正寝，与儿女们作最后的话别。

"给娃娃起名字的事，以前就和尤家亲家说好的，第一个娃娃姓我们余家的本姓，第二个跟尤家姓，现在好了，余姓尤姓都有了，老太太你给娃娃起了小名，娃娃的大名就该我们爷爷奶奶辈起了，我看大栓就叫余平安，小栓叫尤健康"。余良父亲说。

余良将奶奶、狄家母女接到家小住了几日。两个孩子，一个叫余平安，一个叫尤健康，平安健康，人间宝贝。

红旗大队第一次开了"公车私用"的先例，哈书记批准用大队拖拉机为许家父子接亲。马主任在白帽上包上红纱巾，坐着拖拉机一路吹吹打打到了狄亚兰家，那里的人看见披红挂彩的拖拉机，挤着看摸着说："啧啧，人不可貌相海水不可斗量，眊眊 别家娘俩，嫁人嫁的这么气派"。

听说大队干部亲自来接亲，纷纷议论：别娘俩这回可是鲤鱼跳龙门了。

马主任高声说：老哥老嫂子们，你们谁家要是有没有下家（对象）的大姑娘，就往我们那里嫁，我们那里都是好小伙子，到时候也用拖拉机来迎娶"。

红旗大队的党支部一班人就是这样关注民生的。

马主任打开红布包伏，拿出两身三面新的大红、紫红色"喜衣"让母女新娘穿上。母女二人羞羞答答地上了"轿"。

一路春风一路鼓号地嫁到了许家弯。

狄家母女二人带着希望来到许家弯安家落户。两家并一家，美满和谐。

三天后，许良借了一辆小汽车，将老夫妻、小夫妻送到许良父母家"回门"。太阳下山前，小夫妻回到许家弯，老夫妻回到狄亚兰母女以前的家。

许根农说那里的草好，羊吃了上膘肉香不膻气，芨芨草编车挡笆、背篓方便的很，遍地的红柳条编筐编粮囤子就地取才，无本万利。

从七道坎相亲回到许家弯，许根农就给水生和许小兵两位队长说：以后生产队用的车挡笆、背篓、粮囤子就不要买了，都有他负责编织。两位队长当即就说：要是那样，就算你给队上搞副业。

许根农的草根情结就像命中注定，就这样，在七道坎发展起"农业编织业来"。与七队的"草绳、草袋、草帘、草席"编织厂错前错后。

三个月后，那位老奶奶驾鹤西去，去的前一天还拉着亚兰妈的手说：闺女，我要见你爹去了，送我回家吧，我不能从你这里走的。我走后，你就去侍候许家父子，我是看不到亚兰生的小重重了。

老奶奶回去的第二天，穿上女儿为她缝好的老衣，睡着再也没有醒过来。活的明白，死时更明白。

老奶奶过了"五七"后，许根农就拉回一大车草编农具，光芨芨扫把就扎了五十多把，水生、许小兵说：七队的草绳、草袋能卖，我们的草笆子、扫帚也能卖。许大叔你就给我们当个副业队长，只要队上能用得着的东西，你都给我们弄来，用不完了就卖。对队里有利的事咋干咋有理。

许根农说：那你们就派几个小光棍人跟我去七道坎拔芨芨，削红柳条子，拉回家里来我编。茂盛和亚兰有了娃娃，我和老伴要回来照顾。那里的蒿草也多，我拔了有一小轿车呢。再就是那里有好多姑娘，要是有看上我们这里小伙子的，就让我老伴去说媒。去的人就住在我老伴的那个房子里。

农村人最讲究娶媳妇接财神，抱孙子当年喜。狄亚兰结婚三个月就有了当年喜。生下娃娃奶水充足，娃娃喂的白白胖胖。乡亲们都说狄亚兰的奶水好，吃进肚子里的五谷杂粮菜糊湖都变成稠稠的奶糊糊，把娃娃喂的白胖白胖的。当了娃娃妈的女人咋就像下牛犊的母牛一样，吃的是草挤出来的是奶。这朴素又神奇的生理演变过程，不光乡亲们不可思议，恐怕现代科学家也解释不了。

狄亚兰生孩子后没有刻意地给孩子断过奶，儿子许继德刚过周岁，就有了老二齐继善（顶了爷爷的原姓），母亲瘦了，奶水不够吃，早有预见的奶奶，小娃娃五个月闻着五谷香时，奶奶就用米汤、面糊糊、苦苦菜汤调他的胃口，还是小婴孩时，就适应了五谷杂粮野菜果腹。

缺吃少穿的年月，每家每户的头等大事就是吃饭问题，这个头等大事处理的好，一切都和和美美。

许茂盛的父亲每次吃饭，只吃菜喝汤将不多的米和面疙瘩给狄亚兰吃，狄亚兰的母亲同样地省给许茂盛吃，小夫妻推让着给老夫妻，抢着不够让着有余，菜和汤都吃完，米和面疙瘩就放到下一顿吃。狄亚兰生了娃娃，爹妈和丈夫碗里的米和面疙瘩都给了娃娃妈。娃娃能吃饭了，爷爷、奶奶和父母碗里的好吃得都留给娃娃，少不更事的娃娃给多少吃多少，老两口、

小两口都甜蜜地笑着。

许茂盛一家缺粮缺钱不缺人缘。

前面讲到许茂盛向毛翠翠佘芦柴（芦席原料），毛翠翠说许茂盛是个有品行的人。农村人讲的品行就是品德和行为，乡亲们认可谋人有品行，子孙后代都受到赞誉，向人借贷是有求必应。

那个年代，年底分红是农民一年的盼头，通宵达旦的社员大会没有一个打瞌睡的，也没有调侃说笑的，会计念明细账口干舌燥，社员们屏气听的仔细认真，连小娃娃都爬在窗子外面听。谁家分红多少，谁家是大款，全队人都清清楚楚。

许茂盛把家家户户的分红算的清清楚楚，写的明明白白，社员大会上念的口干舌燥。开头念的是有红可分的大户人家，中间念的是能分到小钱的小户人家，后面念的是到找钱给生产队的人家，许茂盛家名列第一。

亚兰看着许茂盛织毛活，很快就入门了，还将毛线染成各种颜色织出袜子、手套、围巾、衣服等，送给乡亲们。

许茂盛、狄亚兰夫妻的善行孝道感动了乡亲们。

水生、许小兵按照许有利当队长时形成的不成文规矩，凡是没有分红的人家，从生产队公积金里按家里人口每人借支给二十块钱，挂在往来账上。那些分了红的人家，好像商量过似地，自发地给许茂盛凑一块或五毛钱。许茂盛说啥也不要，有人就说这是亚兰给我家缝"喜衣"的工钱，这是给我爹妈的"背心"钱，这是给我的手套钱，这是我的毛袜子钱……

许茂盛跟父亲放羊时学会了捻毛线、大拇指和食指捻出的羊毛线粗细如机器纺出的一样，用铁丝磨的编织针又光又滑，编织出毛护心"背心"虽然像筛子，但保暖性能还是好的，那是纯正的生羊毛粗加工制品，比用纺织的毛口袋（一米五见长一尺五见宽）的驴、马驮袋做的背心舒服的多。

好些上了年岁的老人将破的不能装粮食的毛口袋做成背心，套在棉袄上防寒，又硬又重又压风。毛口袋大概是原始人的发明创造，六七十年还是农村人的抢手货，装上粮食，力气大的人抱起来往肩上一放，扛着走省力又便利，是毛驴、骡马驮运的最好行囊。那些年交公购粮全凭人装卸车，粮食口袋横着往车上一趟，走上百儿八十里的没有任何麻烦。

每年从麦子上场到稻子上场，通向国家粮食单位的马路上、公路上常见小山一样的毛驴车、马车、手扶拖拉机、东方红牌拖拉机穿梭，粮食单位大门口排着几里长的"交粮"车队，赶车的人几天几夜吃干粮睡粮食袋上，真正的披星戴月。要是遇到下雨天，必须先保护粮食不淋雨后才轮到保护自己，不管天气好坏，必须先让拉车的毛驴、骡马吃饱后才能顾自己。

粮库大院里人头攒动，晒粮、筛粮、拣杂物的农民，忙的汗流浃背，手刨着捡杂质脚蹬筛子过滤饱满的颗粒，直到拿着仪器测量检查的工作人员点头允许入库时，达标的公购粮才能进入国家粮仓，交粮的农民才能放松身心。

许茂盛、狄亚兰结婚三年生了两个儿子，小娃娃赛着长，生怕长得慢了像父亲那样不足一米五的海拔。比大人能吃饭喝汤，使刚摘掉困难户帽子的许茂盛一家，又成了困难户。

孩子的爷爷、奶奶扣着、省着自己的饭菜给孙子。两位年高体弱的老人因吃不饱穿不暖，同时生病同时吃药打针，万般无奈时同时住医院同时做了"肝包虫"切除手术，术后恢复的不好，病病快快，自己都嫌弃自己活着多余，老两口同时喝下一瓶"敌敌畏"农药，被亚兰发现，送医院抢救过来。

　　从此，亚兰不离左右看护侍候二老，为一家人缝补浆洗、喂鸡养猪外，还为人做"喜衣"、"老衣"，就是年轻人结婚穿的衣服，老年人预备死后穿的衣服。这种活讲究颇多：人气（口碑）要好福报要高（能生儿子）孝心要重为人实诚，不克扣新人亡人（不偷工减料），做的"喜衣"新人（新娘）穿上腰是腰腿是腿的，"老衣"亡人穿上宽宽敞敞的。"喜衣"的布料鲜艳的喜气洋洋，亚兰将比把掌大的"喜衣"下脚料在主家取衣服时一同交给主家，碎小的下脚料拼做成"针线包""烟锅袋"，绣上各式各样的小花一并送给主家。

　　"针线包"女人们吊在衣服腋下，随时拿针引线做女儿活显手艺。

　　"烟锅袋"是老男人的喜爱，烟袋里装上烟抹吊在衣服前襟一侧，烟锅别在腰袋上，专门凑人多时拿着烟锅在烟袋里摸着装烟抹，然后擦着火柴点烟，如果有人正在抽烟，就借火点烟，节省下一根火柴，砸吧着嘴吞云吐雾，美滋滋地享受饭后空当时间或下雨天老天爷心疼农民让歇歇的悠闲日子。

　　还有指甲盖大小的三角形"护身"，装上艾草沫或猪牙床的小块骨头，让新媳妇带在身上避邪。

　　农村流传刚结婚的新媳妇水灵灵的连妖魔鬼怪都喜欢。有了"护身"，妖魔鬼怪就敬而远之了。那些小玩意儿是货真价实的"民间艺术品"，原汁原味细缝密镂的手绣织品现在几乎没有了，人都能上天了，谁还稀罕那种土得掉渣的东西。

　　别看出自农家人日常生活中土的掉渣的那些东西，在那个年代，是乡下人喜爱的随身饰物。还有指甲盖大小的圆形"五谷袋"，里面装炒熟的五谷杂粮面粉，给新出生的孩子缝在衣服袖口处，让孩子自己拿摸到手喂自己吮吸。这种吃法无需人教，现在出生的孩子只要哭出第一声就将双手放在嘴里吮吸，边吮吸边睁开眼睛看人间。

所以，现在的孩子不仅贪吃也会吃，吃的那些东西，爷爷、奶奶、姥姥、姥爷见都没见过。还会闻着气味认人，谁亲谁好跟谁疏谁分的清着呢。

"民以食为天"是乃人间头等大实话。娃娃吃为先也是每个人来到人间的头等大事。那个小粮袋一是让娃娃一出生就知道五谷杂粮是人活命的根子，二是解决娃娃奶水不够饿肚子的心慌，相当于现在的"安抚奶嘴"，三是让娃娃当零食吃。出生后就砸吧过五谷袋的人，一辈子都不会嫌弃五谷粮食的。

"老衣"布料多是黑、蓝、黄、褐、灰暗色。

乡下人过了五十岁就开始考虑自己的"后事"。条件好的买一身细布或绸子备下老衣，条件差的就将白布染成蓝色或黑色。一辈子为儿孙操劳费心的乡下人，为自己操心的事就是在油尽灯灭见阎王时穿上一身新衣服。

不管是"喜衣""老衣"，主家想用啥顶手工费都行，多是萝卜白菜山芋蛋搭上一碗半碗的大米小米玉米碴，以吃的为主，给钱的几乎没有。

农民不像工人干部，月月有个麦子黄（月薪），农民一年到头分一次红，寅吃卯粮的人家多了去。

许根农老两口同病相怜，一个左侧腿脚不听使唤，一个右侧胳膊、腿脚不听使唤。大队医疗站的老中医几乎天天为两位按摩、针灸，说要天天能坚持按摩搓揉，就有好转的可能。

说者有心，听者有意。许茂盛的二儿子齐继善，天天看着老中医给爷爷、奶奶针灸，细如发丝、长短不一的银针经老中医手指的搓捻，就扎进爷爷、奶奶的身体里，老中医这里敲敲

那里摸摸，那些针还不时地跳动，取出针后也不流血，手上扎的针还能穿透。

十五六岁的继善有了好奇心，看老中医醒那处穴位的针，就掐捏自己的穴位。老中医想从这两位老人身上创造针灸治疗法的奇迹，观察继善多日，觉得小家伙有悬壶济世的天赋，便想收为关门弟子。就将羊皮制作的"人体穴位图"给继善看，继善看的入了迷，老中医就教继善在他爷爷、奶奶身上学习针灸。

小家伙开始扎针时手发抖，头上冒汗，针怎么也扎不进爷爷、奶奶松弛而没有弹性的身体里。老中医手把手教了好多遍，爷爷虎口穴位的针灸穿透后，老中医发现那根针跳动了。老中医期盼的就是这个效果，就是说这里的神经纤维有了知觉，这是好兆头，预示着针灸治疗法的奇迹就要出现。

齐继善多日看见老中医扎针后，用手弹皮肤，针才跳动人却无任何反应。听了老中医的解释，继善的手不在颤抖了，慢慢地学会了针灸技术，人体穴位刻在脑子里。

许茂盛夫妻得空就给二老按摩搓揉，两个儿子受父母感染，--有空就给爷爷、奶奶按摩。也许是按摩加针灸的功效，古稀之年的两位病瘫老人，手脚慢慢有了知觉后，互相配合着捻起毛线来。在红旗村享有美誉的老中医成了对着窗子吹喇叭，名声远扬的华佗转世。

齐继善正式成为老中医的关门弟子。

有人说名师出高徒，许茂盛听后对继善说："小子，山外有山，人外有人，七十二行行行出状元，状元各有千秋，你是秃头沾了月亮的光，名师是真的，高徒的名分放到三十年后再显摆。有我在，你把想翘尾巴"。

许茂盛在两个儿子心里的形象是高大无比的，并不多言的许茂盛在家人面前是一言九鼎。兄弟二人自小看到的是母亲每顿饭舀出的第一、二碗都是父亲端给爷爷、奶奶的，爷爷、奶奶吃菜喝汤，米和面留在碗里给两个孙子，父母吃饭总是你推我让，让来让去一碗饭分成两碗加上涮锅水喝下肚。

那口大铁锅里的菜饭，跟着他们的个头往上长，他们的饭量是年年增加由稀到稠，父母是逐渐减少都是稀汤寡水。每年冬天，父母总要出去几天，过年时他们就能吃上干饭（米饭）。

爷爷、奶奶告诉他们：干饭是稗子碾的米做的，稗子是父母从稻田里扫出来的。扫稗子那是穷的揭不开锅的人家想出来的办法，稗子是水稻的劲敌，不用播种不用收，自由生长自由开花结果落地，在水稻田里抢着生长，幼苗的形状和水稻苗很相似，知识青年薅稻子（锄草）时很难分辩，往往是拔掉稻苗留下稗草。稗草往往比稻苗长的壮实，个高杆粗穗大成熟的早，收割水稻时，稗草的果实已经脱落，只有比水稻粗壮的秸秆昂扬着空瘪的头，与颗粒饱满的稻岁相比，它是那样的自高自大自不量力，明明腹中无货，还抬头挺胸显得清高。

扫稗子那种事，城里人一定不知道，乡下人恐怕知道的也不多，且道来听听。稗草籽早熟早脱落在稻田里的泥水里，十冻腊月，天寒地冻，大地冻的发出脆响，脆响声中，地表土层颤抖开来，先前紧绷的地面像冬天没鞋穿的人脚后跟裂的口子，那是要抹上凡士林软化后用纳鞋底的针穿上尼龙线才能缝合的，作用是不要往大撕裂，包上破布麻袋片塑料什么的捂上几天，裂口就会变小，减轻疼痛。

大地表层的裂纹使得地表酥松，尤其是秋天没来得及翻耕的水稻田，先前掉在水里泥里的稗草籽就龟缩在酥松的土里，

有的还裸露在地表层。许根农放羊走四方，知道那里的稗籽多，年关将近的时候，就带着许茂盛、钉耙子、秃扫把、筛子、簸箕去扫稗籽，父子俩一个扫一个筛，筛去土簸去柴草剩下稗籽和筛不掉簸不掉的"三棱草籽"、小土疙瘩等杂物装麻袋里拉回家，用碾子碾后再筛再簸再拣，清理干净杂物就能碾米了，那米粒比"谷米"大，圆润光亮，晶莹剔透，耐煮耐熬不容易烂熟，像高粱米那样磨成面也不易揉成团，就像独来独往的人一样，啥时都不合群。做成米饭，没有米香味，吃进胃里，先是胃如针扎，饱嗝过后胀的人啥都不想吃了，就想出恭，但没那么容易，不花一定时间下一定气力是排泄不出来的，小孩子往往要大人帮助掏出来，真正是好吃难消化。要是掺着大米做饭，不知何故，那东西就服软了，不但有米的香味，还和大米黏在一起，吃起来顺口，排泄系统也没麻达，耐饱的功能也不减退，真正的相生相克，也许，柔能克刚就是这样来的。

许根农有此经验，就将稗籽米磨成面，掺在面里蒸馍，馍虽然发青，却是面香面香的。可惜的是一年的米面十个月就吃的粮尽缸空（乡下人用缸盛米面不走味不生虫），但出恭困难总比饿肚子心慌的想上吊好受多了，要不然咋有"宁可撑死当鬼雄，不做饿死鬼当孤魂。"

许根农带着许茂盛扫稗子养家糊口的历史烙在许茂盛的记忆里。因为那样的经历在许家弯引起了一阵风，那风几乎把红旗大队以及邻居的稻茬田扫的发亮，不仅解决了许多人家青黄不接时的饥荒，还让那些四处要饭要粮的外乡人放下打狗棒自力更生的在土里找食物。

扫稗籽的人边扫边骂：婊子儿的稗子，和稻子抢养分，早早熟了不等到收割就掉地上钻土里，真是韩信转世的短三十！

许根农说：啥东西都是有定数的，别看稗草不招人待见，牛羊吃了又上膘又长个头。为啥籽子早早就落地里，那是自己给自己留种子呢。粮食一年不播种就没收成，草是老天播种，啥地方都能生长。

农民的生存空间全部在土地上，只要有水有土地，农民就有办法生活。

许家弯扫稗籽的人家不多，许根农扫稗籽也就是两三年的事，许家弯的人不扫了，要饭的外乡人还在扫，都是缺水少地靠天吃饭的山里人，有的人家还扫出了美好婚姻来，当然是山里的姑娘寡妇嫁给许家弯的小伙子老光棍。

许茂盛一家是许家弯出了名的困难户。

但许茂盛除了埋怨他父母姑表亲结婚造成他的残疾外，再没有别的怨言。看着门扇高的两个儿子，心里美滋滋的，困难是暂时的。

灯下，跟狄亚兰比划着扫稗籽的事，狄亚兰心领神会，比划着与丈夫有苦同受，有难同当。许茂盛自己用哈书记的旧自行车改了个手摇轮椅，在当时那可是先进的交通工具，是个独创。

狄亚兰指着轮椅比划：要是能用脚蹬就好了，她可以骑着带丈夫走路。许茂盛看着妻子举起大拇指。

许茂盛果真把手动轮椅改成了脚蹬三轮车。

跟赵本山、范伟、高秀敏演的小品《卖车》《卖拐》《卖轮椅》很相似。从时间上看，许茂盛把自行车改成轮椅，把轮椅改成三轮车是在上世纪七十年代中期，本山大哥和高大姐合伙忽悠范老弟是在上世纪八十年代初期。

可以这样推断：许茂盛是火的流油的"三卖"小品原型的

创始人。

文艺作品的精彩之处，在于源于生活，高于生活，把生活戏剧话，使戏剧生活化。

许茂盛即没有戏剧化的生活，也没有生活化的戏剧。

一切都是为了自强不息地生活，实实在在地生活，实实在在地做人做事。

轮椅改成的三轮车很特别，车厢是老纳仿照简易单人沙发的式样做的，不知从哪里搞了一个旧自行车轮，和许茂盛原有的两个自行车轮合一起，就成了许茂盛的新式代步工具。

老纳由此受到启发，开始学着做简易沙发，样子就像太师椅那样，当时很时兴的。老纳说是许茂盛给他出的主意，许茂盛说是老纳自己琢磨的。反正老纳由修补农具的小木匠变成了会做家具沙发的大木匠，许家弯人跟着形式走的家具摆设，几乎都出自老衲和许二楞（许有利儿子）师徒之手。

老纳的木匠活在红旗大队小有名气了，结婚时兴的四十八条腿（大立柜、写字台、梳妆台、沙发、床等家具）请老纳做还要预约。

老纳说许二楞一点都不楞，是个吃木匠手艺饭的好苗苗子。

师徒二人开始走乡串户耍手艺是在粉碎"四人帮"后。不久就被收编为乡办企业的"木器加工厂"工作，老纳还当上了技术厂长。每月五、六十元的工资，只给生产队 10% 的公益储备金，相当于管理费一类。生产队不给记工分，不参加生产队的口粮分配，户口仍然是农业户，是挣工资的农民，还有三分五厘的自留地，是真正的"亦工以农"一族。

粉碎"四人帮"后，资本主义尾巴突然间消失了，社会经济结构形式开始了逐步的变革，在农村大力提倡建设最早的农村贸易市场，直接表现形式就是"物资交流大会"，开始了计划经济向市场经济转化的最初探索和的尝试。先是由国有百货公司，商业部门倾巢出动沿县城主要街道搭帐篷分类挂招牌叫卖商品，而后就发展为乡村的"社会主义大集"。

当年的"社会主义大集"就是现在"农贸市场"的前身，官方称"集市贸易"，农村人逛市场叫"赶集"，一四七，二五八，三六九都能到不同地方赶集。城里人叫走"市场"，现在叫"早市"。

"社会主义大集"在当时是"新生事物"。

新生事物啥时都是政府的重点抓手。

秦书记最善于发现新生事物，培养新生事物，发展壮大新生事物。

望远桥的"社会主义大集"是秦书记的抓手，选地址是第一位，当然是交通方便，人口密集，四通八达的地方，这样的条件当数红旗大队，七队的麦场、饲养场是首选。

秦书记这次把准了脉，但七队的群众如果没有哈书记、马主任、马奶奶做通思想工作，秦书记就是生出三头六臂也无能为力。

表面看饲养场就是饲养场，里面是的编织厂。

麦场的冬天，是编织厂的原料场，也是牲畜的草料场。都是稻草、麦草，不知情的人看不出什么不同。

秦书记亲自找哈书记要地盘，哈书记说："地是国家的，但由七队使用，不管那里用地，解决好老百姓的吃喝拉撒睡是顶顶重要的头等大事，七队本就地少人多，土地是农民的命根子，夺了命根子农民仗啥活呀？"

"你个哈明堂，你以为你们搞得那个编织厂我不知道里面

的名堂，编织厂是你们大队的，你们是白占用人家七队的饲养场，七队的牲畜又白占人家八队的饲养场的"。

"秦书记，你连这个也知道，我以为我们搞得这些名堂只有我们知道，原来我们是捂着耳朵偷车铃——自己哄自己。"哈书记幽了一默。

"我当然知道，要不是我慎之又慎，深谋远虑，稳扎稳打，三思而行，你们这里早就被当成资本主义尾巴割掉了，你这位不倒翁怕是成了……"

"成了新生的资产阶级分子？"哈书记调侃道。

"那还用说，你这老家伙还是有自知之明的，不瞒你说，你搞得啥名堂我都一清二楚，世上没有不透风的墙"。秦书记笑的一脸灿烂。

"当然，当然，听说你要在我们红旗大队闹个大动静（大事）出来，要彻底铲除滋生资产阶级土壤？现在弄得这个事，算是那个路数？"

"此一时彼一时，幸亏我的定力好，政治敏感性强，没有随波逐流，跟着疯子扬土。就你们这里的事，当时反映到我，搞得我夜不能寐，辗转复侧。工作组盯得紧，我真有点焦头烂额了，那些材料是反过来掉过去看，犹犹豫豫磨叽了半年……"

"时局就发生了变化，'四人帮'一倒，我们红旗大队啥问题也没有了。"哈书记接秦书记话茬总是能把住火候，点到为止。

哈书记从秦书记的话中听出了善意的表白，想想也是：假如秦书记不是为了抓住桂大侃以确凿证据，不是稳扎稳打，我哈明堂怕是早就戴上了资产阶级分子的高帽子，游乡串村遭罪去了。

哈书记从有线广播、收音机的喉舌里听出了"社会主义大集"的诸多好处。回回民族善贸易、善做买卖好像是天性使然。别看红旗大队回回人聚集，上溯三代，大都来自山南海北，不是被发配到此就是挑着货郎担到此地，皆因"清真寺"的凝聚力，感召力，回回人才在这里有了一席之地。

斗转星移，历史变迁，回回民族的吃苦耐劳精神没有丝毫改变。

地少人多的七、八队回回人，为何在缺吃少穿的年代脸上仍有光泽，原因是"盖碗茶"的功效。

"盖碗茶"现在多称"八宝养生茶"，十宝都有了。

花茶、糖、枣、果干、芝麻、葡萄干、枸杞子、桂圆、核桃仁……

那年代七、八队回回人的"盖碗茶"大多是前四样：茶是砖茶，糖是自己熬的甜菜糖，枣是自己拣的沙枣，果干是自己晒得苹果或沙果干。

盖碗茶里的填充物，除了自己储备外，就是买。买是要用钱的，没有钱就用鸡、鸡蛋等换，没有鸡蛋的就用力气、手艺换。

大集体时代，农民的自由只是白天受到农活的限制，夜出谁也管不了。具有顽强生命力的回回人，在穷山恶水的地方都能绝处逢生，何况靠着公路挨近省城。

给没有人挑水的城里人挑一缸水一毛钱，用一只鸡换城里人的好多用品。

日能的回回人，三六九城里走，大钱没有小钱不多凑个茶钱还行。

这个行情哈书记、马主任知道，七队队长知道，八队唯一的一户老蛮子（汉民）黄万玉队长知道，但都睁一只眼闭一只眼。

要是有人被不可告人的事绊住了（耽误），家里人就给队长请一天半天的假，队长点点头。见着那人便悄悄骂道：你婊子儿的给我记住，闹日鬼弯三的事再不要耽误了出工。

这些不公开的秘密，秦书记不知道，那一级的工作组不知道，梅雨是后来听马主任说后知道的。

"哈书记，搞社会主义大集不白占你们的饲养场，上面有规定，搞成后来这里卖东西的人是要交摊位费的，谁的地盘谁收费，一本万利"。

秦书记总算为人民谋利益了。

秦书记的"社会主义大集"试点工作抓得有声有色。

一四七是望远桥的集，人山人海，延续至今。

计划经济虽然还在起着主导作用，市场经济的萌芽已崭露头角，商品经济也在蠢蠢欲动。红旗村的人最先尝到了"集贸市场"的方便和小打小闹，小商小贩，倒买倒卖的甜头。

回回人盖碗茶里的填充物也不用起早摸黑地去城里弄了。

红旗编织厂，摇身一变成为"村办企业"的典型。

实践证明：哈明堂书记说的"只要是有利于乡亲们的事，咋干都有理"的话，是完全正确的。

秦书记主持工作期间，大功告成一件。

为此，保住了县常委的职位。不如秦书记意的是，主持工作将近一年，扑腾来扑腾去，还是个公社副书记，革命委员会副主任，最终没有坐上第一把交椅。

被冷落了半年的冯书记，擦掉县委第一把交椅上的灰尘，又坐了上去。

幸亏那位想取而代之的武副书记定力较好，天天只拿眼睛看着第一把交椅，耐着性子没有坐上去。要不然，人就丢大份了。

哈书记说：善于思考的秦书记没有急于求成的把我们编织厂当资本主义尾巴割了，算是善有善报。

秦书记一门心思地抓知识青年工作了。

在全县知青工作表彰大会上发言说：知识青年在农村这个广阔的天地里，的确大有作为。从城市来到农村，一改在家的娇气和依赖性、懒惰性、主动积极地接受再教育，就我们红旗大队而言，知青们不怕脏和累，一年四季坚持做高温堆肥，赶着马车进城拉人粪尿……

邵波成为全县的优秀知青，捧回了奖状和奖品。

奖品是一对印有"广阔天地，大有作为"的搪瓷喝水杯子。

秦书记捧回了"优秀知青工作者"和"知青按置工作先进单位"的玻璃镜框，挂在公社会议室墙上。

狄亚兰学会了骑车，就成为许茂盛的"司机"。

许茂盛改装的三轮车，也成了许家弯人的"应急车"。

乡亲们谁家有病人需要坐车到医院看病的人，狄亚兰就骑车接送，那辆特殊的改装车只有狄亚兰和许茂盛玩得转。

许茂盛是许家弯的会计兼编织厂的会计，还是草绳、草袋、草帘子、草席子的质量检查员。兼职的这些工作都是无偿的，为了狄亚兰每天骑车接送许茂盛去编织厂方便，主管编织厂的马主任就让草绳车间给狄亚兰腾出一块编席子的地方，狄亚兰很快就学会了编席子，熟练后两天编三张席子呢。

前面捎带许小兵让许茂盛父亲当副业队长，带人去"七道坎"拔芨芨草编车挡笆子的事。许根农带着老光棍、小光棍四人去了，就住在狄亚兰母女的那处房子里。

半年后，当大队拖拉机将扫埽、车挡笆拉回许家弯时，两个小光棍带着各自的对象到许家弯看家订婚。许根农说两个老

光棍也有了"下家",就看缘分到了没有。

大队拖拉机接狄亚兰母女同时出嫁的事,在一潭死水的七道坎翻起涟漪,使孤儿寡母、大姑娘的心活泛了起来,动了飞出黄沙窝,离开七道坎,嫁个好人家的心思。看着狄亚兰母亲和徐根农过得有滋有味,无依无靠的寡妇想起"满堂儿女不如半路夫妻"的话,悄悄抹眼泪。

大姑娘暗琢磨:嫁汉嫁汉,穿衣吃饭,不图砖墁地,图个好伴侣。

到余良家走动的人就多了起来,媒婆媒汉都是余良父亲认识的,余良父亲将媒婆媒汉探口风、捎的话说与许根农和亚兰妈听,就有了许根农带光棍到"七道坎"搞副业的节目。

"宁拆十座庙,不毁一桩婚"是农村人的誓言。

"修桥铺路一辈子,不如成全婚姻一桩子"是媒婆媒汉的誓言。

"男大当婚女大当嫁"是地球人的誓言。

"女大不可留,留下结怨愁"是父母的誓言。

如此多的誓言,成就了男婚女嫁人之大伦。

红旗大队开了"公车私用"的先河后,乡亲们的心思活泛了,都想让大队拖拉机娶回自家的儿媳妇。

哈书记、马主任异口同声:二十里以内的那是不可能,但身有残疾的男子娶妻那是可能的。强调一点,外嫁的女子就是千里以外也是不可能的。

得饶人处且饶人

不能不绕到许虎子弄出的那些稀奇古怪的事儿来。

带头割尾巴，毁了自己家的青苗，被亲爹撵着打骂，乡亲们以"没尾巴驴"的绰号解青苗被毁的心头之恨。

工作组长诱之以利，告密桂大侃弄得驴吃辣——里外收伤。癞呱呱（癞蛤蟆）跳门槛——又磕勾子又磕脸。

不善言辞的油户大叔，慢悠悠地说：你这个小婊子儿的，尽干那些光着勾子推磨，转着圈圈子丢人的事。骑着贾局长特批的那辆自行车在村子里显摆了几天，不是车胎被扎破就是螺丝丢了，开始以为是车子自身出故障，自己动手补了胎紧了螺丝。没过几天，车链子七扭八歪，齿和轮对不牙床，这才意识到他成了过街老鼠，人人喊打。

搬起石头砸了自己的脚，偷鸡不成蚀把米。

到这份上，毛头小伙子元气大伤。

不吃不喝蒙着头睡觉到日西斜，心里憋屈说不出口，养好了精神驴气滥泛，听不得妻子招弟的唠叨，三拳两脚把招弟打回了娘家。

毛翠翠哪受得这种窝囊气，这次不再行跳大神之事，乘天黑把招弟送到她亲戚家藏匿。睡觉时分，许虎子妈抱着半岁的小娃娃到媳妇的娘家求娃娃妈喂奶时，毛翠翠火冒三丈：嫁到

你们家的人，隔了不到二亩地远，半年不上娘家们，娃娃找不着妈了，来娘家找人，我还跟你们要人呢！

许虎子妈看人不在，听了毛翠翠的话，当下就吓得尿了裤子。

紧紧抱着孙子，裤脚绊着泥土颤颤巍巍地回家，眼泪一把鼻子一把地哭骂儿子：你个无义种，惹祸头，好么生赶（好端端）地作弄个啥，吃饱了撑的，打婆姨干啥？惹下了大乱子还在家里挺尸（睡觉），还不赶紧找招弟去，招弟要是有个三长两短……

许虎子一骨碌翻起身：招弟咋啦？没在她妈家？

娃娃饿的哭叫不停，许虎子妈骂了儿子后赶紧顾及孙子。

孙子孙子，爷爷奶奶的命根子，小娃娃哭得伤心，揪的爷爷奶奶心疼。

许虎子三两步跑到丈母娘家，进门便叫：妈，招弟呢？

"你不是不让你媳妇回我这个娘家认我这个妈么，怎么到我这里找人。招弟怎么了？"

"妈，下午我和招弟生了点气，她就赌气出门了，我以为她回你这里了"。

"下午人就出了门，你现在是找人还是找鬼，要是招弟有个三长两短……"

毛翠翠说着就有了眼泪。

许虎子一看这架势，吓得脸色发白，掉头往许小兵家就跑。

准备睡觉的许小兵听了许虎子的话，顾不得多想，骑上自行车和许虎子就往马主任家里去。

已经睡觉的马主任被半夜叫声惊醒。

人命关天的事，一秒钟都不能耽误。

马主任骑上自行车，披星戴月直奔毛翠翠家。

到了毛翠翠家，天蒙蒙亮，毛翠翠家灯光明亮，毛翠翠拾掇的干干干净净，半跪在地上编席子。

门是虚掩的，马主任让许小兵、许虎子在外面等着，她推门而入。

看到毛翠翠平安无事的样子，心里明白了几分。

"马主任，这么早你咋就来了？"毛翠翠心虚地起身，边洗手边说。

"早了才能找着人呢，你个贼婊子，蹲下身子也不怕把肚子里的小人人曲坏了"。

毛翠翠打了个激灵，紧张地看着马主任。

第一反应是马主任为计划生育而来，她最担心害怕的事就是马主任知道她怀娃娃的事，马主任还是知道了。

"马主任啊，我求求你，给我和老憨留条根吧，这是老憨的亲骨肉，你千万不要给我们计划掉了……"毛翠翠双腿一曲，跪在马主任面前，泪如雨下。

"快起来，我们不兴这个。你个贼婊子，招弟不是老憨的亲骨肉你就不放在心上了，人丢了一夜，你待招不理（不在意）的，害得我半夜三更来找人"。

"马主任啊，我求求你，给我肚子里的孩子一条生路吧，这是我和老憨的命根子，你要是给计划掉了，我和老憨就不活了"。

"你个贼婊子，做贼心虚。我是为招弟来的，不是为了断老憨的根。你知道疼肚子里的小娃娃，就不疼招弟那个吃奶的小娃娃。那可也是你的小外孙呢。你把招弟藏哪了去了？"

"马主任你真不是来搞计划的？"毛翠翠麻利地站起身，用手捂着肚子。

"要是那样，三个月前就找到你头上了。招弟呢，你那小

外孙哭闹着找妈呢，你把招弟的婆婆吓得尿裤子，把你女婿吓的丢了魂。婆姨汉子床下打架床头和，夫妻没有隔夜愁。你干得啥事？"

"马主任，你不知道许家那个龟贼把招弟打得鼻青脸肿罢？我是想替招弟出口气，让那个龟贼受点挫（折）。招弟没多远，就在渠对面我表妹家"。

马主任点点头，出门吩咐许小兵、许虎子去接招弟。

"马主任，你简直是个能掐会算的神仙，啥事都瞒不过你。"

马主任转身进屋后，毛翠翠沏好了一杯茶，端在手里说。

"你才是神仙呢，啥事只要遇上你，总能搞得鸡飞狗跳墙的。俗话说得好，若要人不知除非己莫为，不是我能掐会算，是你贼婊子戏演的真，装的假。那有女儿不见了，当妈的不管三的。"

毛翠翠恍然大悟。

"马主任，你真的不搞我的计划了？"

"计划生育就是有计划地生育孩子，又不是不让生孩子。像你这种情况，符合二胎生育政策的。现行的国家政策允许生第二胎，但必须和第一胎间隔四年，你都间隔二十多年了。这几个月你对我躲躲闪闪，要不是招弟的事，我还不跟你照面呢。今天吓着了吧？"

毛翠翠点点头："马主任啊，你别多心，你这一说，我和老憨心上的石头就落地了。这几个月我提心吊胆，躲闪你就怕你知道了搞我的计划。我和老憨特别感激你的，要不是你，我这过四十的人了哪能有老憨的娃娃"。

马主任笑着说："你个贼婊子要是早把老憨当个人，怕早就有老憨的娃娃了。现在有了也是善有善报。招弟和许虎子你要劝着让好好过日子，当爹妈的，就是腌菜缸里压菜的石头，石头压得稳，菜才不漂浮不臭。得饶人处且饶人，婆姨汉子之间的事，最好是大事化小，小事化了"。

"马主任，咋啥事遇上你都跟没事一样"。

"我干的就是把啥事都往平抹的差使嘛。你这次要是把你女婿和女儿的事抹平了，我就再也不把你当故事精看了"。

"马主任你放心，你老人家为我压了那么多事，我心里都记着呢"。

马主任正要走，许老憨风尘仆仆从七道坎拉"芨芨"回来。看见马主任，紧张地看着毛翠翠，毛翠翠喜笑颜开："放心吧，马主任早就知道我有了娃娃的事，她不是来搞计划的，是为了招弟的事"。

"招弟咋了？"许老憨又是一惊。

毛翠翠如实告诉许老憨，许老憨说：你呀，尽干那些没勾门子的事。说着将一鼓鼓囊囊的布带子给毛翠翠：这是给你买的果干和我拾的沙枣，赶紧给马主任沏茶喝。

"不用了，芨芨拉回来了，路上没麻烦吧？"

"没有，长这么大还是第一次出远门，许根农老伴的老家到处都是芨芨草，蒿草，就是缺水。水是人的血脉，血脉干了，人就没法活了。可那个地方的沙枣树活得洋里洋气的，沙枣又大又甜，都让风刮掉沙子吃了。你们看，一阵功夫我就拾了这么多。"

"没想到原来嘴笨的棉裤裆一样的许老憨，现在说起话来不打腾腾（结巴）。真是夫妻一条心，家和万事兴。我今天可是老太太吃挂面——有言（油言）在先，毛翠翠的肚子只能鼓这一次，不能再有下次了。许老憨你悠着点，毛翠翠你小心着点，

你个骚婊子日能的很，二十多年没动静，当奶奶了，你又成精作怪地有了娃娃。怀上不容易，养的时候更不容易，要早早到医院去等着生。过几天我把县上的计划生育专干领来，给你做个检查，看娃娃发育的咋样。毛翠翠你也不能干蹲着的那些活了，要生就生个健康的娃娃"。

马书记、马主任可谓把心操到家了。

招弟坐在许小兵的自行车后尾架上回来了。

看见马主任，眼泪就像断了线的珠子流淌，看亲妈一眼，瞪丈夫一眼，万般委屈在心头，正是撒气的好时候：许虎子你个没尾巴驴，不是驴脾气大嘛，过来打呀！马主任啊，他整天睡觉，我说了几句，他就犯了驴气，对我拳打脚踢，你看把我打成啥样子了，我不跟他过了，离婚！呜呜呜……

招弟哭得伤心，说得气愤，骂得解恨。

双手托抱着发胀的奶子，奶水陪着眼泪流。

许虎子站在一旁听骂，发呆发傻，不知所措。

"发啥呆呢，还不快去把娃娃抱来吃奶"。马主任给许虎子解围。

女人，母亲，只要心里有孩子，啥事都能扛，啥事都能忍，啥事都能原谅。

孩子，只要有母亲，就不会挨饿受冻。

母亲，只要有孩子，就有希望。

许虎子的娘亲抱着小孙子一路小跑，两眼红肿，老泪纵横。

孙子孙子，爷爷奶奶的命根子。

小娃娃眼泪汪汪，见了亲妈抽泣的更厉害，迫不及待地扑向母亲。

有妈的孩子是个宝。

招弟左眼是熊猫黑眼，右眼是波斯猫红眼，见了娃娃，都是笑眼。

奶水充盈的招弟，一个晚上，就像有千万只蚂蚁在允吸着奶水，撕裂着乳腺。小娃娃长叹一口气，狼吞虎咽地吮吸了几口奶水，不吃了，尥蹶子耍起了小孩脾气，看着母亲，抽抽噎噎，小嘴撇的跟八万似的。

那是对母亲弃他而去的抗议和埋怨。

"嗷嗷嗷，宝宝快吃，是妈妈不好，让宝宝饿了一夜"。招弟摸着小屁孩的耳朵，给小屁孩检讨着。

有奶吃了还要埋怨亲娘的小屁孩，听懂了母亲的活，要了个有理，美美气气地吮吸起母亲的奶水来。

肚儿圆圆，脸儿圆圆，贴着母亲的心口睡着了。

招弟给娃娃喂奶时，许小兵将马主任叫一旁说："马主任，虎子跟我说他在许家弯抬不起头了，外面大人娃娃见了骂，家里爹妈找着茬子骂，婆姨得着空子骂，他说活的没意思，我担心的很"。

"这你可要多留点心，那个小婊子儿的心高气傲，老觉得他了不起，这几次的打击，心里肯定难受"。

"马主任，虎子其实不坏，就是爱耍个小聪明，出个风头。他和招弟一直好的很，动手打人还是第一次。招弟和我干妈一样，刀子嘴豆腐心，得理不饶人，无理搅三分，我担心虎子想不开，要是找个理由让他出去避一避……"

"你是哥哥又是一队之长，找个理由容易的很"。

"马主任，我是求你的，大队不是需要一个电工嘛，这方面虎子有特长，你给哈书记说说，公社不是要办电工学习班么，就让虎子去嘛"。

"到底是家门户族的兄弟，一笔写不出两个许字来。原来你的鬼心思在大队电工的事上，这事得和哈书记商量。电工，那可是和电老虎打交道，不仅要细心还要有责任心"。

"虎子的物理课学的比我好……"

"屋里好还把婆姨打出屋外，我看你把屋里的事弄得比他好"。

"马主任，我说的物理是……"

"你少在我面前老鼠钻书堆，咬文嚼字。屋里的事我比你知道的多，你才知道几天屋里的事。许虎子屋里的事就交给你了，招弟最听你得话，和你媳妇好得想亲姊妹，她们屋里的事就是你们屋里的事，许家弯家家户户屋里屋外的事，都是你许队长的事，谁家的事办不好，你的啥事都没得商量。谁叫你是党员，政治队长，大队支部委员呢，说不上将来……"

马主任拿着聪明装糊涂，屋里屋外绕过来绕过去，把担子压在了许小兵肩上。

许小兵明白了，许虎子和招弟的家里事处理好了，许虎子当电工就有希望了。

许虎子就是这样当上大队电工的。

工作组组长许愿让许虎子当营业员，着实把许虎子的心搅乱了，兑现了自行车的承诺，许虎子以为有了靠山攀了高枝儿。结果是偷鸡不成蚀把米，狐子没打着，惹出了一勾子酸屁。

害得许虎子在人前人后抬不起头来。

哈书记、马主任相信"浪子回头金不换"，没有"痛打落水狗"。

以父辈的宽容、仁慈、厚爱之心，让许虎子走上了老老实实做人，堂堂正正做事的人间正道。

许虎子看重了电工肩上的责任，平静了浮躁的心，开始了脚踏实地的生活。

许虎子踏遍了红旗村所有变压器、电路、电线经过的地方，只要是与电有关的东西，都经过了他的调教。

那天，他检查照明线路到八队，发现几家的照明线残旧，准备跟主人商量换新线的事，看见一户人家的双扇门半开半关着，便进到屋里，大声问"人在哪里？"

"啊呀呀，流氓！"

女人的惊叫声是从半开着的门后面发出来的，许虎子紧张地回头，吓的往外就跑，与正要进门的男人撞了个满怀，那男人一个趔趄，向后跌倒。

许虎子啥也顾不得，撒丫子一口气跑出了村子。

跌倒的男人，后脑勺不偏不倚磕在院子里的一破瓦盆沿上，意识清醒的男人用手一抹，看见了血。

天擦黑时，哈书记刚进家门，头上包着绷带的男人和哭哭啼啼的女人就找上了门。

女人说：哈书记呀，我没脸活了，下午我正洗大净（洗澡）呢，那个流氓就闯进屋里，我一骂，他就跑……

男人说：我就要进门，那个贼流氓从屋里跑出来，把我撞倒就跑了……

"那人是本队的还是外队的？"

"不知道，那贼流氓进屋就喊有没有人，我吓得不敢看，光顾骂让他滚出去"，女人说。

"那个贼流氓身上好像背着啥东西，我没看清"，男人说。

"你们说那人身上背着东西，进屋就问有没有人，听到骂声就跑？是这样的么？"

"就是的。哈书记，这事我们太丢人了不说，还把我们老M的头撞了个口子，你要是不管，我们要向公安局报案"。

"这就是我管的事，我咋不管呢。你们不要声张，老M受伤花多少钱你们先垫上，事情弄清楚后，给你们全部报销。"

哈书记安慰了老M夫妻后，就去找黄队长。

黄队长一听就笑了："老M老伴那么早洗的哪门子大净，也不把门插上"。

"我们这里的人睡觉都不插门，谁能知道事情咋就那么巧呢。你看那人是哪里的？"哈书记问。

"我看十有八成是小许误打误撞，他今天在我们这里检查照明线路"。

哈书记又去找马主任，但凡涉及女人、家庭关系、邻里纠纷、夫妻矛盾的事，马主任人出面，就能药到病除、妙手回春。

马主任知道许虎子在大队值班。

许虎子对电工上了心后，人勤手勤腿勤，工作认真负责，变得跟以前完全不一样了。哈书记、马主任看在眼里，就把大队民兵工作的一些事交给他去干。比如大队部值班和各生产队粮场、库房的巡逻，他干的也很上心，准备让许虎子当大队民兵排长并培养他入党呢。

那天是许虎子当班。

马主任出现在许虎子面前时，他正在聚精会神地听收音机。

"贼婊子儿的，惹下了乱子还跟没事的人一样"。

"马主任，我那是误打误撞呀，可不是故意的"。许虎子不打自招。

"误打误撞，把人家撞倒头磕烂了，你一道精光就不见了？"

许虎子紧张地看着马主任：咋能把头撞烂呢？我看门开

着一扇，以为家里有人，就进去问人在那里，门后突然一身叫喊，我吓得啥也没看见就往外跑，就和那人撞上了，看也没敢看……"

"稀奇古怪的尽让你贼婊子儿的遇上了。你以为一跑就万事大吉了？人家女人哭得活不成了，男人头撞烂了，要到公安局报案呢"。

"马主任，我，我该咋办呢？"

"咋办，跟我走，给人家赔礼道歉说清楚。这事不能拖到明天，要是传出去，就不好收场了"。

马主任带许虎子先到自己家里，抓了一只大公鸡让许虎子抱着："你小婊子儿不知道事情的严重性，要是那男人一时不消气地骂女人，那女人可真要被逼着上吊呢"

快熄灯时，许虎子跟着马主任出现在老 M 家。

"M 老弟，他婶子，下午误打误撞你家的人就是这个小伙子，他是我们大队的电工小许，来查电线换灯头的，不是什么外人"。

老 M 上下打量许虎子，女人捂着脸哭泣：我没脸活了，我不活了，向地中央的顶梁柱上撞去。

老 M 眼疾手快，身子往前一挪，拦住了寻死觅活的女人：娃娃他妈，人找着了，事就好说了，有马主任做主，不会让我们吃亏的，你先消停消停，看马主任给我们个啥说法。

"大叔大婶，我是挨家挨户查电线换灯头的，千错万错我的错，我应该先问有没有人后再进屋。你们就原谅我的莽撞吧"。

"咋原谅呢，我们的人丢大份了不说，还弄得我头破血流。要是传出去，我们咋有脸见人呢"。

"他叔他婶婶，我连夜把人带来就是为了不把事情传出去，

知道的就是哈书记，我，你们老两口，你们不说我们更不会张扬的。小许为了给你们赔个不是，把家里养的九斤黄鸡抓了来，一来让你们消消气，二来给他叔补补身子，他叔看病的钱由小许出。得饶人处且饶人，以我看，这事今晚上就扣得扣，盖得盖"。

老 M 夫妻互相看着。

许虎子把大公鸡给老 M："大叔，你们就原谅我吧"。

老 M 掂量出了大公鸡的分量。

"由你马主任出面，我们还能说啥呢，谁叫你是我们老回回的领头人呢，我相信你一碗水端得平。可我把丑话说在前头，我这个脑袋从小到老没有出过问题，这次没事则罢，要是有啥后遗症，我可是还要找你马主任的"。

"这个好说。哎哎，你不是在外面耍瓦刀着呢么，怎么回来赶上了这趟子事？"马主任问。

"嗨，明天工地上放假半天，今儿擦黑就回家来了。没想到就遇上了这当子倒霉事"。

马主任和老 M 夫妻玩笑了几句，大事化小，小事化了，有事化无事。

月光下，许虎子送马主任到家："马主任，我明天就把我妈家的鸡抓来还你，再给老 M 送一只去。

"那是当然，你惹出的乱子你得舍财消灾，我不能贴了辣子再贴油"。

许虎子回到大队部继续值班打瞌睡，睡得正香，被"嘭嘭嘭"的敲窗声惊醒，敲窗声和着叫喊声："哈书记，哈书记，队上出大事了……"

许虎子听出是五队生产队长陶万宝的声音。

和依而卧的许虎子麻利地打开门问："出了啥大事？"

"知识青年把马腿坎断了"。

的确是大事，这样的大事，许虎子是第一次听到。

习惯了早起的哈书记正在喝盖碗茶，许虎子就在院子里大声喊："哈书记，五队知识青年把马腿断坎了"。

许虎子吸取了擅闯民宅的教训，未经主人允许不敢进屋。

哈书记说：进来。许虎子还犹犹豫豫，天麻麻亮，他怕再撞见不该撞见的事。

哈书记老伴掀起门帘：虎子，你咋不进屋？

许虎子这才进了屋子。

哈书记拿起刚烙好的饼子：先吃饱肚子再说事，多大的事也没有吃饭的事大。

丁姨妈用搪瓷缸子沏好茶放在许虎子面前说：喝着吃，吃着喝。

知识青年闵魁和邵波同属"高干"类子女。

不到北京不知道官小，在宁夏这个地方，进了省委大院就属于高干，高干家的孩子就是"高干子女"。

闵魁家原本在省委大院，不知何故，就在知识青年上山下乡运动兴起前，他家的成份一夜之间就由"革军"（革命军人）变成了"反动军人"。

全家不仅被撵出省委大院，还被"迁赶"到农村。父亲被送进什么干校，一边交代历史问题，一边劳动改造。

"迁赶"在当时好似是对城市里有问题人的一种惩罚，类似古代的"流放""发配"一类，但比那个人性化的多。政府要给发一定的生活费，适当的安家费等，允许投亲靠友，自找出路，只有限期离开城市的告示，没有人跟随押解。

穷人有穷朋友，富人有富朋友。

穷朋友一旦变成富人，不容易忘记一块哭过的朋友，解囊相助的事时有发生。

富朋友一旦变穷，时常想着一起笑过的朋友，多是常相思不相见，只好望梅止渴、画饼充饥。

闵魁家在省委大院时，他母亲时常将旧衣裤，吃不完的粮食送给一位清洁工。那位清洁工是许有利朋友贾局长的亲戚。看到救济过他的那家人大难临头的告示后，大着胆子走进了那个四合小院。

闵魁一家被患难之情感动得热泪盈眶，无亲无故的清洁工让他们喜出望外。

说来道去，闵魁一远房表姐乔巧就嫁到红旗大队，只是乔巧忌讳深宅大院姑妈当年的话：那么俊俏的姑娘，嫁了个煤黑子，还是兔子不拉屎的地方。因此，巧姐儿有事怕求为官的亲戚不搭理，无事不愿到富亲戚家遭白眼，老死不相往来，淡了亲戚的情分。

巧姐儿的丈夫程自立是红旗五队的外来户，常言说：外来的和尚会念经。程自立那年报名参军，人家一举得逞，三年炊事班长，受益一辈子。服役期满，被分配到省矿务局一煤矿当了厨师长，月下老人千里姻缘一线牵，就把个俊俏的巧姐儿牵到了程自立的身边。

闵魁母亲为何那样不待见煤黑子，因那位姑妈给巧姐儿介绍了一位城里的对象，小伙子对巧姐是一见钟情，巧姐儿对程自立是情有独钟。

远方的姑妈有心栽花花不发，无心插柳柳成荫。埋怨是情理当中的。

乔巧是慧眼识郎君，百年好合一世情。

结婚之年，正赶上大力提倡结婚不要彩礼，不铺张浪费大摆酒席的"破陋习，树新风，移风易俗"的时尚风。马主任看中了这对俊男靓女是个好典型，硬是把乔巧的父母糊弄的免了女儿出嫁的彩礼钱和大摆酒席的风气（现在是不可能）。

　　乔姐儿和程自立结婚当天，马主任就把"计划生育宣传手册"送到小夫妇手里。第二天，人家就夫妻双双出了村，坐着火车去了煤矿度蜜月。

　　三个月后，红旗小学缺老师，初中毕业的乔巧经马主任推荐当了民办教师。

　　响鼓不用重锤敲，肉香要用慢火炖。

　　做学问不能急求成，做事不能图虚名。

　　巧姐儿进步很快，在全县民办老师选拔录用考试中，名列榜眼。自然进入"代课老师"行列，由县教育局代开工资，下一步就跨入了国家教师的行列。

　　两年，是马主任和乔巧夫妇约定的计划生育期限，乔巧怀孕是在约定期限过后，而且是双胞胎。

　　就在这个时候，陌生了多年的姑妈来到了巧姐儿身边。

　　农村人有言：好狗不咬上门亲，亲不亲，打断骨头连着筋。

　　好巧姐，朝思暮想的姑妈突然光临寒舍，别提多高兴了，何况还是城里当官的亲戚。知道姑妈家是"脱了翅的凤凰"，巧姐相信：瘦死的骆驼比马大，凤凰虽然脱了翅，有朝一日毛长齐，凤凰还是凤凰。

　　乔巧跟哈书记、马主任讲了姑妈一家的情况，加上许有利的介绍，闵魁和妹妹可以按知识青年对待，插队落户在五队，但闵魁的母亲是不能落户的，主要涉到口粮问题。

　　乔巧将家里的四间土房腾出两间让姑妈一家居住，那是队

里最好的石头根子砖墙角套土坯的房子。患难见真情的姑妈感动得热泪盈眶，精心照顾一双儿女外还对乔巧恩爱有加。

生产队里好多孩子都是乔巧的学生，娃娃的关系，乡亲们对娃娃老师的亲戚不会干农活也没有太多的闲话。就是和乔巧家并排住的生产队长陶金宝，想借乔巧家的房子让儿子结婚用的小九九被闫魁一家给搅乱经了，还有就是乔巧由民办老师转为吃皇粮的代课老师，肯定会转为正式的国家教师，那样就会转走户口，一院子房子就会姓陶了。

半路杀出个程咬金来，把陶队长的如意算盘弄了个一塌糊涂，还有口不能说。明的不行就来暗的，想办法把姓闫的一家撵走就行了。

生产队长管理生产，负责安排生产方面的人事。

知识青年闫魁的身份属"有问题家庭可以教育好的子女"范畴，不是光荣的下乡知识青年，而是被"迁赶"出城市的问题青年，不过是在知识青年上山下乡运动刚开始先行了一步，就沾了知识青年的光，还有乔巧老师的光。

这是陶队长的心思，有此心思，不会干农活的闫魁就得一切从头学着干。

农活是个力气活也是个技术活，虽然技术含量不高，但行行道道都有技巧。不会用锹的容易撬断锹把，不会使唤牲畜套车的，牲畜就会尥蹶子伤人。

闫魁第一次尝到了大米好吃苦难受的滋味，蚊叮虫咬太阳晒，早出晚归腰腿痛只能苦不堪言。农村的白天，时间长的让人看着太阳骂它磨洋工，夜晚的时间短的让人咬牙切齿。

那天，闫魁一觉醒来已是凌晨五点，他急忙穿好衣服，拿起鞭子向饲养场跑去。牲畜圈里只剩下那匹爱尥蹶子的黑骡子，看见钟魁手中的鞭子，怒目圆睁，甩耳朵摇头，发出"吐吐吐"的抗议声，用前蹄子刨着地上的草粪，左右摆动着尾巴，扬起脖子发出"哼呀呀、哼呀呀"的叫声，把屁股掉给闷魁。

这是一匹不好使唤的畜生，赶车的小伙子们为了不使这个畜生，都惦记着早起，谁最后起，谁就要轮上使这个畜生。生产队里的车辆，牲畜是一个萝卜一个坑，不干活的几头牲畜都是病弱的或母畜、种畜。如果赶车的人少了一个，这个畜生就该休息了。畜生看见它的同类都被牵出去套进车厢，高兴地边吃草边悠闲地转圈子乐得忙里偷闲。

闷魁从来没有使唤过那匹骡子，那畜生欺软怕硬，在没有被制服前，它和人较着劲，闷魁拿着鞭子左右吆喝了近半个小时，畜生越来越强硬，不停地摆头。闷魁知道那些小伙子们肯定在议论他制服不了这个畜生。他要用实际行动证实他不是松包，他们能干的他也能干。

闷魁扬起鞭子用力的抽了那畜生几鞭子，"吁吁吁"的唤了几声，畜生反而"哼呀呀、哼呀呀"的叫了起来，跳起后蹄发怒了。

"妈的，你也欺负老子！"闷魁也有些火了，又扬起鞭子打了几下，畜生靠着墙根转圈子，趁闷魁鞭梢被柴草缠住时，弹起后蹄踢中了闷魁的右手腕。急怒了的闷魁忍住疼痛，拿起铁锹就向畜生扔去，不偏不差砍在畜生的后腿上，畜生疼痛的呻吟了起来。

看着畜生的后腿流血，闷魁害怕的一口气跑回家。

陶队长没有看见闷魁，就到饲养场看，看见那匹老骡子躺在地上喘气，身下一片血红，旁边有把铁锹，锹口上有血迹，一看就知道是闷魁的。

陶队长拿起饲养场的车套绳叫了几个民兵，直奔闵魁家。

闵魁母亲眼泪一把鼻涕一把正在用烧酒给闵魁洗手腕，手腕肿得像大腿，闵魁疼的龇牙咧嘴。

"你这个阶级敌人，坏分子，在春耕大忙季节，砍坏生产队的耕畜，企图破坏农业生产，破坏无产阶级专政。我们要用实际行动保卫无产阶级红色政权，决不能让你这个小反革命分子坏了无产阶级的事！"陶队长说着就和几个民兵三下五除二将闵魁五花大绑起来押到饲养场。

还没到早上收工的时间，陶队长就通知开社员大会。

三更天就起炕往地里送粪的农民，听说早晨开会，乐得有了半日闲，都抢着坐饲养场的热炕，乘机打瞌睡。

陶队长是五队的大拿，因五队的政治队长年老有病，重点培养陶队长，大小事都由陶队长做主。陶队长在农业生产方面是没麻达（问题）的，政治方面正在积极要求进步，对"抓革命，促生产"十分上心。

以往的社员大会多是念报纸，这就是陶队长为抓革命亲自念报纸的政治，左右偏旁、上下组合的字不认识的字就念认识的偏旁，都不认识的就跳过。

这样的读书法并非陶队长的专利，那位工作组组长还把"千里迢迢"读成"千里召召"呢。陶队长第一次看见闵魁的名字，就念成了门鬼斗，不管是有心还是无意，陶队长这次可是真正地抓革命了。

陶队长义愤填膺：闵魁这个外来的阶级敌人，坏分子，在春耕大忙季节，砍坏生产队的耕畜，企图破坏农业生产，破坏无产阶级专政。我们要用实际行动保卫贫下中农的、无产阶级的红色政权，决不能让你这个小反革命分子坏了无产阶级的事！打倒阶级敌人、破坏生产的坏分子闵魁！"

"敌人不投降，就叫他灭亡！"

"哪里来的就叫他滚到哪里去！"

"让他老实交代，是不是'四人帮'指使他破坏生产？"

"老实交代！他是不是'四人帮'的爪牙……"

陶队长的革命口号叫的天响，一下子把闵魁的地位提高了好几个层次。

几个庄稼汉子，听到和"四人帮"挂上了档，有些群情激奋，挽起袖管握着拳头，大声喊着革命口号。

右胳膊青紫红肿，吊着绷带的钟魁，站在会场中央，微微颤抖着身子。

"各位乡亲父老，婶子大爷们，我儿还小不懂事，求你们饶过这一次，让我们赔多少都行。"闵魁的母亲哭着为儿子求情。

"人小鬼大，湖小水大。不会说话的牲畜踢了一下，就用锹砍，要是人惹了，那还不把人杀了？心和四人帮一样，狠毒着呢"。

"小啥呢？十八九奔二十的贼爹了，连个骡子也套不住，真是寡妇的儿子软蛋。我像他这么大时婆姨都娶了。"

"你的蛋硬嘛！"不知是哪个调皮鬼从中打浑，引起了"哈哈哈"的哄笑。

"严肃点，这是批斗会，大家要提高阶级觉悟，阶级敌人就像十冬腊月的大葱，根枯叶烂不死心，像浮在水里的鸭子一样，表面上稳当，下面的爪子活动着呢，今天的事就是阶级敌人公开向无产阶级专政进攻，我们一定要百倍的提高警惕。"陶队长引导着斗争的大方向。

"就是嘛，他整天穿的流光光的，像个公子哥一样，不言

不喘的，见了凡人不答话，心里谋算着呢。咬人的狗不出声，犏驴踢死人。"饲养员发说话了。

"哎，你是管那些畜生的，他套车时你在哪里？你明明知道那个畜生是个㸰蹶子的货，又不是第一次踢伤人，你为啥不帮他一把。畜生把人伤了，没有人管，那个娃娃都疼成那个样了，你们还想闹出个啥名堂来呢嘛！这事不能由着这么折腾，要由大队来解决"。

技术老农李老爹听不下去，站出来说话。

陶队长对李老爹比较尊重，就此宣布散会，让三个民兵把闵魁押回家看管，防止阶级敌人逃跑，他到大队报告。

哈书记让许虎子把马主任、梅雨叫上，陶队长兴冲冲地将大队书记一行人领到闵魁家。看见门口站着两个民兵，陶队长说：那个小反革命想跑也跑不了，我叫人看着呢。

哈书记看见五花大绑的闵魁，看着陶队长：谁叫你这么做？解开！

闵魁母亲颤抖着身子跪在哈书记、马主任面前。

"老姐姐快起来，我们不兴这个"，马主任拉起闵魁妈。

哈书记摸了摸闵魁的手腕，对马主任说：肿得厉害，摸不着骨头，得去医院拍个片子看。虎子，你用我的车子稍着他去医院，没伤着骨头最好。

闵魁母亲千恩万谢，第一次知道了农村的大队书记是啥样的人。

哈书记、马主任去了饲养场，看到气息奄奄的老骒子，问陶队长：还有没有救？

"血都流干了，没有救了，再说也到年岁了"饲养员说。

"那你们还不放了血，让社员吃个活物？"哈书记说。

"光顾开批斗会了，陶队长说这是阶级敌人破坏生产的把柄"。

"批斗会？"哈书记看着陶队长。

"我是为了抓革命促生产嘛，那个阶级敌人，小反革命分子破坏农业生产。毛主席说过：革命不是请客吃饭，不是做文章，不是绘画绣花，不能温良恭俭让。革命是一个阶级推翻一个阶级的暴力行动。"陶队长据理力争。

"你是哪个阶级，你要推翻哪个阶级，革谁得命？阶级敌人，小反革命分子是你定的？你这是乱扣帽子，乱打棍子。什么批斗会，那叫私设公堂！我们是农民阶级，种好地，多打粮食，多交公粮就是抓革命，促生产"。

"哈书记，那你说那个小反革命分子砍坏生产队牲畜是不是破坏生产？"

"他是烧了种子还是毁了青苗？你婊子儿的日能的很，啥都上纲上线。代理了几天政治队长，就想放个政治卫星，要是真当上了政治队长，怕是要当李闯王（李自成）大闹天下了，那就是一个阶级推翻一个阶级的行为。毛主席当年是为了推翻蒋介石那个阶级敌人说的话，你现在还想……我给你说，天大地大人为大，要是那个知识青年想不开出了啥问题，你就是破坏上山下乡知识青年的罪魁祸首"。

陶队长被哈书记这一通话给吓住了。慢吞吞地说：闵魁是反革命分子的子女，和别的知识青年不一样。

"有什么不一样的？毛主席没有说过知识青年要分成三六九等的话。不管是什么人的子女，在我们红旗大队落了户，就是我们的村民，没有杀人放火，坑蒙拐骗偷，国家法律也管不着。人的事是大事，牲畜的事是小事，那个娃娃胳臂都肿成

那样，疼得脸色发白，浑身发抖，你还私设公堂，五花大绑，不顾人的性命，这就是你的抓革命么？那个牲畜受伤两个多钟头了，你不扎伤口止血，也不找兽医，你促的哪门子生产？"

婊子儿的，贼婊子儿的，小婊子儿的，是农村人的口头禅，并非骂人的话。出自有矛盾人之口是贬义。关系融洽的是见面打招呼问候的话："操，你婊子儿的这几天干啥去了？"

哈书记、马主任只要处理问题，解决问题，少不了说"贼婊子儿的"。

那是批评中有指责，指责中有说理，说理中有乡情。

批评教育他麾下的将士断章取义，曲解领袖言论，拉大旗作虎皮。

指责生产队队长妄自尊大，异想天开。

乡情乡音，那是乡村支部书记对村民生命的敬重。

官大官小，敬重人的生命就是最好。

大队党支部在五队饲养场召开了生产队队委会，现场办公，就地解决问题。

许虎子回来了，医院拍片：闵魁手腕骨挫裂伤。

牲畜伤人有错在先，知识青年闵魁伤筋动骨一百天，休息三个月不出工，工分照记，顶治伤费用。

闵魁砍伤牲畜有错在后，牲畜因流血过多，延误救治时间死亡，是饲养员和陶队长的错，这是不能挽回的不作为之错，不能惩罚有错之人的，只能告诫吸取教训，下不为例。

队委会由五人组成：老政治队长，陶队长、技术老农李老爹，妇女队长，民兵队长，这是生产队的最高决策机构，相当于"政治局"。

老政治队长卧病在家，授权陶队长全权行使政治队长、生产队长权利。

哈书记提议：杀死只有出气没有进气的那头牲畜，皮归生产队所有，肉按人定量分给各家各户。

除了陶队长犹豫外，其他几位都同意。

牲畜有错一命呜呼，被剥皮吃肉，那是畜类的宿命。

人有错，错有因，因果关系要分清。所谓癞蛤蟆急了也咬人，何况人。

陶队长问：好端端的一头牲畜，被外来人弄死了，就不赔偿了吗？

"我们愿意赔偿。"

乔巧挽扶着闵魁妈，出现在饲养员房门口。

"哈书记，马主任，我姑妈愿意赔偿二百块钱"。

闵魁妈将二百元钱给陶队长。

陶队长看着哈书记、马主任。

"收下吧，得饶人处且饶人"。

天大地大人为大。

本地人，外地人，只要是红旗村村民，人人平等。

一件轰动了红旗大队的事，就这样在笑骂声中解决了。

这就是乡村书记的工作方法，没有什么固定模式和格式化的规律。

兵来将挡，水来土掩。

乡村书记就是这么审时度势的。

中秋月儿圆

红旗大队编织厂红红火火，草席、草袋、草绳全部被海科长拉到粮库。

愿意在粮库干临时工的知识青年们，都听海科长的调遣，海科长时时提醒他们："你们是红旗大队插队落户的知识青年，是红旗大队的劳动力，那里是你们的家，那个家关系到你们以后的前程，所以，你们要人在粮库心系家，每个月的工资我只按照约定给你们发生活费和十块钱的零花，其余都给各自的生产队。这里的出勤率就是生产队的工分，哈书记、马主任每月来我们这里看望你们一次，你们每月回大队聚会一次，都是对你们的关心"。

天天有家回的知识青年觉得很没意思，就如《围城》所述，城里的人想飞出城外，城外的人想围进城里。上山下乡着实让城市青年放飞了年轻的心，在红旗大队插队落户的知识青年没有《我们生活的年代》《血色浪漫》《北风那个吹》《雪花那个飘》《孽债》《北大荒》等影视作品反映知青生活那样的苦情苦景和回家探亲的艰难。红旗村毕竟是在城市的边缘，想家想父母的时候回家很方便，回一趟家，就跟"打劫"一样，把父母平时克扣弟弟妹妹的好吃好喝一扫而光，那是父母从牙缝里省下的，父母对下乡的子女很牵挂很关心，因为一人下乡，弟妹沾光，不仅能顶替父母的工作，还能被招工，算是家里的功臣。

粮食单位在红旗村下乡的知青，也是为红旗村排忧解难的功臣。

抖袋面，土粮（筛子筛下去的麦子，稻子），海科长拉草席时顺便拉到红旗大队，抖袋面，土粮解决了缺粮的大问题。

八月中秋，红旗大队的乡亲们家家户户都烙了献月馍，直径一尺左右，厚半尺上下，馍面上雕刻着月亮、云朵，花草稻穗、麦穗、鸟雀等。意味着花好月圆，五谷丰登。

家家户户门大开，在院子中央迎着月亮升起的地方摆放桌子，上面摆着献月馍，葡萄、瓜果等，大人们对娃娃们说：坐在门槛上看月亮，眼睛就会变得圆圆亮，水汪汪，要是看见月亮里的嫦娥仙子和玉兔，那就是嫦娥仙子喜欢你了，你一辈子就会有好运气，说不上将来有一天就能……

嫦娥奔月的故事农村人大多在八月十五的晚上讲给娃娃们听。全凭想象力，信口开河，听得小娃娃们都有了：将来长大了一定去月亮上看一看、走一走的心思，坐在门槛上盯着月亮看得眼睛发困口水流，也不吃献月的供果，因为大人们说：吃了嫦娥仙子不显身的供果，眼睛会看不清东西的。

看供果的小娃娃们看到月亮挂在半空，不见嫦娥仙子的影子，想起大人们说的：月亮吃献月馍馍，只是尝尝馍馍中间刻着月亮的那点油盖子，月亮尝过后，家里人就可以吃了的话，便悄悄揪一两个葡萄放嘴里，将那点月亮顾不上吃得油盖子替月亮吃掉，靠着门框睡着了。

在粮库、积肥队干活的知识青年们，天天回家觉得很腻烦，每到休息日，就带着好吃喝回知青点和留守的知青们欢聚一堂，

互相交流。把听到的、见到的轶事趣闻加以演绎。

海西麻说西湖农场知青点的知青们要搞一次非常行动的"秋收暴动"，约好从八月份开始吃"百鸡宴"。从连湖农场到西湖农场百十里有百十个知青点，弄一百只鸡是没问题的，关键是要《智取威虎山》，至于怎么个取法，就要八仙过海各显神通。

样板戏《智取威虎山》里有个"百鸡宴"，那是为给土匪头子"座山雕"过寿，土匪们抢老百姓家的一百只鸡。杨子荣就是利用"百鸡宴"把土匪们灌了个稀里糊涂，林海雪原里的解放军小分队一举端掉了威虎上的土匪窝。

那是家喻户晓的故事，那个年代连三岁小娃娃都知道杨子荣是谁。

八、九队知青点一路之隔，男女十二人几乎天天晚上都在一起凑热闹，吹拉弹唱的尽管拉，能歌善舞的尽管唱，杨子荣的唱腔张口就来："今日痛饮庆功酒，壮志未酬誓不休，来日方长显身手，甘洒热血写春秋！"

这方唱罢那方登场："党给我智慧给我胆，千难万险只等闲，为革命愿把土匪扮，似尖刀插进威虎山"。

朝气蓬勃的年轻人，在没有电脑、电视、手机、歌厅、舞场的年代，文化娱乐大都是自身潜能的自我挖掘。自娱自乐唱的随心所欲，舞的轻松自如，说的风趣幽默，讲得山南海北，闹的无所顾忌。

海西麻传递的那个信息很有诱惑力，八队黄队长的亲戚姚小乐早下乡一年，积肥队成立后，黄队长跟许有利打了声招呼，姚小乐就去了积肥队。姚小利的父亲是黄鹤楼饭店的厨师长，许有利就安排姚小乐当记工员代管积肥队的伙食。

桂大侃潜伏到积肥队后，将被遗弃的那些破旧大小马车轮胎修补、压补后，变废为宝地都派上了用场，除供应红旗大队九个生产队用外，还填补环卫处清肥队大小车辆的备用，环卫处就划片将本是他们管辖清理的十个厕所无偿地给许有利的积肥队去清理。

那些人体排泄物也是钱，一个人力车两块钱。经积肥队掺沙子晒干粉碎后用于农业种植，粮食生产，那可是一本万利的。

红旗大队积肥队成立的第一年，各队的小麦、水稻、高粱、玉米、豌豆产量几乎翻了一倍。瓜果蔬菜可和许家弯的有一拼了。

庄稼一枝花，全靠粪当家，农民的至理名言。

红旗大队积肥队的经验不胫而走，效仿的乡村纷纷找上门与环卫处拉关系。红旗大队积肥队环卫处看到了双赢的好处，将东西南北几个粪场都按照红旗积肥队的做法做，彻底解脱了他们的职工拉车掏粪的历史，他们的清肥队员只管骑着自行车巡视检查，指手画脚，说长道短，好轻松、好自在、好体面。

不体面的事啥时都归农民父兄。

为了庄稼一枝花，全靠粪当家，不得不视粪土为金钱。

啥事只要跟钱掺和上，那是绝对有竞争力有故事的。

这个故事还是由桂大侃来讲述：

那晚，桂大侃跟着姚小乐去黄鹤楼饭店蹭了个肚儿圆后，看着万家灯火出了城，才见星星眨眼，月色朦胧。积肥队宿舍后窗的灯光若隐若现地投在粪场边缘，眼力好使的桂大侃看见有人影晃动，便绕小路到那人身后观察，原来是两个人，一个撑开着地下的旅行包口袋，一个用猫儿洞里使用的小铁锹将晒

得半干的大粪往旅行包里装。装满后提着包带往瓷实磴，磴后再填，填满再磴，不能再填时，拉链一拉，二人吃力地拎着粪包向不远处的玉米地走去。

桂大侃不动声色，像个幽灵似的保持着距离跟在那二人身后，那二人从玉米地里推出两辆自行车，互相帮着将两个大粪包绑在自行车后尾架上，吃力地在田埂上推车到马路上，骑车而去。

桂大侃看明白了一切，跟自己说：偷鸡摸狗的事见得多，还是第一次见偷大粪的。贼婊子儿的，我倒要看看你们的贼胆子到底有多大。

桂大侃查看了被偷的粪堆：贼婊子儿，弄走几车了。

爱显活（出风头）的桂大侃就跟没事一样，回宿舍一觉睡到天亮。

姚小乐从家来到积肥队上班，桂大侃说：小乐，你把你老爹的白褂子能不能借我用一下？

"那还用借，我家里就有，你干啥呢？"

"到时候你就知道了，今天晚上你跟我去看一出好戏"。

还是月色朦胧，桂大侃让姚小乐不要脱蓝色的工作服跟他去看戏，他将做好的面罩和白大褂夹在腋下，面罩是用面袋子做的，很简单，就是剪了眼睛和嘴三个窟窿，在嘴的窟窿处贴了条长长的红布条。

朋友，此时你一定猜的出桂大侃的用意了吧？

血红的舌头鬼模鬼样，姚小乐还没有见着呢。

桂大侃带着姚小乐先去了藏自行车的地方，姚小乐看见了玉米地里的两辆自行车，惊奇地问：桂叔，这是谁的，藏这里干啥，你咋知道的？

"等会就知道是谁的了，我们给他要个玉米地闹鬼的把戏，你就等着看好戏罢"。桂大侃说着将白大褂穿上，脚上套了面袋子，面罩往头上一套，一吹气，那个舌头就鼓胀起来。

姚小乐打了个激灵：我的妈呀，简直是传说中的妖魔鬼怪。

"悄悄地，打枪的不要"。桂大侃说了一句电影里的日本话，将报纸叠的帽子戴在姚小乐头上，活脱脱的黑白无常鬼就在玉米地里兴风作浪了。

那两个满载而归的偷粪者，心无旁骛地向玉米地走来。

爬上玉米地埂，一声惊叫，三魂六魄飞出七窍，一个趔趄同时跌倒，从田埂滚到地里。

姚小乐捂着肚子笑，笑得星星眨眼间。

"咋是女的？"桂大侃从惊叫声中听出性别来，看那二人跌倒后如同小死过去，才知把戏耍大了，赶紧脱掉鬼的行头，救人！

惊魂未醒的两个人，仍然戴着口罩，军绿色的帽子掉在一旁，两条小辫子证实她们的女性身份千真万确。

桂大侃大着胆子摘掉她们的口罩，手放在鼻孔处试探。

两个青春少女，呼吸尚存。

姚小乐的笑声戛然而止，心紧紧地收缩着。

"来人呐，来人呐！"桂大侃用手作喇叭状，对着积肥队扯着嗓子驴叫狼嚎一般，夜空里求急求救的声波传得又快又远，带着颤抖的驴叫狼嚎声引起了农村看家狗的共鸣。

正在玩纸牌"坎牛腿"的许有利，内急难忍，刚出门就听出了桂大侃的求救声，说声：大侃出事了，大伙赶紧跟我走！

许有利一行顺着叫喊声和灯光晃动的地方跑去。

桂大侃夜间行动时，总是带着手电筒，那是最普及的家用

电器。

许有利跑得满头大汗，桂大侃看见许有利就像见到了救星：许队长赶紧救人呀，她们是偷粪的，让我给吓过去了。

桂大侃实话实说。

许有利蹲下身子试探躺地下人的呼吸，呼吸渐匀，意识慢慢在苏醒。

"扶起来，地下潮湿"。

几位大男人互相看着，都不敢动手。

"大侃，小乐，你们过来背她们去队里"。

两位姑娘苏醒了，惊恐的目光看见了人，"哇"的一声大哭起来，接着就四肢抽搐，一会儿又昏睡过去。

"小乐，你赶快骑摩托车去找哈书记，让哈书记把老中医请来"。

哈书记好像有预感似的，比往日早起了一个钟头，刚穿好衣服正待洗漱，就听见了摩托车的声音。

听了姚小乐的话，哈书记跨上摩托车就引着姚小乐向老中医家奔去，路过大队部，让值班民兵去通知拖拉机手把拖拉机开到老中医家。

年近古稀的老中医，非万不得已不出诊，自从收了关门弟子齐继善，出诊的事都交给了徒弟。大队书记亲自上门邀请出诊，可见病人有多么贵重。

老中医听了哈书记的话，就让姚小乐辛苦一趟去接齐继善，边洗漱边对马书记说：惊吓之人要用穴位针灸法来安神镇静，我年龄大了，醒针不抵徒弟继善那么地道了，那个娃娃得到了我的真传，品行也好。要是再能到哪里学习学习，将来一定比我强"。

说着，齐继善就到了。马书记让继善坐姚小乐摩托车先走，他和老中医坐拖拉机后到。

没人想得到：如花似玉的青春少女，去披星戴月地偷大粪。所偷为何？

为的是"庄稼一枝花，全靠粪当家。"

为的是完成生产队给知识青年定的一千公斤的找肥任务。

找肥？丢失的东西才叫找，谁家也不会丢失那个东西。

两个姑娘恢复了意识，但鬼出没场面还在她们的记忆中演绎着恐惧的情景，目光呆滞，美丽的大眼睛顾盼左右，眼泪如珠，时不时地打着摆子。

"娃娃是受了啥样的惊吓，要是那个场面能让娃娃明白是咋回事，就能彻底好起来的，那就是病根"。

老中医看着哈书记说。

"桂大侃，你婊子儿的到哪里都能闹出日怪弯三的事来。你就把你的那个鬼把戏再来一遍，好让两个娃娃看看她们见着的鬼是个啥东西"。

心有余悸的桂大侃说啥也不干。

"你婊子儿的听好了，这可不是出你的洋相亮你的丑，是为了治病救人。你要让两个女娃娃明白，那个鬼是人装的，才能把惊吓从心里抹掉"

恶作剧的创始人桂大侃，众目睽睽之下再扮鬼像。

姚小乐笑弯了腰，配合桂大侃双脚并拢，一蹦一跳。

桂大侃一旦进入角色，便投入其中。

笑，我叫你们笑的肚子疼，笑的淌眼泪，我要把人吓的闭过了气，再把闭过气的人吓得大喘气。桂大侃心里说。

那个叫毛毛的姑娘完全清醒了，"哇"的一声大哭，扑向

桂大侃："你个装神弄鬼的混蛋"。

凤凤姑娘也扑上去撕拉桂大侃。两个流淌着眼泪的姑娘脸上有了笑容，那是劫后余生之恨的发泄和恐惧心理抹去后的释然。

桂大侃左右躲闪，大伙看着笑，想着笑。

哈书记笑得前仰后合：桂大侃，你这个新生的资产阶级分子，资本主义尾巴，装神弄鬼的婊子儿，走到哪里都不是个省油的灯。

姚小乐大开了眼界，想起中学的一篇课文：《捉鬼的故事》，好像是鲁迅的作品，没想到自己身临其境了。

"两位姐姐，对不起，我叫姚小乐，给你们赔罪了"。

"姚小乐？你父亲是黄鹤楼的厨师长？"毛毛张大眼睛问。

"你怎么知道？"

"我妈是黄鹤楼白案组组长"。

真是不打不相识。

"让年轻人沟通去，我们到外面转转"。哈书记和许有利、桂大侃去晒粪场看现场。

年轻人容易沟通交流，一会工夫都混了个脸熟。毛毛说她和凤凤在烽火台下乡，干不了农活，生产队就让她们找肥料，一年两千斤的任务，开始到处拾牛马粪，一天拾不了两背篓。后来遇见厕所偷粪的，我俩就想出了此下策。

"厕所偷粪？"姚小乐觉得稀奇。

"都是我们知青的发明。那个偷法，你要是第一次干不吐就是反应迟钝。用一把大勺子把粪池里的大粪舀进旅行包里，包装满后拉链一拉，弄自行车梢到有沙土的地方拌土后交到生产队。没下乡前，看见赶马车的农村人，拉粪车的清肥人，就捂鼻子躲开，下乡后，才知道啥叫"锄禾日当午，汗滴禾下土"了，才知道粮食一枝花，全靠粪当家。我俩回家经常路过这里，就想拾粪不如偷粪，反正偷粪又不犯法"。

"我的天呐，要是不见到你们，说破天我也不相信大姑娘偷大粪的事"。

"什么遇到我们，明明是抓到了我们，我们是你们的俘虏，说说看你们的头头要咋处理我们？"凤凤说。

"还处理呢，你们魂飞魄散，我们也魂飞天外，要是你俩给阎王爷当了太太，我们这里可就大难临头了。你俩美美气气睡了一夜，我可是风驰电掣地跑了一夜，又是给你们请名医，又是请我们的大队书记"。

齐继善拎着药箱进屋来：给你俩留一些镇惊安神的药，吃一两天就没事了。

"只要你们放过我们，把东西还给我们，我们就安神了"。

哈书记一行看了现场，桂大侃说：我说她们偷了两三车不错罢？

"你个婊子儿，就是都丢了，也不能弄出人命来。你装神弄鬼要是把人吓死吓出毛病来，你一辈子走不了干路，我们也跟着你倒霉"。哈书记说。

"谁能想到是两个姑娘呢，这世间的事真是无奇不有"。

"日怪弯三的事都让你个贼怂干绝了，你婊子儿的是一肚子坏水，吃了草帽子长大的，一肚子的弯弯转。我听见驴叫声，以为爬别谁家的墙头，驴蹄子被打断了"。许有利骂桂大侃。

桂大侃只是笑，接受一切批评、指责的笑，笑自己咋就有那么多的坏心思，那么多的突发奇想，那么多惹下乱子后的有惊无险，转危为安。

"我是个爱惹乱子的好人，我没有给许队长报告，就是想在许队长面前表个功，没想到打狐子不行，惹了一勾子酸屁。哈书记、许队长你们看咋处理这事，赔钱、赔礼道歉都行"。桂大侃表态。

齐继善给哈书记、许有利说了给两位姑娘留药的事和她们说的话。

"这就好办了，许队长，我看让桂大侃那个贼怂摆上一桌，给两个姑娘压压惊。至于偷粪的事，扣得扣、盖得盖，两个城里女娃娃不容易啊，你看行不行？"

"你哈书记说咋办就咋办，有你出面，啥问题都不是个问题"。

"这样的处理先不要告诉那两个娃娃，让桂大侃先给俩姑娘道歉，再听听俩姑娘咋说"。哈书记说。

桂大侃双手抱拳对毛毛、凤凤说：对不起两位姑娘，桂某我……

两位姑娘看着桂大侃，忍俊不止地大笑起来：不要……不要，你再穿上那个鬼装，跳起来。

一笑解冤，二笑结缘，三笑好事连连。

桂大侃拿起那个鬼行头，做出要穿的样子，毛毛一把抢过：我要留作纪念。

哈书记跟姚小乐说：你骑摩托车去把马主任接来，直接到黄鹤楼。

桂大侃是个好面子的人，平时就收拾的整整齐齐，四十大几的人了，不娶妻不成家，乐得一人吃饱全家不饿。许有利骂他癞蛤蟆照镜子眼睛太高（抬高），花里挑花挑花了眼，误了自己误儿孙。

桂大侃调侃：皇上不急太监急，急红了眼睛不顶事。人的命天注定，胡思乱想不顶用。当初你要是不嫌我穷，把你妹妹嫁给我，我能过了三十五，裤子烂了没人补嘛。都是你的错，做鬼我都记恨你。

也许，桂大侃心中的可人儿就是许有利远嫁他乡的妹妹。

大概这是桂大侃和许有利心中永远的痛。要不然，许有利总是逮着机会就给桂大侃牵线搭桥，桂大侃就说：你不要以为揭开尾巴是个母的就给我。

话是这样说，乐天派的桂大侃好像习惯了站起来一根，躺下一条的光棍生活，啥都能侃，连许家弯的人都忘记他的名字叫桂青，桂大侃的绰号却家喻户晓。

不是冤家不聚头，桂大侃就愿意跟许有利在一起，二人笑骂无常，亲密无间，一天不见，如隔三秋。

桂大侃藏匿在积肥队，的确为红旗大队节省了不少开支，做出了很大贡献，但自己也弄了不少好处。许有利心里清楚，哈书记心里有数，桂大侃心里明白。耍手艺的人，心里都有小九九。所谓有肉大家吃，提供肉的人吃肉还喝汤，农民都心知肚明并能理解。

常在河边站哪有不湿鞋？水从门前过，不喝也有错。

桂大侃为人处世算是敞亮的，修补，压补轮胎的手艺那是对着窗子吹喇叭，名声在外。尽管如此，红旗大队乡亲们谁家的自行车破了胎，只要招呼一声，桂大侃补漏不收一个子儿，除非破得不能再补再用了，桂大侃就说他有半新不旧的能用三五年的，给个块儿八毛的工钱，有全新的，跟国营商店一样的价钱。大多人愿意用半新不旧的，省钱。

那时的钱，值钱。一分钱能买三根缝衣针一个水果糖。二分钱能坐公共汽车从老城到新城，还能买一张公园门票（现在

好多公园不用门票），还能买一头糖蒜吃三天招惹一群小娃娃跟着屁股转。

乡亲们都知道桂大侃有钱，家有急事需要钱又拿不出来钱的，就跟桂大侃借，桂大侃有钱必借，没钱时就告诉谁谁家借我的钱不知能不能还，要是能还你就拿去用。这人就去谁谁家问，借贷关系就转移了。

乡亲们都知道桂大侃的钱是攒着娶老婆的，一旦老婆有了眉目，利钱不算本钱是一定要还的。

桂大侃藏身积肥队后，将捡来的废旧轮胎修补、压补后，供应红旗大队九个生产队用后多余的，通过各种渠道卖掉，钱一半交给大队，一半归自己。捡来的东西，是山上的黄羊没数数，天知道外，就是桂大侃自己知道。

桂大侃到底有多少钱，也是天知道，他自己知道。不过，他几十年的明挣暗赚也没有当今最普通的公务员半年的薪水多。

哈书记、马主任、许有利、桂大侃、老中医、许继善、姚小乐、拖拉机手、毛毛、凤凤刚好在黄鹤楼凑了一桌。

姚小乐的父亲，毛毛的母亲热情地跟每个人打招呼，说他们做东。

桂大侃说：我站起来一根，躺下一条，一人吃饱全家不饿，这个东我做是天经地义。再说，也是我给这两个姑娘道歉的表示。

毛毛、凤凤双双站起说：哈书记、马主任、许队长，桂大哥，道歉的应该是我们，请你们原谅我们的冒犯，放过我们……

哈书记点点头：你们两个不简单呐，想都想不到姑娘家家的能干那样的事，知识青年就是不一般。

"是上山下乡锻炼了我们，教育了我们，也是乡亲们对我们的照顾。我们确实干不了地里的农活，队长 就让我们弄肥料，为了不辜负乡亲们，我们想尽办法完成任务。我们两三天干那么一次，这次就让你们给抓住了"。

毛毛、凤凤说得真切，听者听得真切。许有利手作喇叭状贴着哈书记耳朵说话：桂大侃说话的时候，毛毛妈特别注意观察，怕是有啥情况，我试探试探。

哈书记说：怕是你心口窝扎了一扫帚，心眼眼子太多。

"毛毛，你妈在这里上班，肯定经常加班，你又下乡，你弟弟和你爸爸谁照顾呢？"许有利有心打听。

毛毛低头不语。

"毛毛父亲是我表姑父，三年前出了车祸。她下乡了，她妹妹就留城了，初中还没毕业，就顶替了他父亲的工作。我俩本来要下乡到山区的，还是托了我表姑父朋友的关系，才下乡到郊区烽火台的"。凤凤替毛毛说。

"原来你俩是表姐妹，我说怎么长得挺像的"。姚小乐插话。

一顿饭菜一世情，千里姻缘天注定。

毛毛想不到，吓她小死一场的桂大侃，竟然与她母亲千里姻缘一线牵。

桂大侃想不到，寻寻觅觅无音讯，猛然间，那人就在恶作剧后现。

凤凤代毛毛说家事时，桂大侃听到心里去了，许有利看到眼里去了。许有利那双不大的小眼睛，的确很毒，尤其在男欢女爱之事上，好像他是月下老人手中的赤绳，专门栓有情人的脚腕。

许有利捕捉到毛毛母亲扫描桂大侃瞬间的目光，那是女人用心关注男人时不显山露水的独特神韵。

桂大侃扫描毛毛母亲的当儿，许有利捕捉到的是男人欣赏

女人那种欲说不能的含蓄神情。

许有利双肘柱在桌子上，十指交叉张张合合。

哈书记最熟悉许有利的这个动作："你个贼怂又动啥心思了？"

许有利刚要附着哈书记耳朵说话，毛毛直言不讳：哈书记你是这里的最高长官，我和凤凤姐的事你就高抬贵手嘛，我们以后再也不敢侵略你们的领土了，你们就不要打击侵略者了。

"美帝国主义不狠狠打击，咋能退出朝鲜去"。《打击侵略者》的电影在红旗大队部放映了好多场，哈书记接毛毛的话，幽默起来。

轻松驿站，笑声融融。

农民的带头人，对时代赋予知识青年新型农民的特殊群体给予了特别关爱。没有说要如何关爱的华丽辞藻，一切用事实说话。

凤凤想不到，齐继善治病救人为她针灸时，竟然有了触电般的感觉。齐继善抓着她的手在合骨穴扎针时，她有些颤抖，齐继善说：不用害怕，不会疼痛的，有酸胀的感觉时，那是针灸到位了。

心无旁骛的齐继善哪里知道人家姑娘是被他这为翩翩少年的手触动了少女的情怀而颤抖。凤凤比毛毛年长一岁，姐妹三人从小围着母亲转，母亲围着父亲转，整天跟板子、钳子、铜铁锡打交道的父亲，啥时都是一脸严肃，不苟言笑，母亲说那是想儿子想得。

严父的冷峻慈母的呵护让姐妹三人墨守成规，对异性敬而远之。这就难免凤凤的手第一次被异性抓住时的心慌意乱。

听齐继善说话，看齐继善醒针，凤凤的心慢慢平静了，跟齐继善打听针灸穴位医学方面的事。齐继善讲的认真，凤凤听得投入，望、闻、问、切的奥秘被齐继善理论的自如流畅，齐继善自己也想不到平日少言寡语的他，一旦喧起来咋就跟桂大侃徒弟一样。

凤凤不仅对望、闻、问、切产生了兴趣，对那些细如发丝的银针更生探秘之意，对悬壶济世之人端详又端详，贸然摸底调查，说出"嫂子也会针灸术么？" 齐继善羞答答红了脸，慢慢吞吞说：哪里有什么嫂子，我还没有对象呢。

好个抛砖引玉的姑娘，歪打正着地知道了想知道的私密。

"我奶奶偏瘫了三年，看了多少医生吃了多少药都不顶用，就是没有针灸过，不知针灸……"

齐继善对这个话题比谈对象积极性高，羞答答一扫而光，即刻问病因寻病根，恨不得立马望相、切脉，手到病除。

有心栽花花盛开，无心插柳柳发芽。

齐继善记住了凤凤家里有位卧病在床的老奶奶等着他解除病痛。

凤凤记住了有位翩翩少年握过她的手，电击了情窦初开少女的心扉。

黄鹤楼饭店，好像是月下老人的地盘，红娘在经营，丘比特神剑把着门。要不然，一桌饭菜成就了桂大侃和毛毛母亲一世姻缘半世情。

弄出了毛毛和姚小乐说也说不清楚的缠缠绵绵。

弄出了凤凤对学习医道情有独钟，对行医之人爱屋及乌。

人的命，缘注定，胡思乱想不顶用。

许有利，真是个好名字，好名字配上好人，好事必成。

黄鹤楼宴罢，人去情绵绵，许有利跟毛毛说：丫头你不要

担心，好好在家里看书写字做文章，你那任务我这里代办了。要是心里过意不去，就给我这灶上帮个忙，顺便帮你桂叔跑跑腿，那是个好人……

桂大侃几乎天天拉着姚小乐往黄鹤楼跑，吃喝不过是个由头，一个情字弄得桂大侃寝食难安。

毛毛妈三十有六，二八佳人早婚配，半路夫君归西去。好在一双女儿膝下成欢，徐娘不见老，风韵犹在身，只那眉头不展有三年。

桂大侃的心事瞒不过许有利的眼睛，母亲的心事女儿最知情。毛毛从许有利的旁敲侧击中听出了端倪，母亲的确需要个知冷知暖的身边人，她和妹妹的确需要位担当起家庭责任的父辈。

父亲走了三年，母亲承受孤独三年。母亲对去了的父亲说：我一定为你守身三年，把两个女儿抚养成人。如今，母亲兑现了对父亲的承诺。

父亲，帮帮母亲走出孤独吧。

桂大侃请哈书记，马主任做媒。

哈书记说：那是马主任的拿手好戏。

马主任说了桂大侃几大箩筐的好处，许有利讲了桂大侃几麻袋优点。

红旗大队规格最高的红娘团队登场，月下老都翘大拇指。

大队书记说是好人，一定错不了。

大队妇女主任说是好男人，肯定对家庭有责任心，对女人有爱心。

女儿不反对，母亲的眉头舒展了。

他们都说好，却都忘记了桂大侃的正牌名字——桂青，弄得毛毛端水敬茶时称"大侃叔"。

桂大侃在许家弯盖新房子了，是砖木结构，跟知识青年的房子是一个档次。许家弯人有力的出力，借钱的还钱，还钱有困难的人的说等以后有了钱一定还，眼下出力干活是帮忙，顶利息也行。

三五天时间，一处青砖小院拔地而起。

农村人不会藏富露穷，有钱没钱从房子就能看出，钱是凭手艺和力气换来的，就是放太阳下晒也不怕天王老子查来路，来路是小葱拌豆腐，一清二白的。

许家弯人都知道桂大侃有钱，人家快四十未婚配独往独来，一个馍馍转圈吃也是一张嘴，何况耍手艺人加上勤快，就是抓钱的耙子，不该花的钱不乱花就是攒钱的匣子。借钱给乡亲们救急解困那是一种人情世故，是一种情分，这种情分比钱贵重的多。别看借给乡亲们的钱有借出的日子没有还回的期限还不要利息，收获的东西比利息要好得没法比。

这就是人气，人情，人缘。

不管什么人，只要有人气、人情、人缘，就是幸福美满富有快乐的人。

桂大侃的新房子盖好后，人气顺势而来，人情还钱而至，人缘你来他往。

锅碗瓢盆都是乡亲们张罗的，铺铺盖盖是儿女双全的小媳妇缝的。

就连老纳和许二楞也拉着师徒亲自设计做好的"四十八条腿"的家具为桂大侃添彩。老纳和桂大侃是"侃友"，啥都能侃到一起。

在许有利的引见下，毛毛姐妹陪着母亲，齐继善陪着凤凤

走进了桂大侃的家。

马主任三句话不离本行：

破旧俗，树新风，女儿当母亲的介绍人，

城里人不嫌农村穷，图的是嫁个好夫君。

郎才女貌晚到的情，计划生育要抓紧，

今日送你们准生证，明年家里必添丁。

新郎桂大侃，新娘毛毛妈红毛料衣服穿在身，喜气洋洋。

毛毛姐妹俩看着桂大侃：桂叔，我妈漂亮么？

以能"侃"出名的桂大侃，舌头僵硬了，只会笑。

"桂叔，我妈就交给你了，家里的事都交给你了，我们该轻松了"。毛毛将母亲的手放在桂大侃的手心里。

凤凤见到了齐继善的父母，继善母亲用手比划与凤凤说话，凤凤听不懂半哑人的话，继善解释：我妈说让你奶奶住我们家，我给看病方便，她也好照顾，住处收拾好了。

凤凤激动地握着继善母亲的手：阿姨……

这一系列故事都发生在八九月份。

每年中秋节前后是农民们最忙的时候。

工厂、机关都是国家给放假过节，农民啥时候都是自己给自己放假，不关政府的事。冬天可在家猫一个月，但没人愿意那样。农民休息就是进城走亲戚串门子，进城是要花钱的，不花钱就没意思。走穷亲戚家不花钱也有情分在，走富亲戚家花了钱也没情分，只有串门子不花钱还有乐呵。

这种串门子不花钱还有乐呵的事，影响了知识青年。知青一月四个星期天的休息日，大多不愿意进城回家，听留城青年说"老庄户来了"那种不顺耳的话。

物以类聚人以群分，知识青年看重同类，三个一伙五个一群约好那里自在就在那里过节找乐呵。

海西麻说了农场知青搞"百鸡宴"闹"秋收暴动"的事，有人说真有意思。

姚小乐拍着毛毛的肩说：那有知识青年偷大粪遇鬼吓破胆的事新鲜，比这还新鲜的是装鬼弄神引出了千里有缘来相会的美事来。

"说来听听嘛"。

姚小乐加盐添醋地将积肥队的鬼故事讲得活灵活现。

"小乐，你的想象力也太丰富了，要是当个导演那是绝对的出类拔萃"。海西麻以为姚小乐瞎编的，。

"老兄，你真没有眼力，那位偷粪贼人就是我身边的这位毛毛大英雄，英雄难过我这美人关，要不然她咋能跟我一条道上走"。姚小乐拍着毛毛的肩。

"真的还是假的？"大家伙都看着毛毛。

毛毛白一眼姚小乐：我呸！觉不着的还美人呢，我那是英雄上了贼船容易，下贼船难。

"眊眊，做贼心虚吧。"

"什么做贼心虚，咱姐妹那是君子爱财取之有道"。

"瞧瞧，这双簧演的有点夫唱妇随，是真是假带我们去现场走一遭嘛"。

"好！"大伙鼓掌叫好。

"海西麻，你说的'百鸡宴'是从样板戏上搬来有意馋我们大家的罢？别说百只鸡，你要是能弄十只，我就能搞个'秋收暴动'，让这些哥们姐妹们来个春秋节大团圆大会餐，玩他个地覆天翻"。

"好！好！好！"起哄，鼓掌。

"大家听好了，鸡我家里有的是，姚小乐你可不能吹牛皮说大话。一星期后就是中秋节，你的秋收暴动可不能光说不练"。

初生牛犊不怕虎的青年人，想一出是一出。

冲动是魔鬼。

转眼就到了中秋节。

农村人很重视八月中秋，家家户户做献月馍，摆供果，敬月亮邀嫦娥，所想所盼都是为了祈祷月神甘露常洒，洒出五谷丰登，槽头兴旺，男人健壮，女人漂亮。供果摆上桌，由娃娃看着猫狗，等月光从门直射照进屋子时，就以为月亮入门，心想事成。就可将月亮吃过的供品拿回，家人分着吃。

献月之事，男人把关，女人张罗。一切停当，劳累一天的大人躺在炕上隔窗望月，想明天的农活，盼月神庇佑明年更比今年好，想着想着就睡着了。

姚小乐以前在黄队长家看见过献月的事，听黄队长说过农村人家家户户都在八月十五晚上献月亮。看见过黄队长家左邻右舍圆圆的盘子里放着葡萄、香蕉、苹果、月饼、西瓜是切开的两瓣，开口处是锯齿样的花边，那些东西在月亮下好想都是活着得，个个跟成了精似的，散发着诱人的香甜味，看的人只咽口水。

姚小乐与海西麻逗能叫阵后，挖空心思地想着如何露一手。想着想着"噗嗤"地笑起来。好个"秋收暴动"，中学历史课上讲过的故事，那可是以失败告终的。我姚小乐的"秋收暴动"一定会成功。

农忙季节，积肥队的人都要回家一月半载抢收抢种。姚小乐给许有利一百二十个保证：许叔，把这里交给我你放心，毛毛、凤凤那种事绝对不会再发生的，我把她俩白天弄这里干活，监督劳动改造，晚上我叫几个知青来轮换着值班。

姚小乐给海西麻捎信：哥们，秋收暴动的地点就在积肥队，煮鸡的大锅给你准备好了，你可别说得扬名四海，钻到炕洞里拉不出来。

八月十五月儿圆，家家户户大团圆。

姚小乐和关系铁的十来名知识青年约好了"秋收暴动"的事。

月亮爬上柳枝头时，姚小乐一行人像幽灵一样出现在二、四、九队的玉米地，菜地里，这几个队的玉米地挨着菜地，离村路很近，村路连着公路，交通方便。

姚小乐穿戴着桂大侃装神弄鬼的那身行头在月光下又跳又蹦，其他人偷笑着摘玉米、茄子、辣子，西红柿，装满了布袋子后，又到事先踩好点的几家，乘大人娃娃打瞌睡时，将献月的供品一扫而光。

一路笑闹地奔积肥队去。

海西麻也约好了十来个铁哥们，八月十五前一天在粮库附近的几个村子里和粮库家属院走了一遭，获鸡十多只，乘父母不注意时，又抓了家中鸡笼里的两只鸡，一路高歌地涌向积肥队。

那个月圆之夜，积肥队灯火通明，笑声惊扰的月亮妹妹停止了追赶她太阳哥哥的步伐，星星躲在银河系里挤眉弄眼。

丢了供果的几户人家如大难临头，在村子里叫骂不休，骂得就差偷供果人死去的先人活了过来。

骂的几个村庄沸腾起来，民兵队长们如临大敌，以最快的速度带着小分队村里村外地侦查，最先发现了敌情的是九队的民兵小分队，那是掉在路上的玉米棒子，那条路与109国道连接，也与村庄连接。

最简便的家用电器手电筒以最快的光速射程在天上、地上、

青纱帐中扫来扫去，大队代理民兵排长许虎子值班时习惯在睡觉前巡视四周，几个不同方向的光束如探照灯游移，引起了许虎子的警觉，他跨上自行车就向离大队较近的九队奔去，在发现玉米棒子的地方与九队民兵相遇。

九队有三家丢了供果，都是独门独户居住的人家。几家人骂乏了，吵吵嚷嚷要到公安机关报案。

许虎子看着二、四队方向说：那里是不是也有情况，我们过去看看。

看家狗此起彼伏地叫，像是大地震来临前的骚动不安。

很少失眠的哈书记翻来覆去睡不着，总觉得狗叫声非同寻常，便穿好衣服到院子外面观察。就见手电筒光向他家方向移动，还有人的嚷嚷声。

许虎子和九队民兵队长向哈书记报告了情况，哈书记说：我在大队等着，你们去各队看看。

哈书记到大队部门口，就与二、四队民兵队长相遇，两个队五家丢了献月供品，都是单门独户居住的。

哈书记抬头问月：当空明月啊，你可知晓夜行人来自何方？

月儿无语，默默西行。

月圆之夜，不眠之人，乐不思蜀，喜笑说唱到天明，醉卧积肥队。

遇盗之人，绝骂天下，怒火中烧，万般怨恨心头起，报案公安局。

哈书记，绞尽脑汁想得头痛，蛛丝马迹未寻到。为官二十余载，头一遭儿赶上了老虎吃天无法张口的为难事。事儿不大，影响很糟糕。

马主任好不容易耐到天亮，急匆匆赶到大队部。半夜狗吠声，一夜难眠人。

丁姨妈习惯每天早上侍候哈书记热茶饭提精神，夜半出门大早未见老伴归，便拎着烙好的饼子向大队部走去，路过九队菜地，看见村路上有辣子、西红柿散落，便拾起向路旁的看菜窝棚走去。

看菜老汉秦老爹正叼着旱烟锅子用力咂巴，听见脚步隔窗瞭望。

"秦老爹，太阳晒着勾子了，还不起炕"。

"哎呀呀，盼星星盼月亮，咋就盼来了书记的老伴"。秦老爹这才调着旱烟锅子走出窝棚。

"路上咋掉着这些？"丁姨妈把手里的辣子、西红柿给秦老爹看。

"怪事，真是怪事，活了这么大一把年纪，啥事没有见过，昨晚真是见了活鬼，还真把我给蒙住了。这阵子我还在想那鬼是个啥家伙"。

"什么鬼了神的，你们老蛮子尽搞那些无窟窿生蛆的事，自己糊弄自己不说还糊弄别人，把人骗的路断人稀的"。

"丁姨妈，我这么大年纪骗过谁，怕过啥，昨夜里……"秦老爹把他夜里看见活鬼的事说给丁姨妈听。

"鬼是怕人怕亮光，我用手电照，别待招不理，还往我这里来。我关了手电，别就走了。幸亏我这一辈子没做亏心的事，不怕半夜鬼敲门。我思谋着那是个冤魂野鬼，半夜寻冤家对头来的"。

"真的还是假的，难道说路上掉的这些菜是那个鬼日弄得？"丁姨妈开玩笑。

"我也纳闷呢，你这大清早要到那里去呢？"

"你们哈书记昨儿半夜就被人叫走了，天大亮了也没回家喝茶来，他每天都是仗着茶提精神的，我是去大队部眊眊咋得回事嘛"。丁姨妈说着，拿出一块热乎乎的饼子给秦老爹。

"趁热吃，吃饱了就不想鬼的事了"。

"丁姨妈，你跟哈书记说说那个事，哈书记见识多，能琢磨出个名堂来呢"。

大队书记老伴，就是与众不同，说话做事周全的很，烙的饼子够五个人吃。

看着眼睛布满血丝的哈书记说：多大的事嘛，连觉也不睡，熬垮了身子多不划算。就是有天大的事，睡觉吃饭也不能耽搁。咋搞的嘛，总是在半夜三更出事，要不是人命关天的事，最好等天亮了再处理。

哈书记对老伴总是笑脸相迎，没有脾气也没有火气，啥时都是一团和气。

人家丁姨妈啥事都为哈书记考虑的周全，吃喝拉撒睡关心备至，家里的事从不让哈书记操心，对谁说都是你们的哈书记。

哈书记和许虎子等几位民兵队长分着吃饼子，丁姨妈接过油户大叔烧的开水给哈书记和马主任各沏了盖碗茶，准备回家。

院子里就有人嚷嚷：烂婊子养的，半夜偷桃子，拣着软的捏。我们又没有把他家牛腿坎断，娃娃撂到井里，偏偏偷我们家，偷着吃了烂肠子，养下娃娃没有屁眼，养的公鸡不叫鸣母鸡不下蛋……

骂骂咧咧一行人，都是丢了供果家的人。他们是来向大队反映的，他们准备向公安机关报案，但寄希望于哈书记、马主任。

丁姨妈才知道夜里的确发生了大事。不管大事小事，都得哈书记、马主任出面了事。这样的大事跟秦老爹说得那事不知有没有牵连，丁姨妈将马主任拉到一旁悄悄说那鬼事。

不难看出，近朱者赤近墨者黑，书记是啥样的人，枕头旁边就是啥样的人。

丁姨妈跟马主任说后，就回家去了。

马主任让其他人在外屋坐在，她进里屋给哈书记说了丁姨妈说的事。

二人异口同声：桂大侃？不会罢？

"你们家的事我们都知道了，大家先不要报案，我们这里发生的事就在我们这里解决，解决的不好或解决不了，我们会上交的。大家先回去，不要胡乱猜测"。

"太欺负人，不是偷献月供品，是偷我们的好运气，运气丢了，还能有好日子过么"。

"这是哪里来的理论，简直是胡言乱语！你们从古到今年年献月，不是年年照样有青黄不接的时候，今年不缺粮了，就成了月亮带来的好运气，怎么就不说是党和国家的好处"。

哈书记发火了，不发火民间习俗就会转化为谣言四起。这就是知其然亦知其所以然，即见树木，便知森林。

"那我们的东西就白白丢了，吃个哑巴亏？"

"放心，冤有头债有主，就是抓不到干那事的人，我们大队给你们赔偿，谁叫我们的工作没做好呢"。

安抚民心是大队书记的第一要务。

一石激起千层浪

丢东西事小，丢人的事大。

丢菜事小，鬼出没事大。

秦老爹是不会说谎的，看见的那个活鬼绝对是真的。

鬼是假的，人是真的。

真人装鬼弄神，是桂大侃的发明，该不是故伎重演？

不可能，与偷有关的事，桂大侃不沾边的，再说，桂大侃大姑娘坐轿头一回当新郎，新娶婆姨刹种田兴趣大半年，哪有闲心思半夜出门装神弄鬼。

哈书记、马主任分析。

不管是不是他，前头走车后头有路，谁叫他招鬼上身。先问问秦老爹，看那鬼是个啥样子，再找桂大侃。

秦老爹在丁姨妈走后，就去了鬼出没的地方查看，是人的脚印。明白了有人为了偷菜，耍了个鬼把戏。查看菜地，菜丢了不少。正要给老队长汇报，看见哈书记和马主任向他走来。

看来，丁姨妈把我的话当个话了，对哈书记说了。

哈书记、马主任看了菜地，看了脚印，嘱咐秦老爹：知道是人耍的鬼把戏，就不要声张了。

秦老爹点点头：嗯，知道了。

桂大侃的小院子打扫得干干净净，新房喜气洋洋的，喜联笑盈盈地跟来人打招呼，讲述着新娘新郎的故事。

凤凤端着脸盆从虎抱头配房走出，看见哈书记、马主任羞答答地问候：哈书记，马主任，你们是来找桂叔的么？

哈书记、马主任对视一下：凤凤，你咋在这里？

"哈书记、马主任你们快请进屋，我奶奶来这里看病，桂叔和我姨妈就让住他们家。桂叔和我姨妈回城里住了，我姨妈休假的时候，他们就回来住"。

凤凤奶奶躺在炕上，许继善正在给按摩，满头大汗的。

"哎呀呀，我们这里的梧桐树引来了金凤凰，看来小许先生要开继善堂了"。马书记笑说。

"哈书记、马主任，为了不影响大队医疗站的工作，我爸妈让凤凤把她奶奶接到我家的。桂叔知道了非要让住他家。我想老奶奶的病要是有了起色我再给你们汇报，才半个月，我还没有把握，所以，就没有给你们汇报"。

"汇报不汇报不当紧，要是凤凤奶奶的病好了，那可是我们红旗大队的大喜事呢，更是你小子的奇迹了，好好干"。马书记看着继善说。

"你们的桂叔啥时候进城的？"哈书记问。

"一个星期了，我姨妈要上班呢，桂叔就一起走的"

"你的毛毛姐呢？"

"昨天下午才走的，说去积肥队那帮几天忙。本来我也要去的，我妈和我妹妹今天才能来，我就没去"。

"积肥队有什么忙可帮的？"书记、主任互相问。

许有利回家来一星期了，吃过团圆饭，心里惴惴不安。好一阵子没听桂大侃说话了，挺挂念的，走了桂大侃家一趟，人家进城度蜜月去了。看到许继善为凤凤奶奶按摩治病，瞎琢磨

着去了许继善家，许茂盛夫妇端着瓜果非要让许有利吃，不吃都不行，吃了一块西瓜，便说到凤凰奶奶的事。

"我看那个丫头怕是对继善有心思了？"许有利猜测。

"别是城里的，爹妈都是工人，我们那能高攀呢。也就怪了，继善对那个老奶奶的病特别上心。连着几个晚上都骑着自行车去城里给老奶奶看病，半夜三更才回来，天亮了又去医疗站。我们也是为了让娃娃少受点累，就想了个让老奶奶来家里住的主意，要是那老奶奶能好起来，也算继善没有白费心，要是好不起来，怕是要招来闲话的"。许茂盛说出担心。

"我看继善心里有数"。许有利给许茂盛宽心。

许有利和许茂盛从队里的收成说到家家户户的收入，从大队编织场说到积肥队，从桂大侃说到老纳，到底是当了队长的人，虽然下野了，还关心着乡亲们的锅大碗小，吃喝拉撒。说到许小兵、许虎子，水生，许茂盛赞不绝口，许有利心里乐呵呵的，自己还行，培养的接班人接上了自己的茬，没有辜负落脚在许家弯这块热土上的先人们。

出了许茂盛家往家走，就听四面八方狗叫声不断，许家弯几户人家养的狗也跟着凑热闹，毛翠翠家那条聊骚的大黄狗不知啥时瞧见了他，跟在他身后摇尾乞怜，哼哼唧唧，好像要跟他说什么，时不时地用狗类的语言对冲许有利叫喊的狗怒斥几声，那些狗就不吱声了。

为了进出毛翠翠家方便，许有利没少给过老黄狗猪骨头羊蹄子的好处。老黄狗记着呢，要不然好长时间不见了，咋还认识他呢。

狗是人类忠实的朋友，千真万确。

许有利听说了毛翠翠怀娃娃的事，开始不相信，后来不得不相信了，他看见许老憨精神多了，以前走路脚后跟拖地，现在走路抬头挺胸。心里骂自己不该干那种花花肠子的骚情事。马主任真是女中豪杰，对有错之人，人前给你留面子，人后悄悄揭里子，打人不打脸，骂人不接短。

老黄狗跟到许有利家院门口，依依不舍地看着他，许有利摸摸老黄狗的头：老伙计，等我给你弄点好吃的去。

许有利进屋拿了几疙瘩红烧肉和一个月饼，给了老黄狗。

老黄狗囫囵吞枣地吃完红烧肉，摇摇尾巴叼着月饼告别了许有利。

许有利怎么也睡不着，心里慌慌的，满脑子都是积肥队的事。

明天我就回积肥队去。

这样想着，就睡着了。

一觉醒来，日上三竿，腰腿找着茬子疼。

"都是惯出来的毛病，以前起五更睡半夜，苦的勾子不沾炕，哪里都不疼。到了积肥队轻省了，不受大苦了，才干了几天活就这里疼那里痒的"。许大嫂边侍候许有利吃饭边说。

"看来，农民离开了田地胳膊腿就出故事了，人还是要经常活动筋骨的。农民啥时后都不能坐着享清闲。吃了饭我就回积肥队，家里的事你就多费心了"。

许大嫂受宠若惊，她的记忆里，丈夫总是对她吹胡子瞪眼，还是第一次这样跟她说话。她有点不习惯，有点激动，嘴唇颤抖，牙齿磕拌。

"你不是说半个月呢嘛，才五、六天咋就……"

"我放心不下积肥队的事，大队把那么大的摊子交给我"。

"那你就放心地去，家里的事你不用牵挂，小兵、水生、虎子有空就来家里帮着干活，常帮我挑水呢。给我派的活都是

轻省的，我们二楞也有出息了，经常帮人修这修那的，你在外面看有没有合适的人家，给二楞瞅上个对象，二十三、四的人了，也该成家了"。

"嗨咦，你这三棍子打不出来一个屁的婆娘，啥时学会说话了？"许有利欣赏地看着妻子。

"你们男人总是看自己的娃娃好别人的婆姨好，眼睛老盯着聊骚的母狗，哪能把自家婆姨放心上，除非老了，爬不动了，才知道谁是假好谁是真好，谁的窝暖和靠得住"。许大嫂笑说。

许有利欲言又止。拿起打气筒给自行车充气。

哈书记，马主任带着"积肥队有什么忙可帮的？"问题找许有利。

许有利说了姚小乐留守积肥队的事。

"看来还得找桂大侃"。

哈书记、马主任、许有利三人骑着自行车进城找桂大侃。

绕路先到积肥队，真相大白就在眼前。

残羹剩饭，杯盘狼藉，酒瓶满地，瓜果残骸随意扔、鸡腿鸡头盘中卧。灶房锅里还有煮熟的鸡块，要紧的是献月馍馍六个完好无损，两个四分五裂。

几间宿舍里横三斜四地躺着十二三个姚小乐、海西麻的猪朋狗友，丑态百出地正在会周公。毛毛和三个女友睡在许有利的小炕上，睡姿还算规矩。

哈书记，马主任又一次"踏破铁鞋无觅处，得来全不费工夫"。

"简直无法无天！"哈书记就差鼻子气歪了。

马主任气得笑了："这帮小怂，胆子也忒大了"。

许有利揪着姚小乐的耳朵：你个贼打鬼，这就是你给我的保证。

姚小乐疼得龇牙咧嘴，醉眼睁开，顿时清醒："我的妈呀，哈书记、马主任，许队长，你们咋都来了？"

"怎么了，我们打搅了你们的好事？"许有利气愤地说。

"把他们都叫醒，事情没说清楚前，一个也不许离开这里！"哈书记命令姚小乐。

"都起来，都起来！"姚小乐挨个敲门，扯着嗓子喊。

海西麻看见了哈书记、马主任，吃了一惊。

"好一个秋收暴动，你们暴动到贫下中农头上来了？什么百鸡宴，那不是土匪搞的明堂嘛。你们怎么一下子就变成了贫下中农的对头和土匪了？谁是主谋策划者？"

"我是，是我"，姚小乐、海西麻抢着承认，互相看着笑。

初生牛犊不怕虎，很有点英雄气概。

不用设公堂，不用三堂会审，不用杀威棒得得响。荒唐小子们显摆出敢作敢为的梁山好汉胆量。那个阶段，评书《水浒传》正在有线广播里热播，一百单八条梁山好汉让青年人的心思活泛起来，姚小乐、海西麻模仿起梁上君子来，将聚义厅搬到了积肥队。

"你们是不是把自己当成了梁山好汉？"

"哈书记、马主任，他就是宋江，是他让我们在这里聚义，搞秋收暴动的"。海西麻看着姚小乐笑。

"明明是他说西湖农场的知识青年大串联搞百鸡宴，闹秋收暴动，我就和他打赌的"。姚小乐也笑着。

"你们成精做怪的，当了一回梁山好汉，这可是要付出代价的。这个代价就是把你们交给公安局，少则蹲上十天半个月，多则一年半载。时间对你们无所谓，但是，你们的历史上从此

就有了污点，这个污点将影响你们的一生，以后招工、上学等都没有你们的份，没有单位愿意要有问题的人"。哈书记看着不识愁滋味的初生牛犊，由浅入深，拔本塞源。

姚小乐，海西麻知道玩笑开大了，看着哈书记、马主任傻了眼。

哈书记示意马主任、许有利到外面说话。

哈书记无奈地笑说：你们看咋处理呢？

"哈书记，公安局插手了？"许有利问。

"那是迟早的事，说不上现在已经有人报案了"。

"要是我们在公安局还没有插手前，把问题解决了……"

"看来，马主任有高招儿了？"

"闹事的也就是那几家丢馍馍的人，人家肯定是不蒸馒头蒸（争）口气的，就是多给赔偿些怕是也不能利利索索了结的。要是这几个婊子儿的娃娃能带着东西上门赔不是，怕是能……"

"哎呀呀，我们的马主任就是有高招儿，你这一说提醒了我。依我看，哪里发生的问题就在哪里解决，这些娃娃们都是想一着做一着，不计后果的愣头青。就像棵小树，不修剪就容易长歪。下乡在我们这里，就等于国家和家长把修剪小树的任务交给了我们，不管长出啥歪枝枝，我们的责任肯定比人家家长的责任大。要是借这个事和机会把他们家长都请来，我们共同修理他们的歪枝枝，对他们以后的成长教育肯定有好处"。

"哈明堂呀哈书记，你的名堂就是多"。

"这是个好办法，要是把那几家丢馍馍的人也弄来，估计就不会往大嚷嚷了"。许有利提议。

姚小乐、海西麻知道了愁滋味。

害怕了，担心了，收敛了嬉皮笑脸的顽皮劲儿，露出了无助求援的目光。

"怎么办想好了没有？"哈书记问。

"哈书记、马主任、许队长，我们错了，我们是一时的心血来潮，没想后果。你们咋处理都行，就是不要送公安局"。姚小乐、海西麻说着就要跪下。

"哎，不能这样，我们又不是封建社会的衙门"。

"你们知道错了就好，但改正错误就得有所表现。把你们家长都请来，把你们做的事告诉你们父母，让你们父母当面给人家丢馍馍的人道歉并赔偿。这样，就是公安局来调查，我们也有个说辞了"。

"啊呀，我的妈呀，我们又要接受暴风雨的考验了"。姚小乐、海西麻无可奈何地感叹。

桂大侃春风得意地来了。

看见了毛毛：你不是给你妈说和你凤凤姐陪她奶奶呢，怎么在这里？

毛毛神秘地说：桂叔，你可千万不要向我妈告密我在这里，昨晚我们一帮知青在这里聚会，狂欢了一夜，惹下了乱子。哈书记，马主任，许队长正在给姚小乐洗脑子呢，你来得正好，帮我们求个情罢。

"哈书记、马主任都来了，看来你们闯下了大乱子了"。桂大侃说着就去找哈书记。

"人逢喜事精神爽，新郎官还没当完，怎么就来了？"马主任先看见桂大侃。

"心慌的不行，就来了，出啥事了？"

"出啥事都与你有关系，你就是个教唆犯。不是你装神弄鬼，姚小乐怎么会弄出这些日怪弯三的事"。

"小婊子儿们，咋能干出这些事来，我这可跳进黄河洗不清了，浑身是嘴说不清。但我从来没干过偷鸡摸狗的事……"

"近朱者赤，近墨者黑，姚小乐不是你，哪能想出这些歪门邪道来。"

"哈书记呀，马主任呀，打了碟子说碟子，打了碗说碗，我现在可是有家室的人了，得注意影响了"。

"就是为了影响我们才来的，本来是要找你的，到这里一看真相大白，事情你都知道了，出个两全其美的主意罢"。哈书记来了个激将法。

"捉奸捉双，捉贼捉赃，人赃俱获了，该赔得就陪，该罚的就罚。罚了的不打，打了的不罚。都是娃娃们闹着要的，又不是真正偷鸡摸狗的坏人"。

"怎么个罚了的不打，打了的不罚？你模棱两可地顺口溜了这么多，虚晃一枪，没一点实际的那可不行，水有源树有根，你的鬼把戏把几个队上看菜的老汉吓得不敢抓偷菜的人，眼睁睁地看着鬼出没，造成了极坏的影响"。

"你们书记大人说咋办就咋办嘛，我一个平头老百姓能有啥招数"。

"那好，你不是会骑摩托车嘛，就骑姚小乐的摩托车和许队长去大队把那几家丢馍馍的人赶下午都给我请到这里来，就说下午我请他们吃饭"。

桂大侃犹豫不决。

"怎么，还要给新娘子请假不成，那就让毛毛回去跟她妈说"。

"我就是为毛毛的事担心的，这丫头给她妈说在许家弯家里和凤凤住一起，这事千万不能让她妈知道"。

"真是吃了谁得饭随谁转，毛毛又不是我们大队的知识青年，我们管不着。你不说她不讲，她妈是你的新娘子咋能知道，再说了，你就是她的家长，有啥事找你就行了"。

桂大侃放心了。

四名女知青跟毛毛、姚小乐、海西麻都认识，是跟着疯子扬土的，没有参与偷菜偷馍偷鸡，也不是红旗大队的知识青，哈书记跟许有利说让女娃娃们哪来的哪去。已经离开现场的就不追究了，醉倒的这十二三个，都是红旗大队的知青，是姚小乐、海西麻铁子中的铁子（铁哥们），就让他俩带着去干活，等下午他们家长来了，问题解决了，该咋办就咋办，能扣得就扣能盖的就盖。

哈书记去邮电局打通了海科长的电话，给海科长大概地说了他儿子的事，请他亲自带他儿子的几名同伙的家长来红旗大队积肥队。海科长明白哈书记是为保全他的面子，他是单位具体负责知识青年工作的。

环卫处几十名知识青年，在积肥队干活的九名，和姚小乐同流合污的六名。为不扩大影响和考虑六名知青的未来以及家长的面子，哈书记让许有利和桂大侃直接通知其家长。

胆量要大，心思要细密，知谋要圆通，行为要端正。做事抓要领不琐碎，是为"胆欲大而心欲小，智欲圆而行欲方"。知圆行方是为领导艺术，处事技巧，但凡是领导当得好的大都能这么做。

村官哈书记、马主任，官无衔级无别，行政二十四级政府官员的排行榜上没有他们的名字，但他们为官几十年，在问题面前可谓是遇山开路，遇水架桥，兵来将挡，水来土掩。遇乡亲们打架拌嘴，邻里纠纷、家庭琐事、利益争端，他们能一面

挖苦，一面恐吓，笑骂适度中经过妥善努力，使大事化小，小事解决，把个息事宁人之法运用的恰到好处。

这是村官们的特殊能耐。

积肥队现场会比预计的提前了一个时辰，与会者听令即行，自行车追着汽车跑，到了积肥队一个个气喘吁吁，汗湿衣襟。

积肥队灶房是没有收拾过的原始现场，海科长看得目瞪口呆。早一天粮库家属院里炸开了锅，一天之内七户人家丢了八只鸡，他家丢了两只，损失最严重。

周边农村人家丢了鸡的人到粮库路口骂大街，骂得唾沫腥子变成雨水滴落，骂得人耳朵疼。那种人间绝骂，骂的地下有知者恨不得修炼成穿越时光隧道的本事来人间教训不肖子孙。

得知粮库家属院也有人家丢了鸡，骂声戛然而止。

难怪人家骂声横扫天下，地动山摇，理直气壮，原来如此。

海科长顺手捡起地下的烧火棍，就要去教训儿子。

丢献月馍的人齐刷刷地站在门口。

环卫处知青家属陆续也到齐。

现场参观很快结束，哈书记即兴讲话：各位知青家长，首先我向你们道歉，你们将自己的孩子交给我们，我们没有尽到管理教育好他们的责任，才发生了今天这种令人啼笑皆非的荒唐事儿，在乡亲们中造成了很不好的影响是其次的，重要的是公安机关一旦插手，参与这些事的孩子们就有了污点……

哈书记把对姚小乐、海西麻说得那番关系到以后招工等活重复了一遍。

"请你们来这里的目的就是为了我们联起手来亡羊补牢，把问题解决在公安机关尚未插手之前，以最快最妥善的方式把孩子们的污点洗干净，把乡亲的愤怒平息下去，把不好的影响消除在萌芽状态"。

掌声响起：哈书记，怎么解决我们听你们的。海科长积极表态。

子不教父之过，娃娃们干出这种不光彩的事，我们作为家长是有责任的……

"俗话说：杀人偿命，欠债还钱。这些娃娃们干出的荒唐事，等于欠了乡亲的债，债还清了怨就没有了。我们农民兄弟都是一根肠子通到底，做事说话直来直去，打了碟子说碟子，打了碗说碗，只要面子上过得去，什么恩恩怨怨都能化解，什么污点都能抹干净"。

"父债子还，子债父还，我们给乡亲们赔礼道歉，照价赔偿他们的损失"。

"各位知青家长们，你们的这种态度令我感动，我代表知青娃娃们谢谢你们。你们的孩子就在这里，为了惩罚这些娃娃，平息你们的心头火，罚他们在这里无偿地干两三天活，你们大家可否同意？"

"同意"。

哈书记这里对有错一方的知青家长旁敲侧击用韬略，马主任在那里给丢馍馍的人讲经过，让他们各自报损失，说知青家长们愿意赔偿一切损失，乡亲们扳着指头算，算来算去不超过三十块钱。

"那就每家给你们赔偿三十块钱，还有五个馍馍没动过，谁家的自个认识的就背回去，不要馍馍的就另外赔偿五块钱。三十五块钱，那可是他们一个人一月的工资"。

"就是赔一百块也不能把运气赔回来。一年就一个八月十五中秋节，这是我们农民敬天敬地敬日月敬五谷神的好日子，

来年庄稼收成好坏，全仗八月十五敬日月神五谷神才带来的风调雨顺。昨天出事后我就想七、八队就在公路边上，咋没有出怪事，就掐捏出是老回回耍笑我们老汉人，可不是让我掐捏中了"。胡三清发难。

"你活了四十三，过了四十三个八月十五，前二十年咋过来的就不说了，就这十多年光景，你家里娃娃一个班，你年年盼着年年富，年年讲究过十五，年年青黄不接吃救济，日月神，五谷神咋就不理你的茬呢？偏偏今年的八月十五前家家户户都分到了烙大馍馍的面，你就以为是日月神的好处，你怎么就不想想那面是哪来的？我告诉你，那就是我们这里七、八队的知识青年通过关系从粮库弄来的抖袋面！你不是能掐会算嘛，怎么就没有掐捏出抖袋面的事？救济粮年年在青黄不接时发，今年八月十五家家户户都无偿分到一袋面，你掐捏出了啥原因没有？怎么啥不好的事到了你嘴里都往民族矛盾上扯？"马主任连珠炮地发问。

胡三清自称能掐会算，如同当今戴墨镜摆地摊的麻衣相士一类，自己都不知道自己明天的命运，却隔着镜片给别人相面。隔三差五地游走寺庙集市，专门与那些麻衣相士问相卜卦，这里问过回到村里卖弄。

什么天庭包满，地额方圆，鼻直口宽，两耳垂肩，大富大贵相。

头大脖子细，一辈子没福气，走路爬坡看着地，光阴日子过得苦。

男人手大抓财，女人手大抓柴，男得女人手，钱往口袋流，女得男人的走，夫妻不到头。男人嘴大吃四方，女人嘴大吃钱粮等男女体型特征……

最可恶的是宣传计划生育初期给那些怀了娃娃的女人掐算娃娃性别，在重男轻女思想的影响下，几位育龄妇女因胡三清给掐算是男孩，便东躲西藏地当了超生游击队，马主任在瓜熟蒂落后得知是胡三清捣鼓的为时已晚。另一件事就是胡三清不肯搬迁到居民点住，独家独户站居在机耕条田中间，说那是他家先人占据的风水宝地，他妈一口气生了他们弟兄五个，他婆姨一口气生出五朵金花来，每当娃娃出生，他就自我安慰：我是先开花后结果的命。

　　宣传计划生育初期，他婆姨又身怀有孕，马主任带着计划生育专干给他做工作，他半开玩笑地说：马主任呀马主任，你老上管天下管地，中间管修桥和铺路，现在又管裤裆里的事，既然你们惦记上了我，我就听你们的，把婆姨交给你们计划。马主任当时就给胡三清举了大拇指。

　　忽悠了马主任后，连夜将他婆姨藏匿到别处去，第五个女儿生后，胡三清先前放风：我算中这回肯定是个儿子的话不攻自破。

　　马主任只能半认真半开玩笑：儿子都让你妈生完了。

　　胡三清这下子想通了，自愿放弃风水宝地，把庄台地基都垫好了，准备明年搬迁盖新房子。就赶上了姚小乐、海西麻的"秋收暴动"。

　　马主任连珠炮地数落胡三清，掐住了胡三清的七寸。胡三清对马主任是佩服的，尽管在计划生育上忽悠了马主任，发救济粮时，马主任照样没少他家的，而且他家垫庄台地基时，马主任让生产队派人帮助垫，

　　胡三清，该是清楚的时候了。

　　真正清楚了的胡三清看着马主任"嗨嗨"地笑了：马主任

你老骂得有理，我是聪明一世糊涂一时。

"我看你婊子儿是糊涂半辈子，才开始聪明了"。

乡亲们笑了。

姚小乐、海西麻和他们的难兄难弟跟着许有利出现在乡亲们面前。

"大伯大叔们，我们错了"，说着，齐刷刷地跪下。

家长们来了，抱拳作揖：各位老哥老弟，请原谅我们娃娃们的不懂事。

娃娃们给父母跪下：我们错了，请爸妈原谅。

面子里子都全乎了乡亲们，一笑恩怨解，二笑是理解，三笑为和谐。

"乡亲们，我请大家到黄鹤楼吃饭"，姚小乐父亲慷慨解囊。

"胡三清，清楚了没有？"马主任调侃。

"清楚了，全清楚了，在你马主任面前不敢不清楚"。

"姚小乐，海西麻，你俩就负责在这里干活，该晒的拌沙子晒，该堆的堆好。你们弄来的菜和肉，就是你们这两天的伙食，全部自己解决掉"。许有利安排着。

"哈书记、马主任，谢谢你们顾全我们的面子。我们那里丢鸡是家贼难防，公安上请你们多打圆场，这种事不声张最好"。海科长一行告别时说。

哈书记、马主任点头送客，笑得跟花儿一样。

丢馍馍的乡亲们第一次走进了黄鹤楼餐厅的雅座间，吃上了山珍海味。

山珍不外乎蘑菇、木耳、竹笋，绝对没有穿山甲等那些不是人吃的东西。海味不过是海参鱿鱼带鱼海带螃蟹一类。果子狸、猴脑、天鹅、爬行动物等是绝对没有，农民很敬重土里钻的，山里藏的那些不是供人类吃喝物种的生命。

那时人虽穷，但都很善良。吃以五谷当庄，七分吃饱油水不多，挺胸凸肚的几乎没有，杂七杂八的东西有名的黄鹤楼里绝对没有，那是真正敬奉"民以食为天"的地方，所以，"非典"那样吃出来的恐慌没有发生过。

当今诸多以特色招揽生意的饭庄变味成"食以杀戮野生动物为荣耀的"战场，每一道美味里都有血血淋淋生命的呐喊声，食者吞咽的不过是遭碎尸万断后泣血生命分子的变异体。这些变异体是不会善罢甘休的，三十年在五脏六腑里游刃有余地开展游击战争，慢慢地扩大势力范围，集结成一个个坚不可摧的堡垒和毒瘤，把个大活人整得气息奄奄时也不退缩，哪怕人的生命终结。

地球人都知道病从口入，祸从口出。

集结在黄鹤楼的农民父兄，对山珍海味不感兴趣，感兴趣的是那顿饭的不同寻常。他们得知是黄队长朋友请他们吃大餐，胡三清说：要不是娃娃们闹的动静大了点，我们就不这么声张了。要是早知道是黄队长朋友的娃娃闹着耍的，我们就揉个肚子疼。

"你个胡三清，现在清楚了，你不是撺着他们去公安局报案，不蒸馒头蒸（争）口气嘛，先前还说这运气那运气的，转眼间就揉肚子疼了？"

"马主任，那回回不是这回回，先前我听说是一帮回回娃娃闹得事，就思谋着是老回回故意要笑我们老蛮子。要不是你们抓得紧，解决的快，我们几家就告到公安局了。说来说去，还是我们的老回回书记、主任精明能干，办事有方。就连人家回回娃娃都机灵的点眼就范（明白），我们老蛮子眼皮子挤烂

也不明白。你看那几个娃娃，齐刷刷往地下一跪，大叔大伯把人的心都叫的软酥酥"。

"你个贼婊子儿的，见了人说人话，见了鬼说鬼话，人鬼一齐见满嘴说胡话。张口老回回闭口老回回的，老回回把你咋了？"

"老回回就是比我们老蛮子眼皮子活，就拿这次的事来说，要是换了别的书记、主任，肯定是娃娃鼻子（涕）一抹糊，管你三七二十一，谁干下谁倒霉去。看看我们的哈书记、马主任，一天时间就来了个三堂会审，无理的三扁担打的心服口服，有理的面子里子都照顾到了，真正是刀切豆腐两面光，有理无理的都沾光。就说来这里吃饭，那是哈书记、马主任，黄队长的人情，别看人家黄队长没有来，人家交的老回回朋友的确够意思。我就琢磨不透黄队长一个老蛮子怎么就能当老回回队的队长十几二十年，而老回回们说起黄队长都翘大拇指"。

"这个很简单，一碗水端平。农民不在乎名利大小，在乎公平，不在乎说的好，在乎做得好。这些年，八队的缺粮问题是个老大难，黄队长家三个门扇高的儿子一个比一个壮实能吃，口粮紧巴巴的，也是青黄不接，但分配救济粮时，黄队长从不给自己家留。就这么个事，有几个人能做得到？乡亲们就把米面菜悄悄扔他家院子里，米面不过一碗半盅，菜不过是土豆、白菜萝卜，那可是千里送鹅毛，礼轻仁义重。"哈书记知根知底。

"老黄做事做人仁义地道，八队的大人娃娃的都佩服。他连襟每年过年都给他家送猪肉，老黄就让婆姨把肉拿到九队五保户杨老三家去做好，一家人和杨老三老两口一起吃。杨老三和黄队长不知是啥转转亲，只要他家开荤，就少不了杨老三老两口的。老黄家宰个鸡鸭兔的，都是请阿訇宰，为的是让八队的五保护马王氏喝个放心的油汤辣水。大队为了照顾老黄，专门给老黄了一袋子计划外的救济面粉，老黄拿回家后让婆姨掺上玉米面蒸馍用掉了半袋子，给每家每户送两个馍馍，说是大队的照顾粮。这就是八队老回回们说起黄队长都翘大拇指的缘故。胡三清，要是你在八队……"

"我肯定翘两个大拇指"。胡三清抢过马主任的话。

"你们可知道今天这桌菜是谁掌的勺？"许有利说。

"胡三清能掐会算的，要不咋叫三清呢"。有人调侃。

"打人不打脸，骂人不揭短，过去那些陈芝麻烂谷子的事，哈书记、马主任都不说了，你婊子儿的还揪住不放"。胡三清笑骂调侃的人。

金杯银杯不如老百姓的口碑，这奖那奖不如老百姓的夸奖。

黄队长没有金杯银杯，也没有这奖那奖。

黄队长有三个儿子，大儿子黄忠被姚小乐父亲弄到了黄鹤楼饭店当厨师，当然是姚师傅的得意门徒，为红旗村乡亲们把勺的就是黄忠小师傅。

姚师傅是在部队学的厨艺，"文革"期间，姚师傅在部队的老领导转业后当了某局的局长，派性斗争中他保持中立，就成了造反派的靶子。文化革命的战火燃烧了一段后，就变成了长矛刀枪之战，文攻武卫变成了枪林弹雨的实战，不知怎地，姚师傅的那位老领导跌倒在黄队长管辖的玉米地里。习惯早起的黄队长，每天麻麻亮就起炕背上背篓走出村子拾粪，他家的那条老黄狗习惯跟着主人溜达。那天的老黄狗一个劲地对着玉米地叫，黄队长便知道那里一定有情况，便跟着老黄狗走进玉米地。

黄队长十万个想不到，玉米地里趴着一个人。

那阶段，晚上常有枪声响，白天就有传说某某地方发生武斗了，是某派和某派打起来的，有打死的打伤的，还有人在望远桥头、大观桥头等处架着机枪呢。有人看见唐来渠里隔三差五地漂着尸体。

黄队长听见了那人痛苦的呻吟，没多想就回家叫来老伴用架子车将那人拉到家里。那人腿上受得是刀伤，血染红了双腿，好在已经凝固，是惊吓过度还是流血过多，人处昏迷状态。

黄队长二话没说，骑上自行车就奔大队赤脚医生老中医家，说自家亲戚被人弄伤，请老中医去家一趟。

那人在老中医的调理下苏醒了，看见躺在陌生的农民家炕头，知道自己还活着，大概是想起了战争年代枪林弹雨也没有把自己咋样，和平年代平白无故地被人暗算，伤感地流下了眼泪。

看见炕桌上放着的盖碗子，知道这是回族农民的家。能躺在这里，说明是这家人救了自己。他是晚上在家门口被人拉上战车的，上了车，有人告诉他去什么地方搞"大辩论"，只要他站在造反派这边亮亮相就万事大吉了。听此话他明白了，他的副手就是造反派头头，人家看中了他的演讲口才和群众基础，旁敲侧击提醒过他，拐弯抹角动员过他，他就是不买人家的账，文攻不行就来武卫，白天不便行动，晚上行动方便。人家是不得已才采取请将不到绑将到的方式。

那年月，不进则退，不左即右。不干造反的差事就是被造反的对象。"中庸之道"那是左右都开弓射击的众矢之的。何况任何斗争都是权利之争，没权利的人造反是为了得到权利，有权利的人造反是为得到更大的权利，只有农民，一旦揭竿而起去造反，只为土地和粮食。大千世界，农民是生活最简单、最真实、最顺其自然、随遇而安的阶层。

和平年代，靠造反夺权的那是螳螂挡车，自取灭亡。

被绑上战车的那位局长，被塞进吉普车，司机一踩油门车便风驰电掣起来，他还在反抗，就听前排就坐的副手说：请王局长原谅我们的冒犯和大不敬，这是斗争的需要……

斗争是需要流血牺牲的，吉普车跑了没多远，就遭遇堵截，还没弄明白是咋回事，一颗子弹穿透车窗玻璃钻进了那位正在说话的造反派头头的脑袋里。慌了手脚的司机不知咋整的，吉普车就地来了个侧滚翻，就在翻车的顺间，车门开了，王局长被甩出车外，跌落在路基下的水渠里昏迷过去。

睁开眼眼睛时，满天星斗眨眼睛，身体一侧湿漉漉，凉飕飕的。他清理了一下思维，四周漆黑静悄悄的，好像什么也没有发生过。起身时左腿疼痛钻心，挣扎站起来，向着有灯光的地方走去，灯光越来越近，走着走着就跌倒了，再醒来就躺在农民的炕上。

"这是哪里？"鬼门关绕了一个晚上的王局长问。

"红旗八队"，黄队长回答。

红旗八队黄队长家从此有了当官的朋友。

王局长自己不知道腿上的刀伤从何而来，老中医清理伤口时说：好悬呐，穿透了腿肚子的刀伤，擦着大动脉米粒远的边边子，真是好运气。

好运气的王局长，祸从天降，大难不死必有后福，且福星高照。

王局长告诉黄队长去黄鹤楼饭店找姚师傅转告他的情况。

从此，黄队长又有了名厨朋友。

福星高照的王局长，说不清道不明的事，那位吉普车司机

说得清清楚楚，明明白白。那位吃了花生米的副局长，造反不成遭天谴，那里飞来的子弹是个不解的谜，一定是人所为天在看，绝对不是外星人所干。

悄悄来到人间，本想轰轰烈烈干一场，结果是天公不作美，旦夕祸上身，想那位风风火火揭竿而起的造反派头头，估计阎王爷也不会高看他一眼的。

黄队长的朋友就不同了，在黄队长家养伤三天，就被吉普车接到第一人民医院，病好出院，被刀伤的那条腿走起路来就一瘸一拐，他自己调侃：敌人两次去向马克思先生报道，先生说你还没有学好马列主义，还需要回去好好学习，等够格了，再来报道。我就一瘸一拐地回来了，从此就成了王瘸子。

王瘸子和农民有了不解之缘，知道黄队长有三个门扇高的儿子，大儿子黄忠二十出头，识字不多，悟性还可以，便请姚师傅收为门徒。姚师傅当然是心领神会。二儿子黄孝初中毕业，正是创业好时光，一年一度的征兵工作开始了，凑巧王瘸子的部下就是负责招收新兵的，王瘸子跟黄队长说后，黄队长征求儿子的意见，黄孝高兴地跳起来：从小我就喜欢当兵。

黄忠学艺三年，师出有名，更有喜的是，王瘸子官升一级，由商业局局长荣升为市上领导，离职就任前，把黄忠的农村户口转为城市户口，黄忠成了吃皇粮的黄鹤楼一级大师，与姚师傅并列。

那时的城市户口就是金饭碗，城里人最为得意的就是不种粮食有粮食吃。

农村人对城市户口望眼欲穿，农村姑娘的心思是：一军二干三工人，誓死不嫁老农民。这是知识青年上山下乡前的故事，搬这里交代一下也很有意思。

农民是吃不惯大餐的，也很少吃大餐。那个年代是这样，如今还是这样。

丢馍馍的农民吃过那次大餐后，一辈子记忆犹新，难以忘怀。

胡三清饭罢离去前，看着碟子碗里的油汤辣水问姚师傅：这些咋处理呢？

"洗碗时随下水道流走了"。

"哎呀呀，这多可惜，要是攒一起拉回去喂猪多好"。

好个胡三清，一旦改邪归正，正点子比馊主意好使多了。

"贪污和浪费是极大的犯罪"。自古以来，政府官员叫得最响。

农民不言传，但农民从不浪费一粒粮食，就是吃大餐时，桌上掉了一粒米，也要捡起来吃。那是"锄禾日当午，汗滴禾下土"的果实。

贪污更不可能。那行当是权和利的老搭档，当权利和私欲纠缠不清时，那老朽可就出山打猎了，且百发九中，一发不中的古有黑脸包文正、海青天，今有焦裕禄、牛玉儒等凤毛麟角，千古流芳。

至于十发九中的多如牛毛，近代的和珅家喻户晓，那个王刚把个贪官演得出神入化，简直是活灵活现。上世纪拿刘青山、张子善开刀，杀一儆百有过一定的威慑力后，就慢慢消失了。就连根本用不着钱操作一切的陈希同、成克杰、胡长清、薄熙来那样的高端人物，也被钱俘虏了，还能往下数嘛。

在"落马贪官"备忘录汇集成册发到政府官员手中时，也许"正腐"的官员正在"前腐后继"地进行贪污的行当。

都是金钱惹的祸！

枪林弹雨何所惧，金钱是权利的大敌。

遗臭万年有和珅，最悲莫过隔着铁窗求生存。

胡三清的提议及时又适用。

"好主意"，哈书记、马主任，姚师傅，小黄师傅异口同声。

城乡结合，互通有无就这么形成了。

为了乡亲们的托付

在胡三清的积极要求下，当上了养猪场的采购员，不知啥时学会了开手扶拖拉机，赶上了农村时兴手扶拖拉机的热潮，各生产队都用上了手扶拖拉机，大队也有了一台，供养殖场用。

那时，银川市与黄鹤楼饭店一样有派头的饭店不过三四家，在姚师傅的操作下，所有泔水都有胡三清收积，虽然水多油少菜叶零星可见米面基本没有，但比用渠沟里的水伴饲料喂猪有营养的多。

为了垄断泔水，胡三清把两个待嫁的女儿招弟、唤弟和队长的女儿菊花弄到黄鹤楼饭店、京津春饭店、同福居饭店去当洗碗工，跟队长说好每人一月给队里交 25 块钱。饭店每月给三十块钱的工资，城里人大多不愿意干洗锅刷碗的事。

但凡城里人嫌弃的事，农村人都愿意干，但凡是体力活农民都不胆怯，在农民心里，人都应该是平等的，一样生来百样死，别样生出来的不是神仙就是妖精绝对不是人，人的胳臂腿五官七窍都是一样的，少一样多一样那是不正常。

农民眼里，没有什么贵贱之分。自称贵族的人，能耐再大，不吃五谷杂粮是活不下去的。这营养那营养，那种营养都来自五谷杂粮，来自土地的恩赐。

农民最爱土地，爱土地的人爱粮食，爱粮食的人爱心无限。

胡三清不仅爱粮食，连饭菜的残渣余孽也知道是家畜的好营养。

招弟在黄鹤楼干洗碗工，收集饭菜的残渣余孽外，能插手帮忙的活该出手时就出手，从不计较报酬。话不多眼里活多，时间不长，后厨的人堆里赞誉声声，黄忠格外留心，招弟心有灵犀，胡三清醉翁之意不在酒，为女择偶有一手。

乡人有言：爹是儿的影子，选女婿看爹；妈是女儿的镜子，娶儿媳妇看妈。什么虫拉什么屎，鸟懒没好窝，人懒没好日子过。庄稼种不好误一年，婆姨娶不好误一辈子。

话粗理不俗，经验来自实践，实践就是生活。

胡三清到底是串过场子的人，胡喧瞎算地忽悠过别人，对女儿的婚姻可是慎之又慎。虽然盼儿心切，一旦女儿出生，就看成是心头肉，重男但不轻女，招弟、换弟都小学毕业，为了帮父母带妹妹，穷人的孩子早早就当家了。

农村娃娃都是大带小，三岁的教着一岁的跑，一岁的吃奶三岁的饿的嗷嗷嚎。三女儿盼弟出生后，城里没有孩子的人家通过亲戚找上门想抱养，胡三清说：儿女和爹妈是前世的缘，有缘才能成为一家人，隔了肚皮如隔山，我能生下来就能养活大，这个社会自己养不起了还有救济粮。

相信社会，靠救济粮，胡三清夫妻同心，其利断金，日子过得是紧巴一些，但男人是个搂钱的耙子，女儿的个管钱的匣子，虽然钱以分分毛毛计算，胡三清的老伴手头总是有个块儿八毛的，一手好针线活不仅把几个女儿拾掇的清清爽爽，把个胡三清也收拾的干净利落，缝补的衣裤看不出来补丁和针线，那种飞针走线法叫"偷针"。

前面讲过，胡三清常三、六、九集上走，为人掐算露一手，那是个幌子。他掐算最准的是市上的红旗、跃进等几个服装厂隔三差五清理厂房的时间，那个时间，服装厂大门口垃圾站里，有巴掌大小的布头和一半寸宽裁剪衣裤的边脚料，拣回家洗净后，胡夫人就挑着布纹对接。就像街头巷尾那些手工为人修补衣裤的"秀娘"一样，她们修补过的破损处是看不出来的。说不上胡夫人就是飞针走线绝活儿的鼻祖呢。如果娃娃的衣服上有反差色的小花，那定是缝补破洞的绝招儿。

那年月，农民的日子只能精打细算才能过的滋润。

勤俭持家是农家人的传家宝，艰苦奋斗是农家人永恒的美德。

这样的传家宝和美德，胡三清家的五朵金花都得到了真传。

胡三清相信：积财千万，不如薄技在身。女儿只要学得好本事，将来就有好日子过。于是，胡三清花最少的钱，从红旗服装厂弄回了一台人家淘汰的脚踏缝纫机和锁边机，胡家裁缝店就顺势而生，胡夫人挂帅，四个女儿各显其能。胡家的日子过得旺旺的，胡三清越发想要个儿子顶门立户，掐算着沾老庄台风水宝地的福泽，不惑之年有儿来。这就有了糊弄马主任宣传计划生育的那出戏。

第五朵金花出生后，胡三清哑巴了，从此金盆洗手，不再为人掐算卜卦，也不指望风水宝地的福泽之恩了。

啥事都是个缘，十五的月亮十六圆，黄鹤楼一顿饭，圆了胡三清的几个梦。

收泔水和几个大饭店混了面熟，把两个女儿弄去洗碗，意在为女儿牵一条红线，让女儿在黄忠面前显眼。这是他掐算历史上最得意、最准确的一桩美事儿。

招弟、唤弟虽然没有招来、唤来弟弟。在父亲的安排下，

为父母招来了、唤来了两个好女婿。

常言道：千里有缘来相会，无缘对面不相识。

小黄忠师出有名，独当一面，少不了饭店里妙龄女子的青睐，但小黄忠大师傅就像炒菜把握火候一样，火候不到绝对不起锅。

瞧了一眼招弟就由不住瞧第二眼，越瞧越想看，越看越顺眼。

没话找茬问家乡，一问知道是老乡，老乡对老乡两眼放光芒。粉面桃腮姑娘羞答答慌了手脚，一声脆响正洗的盘子掉地下摔了个粉碎。

这一声脆响震开了小黄忠关闭的爱情窗。

情人眼里出西施，招弟成了黄忠眼里的西施。他们并不知道西施是谁，但都知根知底，知道心里都在燃烧着一团火。

黄忠第一次邀请招弟到宿舍去坐坐，招弟点头默许。

相会时，招弟带着妹妹唤弟也就罢了，偏是黄忠的弟弟黄孝探亲，下了火车直奔哥哥处借自行车。亲兄弟撞见姊妹花，天公作美。

就这么个偶然，成就了两对情人一世缘。

虽然一见钟情，但那时的年轻人在谈情说爱方面没有现在的张狂和张扬，第一面有了好感就黏糊的难舍难分，爱情就像玻璃杯子里的水，透明透亮的。

那时的谈情说爱很含蓄，很慎重，姑娘不怕嫁不出去，小伙子不怕被人挖了墙角。双方一旦对上了眼，那就是一言九鼎的非你不娶不嫁的海枯石烂了。所以，那个年代缔结的夫妻，大多都能患难与共，白头到老。

偶然只是开始，过程很重要。

黄队长得知两个儿子看上了胡家姊妹花，很意外很惊喜。

意外的是黄忠好不容易弄了个城市户口，城里那么多姑娘，咋就看上了……

惊喜的是胡家姑娘都是好手艺，好性格，好相貌，进了谁家的门就是谁家的福气。俗话说：娶媳妇接财神，有个好儿子不如娶好媳妇，单就胡三清婆姨的人品和为人，教育出来的那几个姑娘是错不了的。

胡三清得知两个女儿喜欢上了黄家弟兄俩，觉得好说不好听，本来是有心栽培大女儿和黄忠，现在到好，弄成了买一赠一。姊妹俩喜欢上哥俩，亲戚朋友会笑话的，但黄家的儿子和老子一样为人地道，女儿嫁到那样的家庭，啥时也不会委屈的，何况……

双方父母虽然有所忌讳，但互相看到了各自的好处。

黄队长再三靠问黄忠，黄忠是一头撞南墙，就是把头撞个窟窿也不回头。本着"一家养女百家求"的乡俗，黄队长请马主任出面做大媒。

马主任就像办自己的事一样高兴。可不是嘛，县妇联杨主任把筹划"树新风，破旧俗，婚事新办"现场会的任务交给她，谁叫她是县妇联委员，又是大队副书记兼妇女主任，还是统战部特邀联络员，少数民族优秀村干部。省、市、县、乡的奖状奖牌换着挂满了墙。

荣誉不是喧出来编出来的，是实实在在干出来的。

乡亲们的家事也是村书记、主任的大事。

村书记、主任的大事就是乡亲们一家一户的小事。乡亲们的大事无外乎婚丧嫁娶。马主任干起了一手托两家的营生，两家都有心托马主任出面撮合儿女的婚事，就是胡三清觉得二女

嫁一家好说不好听，来个假意推辞真情就范："你老说树新风，除旧俗，婚事新办，该有的礼数还是要有的，总不能让我家姑娘穿着娘家的衣服上花轿罢，彩礼我们可以不要，但他老黄家要给我俩姑娘各准备一台缝纫机，那可是我女儿过门后的吃饭家当，不过，这东西要算我姑娘的陪嫁从我家拉他家去，我得长个脸面，不能贴了辣子再贴油……"

胡三清开了婆家出钱女方长脸的先河。

朋友们一定记得早些年多见长长的接亲队伍后面总是跟着一辆小货车，上面拉着冰箱、洗衣机、电视机等陪嫁物。其实，那是空的包装盒，东西早已经摆放在新房里。那样做就是女方家长为了长个脸面，东西是用男方给的彩礼买的，叫"羊毛出在羊身上"。

马主任跟黄队长说了胡三清的意思，黄队长笑说："不攀亲两家人，攀了亲一家人，不是一家人不进一家门，一家人想事做事都是对着心思。人家哥俩和姊妹俩早就合计好了，结婚后姊妹俩合伙在市场那点开裁缝店。我就攒了一千来块钱，本来是给老大准备的，没想到，嗨嗨……"

"你老俩口偷着笑罢，多少人家一个儿媳妇也娶不起，你老黄家真是祖上积了大德，两个儿子一下子找上了带着手艺的姊妹花，在我们这里也算是一桩奇事了"。

"那还不是你马主任一心成全的，也是我们遇上了好亲家，人家不挑我们的理，就那么个意思也不是个啥难事"。

乡村俗语曰：养女儿吃点心看戏，养儿子花钱受气。

黄队长带着两份大礼和马主任去了胡三清家。大礼物不过是烟酒糖果点心蜜枣花生一类。按成双成对的乡俗，黄家人准备了两份。礼到心到情意无价。

黄家花了钱，但没有着（受）气。

胡家人心不贪，回了黄家一份礼物。胡三清说：攀了亲就是一家人，心意到了就是礼数。马主任一手托两家，就按照马主任的意思来。

酒逢知己千杯少，话不投机半句多。

胡三清平日就爱喝个小酒，有一盘小咸菜乐悠悠，没有下酒菜也乐悠悠。

黄队长完全适应了回回人的生活习俗，烟酒不沾常洗澡。那天特别高兴，和胡三清对饮了几杯，就飘飘然开怀大笑，拉起胡三清的手：好亲家，缘分呐，缘分，不胜酒力地躺倒在炕上鼾声如雷。

农家人嫁女讲究：不图砖漫地，图个好女婿。胡三亲图得就是好女婿。

为儿娶妻讲究：一顺百顺，风调雨顺。黄队长一生与人为善，积善人家，必有余庆；积不善人家，必有余殃。

得知黄队长两个儿子和俩姊妹花对上了像的八队乡亲们，奔走相告，竟然合计着给凑什么份子。脸盆、水杯、镜子、毛巾、香皂、床单、被面等生活日用品，成双成对地送到黄队长家里，一家有事，大家出力。

没有挨家逐户地请客，也没有送喜贴。自然形成的乡俗乡情不计较"非请不到"的礼数，一个村子里的人，只要不是坏得老鼠过街人人喊打的份上，婚丧嫁娶时，都是自行凑份子，差啥凑啥，雪中送炭君子多；众人拾柴火焰高，即便是穷的没有凑份子的钱，到主家帮着烧火洗碗搬东西也是乡情，乡亲们都能理解，一视同仁。

干啥吆喝啥的马主任，一鼓作气地凑齐了五对新人的集体

婚礼。

黄家兄弟俩和胡家姊妹花已是奇谈，许继善和凤凰也水到渠成地喜结连理。城市姑娘嫁给农村小伙子又是奇闻，这桩奇闻简直是出其不意，攻其不备。凤凰奶奶就是主攻手。偏瘫在炕三年有余的古稀老人，在许继善的精心治疗下，跟成了精似的，从没有知觉的神经开始有痛感时起，就高看许继善，越看越喜欢。接着能翻身，能下炕，能柱着拐杖走动，能扔掉拐杖走动，能自由行动了。

就在扔掉拐杖那天，拉着许继善的手和凤凰的手老泪纵横，老奶奶干瘪的泪囊热情奔放起来，弄得满脸五线谱里梨花带雨。就在凤凰为她拭泪时，老奶奶把凤凰的手和许继善的手捯在一起，用力抓住不放。

本是心有灵犀一点通，老妪能解其中意，胜算一局棋。

许茂盛夫妻不敢相信，互相看着欲说不能，担心。

许继善犹犹豫豫，喜在心头，忧在眉头，担心。

凤凰羞羞答答……

古稀老人老成练达，瞬间捅破窗户纸。

许茂盛夫妻担心自己的家庭条件和身体条件，担心老奶奶一厢情愿图感恩，擅自做主强拉鸳鸯配，担心下乡知识青年的城里姑娘心高、眼高、高不可攀……

许继善的担心就是父母的担心，但直觉告诉他：他的另一半远在天边近在眼前，眼前的事突然的让他不敢相信。老奶奶是否将感激、感恩、感情纠缠在一起？他想听老奶奶说话，老奶奶笑而不说，紧紧地抓住他们的手，无言地把脉……

老奶奶很有手劲，许继善和凤凰的手被老奶奶捯在一起，察言观色地看着他们，他们感觉到了各自的心跳，感觉到两掌心热浪涌动的潮湿。

老奶奶把中了脉。

许茂盛跟哈书记、马主任讨主意。

"马主任，你的婚姻介绍所是越来越红火了"。

那时，"婚姻介绍所"还是个新鲜玩意儿，营业执照还没有印刷出来。没想到乡村哈书记的玩笑话，几年后就在城市的大街小巷成了招牌，延续到现在，简称"婚介所"的，挂名"月老阁"的，"红娘沙龙"的。就连中央电视台也推出了"非诚勿扰"节目。

马主任不知不觉就成了"婚姻介绍所"的原创者。

路是人走出来的。世上无难事，只怕有心人。

马主任本无心当红娘，乡亲们的重托难辞，自从坐着拖拉机从七道坎接氏亚兰母女后，马主任的业务范围就被推而广之。

氏亚兰看着凤凤老奶奶的举动，拽一下许茂盛的胳臂，到自己房间说话。几十年的耳鬓厮磨，许茂盛有了辨别亚妻呜呜呀呀话语意思的特殊功能，亚兰的每个表情、手势、音节就像作曲家熟悉曲谱一样，那是上天赐予亚兰夫妻的"神曲"，能解者有两人，一是亚兰的母亲，一是亚兰的丈夫许茂盛。

那天，许茂盛以为自己听错了，亚兰竟然清清楚楚地说出了"请马主任说"几个字。许茂盛重复问了一遍，老亚妻重复说了一遍。

千年铁树开了花，百年的哑巴能说话，不是神话的神话。

马主任就是有一万个理由不出面，对哑巴的托付是不能拒绝的。何况为人牵线搭桥已经是她马主任不可推卸的义务，谁叫她一旦出马，就马到成功。一次牵线成一对，两次搭桥成两双。

每当乡亲们家事、儿女事、左邻右舍事有磕绊时，登陆红

旗大队博客网站哈书记、马主任的点击率是最高的。

那时连电视机还没有普及，电脑还没听说过。

红旗大队的博客网站就是"群众利益无小事"的无限空间，还有"当官不为民做主，不如回家卖红薯"的乡村书记格言搭建的。

哈书记、马主任的博客是有线的，但两位"博主"接受点击人的邀请是无限的，用的是心上的功夫，脚上的功夫，与当今手上的功夫，嘴上的功夫毫不沾边。

许茂盛夫妇半辈子第一次跟亲戚借东西，借的是氏亚兰表哥余良拉羊的车，余良听说表妹夫妇要给儿子去城里提亲，就跟朋友借了一辆微型面包车。

凤凤奶奶一定要回家看看，许茂盛夫妇就和老奶奶、许继善一起接上马主任去了凤凤家提亲。有缘千里来相会，爱情的花火一旦点燃，那是烈焰腾腾，加之凤凤奶奶火上交油，火势很快就在凤凤家的楼房四处蔓延开来。

那位老奶奶病魔缠身三年余，行动不便家里卧，隔窗望日望月望不着人，心都要疯掉了。去了许家弯半年，成精作怪回家串门子不说，见人就说：看我家凤凤女婿医术多高……

看见老奶奶的邻居们，不信是不可能的。

一个厂子的工人，做邻居几十年了，谁都知道谁家的事。那年代家家门窗敞亮，除了挡苍蝇蚊子的纱窗纱帘子外，凤凤父母上班是不上门锁，为的是家中无人时，邻居上下楼时听见老奶奶的声音，方便进屋照看一下。要是有心怀鬼胎的三只手进家，那也是乘兴而来，扫兴而去，因为没啥可偷的，偷儿们也就懒得去浪费时间了。

凤凤奶奶走家串户，那是久病痊愈后心灵的慰藉，情绪的宣泄，健康的炫耀。与商业广告无关，但达到了"此地无银三百两"的效果。

老奶奶对此一无所知。

凤凤家热闹了，一切应老奶奶而起，老奶奶还在楼下和久别重逢的邻居热聊时，到凤凤家看"妙手回春"的邻居们已在和许继善预约为自己家人看病的事。

说啥都是多余的了。

马主任一口水没喝，便打道回府，继续她的本职工作。

老奶奶在家住了一星期，说啥也要回许家弯，硬说住不惯鸽子窝，再住下去她又要变成废人了。

见着了毛毛妈，非要跟人家借房子，说是要给凤凤和许继善弄新房。

毛毛妈和桂大侃新房旁边的房子，老奶奶已经住了半年。老奶奶借的就是那间房子，还要借人家的火房，说她要住。

毛毛妈说："姨妈，你想住那里就住，等于给我们看房子，我和桂青十天半月才回来一趟，这么大的院子，没人看管就荒废了，我正巴不得有人住呢"。

古稀老人，人老心不老眼不花，端详毛毛妈说话，手就去摸侄女的肚子：我的丫头，我看你身上有了，对着呢，男人娶妻就是为了生子，没官一身轻，有子万事足，好，好"。

"姨妈，我这身子不便，以后就不多回来了。看你好了，我心上的石头就落地了。我妈走得早，幸亏有你这个姨妈，我才没受什么罪。你要是把这里当成家，那就是家，想养个鸡呀，兔呀的，我就让桂青给弄好窝。凤凤找的这家人没错。桂青给我说了他们家的好多事，现在是穷了点，桂青说那小伙子将来出息大得很呢"。

老奶奶笑得合不拢嘴。

在马主任的吆喝下，又凑了两对新人参加集体婚礼。

县妇联杨主任来了，梅雨就不用说了。

王瘸子来了，姚师傅来了，毛毛当凤凤的伴娘来了。

胡三清夫妻，凤凤爹妈，三位新娘的父母第一次戴着小红花双双人前坐，参加女儿的婚礼。另两位新娘是外乡娶回来的，父母未能参加。父母参加女儿婚礼，在那个年代的农村可是破天荒的事，那年代，农村人嫁女儿称"割肉"，割肉没有心不痛的。女儿上了轿，父母墙头瞧，养女一场空，成了别家人，女儿出嫁泪别娘，父母有苦心里藏，只有泪两行。情切切，心酸酸，女儿一去不复返，父母想女儿眼望穿。

有此说，新娘父母是不在女儿婚礼上露面的。

"破旧习，树新风，婚事新办"的集体婚礼大概是古往今来最成功的民俗改革和创新。那时候，如果迎亲队伍在路上相遇，新娘和新娘还要互相换裤带，换手绢后扔掉，意在逢凶化吉。乡民们讲究：抬头见棺材，好事连着来；出门遇花轿，凶神恶煞到。

假如你在人居区看见树上，建筑物上，上下水井盖上，桥头上等处看见贴着不是广告的红色无字纸条，那一定是婚嫁人家干的事，意在驱邪避鬼，消灾免祸，都是民俗，至今仍然在城乡流行。

20世纪七十年代在红旗大队演绎的这一幕，不能不说是意识的超前和创新。

清真寺上空红旗飘，清真寺院内桃李芳香，四方角对称生长的果树上挂着婚庆喜联，新娘的父母和五位新郎的父母对面而坐，神采奕奕，美滋滋地看着儿女双双走进婚姻的殿堂，情真意切地表白感谢父母的养育之恩，生育之德，甜甜蜜蜜地誓言不离不弃，白头偕老。

那情景，就似如今婚庆典礼，当然没有现在的张扬和奢华，铺张与浪费，气派与热闹。四棵果树枝干连接，形成天然的帐篷，帐篷下就是典礼台，哈书记是司仪，杨主任是征婚人，马主任端着喜糖、瓜子、花生、红枣，先给新娘新郎父母面前放一些，再给每个人抓一把。大队准备了一麻袋呢，是马主任从供销社特批的，算是大队送的礼物。

许茂盛代表新郎父母发言：各位领导，各位乡亲，想不到我这样的人这样的家庭，今天能坐在大队部里看着儿子和媳妇拜天拜地拜父母，就跟做梦一样。想不到我这样的家庭这样人能和城里人攀上亲家，这不仅是我儿的福分我家的福分，更是我亲家夫妻不嫌贫爱富的善德善行。想不到我这样的残疾人和哑巴妻子能在大庭广众面前听到儿子媳妇的感恩肺腑之言。一切的一切，都归功我们遇上为民办事的大队党支部。

黄孝代表新郎发言，器宇轩昂的人民子弟兵说起话来铿锵有力：感谢父母对我的养育之恩，感谢岳父岳母的信任，你们把一双女儿交给我和我的哥哥，我和我哥哥一定善待你们的女儿，一定尽好为人夫的责任。

新娘子们敢爱不敢说，情切切，意绵绵，喜在心头，乐在眉头。跪在公婆面前，双手捧着茶水，甜甜地说：请爸妈喝茶。

初为公婆，听到儿媳妇的声音，如蜜在喉。慌忙将准备好的红包塞进儿媳妇手里。红包里装的不是十块就是二十块的"改口钱"。这个节目一直保留到如今。如今的婚礼上，但凡坐在典礼台上的人，都要给新郎新娘"改口钱"，少则三五百多者上千上万不等，看新郎新娘父母的身份地位、在职还是不在职

绿地文学丛书

而论。婚礼的排场亦是如此，规格越高，排场越大的绝对是重权在握的。

今非昔比，书归正传。

胡三清平时说话一套一套，那天只顾高兴和激动了，看着称心如意的两个女婿，听着两个女婿爸妈叫得亲，只顾喝茶，忘记了红包。红包就在随手的衣服口袋里，心花一怒放，啥事都抛到脑后，舌头僵硬了，哈书记说：请胡三清代表新娘父母说几句，胡三青摇头摆手：不说了，不说了，一切都是缘分。

平日里说话不多的黄队长，喜不自禁地主动发言：感谢婚事新办好处多，感谢胡亲家生养了好女儿，不要彩礼不嫌贫爱富不怕人笑话，两个姑娘同时嫁给黄家儿，等于我们老黄家有了俩女儿。亲家请放心，女婿如同儿子，儿媳妇如同女儿，我老黄家不会亏待女儿的……

胡三清夫妻激动得热泪盈眶，两亲家的手紧紧地握在一起。

县妇联杨主任即兴讲话：移风易俗红旗村，婚事新办合民心，马主任牵红绳，哈书记做证婚人。五对新人同亮相，感恩父母养育情，省钱省事又省心，儿女和父母都高兴。新人新事喜临门，计划生育要记清。

干啥的吆喝啥，杨主任说着从马主任手中接过"计划生育宣传手册"送给五对新婚夫妇。

"杨主任，我们明年的生育指标还要包括了这五对新婚夫妇的"。

"那是自然的，现在的人娃娃就在裤带上别着，一结婚就有了娃娃，生育指标优先考虑的就是新婚夫妇"。杨主任尽说大实话。

"县妇联给我们带来《喜临门》和《朝阳沟》两部电影，

请各位来宾和新人的亲朋好友和家人，在大队会议室里看电影"。

那时看电影算得上是高级享受。每当新片出台，先是城里各电影院争先恐后地放映，乡干部想一睹为快，也要等上一月半载县电影院头场放映时的发的赠票。轮到乡下人看时，那就相当于六月份看到的是一月份的报纸。县妇联带来的两部片子，是杨主任为现场会通过上面特借的，城里电影院还没有公开放映呢，借期只有一天，只好抓紧时间赶白天的场子，晚上还能公开放映一场。

听说有新电影看，五对新人都想一睹为快，新婚大喜难得清闲无事，不受迎来送往之苦，不受繁琐礼节之累，坐享电影，陪父母亲朋好友吃喜糖、嗑瓜子，品尝油香，等着洞房花烛夫妻合欢。

嫁女之日，新娘的父母不仅烦的心慌，想得心慌，也闲的心慌。

胡三清夫妇偷着乐，第一次人前露脸，亲家公那么看重自家，看重女儿，说的话那么顺耳听，两个女婿情真意切地叫爸妈，还跟县上的领导握了手，还坐在屋子里边吃边喝边看电影，神仙不过如此。

老黄夫妻乐呵的心里开了花，一天娶进们两个儿媳妇，不仅没有为"酒两瓶肉两方，拓烙馍馍两大筐，新房三间被八床，三转一响四十八条腿"发愁，而且还是大队书记、主任主持婚礼，一下子对着窗子吹喇叭，名声在外了……

许茂盛夫妇一生淡定与世无争，想不到儿子出息的让他们措手不及。本无高攀心，城里的儿媳妇好像是前世注定的缘分。本愁穷家难当，却遇好亲家无嫌贫爱富之心。

凤凤父母亲眼目睹继善之家的好生之德以及大队书记、主任对许茂盛一家的敬重关照之情，有感而发：好人有好报，好人一生平安。

口　碑

金杯银碑不如百姓的口碑，金奖银奖不如百姓的夸奖。

农家人说：人活脸，树活皮，墙头活的是一锹泥，庄稼活的是粪土。

佛家人说：人活一口气，佛争一炷香。

官家人说：人过留名，雁过留声。

红旗大队的乡亲们说：人人都说当官好，当官好坏老百姓最知道。当官不为民服务，不如种地卖红薯。哈明堂书记官当得好，为民服务把心操，二十年服务事多少，红旗的乡亲们最知道。自从清真寺上空红旗飘，红旗村的乡亲们就有了主心骨的公平和公道。

谁说得都没有农家人说得实在、地道、老妪能解。

集体婚礼那天，许茂盛夫妻喜在心头愁在眉头，喜是不用多说的，愁的是海拔太低行动不便干着急插不上手，亚兰愁的是有话说不出口，手口并用只有丈夫、儿子解其中意，丈夫虽然解其意但有力用不上，儿子继善解其意，行医把脉、按摩针灸是行家里手，料理家很蹩脚。

桂大侃不光是能侃会喧，还能上得厅堂下得厨房，做了城里人的新郎官，还惦记着乡亲们的情一片。本就对许茂盛的为人处世很是佩服，不惑之年与毛毛妈喜结良缘，不仅有了毛毛、

毛丫两个女儿，还有了侄女冯凤凤，也是命运的造化，本是农民的他娶了城里人为妻，城里姑娘却嫁与农民为妻。

世间的事真是变幻莫测。

爱屋及乌是人之常情，助人为乐是桂大侃秉性。

山难移，性难改，乐天派的桂大侃侃出了好名声，侃出了好人缘，侃出了好道行。没等许茂盛的邀请，就携妻带女回到许家弯，在自己的新房旁边为继善和凤凤布置新房，还给凤凤奶奶收拾了一个住处。妇唱夫随也好，夫唱妇随也罢，桂大侃夫妇的行为感动的氏亚兰再一次说出了大家都听清楚的话：他桂大叔，你们的恩情……

按照乡俗，有孕在身的桂夫人三天前就应回避着与凤凤照面。桂大侃顾不上参加集体婚礼，许茂盛家里的事都托付与他，凤凤奶奶没把自己当外人。

娶儿媳妇的许茂盛夫妻坐在高堂上接受儿子媳妇的跪拜后，喜笑颜开地看着电影，由衷地感谢好社会，好乡亲、好样的大队党支部，说啥也要成为党的人。

胡三清夫妻实实在在地感受到"养女儿吃点心看戏"的益处，感受到养个好女儿不如找个好女婿的妙处，感受到为民办事的哈书记、马主任的的确确是农民的贴心人，对乡亲们的事真是管到家了。

黄队长夫妇喜在心头乐在眉头，一天娶进门两个儿媳妇，谁赶上谁白天张口笑，晚上偷着笑。娶两个儿媳妇没有花上一个儿媳妇的钱，亲家公亲家母不图砖墁地只图好女婿，不仅全免了婚俗的彩礼，还用心用情地给两个女儿、女婿缝制了喜衣，陪嫁的被褥都是成双成对。

那位意外结交的生死朋友王瘸子，已经给了黄家太多的帮助，还从姚师傅处打听黄家有什么需要帮助的地方。听说黄家两个儿子同一天结婚，两个儿媳妇有裁缝手艺的姊妹花，便给老黄队长家弄来了一台缝纫机和锁边机外加两只羊。

黄队长感慨万千：不过是做了那么一件小小不言的事情，农村人就是见着屋檐下的小燕子受了伤都给治伤，何况是遇见了受伤的人。那样的事，谁遇上都不会眼睁睁地看着不管的。

农家有言：一报还一报，即善有善报，恶有恶报，若是不报，时辰未到，时辰一到，必定要报。

学者有言：礼尚往来是君子，非礼不往是小人，君子，不将众财聚一身。

佛家有言：善因善果，一切因缘而生因缘而果，缘生缘灭轮回不绝。舍得舍得，有舍才有得，不舍不得。

农家言，学者言，佛家言，黄队长都知道，都深信不疑。他是在识字班上扫的盲，没啥文化底蕴，就是笃实敦厚，笃信善恶有报，笃行小善。

黄队长看着羊，想起了乡亲们平日的玩笑话，那是在田间地头干活时，有人嚷嚷肚子疼，就有人调侃：你婊子儿的怕是偷着吃了独食，疼个七七四十九天不少，九九八十一天不多。

农家人在田间地头的俗言俚语就像银河系里的繁星闪烁，估计比尔盖茨也计算不出来。别看话俗，理可不粗。就是那些随口一说的俚语，也有其深奥的哲理和意义。黄队长少言寡语，一旦说话，说必行，行必果，按他自己的话：男子汉说活如钉钉，扔在地上有声响，扛在肩上有分量。不能像老奶奶剥葱，剥掉一层又一层，一层比一次轻的像鸡毛满天飞。

转化为文人雅士的话，就是掷地有声，声声入耳。

黄队长请姚师傅作了六十余份羊肉大烩菜和油香，给八队

的乡亲们挨家挨户送一份。乡亲们明白，这就是黄队长常说的：有难同扛，有苦同受，有福同享，有喜同乐，有好事大家有份。

那是过年才能吃上的"八大碗"烩菜，也是农村人红白喜事宴请答谢亲朋好友的主打菜肴。如今时尚潮的"农家乐"菜系，就是以此招牌招揽食客的，美其名曰：原汁原味，绿色食品。

大师级的姚师傅将"八大碗"合二而一，荤素分开，色香味俱全，八队的乡亲们，一家人在自己家里美美气气地吃了一顿大餐。

在黄队长的盛情下，杨主任、哈书记、马主任、梅雨、王瘸子都去黄队长家做客。一群小娃娃在家吃了个肚儿圆，出门找小伙伴们炫耀：我们家今儿个吃得美攒油了（好得很），那肉比人脑子都香……

砸着嘴说话的小娃娃好像吃过人脑子似的夸口，其他小娃娃生怕别人不知道他家也有好吃得，争先恐后抢着说：我们家吃的油饼子比大人的脸还大呢……

童言无欺，童心天真。

就像某县一小学生上课时调皮捣蛋，老师批评时，那娃娃不服气地说：你有啥了不起，你一月的工资还没有我家的狗狗多呢。老师一气之下反映到有关部门，结果是摞倒了一位大贪官，挖出了狗领工资的人间奇闻。这可不是奇谈怪论，几年前有报纸登载过的。电视上还报道过某小学生每天花钱雇同学写作业呢，也是童言无忌引发的惊天大案。

大千世界无奇不有。

小娃娃们争来夸去，就把大人们的顺口溜凑成了歌来吼：

"回回窝里有一人，名字叫黄自成，

自称不是回回人，对回回的事上了心，

二十年队长坐的稳，把乡亲们当成亲弟兄，

大队照顾的救济粮，和乡亲们一起来分享，

乐善好施救人命，不声不响不张扬，

大队书记做媒人，好人好报喜临门，

家和万事兴，一天娶了两个儿媳妇进家门，

朋友送的感恩羊，家家户户都品尝。

回回窝里的黄自成，不愧是党的人。

这是哈书记的自行车顺口溜后的又一村歌，没有填词作曲者的名字。

红旗村的父老乡亲们，思维活跃，思路开阔，思想进步，进出自家们，仰望着清真寺上空飘扬的红旗，观察着大队支部一班人的一举一动，他们心里有杆秤，随时称着每个人的分量，那是绝对的公正。

年过半百的马主任，大队妇女主任一当就是二十年，赶上了计划生育的时代列车，凭说理笑骂把个最难干的工作捋顺的就像红旗渠的水一样朝着该浇灌的田地淌去，多难日弄的麻烦的事，只要哈书记、马主任出面，就小葱拌豆腐，一清二白。乡民有言：

马主任不简单，回汉的事情都玩得转。

和哈书记同唱一台戏，大队部设在清真寺。

清真寺上空红旗飘，书记主任有高招。

回汉民族团结好，全靠村支部好领导。

哈书记不用讲，乡亲们心里都有帐。

马主任为村官，服务乡亲的办事员。

柴米油盐酱醋茶，谁家没有找她想办法。

婚丧嫁娶养娃娃，顺顺利利要她出马。

婆媳邻居闹矛盾，她出面笑骂能摆平。

计划生育麻烦大，马主任把道理讲到家。

婚事新办破就俗，解决了彩礼的大难题。

移风易俗的事说起来容易做起来相当难，迄今为止，仅婚事新办的名堂哪里也没有像马主任操作的那么健康、简单、有实际效果。那是风靡了红旗大队好几年的风尚，胡三清的好名声赢来了真正的"一家有女百家求"的你方唱罢他登场的红火景，慕名求亲的好几位都瞅中胡三妮、胡四妮，愿意到胡家倒插门做胡家养老女婿。胡三清摇摇头：黄家女婿就是我家儿，三妮、四妮的事不由我们当爹妈的做主。

黄队长家的小三儿，被王瘸子相中，就看与他家的三小姐有没有缘分，如果缘分不到，预备队里就由着黄小三儿情人眼里出西施了。不过，黄小三儿仰慕二哥黄孝的那身军服都红了眼睛，就那身板和长对了位置的五官，的确是个军人的好坯子，估计王瘸子会让黄小三心想事成的。

那天在黄队长家坐客的时间较长，杨主任要等晚上放完电影后带着拷贝走，马主任一心挽留杨主任到家留宿。现场会开得很成功，杨主任满意的要梅雨写经验介绍材料在全县推广，梅雨说：我咋一听写材料腿肚子就抽筋带着手发抖。

杨主任笑说："枪杆子，笔杆子，革命靠的就是这两杆子。你小梅子轮不上扛枪杆子，耍好笔杆子才是你的发展方向，你要在这方面好好努力"。

"小梅主任是被吓的……"马主任说。

"还能吓出这个毛病来？"杨主任看着马主任。

那天晚上，杨主任、梅雨都住在马主任家。

三位妇女干部，三级女领导睡在一个土炕上，都无睡意。

杨主任惦记梅雨被吓出来的毛病，问马主任，马主任便讲了梅雨"夜逃"的事。

"想不到这丫头还有过这样的经历。也难怪，一朝被蛇咬，十年怕井绳。幸亏那时我们小梅主任被吓着了，没有随波逐流的被人利用"。

马主任说："杨主任，我总觉得秦书记和那个人很像，那年，在我们大队召开批斗大会，批斗的是公社吴书记，吴书记被五花大绑，脖子上挂着铁牌子，由两个带枪的人将两臂向后反拧着坐土飞机，主持会的人宣布批斗会开始，就听"铛铛"的铁器声，吴书记的牌子就掉到地上。看押的人从腿腕上踢一脚，吴书记就跪在地下，铁牌子底边挂地，人脖子就卡在铁牌子上沿。另一人戴着雪白的手套，"哧"的一声从腰间就抽出钢鞭，左右开弓地打，就见白花花的棉花跟着钢鞭的起落飞扬。那钢鞭，看上去钢而不硬，打手缠在腰间，出手时只听"哧"的一声，就似银蛇从腰间飞出，银光耀眼，看似柔软无骨，实侧刚鞭在手，鞭捎带着镖冒一样的东西，晃悠悠的，看得人心里颤抖。

那婊子儿的，打人比打牲口还狠，棉袄的棉花都打出来了。听说那位打人者姓杨，是供销社的营业员，是"1.27"造反派。那位挨打的吴书记，是老王书记前任的前任。为啥挨打，传闻很多，有人说是"1.28"派别的，有人说那个头头追吴书记的女儿未遂，假公济私进行报复。报复的也忒大胆忒无所顾忌了。

钢鞭打人烂肉不烂皮，听说吴书记挨打后，多亏了那个做饭的包师傅，天天偷着用鸡蛋清给敷背，吴书记才没有开了背花烂了肉。据说眉心有二龙戏珠（眉心有黑痣）的那位，才是主事的，打人的是条狗，主事的让咬谁就咬谁。挨了钢鞭的吴书记，后来还是公社党委书记。以前，大多乡民不认识他，挨

了一路打后，我们这里的人听说是吴书记，没有不伸大拇指的，夸吴书记是铁汉子硬骨头，钢鞭打的棉花飞，嘴唇都咬出了血，不哼一声。

夸吴书记的乡民，自然而然不忘包师傅。传说的就跟他们亲眼所见一样，添油加糖地大喧保师傅如何仁义厚道。保师傅就有了美名。我第一次看见秦书记，咋就想起那次批斗大会上那个主持人的影子。两眉间好像做过手术留下烧过的痕迹，但不太明显。不留心的不意发现，我也怕惹是生非就烂在肚子里。

那天半夜三更梅丫头来我家，我听说了那样的事，就又想起了批斗会上的那个人，今天又扯到那人，我越想他越像，最近经常往我们这里的知青年点跑，检查工作、关心知青工作也是应该的，可惹出那些不应该有的麻烦就很不值得了。

"什么麻烦呀？"杨主任惊讶地问。

"说起来是闲话，不说罢，老百姓的唾沫星子就能把他淹死。修理地球的农民说话实诚的很，有啥说啥，天不怕地不怕口无遮拦"。

"我的老姐姐，你就把绕弯子了"。

"前几天，我去许家弯，那里的大人娃娃说啥都不避讳我，我和许小兵说话，几个小娃娃就大声说顺口溜：

秦书记下了乡，瓜瓜菜菜遭了殃。

秦书记下了队，瓜瓜菜菜遭了罪。

秦书记开了会，烟酒罐头排成队。

秦书记回个家，车来车往抢着拉。

秦书记讲个话，摇头晃脑口气大。

秦书记官瘾大，光图吃香喝辣往上爬。

秦书记爱许愿，三年五年不一定能兑现……

我说许小兵可不能由着这些娃娃信口胡诌，那会毁了秦书记的。许小兵说，那是他太脏，堂堂的公社书记国家干部，拿着国家的工资，每次来检查工作专门到瓜田菜地，这个新鲜那个好吃，吃个肚儿圆也无所谓，还说让他家娃娃尝个稀罕，大包小包的拿上就走，再一再二，哪能再三再四的"。

杨主任叹息一声：唉，山难移性难改，狗走千里改不了吃屎。便宜是个害，萝卜是个菜。这人咋就这么贪呢，丢死国家干部的脸面了。

两位老主任的话，使梅雨记忆的闸门跳跃着开启，成为乡官后，本该一人一间办公室，前排砖木结构的房子宽畅明亮，里外套间房子只有一套，是专门为第一把手办公用的。其他都是单间，袁文书的办公室文件柜多，特拥挤，老王书记就和袁文书调换了办公室。后排土木结构的房间一字长蛇十多间，窗小门小空间小，供一般干部和勤杂人员居住。一套里外套间的房子在正中间，左侧是包师傅的房间，右侧是电工小赵的房间。二十几个男人圈里就梅雨和秀秀两个姑娘家，住里外套间最合适不过了。

秦书记爱人孩子来乡下度周末后，就想调个套间房子，梅雨和秀秀的那套一是后排，二是土木结构，事事讲究的秦书记根本没看上眼。前排的那一套是秦书记的理想所在，秦书记心里归他所居是早晚的事，就跟老王书记说调房子的事，老王书记说：你看着办，想和谁调自己说去。

袁文书慷慨地搬出了套间，不嫌拥挤地搬进了秦书记的单间，秦书记心想事成地搬进了套间，外间办公，里间作卧室，精心布置的跟家一样。还专门让梅雨和秀秀去看过，比梅雨见过的新房还亮堂，就是少了喜联和红花。

秦书记和袁文书换房子时，包师傅拿勺子敲着锅沿说："官瘾瘾得憋不住了，还没有坐上位子先占上房子。丫头，我看这些日子那一位老找你，他可不是个省油的灯，一肚子的烂肠子，不知又想在谁的头上捉虱子，把别人裤裆上沾的黄泥当屎（事）整，你可千万不要上当"。

包师傅掌握着勺把子，掂量着真假善恶的人心。秦书记换房子后，包师傅找老王书记要星期天休息的权利。也许，预料到暗箭正在射向他心目中的善良之人，冷静地把侍候秦书记一家大小的事当成大事，以便为那些暗箭伤身的人送一口热汤。他有这方面的经历和体验。那位吴书记好好的一双腿，后来瘫了，要不是包师傅的热汤热饭热心肠，那腿就少掉半截。

吴书记官复原职后的第一件事，就是亲自去包师傅家请被"撤职"的包师傅重操旧业，并为包师傅追回了被"撤职"扣发的全部工资，恢复了包师傅的公职。包师傅家从次多了一位当官的亲戚，逢年过节，吴书记全家到包师傅家过年，留下一段佳话。

吴书记别处就任时，给他的继任交代："只要包师傅掌勺把子，落难的人就有热汤喝。"那时，老王书记是副书记，老王书记坐上第一把交椅时，称包师傅是五朝元老。

冷眼看暗流滚滚而来的包师傅，有的是救人于水深火热之中的锦囊妙计藏于心间。梅雨在他眼中就是个孩子，就像父亲说的："你娃娃子不要当了官就认不得人了，见了大爹二爸爸还要有礼数，要不然，乡亲们的吐沫星子也能把你淹死。人活脸树活皮，墙上活的一层泥，就是当了县太爷，脸还是爹妈给的那张脸"。包师傅有人时称梅雨小梅主任，没人时就丫头丫头的，亲切的就跟真是他家的小女儿。嘱咐梅雨千万不要上当时，已经看出了梅雨有可能被人当枪使人端倪。

"不知又想在谁的头上捉虱子"的话，让梅雨想起了批斗大会上棉花飞扬的场景。梅雨问保师傅：当年游乡批斗吴书记的事你知道吗？

"这里的事没有我不知道的"。

"用钢鞭打吴书记的那个人你知道吗？"

"知道，犯了人命案，已经被政府枪决了"。

"在我家大队开批斗会那次，我也在会场，看见那人用钢鞭打人，我吓得还往我父亲的皮袄里钻呢"。

"刚鞭打人，肉烂皮不烂，要用鸡蛋清敷才能消疼消肿治好，当年的吴书记就是肉烂皮不烂，我……"

事过境迁，两年前，包师傅告诉梅雨的事，不经意间又听马主任说起，真真格格是坏事传千里。

农村人常将"说啥来啥"调侃为"这个地方邪，说鳖就来蛇"，也有"说曹操曹操到"的雅话。在马主任家住了一宿的三级女主任。忆往昔半宿才入睡，第二天大清早，杨主任要了解"养猪试点"的情况，只要是涉及到女性的话题，杨主任都很关心。马主任没待梅雨说话，把她和哈书记操盘的事，说是梅雨的主意，一一跟杨主任道来。

杨主任意在为提拔梅雨到县妇联当她的助手网罗梅雨的政绩。

马主任意在为梅雨能摘掉"亦工亦农"转为正式的国家干部创造条件。

梅雨心领神会，积极为政绩努力着，对"转正"望眼欲穿。

婚事新办的那些新娘，年龄都比她小，人家是落花有意，流水有情，她心里能不着急嘛，何况那几位新娘个个出落的如

花似玉，她还有点埋怨母亲没有把她生得俊俏一些。要是皇帝的女儿，哪怕长得比猪八戒还不如，也不怕嫁不出去，可惜她是农民的女儿丑丫头，不早点把自己嫁出去，尼姑庵里就多了一位夜伴清灯对月幽怨的比丘尼了。

不管梅雨有多着急，组织上自有韬略。

杨主任已经跟组织部嚷嚷过调兵遣将的事，因为梅雨没有入"正册"，待遇问题只能等待时机。

马主任有心给梅雨牵红线，因"亦工亦农"不是吃皇粮的，吃皇粮的一军二干三工人的哥儿们只能惋惜无缘无分。

婚事新办现场会，梅雨跟着马主任长了不少见识，长了一层心事。还没来得急为姑娘家的心事焦虑，"秋收暴动"风波刚刚平息就有人秋后算账来了。

常言道：没有不透风的墙，好事不出门，坏事传千里。

八月中秋的"秋收暴动"时过境迁，秦书记突然关注起来。开始深入细致地进行调查，不查不知道，一查吓一跳。"百鸡宴"的确大有来头，西湖农场到莲湖农场南北贯穿上百里，中间有黄羊滩农场、玉泉营农场，几个农场的下乡知识青年有那么几个经常串联在一起吃喝玩乐，就玩出了"百鸡宴"的把戏来，如海西麻所说，就是弄一百家的鸡吃喝玩乐。就在八月十五那晚，海西麻和姚小乐在积肥队闹"秋收暴动"，"百鸡宴"的玩主们在莲湖农场大宴群臣，据说有好几个人，一百只鸡爪子是真格的。沿途村庄丢鸡的呼声惊动了公安机关，警车跟着警笛跑，没下多大气力就破了案。

那位"百鸡宴"的发起人"座山雕"和他的亲信"八大金刚"——落网，都蹲进了"号子"。前面交代过"百鸡宴"的渊源，样板戏"智取威虎山"中有个片段：威虎山上的土匪为给他们的老大座山雕过六十大寿，八大金刚就谋划抢一百家的鸡，为座山雕祝寿，故为"百鸡宴"。

上百个小青年凑在一起，都是争强好胜的年龄，都是青春骚动期，总有几个自以为是的愣头青跳出来扮演占山为王，一呼百应的角色。戏台上的"座山雕"就来到了知识青年聚集的生活圈子里，有了"座山雕"，少不了摇旗呐喊的左右手，"八大金刚"随着就出现了。

海西麻听同学哥们说了"百鸡宴"的事，觉得很新鲜很有意思，便在回根据地时当做路边社的新闻进行发布，就和"秋收暴动"接上了轨。兴风作浪的愣头青们，无所顾忌地疯狂了一夜，就跪倒在父母、乡亲们面前负荆请罪了。

由此引出来一连串出其不意的故事，前文已有交代。

就在哈书记、马主任平息了"秋收暴动"事件，正在极力挽回不良影响的时候，公安机关抓获了延绵百里的"百鸡宴"主谋"座山雕"和"八大金刚"，并关进了"号子"。海西麻最先得到消息，惊惶不安地告诉了姚小乐，二人如惊弓之鸟，在噩梦的纠缠下，提心吊胆地过着每一天。

陪杨主任在马主任家住宿后，梅雨按杨主任的要求写经验材料。那时的媒体没有现在这么风风火火地搞"头条头版"新闻大奖大赛，领导干部对政绩之类的事也不是太大张旗鼓地追逐，这会那会就红火了现场会那么一会，现场会一完事，领了会议精神的人就打道回府，身体力行去了。往往是会议要求的事情干的有头有脸有眉目了，才在报纸、广播上露个鼻子眼的，那个分量是真正的四两拨千斤，真正"榜样的力量是无穷的"。

那是过程无记录，效果很明显，结果很重要，效益很高办事实的精神。是不打雷就下雨，不刮风地已湿的实战效果。虚

晃一枪的事是很没面子很丢脸很让当事人自责和内疚的事。

梅雨将写好的经验材料送秦书记过目，秦书记是党委分管共、青、妇、宣传、文教、卫生的领导，梅雨是革委会负责共、青、妇、宣传工作。两套班子一套人马，党领导一切，梅雨的直接领导是秦书记，那次"夜逃"秦书记对她非常失望，不止一次在别人面前引经据典说扶不起来的刘阿斗，麻袋做龙袍底子太差等，传话的人不知道何种心态，估计不是原封不动而是添油加醋地传给梅雨，为此，梅雨专门问哈书记刘阿斗是谁，哈书记笑笑说：我借你一套书，看完后你就知道了。

哈书记借给梅雨的是线装本的《三国演义》，牛皮纸的封面封底，上写"毛泽东选集"，竖排版的繁体字。

"这可是禁书，你一定要小心，千万不能让别人看见"。

好多繁体字梅雨不认识，就写在本子上问哈书记。也许是不耻下问的谦恭，哈书记让梅雨去他家看了他的藏书。《红楼梦》《水浒》《我的前半生》《明清演绎》等。

"我知道你喜欢看书，估计这些书你没有看过，市面上没有卖的。秦书记肯定看过，他说的好多典故都来自这些书中"。

挂职红旗大队副书记的梅雨，在哈书记的引导下，如饥似渴从书本里吸取精神营养，哈书记家的那几本藏书不够梅雨看，不知从什么地方弄来了手抄本的《梅花党》《一百个美女的铜像》《一把铜尺》等书借给梅雨。

说心里话，梅雨最不想见秦书记，官场上的事往往是最不想见的人必须笑脸相迎，最不愿意做的事必须违心地去做，所谓人在官场身不有已，官场如战场，没有硝烟的战场比枪林弹雨的战场杀伤力更大，明枪好躲，暗箭难防。

梅雨将经验材料呈送到秦书记面前，秦书记一目百行扫视一遍：怎么绕过了公社党委这个关口？这么大的事，没有公社党委的重视支持，能轰轰烈烈起来嘛！我虽然没有顾得上参加现场会，你可是自始至终参加的，你要把身份摆正，你是我的代表，代表的公社党委、革委，不是你个人！那个经验材料少了谁都行，就是不能脱离了党委的领导……

梅雨终于顿悟出公文的文字游戏格式：开会没有不是领导决策的，领导讲话没有不重要的，鼓掌没有不热烈的，成绩没有不是领导支持的，经验材料不突出领导是不行的。

杨主任、哈书记、马主任十二分满意的经验材料，在秦书记的点拨下，官话、大话、客套话比经验还多。秦书记满意地点点头，笔走龙蛇地签了名后，看着梅雨说：你最近都看了哪些书？

"中国现代史，毛选"。梅雨不假思索地回答。

"这样的书属于现代史还是毛选？"秦书记说着将手抄本的《梅花党》放在梅雨面前。

梅雨惊愕，一天前她回公社写经验材料，就把这个手抄本装在随身的人造革挎包里，就是县妇联发的那个包，晚上钻在被窝里偷偷看，早晨收拾床铺就随手藏在被子下，带着写好的材料去了县妇联请杨主任指点，回来就去找哈书记和马主任说准备上报材料的事，下午，几个同学弄到了东方红电影院放映朝鲜电影《买花姑娘》的电影票，邀她一同去看了电影，散场后又去同学家疯狂到子夜，便住在同学家。不过一天时间，藏在被子下的手抄本怎么会到秦书记手里？

秦书记知道捕蛇抓七寸，看着惊愕的梅雨似笑非笑：你知道不知道这东西是有政治问题的大毒草？

梅雨挂职红旗大队副书记，跟着哈书记、马主任没有白混。

农民带头人谈笑生风，笑骂说理，复杂问题简单解决的工作方法启发影响着梅雨，哈书记、马主任常说的：捉贼捉赃，抓奸抓双，无赃无双，神仙也无方的话在关键时刻给了梅雨出奇制胜的灵感。

梅雨由惊愕转为镇定：秦书记，有政治问题的书你是从哪里弄来的？

秦书记一万个想不到这个扶不起来的刘阿斗还会出其不意，攻其无备，使他这为身经百战的、老谋深算者无还口之辞。

几日不见当刮目相看，秦书记收敛起似笑非笑的表情：你进步不小啊！

谢谢秦书记的夸奖，都是你指导有方。

秦书记将那手抄本狠狠地在桌子上一砸："哪里来的你心里还不清楚！"

"清楚，不怕贼偷就怕贼惦记，自从我进了公社大院贼就惦记上我了，我的房间丢的东西多了，就差我自己没丢！"

为了保护自己，梅雨学会了以其人之道还治其人之身。

常言道：癞蛤蟆急了也会咬人。猪八戒的耙子倒着打人才有用。

梅雨学会了保护自己，第一次当了癞蛤蟆，用上了猪八戒的耙子，用上了针锋相对的武器，体验了一次针尖对麦芒的滋味。

人是应该有点骨气的，就是敢与恶魔争高下，不与霸王让寸分的傲骨。当被逼到悬崖峭壁无路可逃时，抓住一根藤条逃生也比求欲置你于死地而后快的人有骨气得多。

"哈哈，几日不见当刮目相看！"秦书记以尴尬的笑声结束了对梅雨的拿捏。食指指天指地指他指梅雨："这事就当没有发生过，说说红旗大队的青年团工作、宣传工作、养猪试点工作"。

"我没有思想准备，给我点时间让我想想再汇报好么？"

"百鸡宴，秋收暴动的事你知道么？"

"知道，发生的第二天哈书记、马主任亲自到现场就处理好了"。

"你参加了没有？"

"没有，我回家过中秋节，后来知道的"。

"这么大的事，你堂堂的公社革位会副主任，挂职的大队副书记，不让你参加，事后又欺上瞒下不给上级汇报，想搞独立王国不成！百鸡宴的事轰动了公安机关，已经抓了十多个领头的，公安机关来我们这里调查过。哈明堂想纸里包火，雪里埋死人，瞒天过海那是不可能的！"

秦书记转移了主攻方向："你把知道的情况说来听听，领头闹事的是些什么人，咋处理了那些人"。

梅雨简要地作了汇报，听说都是知识青年弄出来的事时，秦书记听得认真，还记下了海西麻、姚小乐的名字和家庭基本情况。

"你说的情况和我掌握的情况基本一样，这是个政治事件。你知道秋收暴动是怎么回事么？"

梅雨点点头："中国革命史里讲述过"。

"我是主管知青工作的，知青中发生了这么大的政治事件，要不是我政治嗅觉敏感，就被那个目无上级的哈明堂给瞒天过海了。这段时间，我就是在亲自调查过问这件事，你告诉哈明堂，让他把什么积肥队、副业队、粮库的知识青年都弄回来统一管理，集中教育，我要在红旗大队办知识青年的学习班"。

绕了一大圈，原来醉翁之意不在酒。

梅雨告辞时，不识趣地伸手去拿秦书记面前的手抄本。

"这东西暂时由我保管"。

"请秦书记跟秀秀说说，不要再做贼人了，人皮难得，贼皮好得"。

"当领导的，不能信口开河，乱给人扣帽子！"

"我和她住一个宿舍，能开门的钥匙只有她和我有，我宿舍里丢的东西不是她偷难道还有别人！"

梅雨回红旗大队部的路上，想着秦书记的那个段子："秦书记下了乡，瓜瓜菜菜遭了殃。秦书记下了队，瓜瓜菜菜遭了罪……"

当官难，难当官，当官不是个好行当，等我转正吃了皇粮，告别官场另选行。

当官要当管官的官，管官的官是大官，大官必须有靠山，小官才能去高攀。我今为官是这般：贼人盯着揭隐私，管官的逼着为他用，眼见着好官遭殃坏官狂，一嘴两舌话多样。翻手为云覆手雨，软硬兼施为名利，名利是个刮骨刀，官场有多少英雄竞折腰？

年少的梅雨，在官场风波的摆弄下，对官场的偏见直入骨髓，向往那无官一身轻的逍遥自在，盼着、等着被"扶正"的那一天。

与秦书记的正面交锋，梅雨体验了无欲则刚的快乐和做人的不卑不亢。不就是"扶正"的问题么。你秦书记闹腾的呼噜闪电，呼风唤雨的，结果还是没能"改朝换代"。人家冯书记被空挂了半年之久，听听红旗村的人咋说的：

冯书记下了乡，是我们农民的救命粮，

头戴草帽穿雨衣，风里雨里听着麦子哭，

麦子哭的是连阴雨，冯书记心里想着断粮户，

双脚踏进熟麦地，剪刀当做镰刀使，

雨将麦穗泡发胀，冯书记让家家户户的炕头把麦子炕。

金队长为乡亲们殉了职，冯书记心里常惦记，

瞎宝宝没了爹和娘，冯书记当成亲人常看望。

天下为官者有千万，冯书记这般不多见……

冯书记官复原职后，坐镇县委统领全县，有线广播里时常听到冯书记的声音，那个带着浓浓乡音的家乡话——盐池口音。

与秦书记唇枪舌剑时，风乍起，雨跟着，风是和风，雨是细雨，风雨交加如琴瑟和鸣。大概是风温柔雨润物，二人对垒虽然唇枪舌剑但没有剑拔弩张。

风声雨声常让梅雨想入非非，每次都有那个雨中剪麦穗的幻觉出现，冥冥中好像有一种预言告诉她：丫头，你不是个为官的胚子，你的路就在脚下的这方泥土里，现在的一切不过是文学之路的铺路石，把握住自己的今天，珍惜好明天，认清自己的影子，一路坚持走下去……

在哈书记面前，梅雨知无不言，言无不尽。

哈书记听了梅雨的传达，举着大拇指：我们的小梅主任学会了随机应变。你放心，手抄本的事不会有啥麻烦的，百鸡宴，秋收暴动的事秦书记过问也是正常的，就怕他……你不知道，黄鹤楼的几道名菜秦书记不仅和家里人、朋友吃过，还往家里拿过，海西麻把特级面粉也送到了秦书记家里。唉，当官到了这个份上，就没啥意思了。

"秦书记说要在我们这里集中办知青学习班，还让我写养猪试点材料"。

"材料是面子上的事，秦书记好这一口，上面也好这一口。年底各种会议较多，材料那是少不了的。市、县知青办要召开知青工作表彰大会，知青工作现在是个热们，秦书记最近往知青点跑的勤，与此事有关。我猜想他要在知青工作上大做文章，我们这里有好多知青都是区市领导的子女，而且有好多事迹很突出，比如知青做高温堆肥、参加积肥队、副业队、给乡亲们弄抖袋面，为活跃农村文化生活，业余时间自编自演文艺节目等，都是就地取材，演绎他们身边发生的事，姚小乐编排的"捉鬼"小品，邵波和海西麻编排的"中秋之夜""赶车"都是他们的亲身经历，非常有意义"。

"哈书记，你听过有关秦书记的顺口溜没有？"梅雨冒失地问。

哈书记笑说："我们这里的人思想活跃见识广耍嘴皮子的人多，好人好事嚷嚷的天花乱坠，不好的人和事能喧的让鸡鸭见了都张口骂。农村人的话：得便宜处不可再往，再一再二是人情，再三再四是脏怂，便宜是个害，萝卜是个菜。当领导的不避讳瓜田李下之嫌，引火烧身的迟早的事。"

的确，在红旗大队的地盘上，没有哈书记、马主任不知道的事。

若要人不知，除非己莫为，人在做，天在看。

路在脚下

　　知青工作表彰大会上，秦书记从知青安置、管理、教育、发挥其聪明才智，大有可为等方面进行经验介绍，有框架有内容有血有肉有骨头，红旗大队知识青年在农村这个广阔天地里，经过一个时期与农民的亲密接触，完全彻底脱离了城里人的娇气、傲气、小市民气，真正脱胎换骨成为革命事业的可靠接班人和社会主义未来的中流砥柱……

　　这段话是秦书记加的结束语，最不夸张、最有预见的是最后一句话。四十年后的今天，当年的知识青年从中央领导到地方官员都有一席之地，的的确确的中流砥柱，中华民族的栋梁。

　　经验材料是哈书记搭的架子圈的内容，梅雨根据哈书记的脉络输血加肉后，呈送秦书记过目，秦书记挥斥八极，极目远眺，从政治性的高度讲述了中央领导人何年何月何日何处发表："农村是个广阔天地，知识青年到农村去是大有作为"的一系列讲话，而后是省委、市委、县委成立"知青办"的根据和过程，再后就轮到公社的"知青工作办公室"是如何不折不扣的地贯彻执行中央、省、市、县委的精神，做了那些实实在在的工作，取得的成绩……

　　好像中央、省市委、县委的那些知青工作者都弄不清红头文件说得啥似的，秦书记的解释就用了十多分钟。公社知青办

实实在在的工作用了近三十分钟，邵波、邹尚好的马车队如何为高温堆肥披星戴月、不嫌脏臭，公社知青办领导如何关心知青，如何与"问题知青"姚小乐、海西麻促膝谈心，使其痛说不辨好恶制造出"百鸡宴""秋收暴动"的不良事件以及痛改前非，浪子回头金不换，姚小乐在积肥队如何不怕苦和累，海西麻如何情系乡亲等事迹生动具体。

公社知青办为了扎扎实实做好红旗大队知青安置试点工作，知青办主要领导在抓全面工作的同时，专门让一名年轻的革委会副主任在红旗大队抓知青工作，红旗大队党支部予以大力支持……

秦书记捧回了"知青工作先进单位"的锦旗和"先进工作者"的奖状和奖杯，奖状是玻璃框的那种，奖杯是当时最时尚的陶瓷嵌字的保温杯，凡提到名字的几位知青都得到了"先进知识青年"的称号和奖杯，邵波被树立为"知识青年标兵"。

邵波、姚小乐、海西麻将奖杯拎到红旗大队，三人商量好，奖状自己收藏，奖杯送给哈书记、马主任。名利双收的几位知青不为名利所诱，对哈书记、马主任说：我们心里清楚谁是真正的先进工作者。

"功名利禄不过是浮云，奖状奖杯不过是个障眼的玩意儿，看淡名利人自高，心安理得最重要。对我们来说，奖状奖杯都是鸡抱鸭子淡（蛋）事，只要群众满意就是最好的奖赏。对你们来说，那就意义大了，你们受到表彰和奖励是对我们大队领导最大的安慰，应为你们是我们这块土地上培育出来的人才"。

只要群众满意就是最好的奖赏，刻在几位知青的心上。

全县农民文艺汇演，海西麻、姚小乐编排的"捉鬼""中秋之夜""学赶车"等小品节目分别获得创意奖前三名，凤凤和姚小乐合作表演的"捉鬼"小品，邵波、邹尚好等人表演的"学赶车"，"吆骡子"，把农民形象和劳动场面演得别开生面。充分反映出源于生活高于生活的文学艺术内涵和境界。他们因自己的艺术天赋打入了"公社文艺宣传队"，春节期间在各村队巡回演出一个多月，活跃了农村的文化娱乐生活。

每年年底的"四干会"是县、乡、村、队的热门话题，尤其是村、队干部的最盼，盼得是一年到头能在县上住个十天半月，虽然是自带被褥，住学校老师的宿舍（中小学放寒假），招待所住宿房间不多，只够会议筹备组和各乡镇主要领导住，大队干部啥时候都和群众同吃同住。但吃饭在县招待所，一日三餐的十人一桌的圆桌饭，白吃白喝，一天还有三毛钱的会议补足费。每天晚上不是看电影就是看各公社文艺宣传队的演出。上了县上或者乡上先进榜的生产队政治队长、生产队队、贫协主席、妇女队长、劳动模范都有参加"四干会"的机会，一般情况下，各生产队只有政治队长、生产队长参加，大队、生产队干部的补助是自己解决的。其实是"羊毛出在羊身上"。国家计划下达的猪、羊统购任务到县上，县上往各公社分配时就把各种会议所需的肉食品加码在内，公社往大队分配时也的这样的。所以，不管那里有白吃白喝的事，农民都是自个吃自个的还以为占了便宜偷着笑，喧着乐呵。

最不清楚的是真正白吃白喝的公务人员，他们只知道吃的是国家供应的粮食，领得是国家发得钱，来龙懒得过问，去脉算计好就行。

大队干部心如明镜。哈书记、马主任接到开会通知后，就合计那些人参加"四干会"，许家弯高温堆肥出了名，队委会的主力要全部参加，知识青年标兵非参加不可。七、八队养

猪破了例，不仅完成了全大队的统购羊任务，还有一批能出栏的等着卖。自力更生不等、不靠、不向国家要救济粮，自己解决青黄不接的断粮问题有高招，计划生育没有超指标，队委会成员必须全部参加。九队在让地盘给大队盖猪羊圈的情况下，超额完成了国家公购粮任务不说，给社员分配的口粮超过了往年……

这么多先进事迹，红旗大队如果再戴着后进的帽子就没有公理了，就要惹得天怒人怨了。

红旗大队成了"后进变先进的典型"，纸上谈兵的那些事儿，哈书记一个晚上就罗列出了大纲，钉是钉卯是卯的，一鞭一条痕，一个萝卜一个坑，只有漏掉的，没有虚构的。

大队党支部总算扬眉吐气了，五个支部委员，二十多个生产队干部，坐在上千人大会主席台的第一排，过去，一直坐二十排以后。

电影院大门和县委大门成L型，都对着篮球场，是县上的文化娱乐中心，"四干会"的主会场。电影院里，一米五长的木条长椅一字长蛇阵的摆放，一排大约是二十个，大约有三十排罢。

"四干会"的中心就是总结农业生产，表彰先进生产队，大队党支部，先进生产者，鼓励后进变先进，安排布置下一年农村工作、农业生产，和机关单位的年终总结表彰大会是一个意思，就是涉农会议总结出来的东西是拧干了水分的，受表彰奖励的人是实实在在干出来的，绝对不是喧出来捧出来抬出来吹出来的。都是光天化日下晒出来的，暗箱操作是行不通的。

哈书记理所当然是"后进变先进"的典型代表。就凭一个晚上罗列的大纲，把干过的工作做过事一股脑儿地抖搂出来：

"庄稼一枝花，全靠粪当家"逼着我们成立了积肥队，解决了粮食的营养问题，提高了粮食产量。知识青年情系乡亲，不仅搞来了抖袋面，解决了乡亲们的青黄不接问题，而且促进了城乡沟通，促使我们变废为宝，成立了草绳、草袋、草席编织厂，解决了我们地少劳动力多的问题。为贯彻执行上级指示，迎合回回人养猪的形式，我们建立了养殖场，不仅超额完成了猪、羊统购统销任务，还解决了回汉群众逢年过节的食肉问题。为了宣传贯彻计划生育政策，我们党支部一班人先在自己家人、亲戚中进行宣传，我们回族聚居的七、八队，没有计划外超生的。

群众利益无小事，群众的吃喝拉撒睡就是我们的大事……

掌声响了一次又一次，哈书记跟说书讲故事似的。

各公社领导都要登台亮相，发言表态立军令状。秦书记在登台亮相十分钟前把准备了半个月的发言稿塞给患急性、化脓性扁桃炎的梅雨：这是你锻炼胆量和口才的机会，你要大胆地讲，不要怯场。

年终总结是袁文书草拟秦书记修改老王书记定稿集体讨论通过，老王书记委托秦书记在大会上发言的。第一位登台亮相的是增岗公社那位和梅雨一个红头文件任命的年轻的革委会副主任，人家激扬文字，声若洪钟，对发言稿滚瓜烂熟，几乎是脱稿发言。

下一位就该秦书记了，秦书记就把机会给了一旁的梅雨。梅雨指指嗓子拒绝，秦书记就说要抓住锻炼的机会。

机会是个好机会，可惜，不属于梅雨。

电影院里没有暖气，四个大铁炉子散发的热量抵不住冬天的寒气，电影院管理人员因陋就简地弄来了几口大铁锅生炭火取暖，火苗往上窜。走上发言席的梅雨，没有开口说话，就感

觉腹内有东西向嗓子眼蹿，不能自控。走到麦克风前就"咳咳咳……"，"呕哇"一声就来了个现场直播。幸亏早上只吃了碗稀饭和西药，没呕出什么杂质来，只是胃酸和胃黏液，呕了一声后，就咳嗽不止，五脏六腑好像都要咳出来，鼻子眼泪掺和着流……

那个呕吐声是对着麦克风，那动静是可想而知的。那一刻，丑丫梅雨还知道找地缝钻进去，捂着丢尽的脸面，跟跟跄跄钻进幕布后面咳咳咳去了。

主席台上就座的是县委主要领导和各公社第一把手。最丢面子的是老王书记，老王书记委托的是秦书记发言，这个未经事故的丫头怎么冲锋陷阵上台来丢人现眼？主席台上就座的领导都看着老王书记，老王书记好尴尬，与冯书记耳语后离座走到幕后问梅雨，梅雨扶墙而蹲，大汗淋漓，头晕目眩，眼泪流淌。

马主任和梅雨住在一起，开会前看着梅雨吃感冒药，摸着梅雨的额头说：你还发烧着呢，就不要去参加大会了，我替你向王书记请个假。

梅雨摇摇头，和马主任一起走进会场，坐在第一排。

秦书记让梅雨登台亮相时，马主任欲言又止。

梅雨"现场直播"时，马主任的心一阵紧缩，老妈妈赶紧绕到会场外，从主席台的小门进去，将梅雨搀扶到大会医务室。

"急性化脓性扁桃腺炎加煤烟中毒"。梅雨听见了医生的话，她的意识是清醒的，她最清楚的就是她把人丢大份了，丢遍了全县乡村的旮旮旯旯。完了，一切都完了。输进身体里的液体变成了眼泪，湿了枕头，湿了床单。

"你们明明知道这丫头感冒发烧，还要让她发言，这不是日鬼人嘛！"老妈妈般地为梅雨擦汗擦眼泪的马主任对老王书记说。

"事情都过去了，就不要埋怨了。我问过医生，是急性化脓性扁桃腺炎、慢性咽炎，吊吊针就好了，年轻人嘛，吃一堑长一智，就算是经历了一次考验"。

这般考验太残酷无情了，太让梅雨尴尬的无地自容了。

这样的考验让梅雨刻骨铭心，终生难忘。医生的诊断，成为梅雨一生的顽症，那以后，哪怕是六月的和风，稍入嗓子眼儿，便干咳起来，有时候干咳起来就像被人卡住咽喉，更像痨病患者病发时挣扎的那个样子。煤烟味成了她最敏感的气味，甚至坐汽车都幻觉出煤烟味来。

少小当官，政绩没捞着，名声扫地，把自个的"咽喉要道"差点整得失了声。口干舌燥，嗓子沙哑了一个多月。本来就五音不全，有过这一遭后，就告别了12345671几个音符，从此后只能耳闻其天籁之音，不能言传美妙之情。

梅雨想起了小时候的事，奶奶告诉她：她出生一个月没有哭一声，家人担心她是个哑巴，乡亲们猜测她是个哑巴。做满月那天，她才哭出了第一声。难不成此生她的宿命就是哑巴吃黄连有苦难言？

做梦都想吃皇粮成为公家人的梅雨，"现场直播"以后，就心事重重，担心她的前途命运，不是怕丢了颜面丢官，最怕得就是能不能"转正"，能不能当上名正言顺的国家干部。

从秦书记笑而不露的表情里，梅雨看到的是轻蔑和嘲笑，更让梅雨忧心忡忡。她恨自己怎么就那么不长脸，不识抬举，麻袋做龙袍不是那块的料？直白地说，不是当官的料？

当官，那可是一门深奥的艺术，包罗万象的艺术。"厚黑学"大师李宗吾说得好："厚黑学"就是脸黑心毒手狠，那是一心

当官的人必须学会弄通的。秦书记学会弄通了，秀秀已学用结合了，袁文书、文干事大概正在研究。

梅雨一辈子也学不会，她没有那个天赋，主要是没有那个自信。从"焚书、夜遁"时候起，她对官场就心有余悸了。那可是心病，没有心药救治的心病，过早地根植在二十岁少女的心里，潜移默化成为不可治愈的顽疾。旧疾正在癌变，"现场直播"又加快了癌变的速度，使还有治愈可能的"良性肿瘤"变成没有救的顽症。相反的是，在癌变的过程中，哈书记、马主任成为梅雨的精神力量。

人话精神佛活香火，牛马活力气，猪狗活吃食。人有了精神，就不怕荆棘丛中无路走，路是人走出来的。

"丫头，唐僧取经经历了九九八十一难，孙悟空那么大的本事，还是被如来佛压在五指山下五百年，天蓬元帅猪八戒被打下凡间变成那个样子，最后都修成了正果，你就遇到针尖绿豆大小的这么个事有啥了不起的。你放心，有水平的领导是不会计较那一码子事的"，马主任边为梅雨擦眼泪边说。

的确没人计较，大会发言结束后，就是总结发奖。梅雨打完吊针就没事了，上午发生的事就跟马戏团的丑角故意玩绝活儿似的，喝倒彩的声音还在绕梁，她又走进大会场，坐在最后一排的旮旯处。

红旗大队弄了个"养猪模范"奖、"后进变先进奖""科学种田奖"。尤其是"养猪"经验介绍，明明是哈书记、马主任亲力亲为的事，都成了梅雨的成绩，成了梅雨代表公社专门抓"回回人养猪试点"取得的成绩，由此，梅雨就弄了个"先进工作者"奖状和奖品。奖品是人造革的公文包，上面印着"先进工作者"几个烫金的方块字。奖是哈书记上台领的，谁叫他"文过饰非"给梅雨贴金，就像他自己中了头彩，笑的跟花儿一样。

"知青工作先进单位""知青安置模范单位""知青工作先进个人""宣传工作先进单位""农村文化促进奖""宣传工作先进个人"等，秦书记一个不落地榜上有名，登台亮相。意气风发的秦书记，由县上的领奖台到市上、省上的领奖台，一路高歌一路奖，一路掌声一路笑，笑得比花儿还灿烂。

参加会的四级干部，心里不服嘴里沉不住气的人，还没走出会场就愤愤不平地牢骚起来："干得好不如说得好，说的好不如喧得好，南面的人会种地，北面的人会演戏。这奖那奖一大堆，粮食产量搞不上去就是胡吹"。

南北面是以县政府所在地划分的，县政府以南的几个公社地多产粮多，农民以种粮为主，搞副业的少。望远公社是县政府的北大门，省政府、市政府的南大门，即是城乡结合部也是县政府与省、市政府之间的夹角，地少人多闲事多怪事多奇事多不在话下。能编排出那个南北段子的，绝对不是生产队长、大队书记一级的。

哈书记把奖状和奖品给梅雨，梅雨说：我咋就像做贼一样心里惶惶的，这两样东西明明是你和马主任的，怎么都挂在我的名下？

"试点是公社搞得，公社是县上的点，我们又是公社的点，你是公社副主任又的大队副书记，就像肩上挑着一根扁担两个筐，筐里的东西全凭肩上的扁担往目的地挑，我们的责任是往筐里装东西，即便是帮助你到达目的地，也只是个帮手，试点的目的在于以点带面，你代表的面广，奖励自然而然就是你的。再说了，那个东西能给你带来意想不到的好处，给我们带来的只有压力……"

"好吧，奖状就放在大队部，奖品送给马主任。哈书记你有模范党支部书记的奖品，我还有县妇联送得这个包"。梅雨拍着随身的包说。

"使不得，使不得，我斗大的字识不了几个，背那么大的个洋包，就像是鼻子插葱装像呢嘛"。马主任说。

"马主任你就不要客气了，我们的小梅主任不是贪名图利的人，你有了和我一样的包，我们走到那里就把像装到那里"。

幸亏爹妈给了梅雨一张大脸，千人大会上虽然丢了脸，但没有毁了容颜。因为太年轻，过失错误很快被长辈们忘记。

正当梅雨为丢脸的事纠结于心，暗自伤神，对月泣诉，灯下哀怨时，冯书记和县委组织部腾部长、陈干事走进了公社大院。

冯书记已被调任市委工作，拟任副市长，主管农业。

他是坐着吉普车到各公社告别的，望远公社是最后一站，顺路到红旗大队部看望全县乃至全市、全区、全国唯一清真寺上空红旗飘的大队党支部所在地的父老乡亲。冯书记下了吉普车，将半截香烟扔地下灭了火，抬头看着写有"红旗大队部"的红旗，对随行的腾部长说：这面红旗每年都换一次，字是哈明堂书记写的。

哈书记、马主任正在接待许茂盛的妻哥余良，余良是许茂盛引见的。说是接待，就是让座倒杯开水。余良的岳父由食品公司的采购员升为副经理，余良参加许茂盛儿子婚礼时，许茂盛有声有响地来了个瓦罐倒核桃。说者有心听者有意，跟岳父学会了生意经的余良，就说要去养殖场看看。许茂盛就坐着余良的摩托车一溜烟地去实地查看。见多世面的余良看后就说要与哈书记面谈，这一谈，红旗大队养殖场就与食品公司建立了合作关系，红旗大队养殖场成为食品公司"科学养殖家畜实验基地"，什么一胎下三四个羊羔的小尾寒羊，三四个月就出栏的快速养猪育肥法……

不仅超额完成了国家统购统销任务，还解决了乡亲们逢年过节的肉食需求和乡亲们家庭饲养的猪仔羊崽，实行的土政策是：家庭限量养猪三头，羊五只，成年的猪一律由食品公司收购，钱是谁家进谁的腰包，那可是相当可观的经济收入，比一年到头"锄禾日当午，汗滴禾下土"的分红要多得多。从那个时候起，红旗大队的乡亲们兜里就有钱了。回回人的盖碗茶里的圆圆（桂圆）、芝麻、白砂糖、冰糖、红枣、果干，葡萄干代替了沙枣、糖萝卜酱。赶集进城穿得上清下亮，布鞋换成了皮鞋，回家来还要喧一通吃了"黄鹤楼"羊肉泡馍，给家里人带回来了小笼包子、油麻团还有圆圆大枣什么的。

那还是计划经济年代，哈书记、马主任在不折不扣地、忠实地执行国家计划经济政策时，悄莫声息地走着自力更生的开拓之路，有利于民生的发展之路、创新之路。

余良和哈书记第一次合谋时，中国某个地方正尝试着"联产成包"的农村改革，新闻媒体吹出的风叫"摸着石头过河"。哈书记最先摸着的是与农民切身利益息息相关的民生需求，与余良一拍即合，没有白纸黑字，只有各取所需的诚信和共同利益的互惠互利。

胡三清那天也在场，从发明拉泔水喂猪时起，这位心思活泛的农民，鬼点子一个接着一个，把市酱醋厂、酒厂销售科的小头头们都请到他女婿掌勺的黄鹤楼饭店，好吃好喝了一两顿，就把人家麾下那些占着地方的下脚料酱醋渣，酒糟都弄到了养猪场。酱醋、酒水是五谷杂粮的精华，下脚料可是猪羊的上好

饲料。余良看到体壮毛光的猪羊，就是用泔水和酱醋渣、酒糟掺和米糠、麸子喂养的。

物以类聚，人以群分。

许茂盛有心感恩处处显，余良有心插柳柳成荫，哈书记有心栽花花满园，胡三清有心做事事事成。余良和胡三清那天到红旗大队部是跟哈书商量酱醋厂、酒厂、食品公司合作的事，余良看到了酒厂、酱醋厂那些下角料诸多好处，通过胡三清与酒厂、酱醋厂头头脑脑们混了个脸熟后，以比往年多一倍的供应量给两厂工人发放肉食供应票外，逢年过节还无偿给两厂领导送肉食品。条件是两厂的酒糟、酱醋渣等下脚料全部无偿给食品公司养殖场。这就达成了互利互惠的四方合作交易，酱醋厂、酒厂领导提出要有白纸黑字的凭据让群众明明白白。这大概就是计划经济向市场经济转化初期的最早协议、合同之类罢。不管是啥，红旗大队哈明堂书记说：只要是对老百姓有好处的事，咋干都没有错。

三方合作交易的白纸黑字上，四个红砣砣刚盖好，冯书记的小车就开进了院子。那辆北京吉普车，红旗大队的大人娃娃都认识，哈书记隔窗看见吉普车，有些意外，急步出门迎接，冯书记带着浓浓的家乡口音幽默地说："哈书记你又在搞啥名堂来着？"

哈书记满面笑容："我们搞的都是些柴米油盐酱醋茶的小名堂"。

"你个哈明堂吗，又是积肥队，又是高温堆肥、又是养殖场，编织场的，把个老落后的帽子甩到黄河里去了，还说是小名堂。你们搞得这些名堂我看可以在全市推广的，回头让农调队（农村工作调查队）的人到你们这里好好调研调研。听说你们和食品公司挂上了勾，有啥好经验说说看"。

哈书记犹豫不决："冯书记，我们也是才学摸着石头过河，和食品公司合作的事那敢张扬呢。"

"怎么了？'四人帮'横行的时候，你哈明堂跟割尾巴工作组都能对着干，弄人把工作组的人追得不敢露面，人家的大字报说你这里是我的黑窝点，你是我这个最大走资派的马前卒，你们这里是滋生资产阶级的温床，那个时候你还张扬地说只要乡亲们有粮食吃，当谁的马前卒都值得。那时都敢张扬，现在就不敢了？"

哈书记紧紧地握着冯书记的手："冯书记，不，应该是冯市长了，我那些事要不是你给兜着，我不知要被批斗多少次了"。

"过去的事就不说了，我到市委工作，仍然是抓农牧业。今天是顺路过来看看你们的，这里可是风水宝地，我会时常来的"。

冯书记告别了红旗大队，几分钟就到了公社大院，老王书记正在主持召开党委会。九个党委委员都在场，赶上了与冯书记的告别。

官场上的人事变动是最敏感的话题，往往是一石激起千层浪，几个月前就传言冯书记要到市委工作，老王书记要到县委工作，秦书记有可能也要到县委工作，最次也会坐上公社党委的第一把交椅，秀秀期盼到县妇联工作，文干事虽然领工资但属"地方粮票"，叫计划内事业编制，不属国家行政干部的范畴，随时都有"精兵简政"的可能。但比梅雨的"以农带干"高一个层次。袁文书和梅雨一样，干着公家的事，吃着生产队的粮食。

冯书记与大家握手告别后就和腾部长走进老王书记办公室，约莫半小时就出来坐上小金开的吉普车离去。目送冯书记

离去后，老王书记就将秦书记、老雷副书记叫他办公室，还有腾部长和陈干事。

组织部长，人事干部驾到，一定是人事方面的事，将梅雨晾在一边就是回避她，一定与她有关。"现场直播"是她最大的心理压力和思想包袱，自己念念不忘就以为别人也耿耿于怀，自己给自己打了个解不开的心结，思维陷入了低谷。

陷入低谷的梅雨，自千人大会上"现场直播"丢尽了脸面后，只要听到开会，就如坐针毡，总觉得所有的人都在嘲笑她。那天被晾在一旁，忐忑不安地做了各种猜想，想的肚子都疼了，就去厕所方便。

一切就绪，就要离去时，隔墙男厕所一前一后走进两个人，接着就是袁文书和秦书记说话的声音，"组织部的人来了，是人事安排方面的事，那个丫头咋没参加，是不是有啥变动？"袁文书问。

"冯老头临走前，把那个丫头转正的问题给解决了。组织部来人就是专门办这事的，另一件就是县委有一名上大学的名额，要在几个公社里物色人选。那个丫头的祖上不知积了什么德，好事总是轮到她。按说论资排辈也应该是你，你以农带干快十年了。"秦书记说。

"他妈的，先来的不如后到的，我找腾部长评评理去！"

"算了吧，十多年你都等了，只要我能进入县委班子，你的问题就不是个问题。你现在找谁也没用，那丫头的事是冯老头在常委会上定下来的。你想想看，我熬了十多年才混了个副科级，你干了十多年还是个临时工，那个丫头刚出学校门就弄了个副科级。这样的事要不是有特殊关系罩着……"

屏气呼吸的梅雨，在那样的地方那样的状况下，隔墙听到了意外惊喜，不偷着乐呵偷着笑就不是个正常人。隔壁二人来时急匆匆，以急不可待之速解决了内急后，就速速离去，忧心忡忡，怎能不急？

隔墙有耳一词的发明者，真是知晓天下事的圣贤。那次后，"隔墙有耳"成为梅雨一生的警示，但凡在茅厕之地，绝对不论国事家事天下事他人事官场事。将"闲谈莫论人，自修多用功，说人事非者便是事非人"的圣人名言写成字条压在办公桌的玻璃板下。

不过三年，梅雨经历过两次意外惊喜，第一次当数填写"招干"表，第二次就是填写"干部转正表"。俗话说：得便宜处，不可再往。但凡好事，再一再二不可再三再四。

梅雨转为正式的国家干部了，名副其实地吃上了皇粮。虽然"现场直播"丢人现眼那么大的动静，闹出了那么大的笑话，冯书记怎么就没有计较"麻袋做龙袍不是那块料"和"朽木难雕？"的轻见？

是什么样的特殊关系罩着呢？

梅雨只能相信父亲的话：祖上积德，贵人相助。

依然如故

"走了穿红的来了挂绿的，管他穿红还是挂绿，只要把咱农民放心里，农民就把他记在心里，念叨一辈子"。这是红旗大队父老乡亲们说的大实话。

冯书记官升一级成为市上领导，依然农耕情未了。银川市当时的辖区为"两县三区"即永宁县、贺兰县，郊区、城区、新城区。永宁县是银川市的南大门，从市上到永宁县必须路径望远公社、红旗大队，那时就一条109国道南北贯穿永宁、贺兰两县，冯书记到市上工作，主管农业，仍然把红旗大队当成他的点，只要到永宁县检查完工作，他的汽车不是拐上通往兴银大队部的那条乡村土路，就是拐上红旗渠坝通向红旗大队的乡村便道，或者方向盘稍微一转就进了望远公社院子。

去兴银大队部，是那位双目失明的朱永红牵挂的冯书记不能忘怀。

那天，冯书记离开望远公社后，就去看望朱永红。时至初冬，天气乍寒还暖，冯书记将他穿过的二毛皮大衣，一条狗皮褥子、一件不知何人织好的羊毛背心，一盒未开封的铁桶装"龙井"茶叶送给朱永红，朱永红用心看，用手抚摸，无言地流着眼泪，他觉得说"谢谢"表达不了他的心声和感激，从腰间摸出铜钥匙，打开炕上木箱子上的铜锁，拿出了二元，一元、五角、五分用橡皮筋捆着的钱说："冯书记，这是我从每月的救济款里攒下的钱，我想买一本盲文字典和盲文版的毛选，我想学习盲文，我要向张海迪学习。这六块钱我准备预交十年的党费，这六十块钱不知够不够买书……"。

那时，张海迪的事迹连小学生都知道"玲玲姐姐"身残志坚的故事，朱永红把张海迪当成心中偶像，把冯书记当成可亲可敬人和心中的灯。

冯书记紧紧地握着朱永红的手："宝宝，钱你留着，书我想办法给你弄来"。

瞎子和县委书记的故事延续着，县委书记官升一级，故事仍然继续着。

官升一级的冯书记，没有忘记对朱永红的承诺，也没有忘记对红旗大队的承诺。到市委工作不久，还是到永宁县检查工作返回途中，汽车方向盘一转就到了红旗大队，这次是兑现那个"让农调队的人到你们这里调查调研"的承诺。

"干啥的吆喝啥"是农民的语言，是县长冯书记还是市长冯书也是这么说的。哈书记把冯书记的承诺在心里记得牢牢的，把与食品公司挂钩的事抓得牢牢的，把城乡结合的好处疏离得头头是道。两位年轻的农调队员踏着红旗大队的泥土开展调查研究时，哈书记将"城乡挂钩、互通有无、互惠互利"的红旗大队经济发展的数据放在他们面前，积肥队、草袋、草绳厂，猪、羊繁殖场，掀开了藏着掖着的面纱，开始了"联产承包责任制"的尝试。那是哈书记最先嗅出了改革开放的春消息，先着一棋。

积肥队由许有利承包，养殖场由胡三清和九队老队长承包，草绳、草袋场由许茂盛和海西麻承包。红旗大队的能人巧将浮出水面，卖年糕的，卖油香的，卖凉皮的、开饭馆的，卖瓜果

蔬菜的、卖鸡鸭鱼肉的，占尽了一、四、七的望远桥集贸市场和二、五、八的县城大集。此起彼伏吆喝声喊出了好政策带来的好心情："吃了年糕年年高，吃了油香身体好，小本买卖，贱卖不赊，卖完腾车……"

桂大侃的充气、修车补压轮胎铺子，挂着"收徒不要钱，半年出徒一辈子受益"的招牌，向人们讲述着红旗大队的秘密，人们顺着桂大侃顺手一指的方向看去，就看见那面飘扬在清真寺上空的红旗，那个地方，是当时最空旷、最高处，北面与红旗小和望远中学操场一渠（红旗渠）一墙之隔，东边一片墓地过去就是红旗八队的晒粮场，晒粮场与望远医院一渠（红旗渠）一墙之隔，南面一片开阔地过后就是芦苇湖，西面穿过墓地就是红旗七队的晒粮场、饲养场，村民住地紧靠109国道，国道西面就是七队的农田，现在的"望远开发区"、望远镇所在地，几乎望远乡所有村民都住在南北贯通的"红旗路"两旁的"望远人家"居民住宅区里，正经历着由农民向城镇居民的过渡和转变。

唯有那座清真寺依然如故。

话接当年，冯书记顺路将农调队（农村工作调研队）员交给哈书记后就到望远公社溜达，将给朱永红搞到的"盲文字典"和盲文版的毛主席著作精选集交给老王书记，去灶间看望了包师傅，就返回了。

第二天，老王书记就带着老雷叔、梅雨、文干事到各大队走动，老王书记官升一级，就要走马上任县委副书记（后任县人大主任至退休）。到各大队走动，是看望大队干部也是告别。担任过乡村干部的领导，都有浓浓的乡村情结，即便是另谋高就，也不会抬起屁股就走人，依依别古旧是人之常情。

那天早饭是小米粥、素菜包子。梅雨饭罢洗碗，包师傅忙着包起饺子："两眼一抹黑的瞎宝宝真是好福气呐，让冯书记那么大的官老惦记着……"

那天的第一站就是兴银大队。

朱永红的预感总是很灵验的，好像上天羞臊让朱永红双目失明，便赋予朱永红特别的记忆、特别的听力、特别的预感来弥补。也许，在兴银大队部大门前那几颗老槐树上坐窝的喜鹊，就是上天安排为朱永红传送信息的使者，每当朱永红想念冯书记或什么人时，喜鹊就"喳喳喳"叫个不停，朱永红从喜鹊的叫声里就听出了如他所愿来。

冯书记看望包师傅后，又将十块钱给了包师傅："包师傅，麻烦你给宝宝弄点饺子……"泪花涌动的包师傅嘴唇翕动，不知说什么，看着冯书记的离去，两行老泪缓缓滚动，拿出土豆淀粉，用心搅拌起来。脑海里回旋着冯书记的话：朱宝宝就爱吃粉汤饺子……

朱宝宝啥时都穿戴的干干净净，面东站立在大门一侧，听着收音机，迎接每一天初升的太阳，心有灵犀一点通地等待着。

那时乡村干部的主要交通工具是自行车，只要第一次听过自行车的主人的名字，第二次一出声朱永红就能叫出名字来。生产队、大队干部、公社领导朱永红都是耳熟能详的，县委以上的领导乃至外省市、党中央在广播、收音记里讲过话的领导，朱永红是过耳不忘。

耳朵就是他的眼睛。

朱宝宝对老王书记一行的自行车队，挨个地叫名字，一字不差。

从老王书记手中接过书的朱永红，贴着胸口紧紧地抱着，

就见两行清泪顺着脸颊流淌，欲说不能。

其他人去了会议室，梅雨拎起饭盒走进朱永红房间。还没说话，朱永红就说："是粉汤饺子罢，又麻烦包师傅了，你代我谢谢包师傅。昨天，冯书记到我们县上检查工作了。小梅主任，你不知道罢，上次冯书记来这里，把他的狗皮褥子、二毛皮大衣留给了我，还有我身上穿得这个毛背心。朱永红说着，打开火炕一角的木板箱子，拿出了一个布包袱，小心翼翼地打开，露出了叠得平展展的狗皮褥子和二毛皮大衣。

"现在天暖和了，我就收起来，隔三差五的拿出来晾晒一下。我这辈子知足了。将来我要是死了，就让这几样东西陪着我"。

梅雨每次回家，都要路过兴银大队，只要看见朱宝宝（原名），就近前说话，有关梅雨的事，朱宝宝就她家姑妈、舅舅的名姓都一清二楚，传言说她家是冯书记的亲戚。朱宝宝说："要说亲戚，全县人民都是冯书记的亲戚"。

冯书记送给朱永红的褥子、衣服、书，与朱永红生死相依。

十多年后的一个大雪天，朱永红穿着毛背心，抱着那本盲文版的毛主席著作仰面睡着了，再没有醒过来。

半导体收音机放在耳旁，狗皮褥子、二毛皮大衣叠得整整齐齐，放在头前的箱盖上，人们整理他的遗物时，那个木板箱里放着十几个红色的党费证和一捆捆钱，一封遗书上写着："我的一切都交给党"。是朱永红的亲笔字，大队文书说：朱宝宝自从让他代写了"入党申请书"书后，就经常让人教他写字，手把手教过一遍就会写了，能将毛主席的"为人民服务""纪念白求恩""愚公移山"默写出来，还把张思德、白求恩、愚公的事讲给围着他讲故事的学生娃娃们听。"因为我们是为人民服务的，所以，如果我们有缺点就不怕别人批评指出……"

那些小学生娃娃们三五成群地路过大队部门口，不见朱宝宝时，就大声背诵"因为我们是为人民服务的……"，朱宝宝听到后，就到大队部门口将收音机的音量放大，刘兰芳、单田芳的"杨家将""岳父传"评书就在那个话匣子里弄得热火朝天，娃娃们忘记了肚子饿，大人们忘了骂娃娃耽误了时间。

那是农村传播文化的一道风景线，持续到收音机不是稀罕物，电视机成为结婚的必备物时期。那个半导体收音机从县长级降到农夫级，为人民服务的范围无限地扩大，不仅兴银大队三千多父老乡亲们知道她的来龙去脉，望远乡的诸多乡民们都知道县委书记与瞎子的故事。

朱宝宝与收音机形影不离，那个收音机坏了多次，大队文书帮着修了多次，提出给他换个新的，他不肯。他有的是换十个八个收音机的钱，但他舍不得。他没有父母兄弟姐妹，无牵无挂，年过半百孑然一身，站起一根躺下一条，一人吃饱全家不饿，一年三百六十天天天坚守工作岗位，没有休息日，没有探亲家，没有灾难病痛，只有为人民服务的情怀和感恩的心。

他悄悄地来到人间，没有看过人间的五颜六色花红柳绿。但他看见了精忠报国的岳飞，一门忠烈的杨家将，看见了张思德、白求恩、愚公、雷锋高举着"为人民服务"旗帜对他说：将为人民服务进行到底。

他悄悄地走了，知道他的人来到了他二十多年没有挪过窝的小屋。看见了狗皮褥子、毛背心、二毛皮大衣，半导体收音机，盲文书籍。

仰视苍穹的朱宝宝——朱永红安详地走了。

十元、五元、二元、一元的一捆捆钱，清点出来一千多元。

大队文书说："民政上每月给他的生活费只有十二元，他怎么能有这么多钱？"

朱宝宝——朱永红，入党二十余年，党费证上按月记载的党费是五分钱，二十多个红色的党费证上没有空格。他没有拖欠过党费。

按照朱宝宝"我的一切都交给党"的遗言，兴银大队党支部将朱宝宝的钱作为救助、补助孤寡老人的储备金。

狗皮褥子、二毛皮大衣留在大队部值班室里。

大队部按照民间习俗安葬了朱宝宝，谁也没想到，朱宝宝的送葬队伍上百人之多，有从小学时听朱宝宝讲故事长大的青年，有儿孙满堂的中老年人，有行动方便的孤寡老人……

永不褪色的记忆

　　老王书记与各大队干部告别那几天，有关人士透露：老王书记腾出的第一把交椅，将由秦书记坐上去，喜上眉梢的秦书记掰着手指头算过，他是十拿九稳的不二人选，在老王书记赴县委就职后，秦书记就搬进了挂着"党委书记办公室"的房间全面主持工作。

　　操之过急的秦书记，坐在第一把交椅上日思夜盼地等待红头文件的任命书，那任命书迟迟不露面，据说有人抖落出了秦书记是"造反派"的历史污点，在"揭、批、查"运动中，拉帮结派、投机钻营……

　　事出有因，并非空穴来风。

　　县委很快派来了第一把交椅的新主人，新书记到任当天，是由县人大主任、组织部长陪同来的，当时就宣布了人大常委会、县委的任命书，人家才叫名正言顺。那个时候起，但凡政府官员遇高升之事，大都能耐着性子等党委、人大双重任命的红头文件宣布后，才能进入角色。红头文件在路上走着的都没有把握，何况听到风声就以为是有雨的事。

　　可以想象到，秦副书记从书记的办公室搬出时的心情有多糟糕。

　　宣布了新书记的任命后，组织部腾部长与梅雨谈话说：组

织上欲调她到县上工作，县妇联、团委、政法部门任她选择。县妇联杨秀兰主任，团委刘宗祥书记都很看重她，这位过早对官场那些事儿产生偏见的农民女儿，选择了她很陌生的政法行当。腾部长明言相告：那里的领导指数已经是一个萝卜一个坑，你去那里只能以一般干部对待。

梅雨觉得她就是个一般人，一般干部与她很般配。

他去红旗大队与哈书记、马主任告别。

改革开放的春风吹遍华夏大地时，红旗大队党支部哈书记、马主任、许副书记（许小兵）已经尝到了农村改革，联产承包、城乡结合的甘蔗味。嚷嚷着让那些有手艺的匠人们八仙过海各显神通去，让那些有能力、有经验的种粮高手大胆地搞家庭联产承包责任制。这时的许有利、桂大侃、胡三清、老纳都已各自为阵，是小有名气的致富带头人，许虎子、水生种粮做生意两不误。

邵波从红旗村一路走来，接受再教育不忘自修大学课程，参加教师录用考试榜上有名，从教师到校长到县委书记后，拉开了"若要富，先修路"的序幕，动员全县人民修通了一条南北贯通永宁县与 109 国道平行的"西大路"。为官一时造福一方后，更上一层楼，成为市委副书记。

海西麻粮食学校毕业后，子承父业，由科长到国家粮食储备局领导，粮食情结一生一世不了情。

姚小乐、黄忠、黄孝合伙发展餐饮业，把个华夏的饮食文化弄到了东南亚。

依然如故的是清真寺上空红旗飘。

哈书记、马主任啥都与时俱进了，就是没有为大队部抢一处地盘。有人说大队部应该从清真寺搬出去，那是我们老回回礼拜的地方。哈书记说："别忘了，要不是大队部的这面红旗，清真寺早就在文化大革命中化为灰烬了。清真寺上空的这面红旗说啥都不能倒下的。眼下最要紧的是想方设法把我们红旗大队的经济搞上去，我们这里可是风水宝地，赶上这么好的政策，要是不把经济搞活，让老百姓先富起来，我就对不起红旗大队这面红旗"。

哈书记对油户大叔说："现在赶上了搞活、改革的好政策，农村实行土地联产承包责任制，大队油坊这一摊子怕是也要责任到人了，你老是不是考虑考虑承包的事，要是有这个心思，你家里有一院子房子，就把这一摊子扛家里去弄，把我们的清真寺礼拜堂弄的亮亮堂堂的，让她真正清清净净，真则不杂"。

"我的哈书记，我早就想过这事了，土地承包了，谁还愿意种产量低的胡麻，没有胡麻，拿啥榨油呢？我要是承包了，就各里四处（到处）地去找油料（原料）。我不说明就是为了看守着我们的礼拜堂，听你这么一说，我就放心了"。原来，沉默寡言的油户大叔是在默默守护心中的净地。

清真寺大门敞开，大殿亮堂了。

红旗村得天独厚的地理位置，交通便利的自然条件很快就与时代节奏和上了拍。桂大侃看着望远农贸市场里摆摊设点、吆喝着："吃了年糕年年高，吃了牛羊肉身体好，吃了油团能团圆，羊杂碎舀的稠，上面飘着辣子油，小本生意，贱卖不赊……"

挂大侃悠乐悠哉，那里没有唱罢，他就登场大侃："回回两大行，小买小卖宰牛羊；回回两把刀，一把卖牛肉，一把卖切糕；回回三大行，羊肉、馒头、贩粜粮。老蛮子也不赖（差），自由市场里来比赛……"

红旗村的乡亲们先行一步地进入了经济活泛期。

看见敞开的清真寺大门，梅雨对哈书记说："我想进去看看行不行？"

"行行，里面刚刚粉刷过，该恢复本来面目了。"

殿堂不施彩画，朴素简洁，高雅明快，空旷淡雅，清新爽目，没有供奉任何崇拜的偶像，也没有图形装饰……

政坛第一步，红旗大队的父老乡亲培育了梅雨的理性，成就了梅雨的德行，铸就了梅雨得之泰然、失之泰然的平和之心，令她回味无穷的是心灵深处永不褪色记忆。

离开红旗大队父老乡亲的梅雨，隔不断对乡情、乡人的思念。回娘家必须路过红旗大队，沿着红旗渠西去，就看见那位雨中剪麦穗，身上飘洒着人间真情，博大胸怀里包容着百姓疾苦，全身荡漾着浓浓爱民情，为民意的冯书记。

每次回娘家，总要与朱宝宝说说话。那次没有见到朱宝宝，大队张文书便讲述了朱宝宝遗言和葬礼的事，虽然没有音像，没有文字记载，留在梅雨脑海里的记忆是永不褪色的。

偶听秦书记住进医院，便去看望。病入膏肓之人，与病魔抗争体力消耗殆尽，渴望生活的眼神是那般谦和期盼，翕动着嘴唇想说什么上苍却不给力，睁眼闭眼都是拼着劲的，举手投足已是一种渴望。眼见曾经的美夫人憔悴的有些迟暮，不知如何安慰，只好叫一声"大姐"询问病情，才知秦书记因肝脏故障住院治疗一年余，病不见好转人日见消瘦，由治疗期进入化疗期到生命抗争期，脆弱的生命还是输给了生命的劲敌—癌细胞。看见卧床之人欲抬手不能，梅雨便近前握住了那双曾经给她预测过手纹事业线走向的手，曾经是柔软无骨、光滑细腻不像男人的手。此刻，梅雨握着的好似麻纸松松垮垮包着的枯柴没有弹性。人最耐不住时光消磨的是容颜，病魔这个无情的杀手，把个硬朗朗的壮年男人折磨的气息奄奄。梅雨从微弱的脉动上感觉到卧床人颤抖着，看着嘴唇翕动欲说不能，她猜想秦书一定在说：小梅子，你选择对了人生路。假如生命能够重生，我定会淡定一切的。秦书记笑的很无耐，笑的很善良。

没有听到老雷叔生病的消息，却得知老雷叔去世的噩耗，驱车去参加老雷叔的葬礼，老雷叔的儿女们悲悲戚戚地诉说起来：原来老雷叔偶觉身体不适，去医院检查，医生当下就让他住院，说是肺部感染。治疗数日不见好转，老雷叔意识到自己走到了生命尽头，安慰守护在病床前熬红了双眼的儿女们好好休息一下，看着儿女们睡着，便悄悄拔掉输液针头，坦然地去了天国。

那年，梅雨坐着三轮摩托去红旗村调查一起案件，赶上下雨，就住在马主任家。马主任已告老回家，但乡亲们都爱聚集在她家天南地北谝闲传，说古论今侃大山，吹牛搞笑穷开心，想起啥说啥，看见啥讲啥。他们大多认识梅雨，问了梅雨的家事后，又问："你现在是个啥官？"

梅雨说："检察官。"

"检察官是多大的官？"

"一看这身官服就知道官不小（当时穿豆绿色检察服，配着肩章、大盖帽和帽徽）"。有人分析。

"检察官和当官的官不一样……"。

"有啥不一样的，还不是猫叫了个咪咪。不管咋叫，只要为老百姓办事，就是好官。那个冯书记就是个好官。那年连阴雨下了半个月，要不是冯书记……"

乡亲们你一句我一句，由远说到近，问梅雨："冯书记现

在怕是到中央了？"梅雨说："没有，是我们自治区人大常委会法工委主任。"

"那么好的人，咋才是自治区的主任，当个总理还差不多。现在像冯书记那样的官，打着灯笼怕也难找。"说话的人，就是当年背着空粮袋到大队部要粮人之一，当年他有五个"半大小子，吃死老子"的儿子，干活没人能比，吃饭也是如狼似虎，是第一缺粮户。农村实行承包制后，他家成了先富起来的代表，五个儿子各有各的能耐，占全了工农商学兵。

梅雨是旧地重游，叙乡情、听乡音别有一番滋味在心头。饭饱不忘国忧的乡亲们，借古喻今："你看乡上的那几个烧料子，整天戴着驴蒙眼（墨镜），骑的摩托就跟骑了火箭，跟人说话，口气大的像驴叫，手往粪门上一背，摆出一副大咧咧的官架子……"

这个正侃的有劲，那个抢着说："闹虚的也没有那些年搞的宁要社会主的草，不要资本主义苗的割尾巴运动搞的过伙，蚕豆花开的白生生，眼看就能吃了，硬说割资本主义尾巴不怕疼，把活生生的青苗连根铲掉。"

梅雨有些心虚，那是她为官后参与的最不得人心的一件事，她的梦魇里，绿茵茵的蚕豆苗，白生生的蚕豆花总是在跟她索命，每当蚕豆成熟的季节她就会想起当年那个"割尾巴"的历史画面。

那个运动就像一场龙卷风，来得迅猛，息的快捷。当"割尾巴领导小组"快如闪电行动了一天一夜，从县委返回"点"的冯书记，听取汇报后，说："如果青苗也算资本主义尾巴，就不要操之过急，让它自行灭亡嘛"。这样一句妥协的话，使那些"绿色尾巴"度过了春种秋收的季节后自行灭亡。

杨主任退休后，家中小院里种了很多韭菜、油菜、菠菜、小白菜，自己家吃不完就送给左邻右舍，打电话要梅雨去拿。在杨主任家里，与好几位曾经是杨主任麾下的大队妇女主任相遇，红旗大队马主任女儿家与杨主任家不远，马主任只要去女儿家，杨主任就会有散子、油香吃，少不了梅雨的份，马主任家开了个饭馆，散子、油香是抢手货，那是马主任教给儿媳妇的手艺。

赋闲在家的杨主任，信息畅通，家里是前脚走了个穿红的，后脚就来个挂绿的。老妈妈听说老王三病了，就到家中看望。冯书记巡视工作之余，也去了老王三家。老王三的家人告状说：冯书记，我家老爷子一听我们说送他去医院，就跟我们急眼"。冯书记笑笑说："老王三，我想吃你做的羊肉小揪面呢，你不去医院把病看好咋成呢"。

老王三笑了，笑得开心，笑的知足。

老王三坐着冯书记的小汽车去了医院。

第二天老王三就闹着回家，家人无奈，只好依了他。回到家的当天晚上，这位与世无争的老人就寿终正寝了。冯书记、杨主任、已是县人大主任的老王书记参加了老王三的葬礼。一个小人物悄然离去，几个大人物默默思念。

不久，杨主任在侍候家中的菜地时，跌倒在地，再也没有睁开眼睛。为官一时为人一世的老妈妈，谦恭一生，平和一生，善良一生，泰然处之一生。

多年后，梅雨从报纸上看到冯书记去世的讣告，赶着去参加冯书记追悼会，通往殡仪馆的路上，大小汽车、自行车排着几里路的长队，每个人胸前都戴着一束小白花。汽车堵塞，老王书记、刘书记、腾部长、小金等梅雨熟悉的人们下车徒步前行，

他们都已官至七品以上，相互点头以示招呼，心往一处去……

几年后的一天，红旗大队部东面的墓地旁，人头攒动，看到数百顶头戴白色无沿小帽的场景，不知情的人猜想一定是那位老回回的大人物"无常"了。得到哈明堂老书记"无常"消息的乡亲们，从不同方向涌向墓地。红旗村党支部书记许小兵折下柳枝和槐树枝，编织成一个槐柳相绕的大花环，抬着走向墓地，有人阻拦：我们回回人不兴这个。

"这是送给我们老书记的，这是老书记种的树上的枝条"。

马主任、黄队长、桂大侃、许有利、胡三清、许茂盛等人，都戴着白色无沿小帽跟在哈明堂老书记柳、槐树枝编织的花环后面，诉说着乡村书记那些细枝末节，零头碎片的故事，红旗村的传奇……